长篇报告文学

# 小康江南

### 浙江省建设共同富裕示范区纪实

孙侃　著

浙江工商大学出版社 杭州
ZHEJIANG GONGSHANG UNIVERSITY PRESS

图书在版编目(CIP)数据

　　小康江南：浙江省建设共同富裕示范区纪实/孙侃
著.—杭州：浙江工商大学出版社，2023.1
　　ISBN 978-7-5178-5270-4

　　Ⅰ.①小… Ⅱ.①孙… Ⅲ.①小康建设－成就－浙
江 Ⅳ.①F124.7

　　中国版本图书馆CIP数据核字(2022)第238012号

**小康江南**——浙江省建设共同富裕示范区纪实
XIAOKANG JIANGNAN——ZHEJIANG SHENG JIANSHE GONGTONG FUYU SHIFAN QU JISHI
孙　侃　著

| | |
|---|---|
| **出 品 人** | 鲍观明 |
| **责任编辑** | 郑　建 |
| **责任校对** | 何小玲 |
| **封面设计** | 浙信文化 |
| **责任印制** | 包建辉 |
| **出版发行** | 浙江工商大学出版社 |
| | （杭州市教工路198号　邮政编码310012） |
| | （E-mail：zjgsupress@163.com） |
| | 电话：0571-88904980,88831806（传真） |
| **排　　版** | 杭州浙信文化传播有限公司 |
| **印　　刷** | 杭州高腾印务有限公司 |
| **开　　本** | 710 mm×1000 mm　1/16 |
| **印　　张** | 25.5 |
| **字　　数** | 316千 |
| **版 印 次** | 2023年1月第1版　2023年1月第1次印刷 |
| **书　　号** | ISBN 978-7-5178-5270-4 |
| **定　　价** | 118.00元 |

实现全面建成小康社会、建成富强民主文明和谐的社会主义现代化国家的奋斗目标，实现中华民族伟大复兴的中国梦，就是要实现国家富强、民族振兴、人民幸福，既深深体现了今天中国人的理想，也深深反映了我们先人们不懈追求进步的光荣传统。

——习近平总书记2013年3月17日在第十二届
全国人民代表大会第一次会议上的讲话

广大人民群众共享改革发展成果，是社会主义的本质要求，是我们党坚持全心全意为人民服务根本宗旨的重要体现。我们追求的发展是造福人民的发展，我们追求的富裕是全体人民共同富裕。

——习近平总书记2015年8月21日在党外人士
座谈会上的讲话

# 江南美在创造

## ——序《小康江南：浙江省建设共同富裕示范区纪实》

　　江南是美的。江南之美，美在她的景致，仿佛一幅看不到尽头的巨大写意水墨画，时时在人眼前徐徐展开，山清水秀、烟柳花雾、万木争荣，如人间仙境，如天堂幻境，每时都在呈现不同的风姿。江南之美，还美在她的富足，土地肥沃、阡陌纵横、稻米飘香、万物丰饶，一千多年前柳永就说，这里"市列珠玑，户盈罗绮，竞豪奢"，而浙江地处江南富庶之地的中心区域，向为江南富足之精华。而在我看来，江南之美，还在于这里人们的勤劳和无尽的创造力，孙侃的长篇报告文学《小康江南：浙江省建设共同富裕示范区纪实》，讲的就是浙江人民小康之后不停步，源源不断地创造财富，走向共同富裕的感人中国故事。

　　共同富裕得自共同创造。作品告诉我们，作为中国特色社会主义制度优越性的重要体现，共同富裕是中国共产党人的初心使命和原创性理论实践，是党领导人民共同奋斗共创美好生活的伟大实践和长期过程，是史无前例的伟大社会变革，是全体人民全面发展和社会全面进步互促共进的新文明，极大丰富了现代化内涵、拓展了现代化道路，标注了人类文明的新高度。全体人民通过辛勤劳动和相互帮助最终达到丰衣足食的生活水平，在消除两极分化和贫穷基础上实现普遍富裕，既在物质上富有，也在精神上富足，实现的是人的全面发展和社会全面进步，是中国共产党适应时代发展、顺应人民期待，在脱贫攻坚、全面小康基础之上确立的新发展目标。

实现共同富裕的相关部署，是由2021年3月14日发布的《中华人民共和国国民经济和社会发展第十四个五年规划和2035年远景目标纲要》正式宣示的。规划明确提出，到2035年，"全体人民共同富裕取得更为明显的实质性进展"。而该规划纲要第三十二章中，更将支持"浙江高质量发展建设共同富裕示范区"明确载入其中，赋予浙江先行先试、作出示范，为全国推动共同富裕提供省域范例的使命，从而再次表明，在扎实推动共同富裕这一国家重大战略方面，浙江将承担排头兵的角色，浙江承担起相当重要任务。

改革开放以来，经过全体人民群众共同努力，地处中国东南沿海经济发达地区的浙江省，在20世纪末之前，就已经出色地完成了脱贫攻坚的任务，即便是经济欠发达的丽水、衢州、温州南部地区，贫困线以下的人群和家庭已经消失。2012年，浙江宣布已基本实现全面建设惠及全省人民小康社会的目标。2016年，浙江又消除了家庭人均年收入4600元以下的贫困现象，大大缩小了城乡居民之间的贫富差距。目前，浙江城乡居民收入倍差为1.96，远低于全国的2.56，最高最低地市居民收入倍差为1.67，是全国唯一一个所有设区市居民收入都超过全国平均水平的省份，可见，实现共同富裕的基础已经十分坚实，这都来自浙江人民的创造性实践。

令人欣喜的是，当高质量发展建设共同富裕示范区的任务落在浙江身上后，浙江人民坚决扛起探路者责任，大胆探索推动共同富裕示范区的实践稳健开局——建设共同富裕社会的共识建立起来了，共同富裕有效路径得以积极探索，经济高质量发展、收入分配制度改革、城乡区域协调发展、公共服务优质共享、社会主义先进文化发展、生态文明建设、社会治理等领域成为示范区建设的聚焦点，缩小地区发展差距、缩小城乡发展差距、公共服务优质共享、精神生活共同富裕、共同富裕现代化基本单元等领域成为重点破解的难题，山区26县高质量发展、农村集体经济改革发展、高质量就业创业体系、扩中提低、为民办实事智能速办等标志性成果逐步体现……共同富裕示范区建设正一步一个脚印地稳步推进，其间涌现出的典型实例和感人故事层出不穷。

可见，浙江高质量发展建设共同富裕示范区是一项前无古人、富于创造性的伟大事业，以文学的笔法，记录这一建设任务化梦为实的前后过程，有着极为重要的意义和价值。我早就了解到，还在浙江全面推开高水平小康社会建设之时，作家孙侃就已在关注自己脚下这片土地，他目睹和经历了浙江从摆脱贫穷、实现小康，再逐步进入小康社会高水平发展阶段的喜人变化，接着又有针对性地深入到浙江有典型意义的山区、海岛，城市、村镇，乡村、社区，以及机关、企业、学校、医院、养老院、民宿等无数相关单位，深入采访调查，收集大量第一手材料，形成创作思路，并开启了相关创作。

在浙江省和杭州市两级宣传部门支持下，孙侃这部被定名为《小康江南：浙江省建设共同富裕示范区纪实》的报告文学作品，先后被列入浙江省和杭州市文艺精品重点扶持工程，由浙江工商大学出版社具体承担出版任务。据出版社的同志介绍，在长达4年的时间里，作家孙侃深入基层，克服困难，直接采访过的各方面人士近300人，可谓耗费了大量精力。他边辛勤采访，边不断对材料进行细致归纳分析，寻找出有故事、有细节、有代表性的素材，并去粗取精，这一过程在他已着手撰写初稿时还在进行。完成初稿后，在征求多方意见建议的基础上，他又从头至尾修改两次，创作之精益求精令人感动。

长篇报告文学《小康江南》是美的——内容丰富，图文并茂，有细节，有故事，有情怀，其最大的力量之美，在于其开阔的视野和全景式叙述描写，这得益于作者强烈的社会责任感和大局意识。为了回顾浙江进入高水平小康社会、逐步向共同富裕示范区迈进的历史进程，细致展示全省各个领域共同富裕示范建设的创造性实践，全面呈现浙江在打造共同富裕示范区进程中的地域性特色和亮点，作者选择了多角度多方面入手的叙事策略，全景式叙写和展现这一伟大建设工程，凸显其宏阔背景、磅礴气势、丰富样态和深刻内涵。作品的风貌显然与时空跨度不大、人物形象单一、故事线索明晰的人物类、事件类报告文学作品判然有别。

作品深刻反映了浙江人民的创造之美，作者从众多的人物和事件、数不清的生动场景，以及琐碎且细腻的细节、纷乱的线索中，找寻那些最能体现创造性精神、反映时代主题的艺术细节，避免在落笔于琐碎和繁杂。我认为作家拥有整合素材的强大能力，善于对生活素材进行细致缜密的梳理和条分缕析的归纳，合理选择叙述切入口，突出重点，讲究详略，交叉采用客观的记录和细致的描写等手法，完成其全方位立体叙述。比如，在本书的"怎样甩掉'经济薄弱村'这顶帽子""生态为先，绿色发展当为长远""让每个人都居住在美丽花园里""幸福不分彼此，公共服务均等享有"等各章节段落，孙侃均采用了富于艺术性的手法，做到实例与评析两者水乳交融，在总括式叙述的同时，兼具细部描写，大大增强了作品可读性感染力。

孙侃在报告文学的创造之美中开辟出了属于自己的全新的志业。我知道，他从文艺管理岗位过渡到报告文学创作上来，不觉已经有了十多年的实践，他的每部作品基本上都是长篇的时代报告。他用情用心用力写出了一批反映浙江重要经济建设成就、社会重大事件、改革先锋人物和"最美人物"、浙商风采等题材的报告文学作品。《小康江南》是他近年来创作时间最久，心力最投入的一部，无论是素材收集的范围，典型寻找及确立的曲折，都体现了作者细致、严谨和求实的精神，在此，我要向他表示祝贺，并愿意以他为榜样，学习他孜孜以求的精神。报告文学是一种需要作者怀有强烈社会担当、强烈历史使命感的文学形式，波澜壮阔的时代、繁荣发展的社会，为我们每一个创作者展现了绚丽多姿、可歌可颂的迷人画卷，提供了取之不尽的创作源泉。建设小康社会、实现共同富裕的伟大进程，时刻涌现出大量值得书写的、极其丰富的题材素材，期待孙侃百尺竿头更进一步，以此部作品为全新的起点，在今后的报告文学创作中取得更大成绩，对此，我怀有热切的期待。

是为序。

2022 年 9 月 20 日

# 目　　录

◇◇　**第九章　天地有诗意，处处皆风景**

◇◇　**第十章　社会保障坚实可靠，阳光照得人心暖**

◇◇　**第十一章　岁月静好，衣食无忧后的精神追求**

◇◇　**第十二章　再创发展成果，共圆中国梦**

◇◇　**后　　记**

# 第一章
## 高质量发展建设，我们抵达了高处

全面建成小康社会，一个都不能少；共同富裕路上，一个也不能掉队。

全面建成小康社会是党和国家到2020年的奋斗目标，是全国各族人民的根本利益所在。地处东海之滨的浙江省，在全面建成小康社会的进程中，始终不甘人后。在已取得高水平全面建成小康社会的巨大成果后，浙江又被国家列为"高质量发展建设共同富裕示范区"，将在更大范围内推动发展进步，充分体现了作为"新时代全面展示中国特色社会主义制度优越性的重要窗口"的作用。

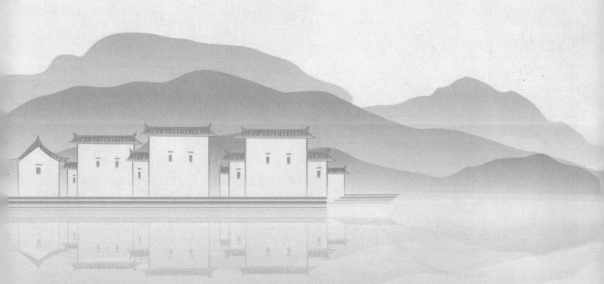

# 重要窗口，更富更美的浙江已崛起

> 一个个充满温度的数据，一个个走在前列的指标，一个个生动鲜活的样本，折射出浙江迈向高水平全面建成小康社会的坚实脚步，体现出浙江已在共同富裕方面达到了新的水平。

"乘风好去，长空万里，直下看山河。"（宋·辛弃疾《太常引·建康中秋夜为吕叔潜赋》）

2021年7月1日上午，庆祝中国共产党成立100周年大会在北京天安门广场隆重举行。中共中央总书记、国家主席、中央军委主席习近平庄严宣告："经过全党全国各族人民持续奋斗，我们实现了第一个百年奋斗目标，在中华大地上全面建成了小康社会，历史性地解决了绝对贫困问题，……"这是世界人口最多的国家在民族伟大复兴征程上的重要里程碑。

全面建成小康社会涵盖经济、民主、科教、文化、社会、人民生活等方面，目标包括2020年国内生产总值和城乡居民人均年收入比2010年翻一番。而在全面建成小康社会后，习近平总书记说，中国"正在意气风发向着全面建成社会主义现代化强国的第二个百年奋斗目标迈进"。也就是说，全面脱贫的实现，为下一步实现共同富裕打下了坚实而必要的基础，意味着我们的工作重心已经出现了重大转移。

也就在庆祝中国共产党成立100周年大会上的重要讲话中，习近平总书记明确提出了下一步任务："新的征程上，我们必须紧紧依靠人民创造历史，坚持全心全意为人民服务的根本宗旨，站稳人民立场，贯彻党的群众路线，尊重人民首创精神，践行以人民为中心的发展思想，发展全过程人民民主，维护社会公平正义，着力解决发展不平衡不充分问题和人民群众急难愁盼问题，推动人的全面发展、全体人民共同富裕取得更为明显的实质性进展！"

2021年8月17日，习近平总书记在主持召开中央财经委员会第十次会议时再次强调："共同富裕是社会主义的本质要求，是中国式现代化的重要特征，要坚持以人民为中心的发展思想，在高质量发展中促进共同富裕。"而在2021年全国"两会"期间，习近平总书记曾经强调："脱贫摘帽不是终点，而是新生活、新奋斗的起点"，"实现人的全面发展和全体人民共同富裕，仍然任重道远"。

何谓共同富裕？简言之，共同富裕是全体人民通过辛勤劳动和相互帮助最终达到丰衣足食的生活水平，也就是消除两极分化和贫穷基础上的普遍富裕。中国人多地广，共同富裕不是同时富裕，而是一部分人一部分地区先富起来，先富的帮助后富的，逐步实现共同富裕。共同富裕是社会主义的本质规定和奋斗目标，也是我国社会主义的根本原则。

2021年3月14日，经十三届全国人大四次会议表决通过的《中华人民共和国国民经济和社会发展第十四个五年规划和2035年远景目标纲要》正式发布。在这份规划中，明确了实现共同富裕的相关部署，提出到2035年，"全体人民共同富裕取得更为明显的实质性进展"，在改善人民生活品质部分进一步强调了"扎实推动共同富裕"。

令人振奋的是，在"十四五"规划纲要第三十二章"深入实施区域协调发展战略"之第四节"鼓励东部地区加快推进现代化"中，明确载入了"支持深圳建设中国特色社会主义先行示范区、浦东打造社会主义现代化建设引领区、浙江高质量发展建设共同富裕示范区"，由此表明，在"十四五"国家重大战略上，浙江将承担相当重要的发展任务。

扎实推动共同富裕何以成为中国"十四五"时期重大任务？简而言之，一是坚定不移地走共同富裕道路，是以人民为中心的发展思想的内在要求；二是脱贫攻坚战的全面胜利，为扎实推动共同富裕夯实了基础、创造了条件；三是促进全体人民共同富裕，在全面建设社会主义现代化国家新征程中的重要性将更加突出。这三句概括性的回答，应已阐明其理由。

事实上，"共同富裕"对于中国人来说并不陌生。100年前，中国共产党的主要创始人之一李大钊曾经指出："社会主义是要富的，不是要穷的。是整理生产的，不是破坏生产的。"

1953年12月，《中共中央关于发展农业生产合作社的决议》中提出了

和谐富足的生活

"共同富裕"的概念。随后，毛泽东主席对此进一步指出，在逐步实现社会主义工业化和逐步实现对手工业、对资本主义工商业的社会主义改造的同时，逐步实现对整个农业的社会主义的改造，即实行合作化，在农村中消灭富农经济制度和个体经济制度，使全体农村人民共同富裕起来。

改革开放初期，邓小平曾经强调，一部分地区、一部分人可以先富起来，带动和帮助其他地区、其他的人，逐步达到共同富裕。而当中国进入了新时代，在全面建成小康社会取得伟大历史性成就的基础上，推动共同富裕被摆到了更加重要的位置上。

那么，"十四五"规划纲要何以选择浙江为"高质量发展建设共同富裕示范区"？

2021年6月10日晚，《中共中央国务院关于支持浙江高质量发展建设共同富裕示范区的意见》（下简称"《意见》"）发布。这是一份事关"共同富裕"的重磅文件，它围绕构建有利于共同富裕的体制机制和政策体系，提出6方面20条重大举措。其中涉及解决地区差距、城乡差距、收入差距等薄弱环节和重要问题。

对于为什么选择浙江为"高质量发展建设共同富裕示范区"，《意见》认为，促进全体人民共同富裕是一项长期艰巨的任务，需要选取部分地区先行先试、做出示范。浙江省在探索解决发展不平衡不充分问题方面取得了明显成效，具备开展共同富裕示范区建设的基础和优势，虽然也存在一些短板弱项，但具有广阔的优化空间和发展潜力。

具体有哪些基础和优势？又有怎样的空间和潜力可以解决短板弱项？国家发改委有关负责同志在对《意见》予以解释时，给出了3点具体原因。

首先，浙江省情具备开展示范区建设的代表性。从规模看，浙江面积、人口具有一定规模。从地理区划看，浙江有"七山一水二分田"，行政区划上有2个副省级城市、9个地级市和53个县（市），代表性较强。从城乡看，浙江既有城市，也有农村，农村户籍人口占了一半。

其次，浙江具备开展示范区建设的基础和优势。浙江富裕程度较高，2020年全省地区生产总值为6.46万亿元，人均地区生产总值超过10万元。居民人均可支配收入为5.24万元，仅次于上海和北京，是全国平均水平的1.63倍。城乡居民收入分别连续20年和36年居全国各省区（不含直辖市）第1位。

同时，浙江城乡居民收入倍差小，发展的均衡性较好。据了解，浙江城乡居民收入倍差为1.96，远低于全国的2.56，最高最低地市居民收入倍差为1.67，是全国唯一所有设区市居民收入都超过全国平均水平的省份。

在改革创新意识方面，浙江也较为浓烈。比如，浙江探索创造了"最多跑一次""枫桥经验"等，各地普遍具有比较强烈的改革和创新意识，便于大胆探索和及时总结提炼共同富裕示范区建设的成功经验和制度模式。此外，浙江在市场经济、现代法治、富民惠民、绿色发展等多个领域也取得了一些显著成果。

最后，对于发展不平衡不充分问题仍然突出的现状，浙江探索解决的空间和潜力较大。国家发改委有关负责同志表示，浙江在优化支撑共同富裕的经济结构，完善城乡融合、区域协调的体制机制，实现包容性增长的有效路径方面都还有较大的探索空间。特别是正确处理好稳定扩大就业与技术进步的关系，发展过程中如何有效破解用地不足、资源约束等矛盾，如何形成先富帮后富、建立有效提高低收入群体收入的长效机制，反垄断和防止资本无序扩张等，都迫切需要探索创新。

国家发改委有关负责同志表示，通过在浙江开展示范区建设，及时形成可复制推广的经验做法，能为其他地区分梯次推进、逐步实现全体人民共同富裕作出示范。

的确，作为"试验田"的浙江，改革开放以来，尤其是党的十八大以来，在社会经济建设发展方面，在共同富裕已有成果方面，的确令人钦佩。如在经济的增速上，浙江速度之快，各省区市无出其右者。仍以浙江省的地区生产总值为例，破新万亿的速度可谓蹄疾步稳。浙江省地区生产总值2011年首破3万亿元，2014年突破4万亿元，2017年突破5万亿元，2018年达5.62万亿元，2019年一举突破6万亿元，2020年达6.46万亿元，而且这一势头始终未减，甚至越来越快。

浙江农村经济发展得比较好，无可置疑地走在了全国前列。这一点，也成为浙江被确定为"高质量发展建设共同富裕示范区"的重要原因。早在2017年6月，浙江省第十四次党代会就提出了"高水平全面建成小康社会、高水平推进社会主义现代化建设"的奋斗目标（下文将详述），明确了必须确保浙江广大农村同步高水平全面建成小康社会。事实也确实如此，浙江的高水平全面建成小康社会的工作重心始终在农村。

甚至可以说，一旦广大农村达到了高水平小康社会，整个社会的小康社会建设大任即已告竣。

这一历程令人慨叹，这一成果让人振奋。

全面建成小康社会是实现共同富裕的基础和前提。我们这部长篇报告文学着重叙写的，正是"浙江农村是怎样在全国率先全面建成高水平小康社会的"这一话题。是的，只有首先回顾浙江高水平全面建成小康社会、高水平推进社会主义现代化建设的进程和成果，方能更加透彻地理解浙江被确定为"高质量发展建设共同富裕示范区"的根本原因。

"绿桑高下映平川，赛罢田神笑语喧。林外鸣鸠春雨歇，屋头初日杏花繁。"（宋·欧阳修《田家》）这是一幅迷人的春天郊野图，描述的是一群快乐的农民在刚下过春雨的田野和树林间劳作。此时绿油油的桑树从正在一片平畴里生长，而在那村庄里，繁盛的杏花已把屋顶遮盖。一首梦境般的田园诗，寄寓的无疑是一份朴素而真挚的向往。

国外没有关于"小康"这个词的明确概念，这是中国人自己创立的社会经济发展的专有名词。这一词语最早出自《诗经·大雅·民劳》中"民亦劳止，汔可小康。惠此中国，以绥四方"这句朴素的诗句，表现了普通百姓对宽裕、殷实的理想生活的追求，意思是说，辛勤劳动的人们也应该获得安乐的生活，尤其是要让中原的民众得到实惠，以使四方人们安居乐业。汉代典籍《礼记·礼运》也对"小康"进行了释读，指夏禹、商汤、周文王、周武王、周成王、周公之治时政教清明和人民富裕安乐的社会局面，亦指古代自然经济条件下比较宽裕的生活状态，是比现代人理想中"天下为公"的"大同"社会较低级的发展阶段和社会形态。

2500多年前的人们，已经以诗文的方式，表达对拥有辛勤劳动应得的实惠的渴望和对安宁富裕生活的向往。然而朝代更迭，世事跌宕，虽然岁月无数次轮回，这一奴隶制时代先民的理想却始终得不到实现。

1979年12月6日，邓小平在会见来访的日本首相大平正芳时，根据我国经济发展的实际情况，第一次提出了"小康"概念以及在20世纪末我国达到"小康社会"的构想。他指出："翻两番，国民生产总值人均达到八百美元，就是到20世纪末在中国建立一个小康社会。这个小康社会，叫作中国式的现代化。"

党的十八大报告根据我国经济社会发展实际和新的阶段性特征，在党的十六大、十七大确立的全面建设小康社会目标的基础上，提出了一些更具明确政策导向、更加针对发展难题、更好顺应人民意愿的新要求，以确保到2020年全面建成小康社会。全面建成小康社会是我国实现现代化建设第三步战略目标必经的承上启下的发展阶段，全面建成的小康社会是经济、政治、文化、社会、生态文明全面发展的小康社会，是为实现社会主义现代化建设宏伟目标和中华民族伟大复兴奠定坚实基础的小康社会。

党的十八大报告根据中国特色社会主义五位一体总体布局，充实和完善了全面建成小康社会的目标：一是经济持续健康发展；二是人民民主不断扩大；三是文化软实力显著增强；四是人民生活水平全面提高；五是资源节约型、环境友好型社会建设取得重大进展。

值得一提的是，党的十八大报告在对小康社会建设提出具体部署时，特意明确了"全面小康"和"建成"。无疑，这又是具有中国特色的小康社会建设标准和实现这一标准所必须完成的刚性任务。

"全面小康"不同于"总体小康"。小康也有一个从低到高的发展过程，总体小康只能说是刚刚跨过小康的门槛，它是低水平的、不全面的、发展很不平衡的小康。所谓低水平，就是虽然经济总量已经达到一定规模，但人均水平还比较低。所谓不全面，就是小康基本上还处于满足生存性消费的阶段，而发展性消费还没有得到有效满足，社会保障还不健全，环境质量还有待提高。所谓发展很不平衡，是指地区之间、城乡之间发展水平差距不小。显然，全面小康才是真正意义上的小康，因为这一阶段除了注重提高物质生活水平外，还特别注重人们的精神生活、所享受的民主权利，以及生活环境的改善等方面，实现社会全面进步。

而"建成"与"建设"无疑也有着重要区别。其区别点主要有三：建成是建设过程中的收官阶段；建成是在建设道路上即将达到预期目标的冲刺阶段；建成是在全面衡量建设过程和当前状况后对按计划实现目标的科学判断。

全面建成小康社会是党和国家到2020年的奋斗目标，是全国各族人民的根本利益所在。我国参照国际上常用的衡量现代化的指标体系，并考虑实际国情，从10个方面形成了全面建成小康社会的基本标准：

一是人均国内生产总值超过3000美元，这是实现全面建成小康社会目标的根本标志；二是城镇居民人均可支配收入达到1.8万元（2000年不变价，下同）；三是农村居民家庭人均纯收入达到8000元，城乡居民收入差距继续缩小；四是恩格尔系数低于40％；五是城镇人均住房建筑面积达到30平方米；六是城镇化率达到50％；七是居民家庭计算机普及率达到20％；八是大学入学率达到20％；九是每千人医生数达到2.8人；十是城镇居民最低生活保障率达到95％以上。

一系列确凿无误的数据，已充分显现了中国在全面建成小康社会上的巨大成就：

"十三五"时期，国内生产总值年均名义增量达到6.5万亿元，比"十二五"时期增加1.0万亿元；2019年、2020年人均国内生产总值超过1.0万美元；2020年，全国居民人均可支配收入比2010年实际增长100.8％。

"十三五"时期现行标准下5575万农村贫困人口实现脱贫；第一批脱贫攻坚普查结果显示，1385万建档立卡贫困户全部实现"两不愁三保障"；基本医疗保险覆盖超过13亿人，基本养老保险覆盖近10亿人；城镇新增就业超过6000万人。全面建成小康社会的10个方面的基本标准不仅已经达到，不少方面还已超过。

紧扣全面建成小康社会目标任务，统筹推进经济建设、政治建设、文化建设、社会建设、生态文明建设，我国经济更加发展、民主更加健全、科教更加进步、文化更加繁荣、社会更加和谐、人民生活更加殷实，全党全国各族人民的自信心、自豪感和凝聚力、向心力显著增强。

2020年我国脱贫攻坚战取得全面胜利，决胜全面建成小康社会取得决定性成就，这让共同富裕的愿景加速照进现实。是的，那个久远而真挚的富裕之梦，那份朴素而深刻的热切向往，已在这个伟大的年代化为现实，而且，它向我们徐徐展开的美丽图景超越了预期，高水平发展和高品质生活带给我们的是无尽的惊喜。

位于金华市区的金磐扶贫经济开发区

"八月涛声吼地来，头高数丈触山回。须臾却入海门去，卷起沙堆似雪堆。"（唐·刘禹锡《浪淘沙（其七）》）地处东海之滨的浙江省，自改革开放以来，成为中国社会经济发展速度最快的地区之一。在全面建成小康社会、走向共同富裕的进程中，浙江省同样不甘人后。

值得一提的是，党的十八届五中全会给中国未来5年定下的目标是"全面建成小康社会"，而给浙江未来5年定下的目标是"高水平全面建成小康社会"。2017年6月，浙江省第十四次党代会提出了"高水平全面建成小康社会、高水平推进社会主义现代化建设"的奋斗目标，即此后5年（"十三五"期间）的奋斗目标是：确保到2020年高水平全面建成小康社会，并在此基础上，高水平推进社会主义现代化建设，以"两个高水平"

的优异成绩，在浙江谱写实现"两个一百年"奋斗目标的崭新篇章。

而之前制定的浙江省"十三五"发展的主要目标，也明确了"确保实现已经确定的'四翻番'目标，高水平全面建成小康社会"，这也是浙江省第一次提出全面建成小康社会的"高水平"的要求。

事实上，建成小康社会，浙江早已起步，且成果卓著。早在2012年，浙江省第十三次党代会就郑重宣布，浙江已基本实现全面建设惠及全省人民小康社会的目标。浙江全面小康指数多年均在95％以上。2016年，浙江又消除了家庭人均年收入4600元以下的贫困现象，大大缩小了城乡居民之间的贫富差距。定位于"高水平全面建成小康社会"对于浙江并非纸上谈兵，它反映了浙江的现实基础，彰显了浙江的开拓进取精神，体现了浙江人的殷切期望。

如何理解"高水平全面建成小康社会"？有3个关键词，就是"高水平、均衡化、新优势"。

追求高水平，主要是要追求经济发展水平更高、公共服务水平更高和百姓收入水平更高。推进均衡化，就是要补短板，主要是要缩小城乡差距、区域差距和收入差距，开展精准扶贫，实现共同富裕。增创新优势，就是要激发新活力、培育新动力，增创浙江竞争新优势。具体地说，"两个高水平"主要是指在以下5个方面实现目标。

第一，在提升综合实力和质量效益上更进一步、更快一步，努力建设富强浙江。到2022年，全省生产总值超过7万亿元，人均生产总值达到12万元；居民、企业、财政三大收入持续较快增长，城镇居民人均可支配收入超过7万元，农村居民人均可支配收入超过3.5万元。科技创新能力、产业国际竞争力和城乡区域协调性全面增强，民营经济发展水平全面提高。

第二，在提升各领域法治化水平上更进一步、更快一步，努力建设

安吉县鲁家村"鲁家两山学院"

法治浙江。法治政府基本建成，法治监督更加有效，执法更加公正规范，司法质量、效率和公信力显著提升，省级党内法规制度体系基本形成，各级领导干部运用法治思维和法治方式推动工作的能力不断提高，人民群众的合法权益得到切实保护。

第三，在提升文化软实力上更进一步、更快一步，努力建设文化浙江。文化自信进一步坚定，中国梦和社会主义核心价值观深入人心，红船精神、浙江精神广泛弘扬，优秀传统文化得到有效保护和传承，公共文化服务体系更加完善，文化产业成为万亿级产业，人民精神文化生活更加丰富，公民文明素质和社会文明程度明显提高，文化创造力、传播力、影响力显著增强。

第四，在增强人民群众获得感上更进一步、更快一步，努力建设平安浙江。群众普遍拥有更稳定的工作、更满意的收入、更舒适的居住条件、更安全的生活环境。财富分配更加均衡，中等收入群体日益扩大，低收入群体收入增长快于居民收入平均增幅，城乡居民收入倍差缩小到2倍以内。优质教育和医疗卫生服务共享水平进一步提高，社会保障全面覆盖、更趋公平，社会养老服务质量明显提升。涉及公共安全的城乡危房、地质灾害重大隐患基本消除。省域1小时交通圈基本建成，实现县县通高速、村村通客运，信息、水利等基础设施更加完善。打造"枫桥经验"升级版，社会治理现代化水平明显提升，建设平安中国示范区。

第五，在提升生态环境质量上更进一步、更快一步，努力建设美丽浙江。确保不把违法建筑、污泥浊水、脏乱差环境带入全面小康。巩固提升剿灭劣Ⅴ类水成果，全省饮用水源地水质和跨行政区域河流交接断面水质力争实现双达标，城市空气质量优良天数比例继续提高，垃圾分

河清海晏，景色宜人

类收集处理实现基本覆盖，城市生活垃圾总量实现零增长，使全省天更蓝、地更净、水更绿、空气更清新、城乡更美丽。

毋庸置疑，上述目标均对标高水平全面建成小康社会的具体要求，不少指标已经远远高于小康社会的一般性指标，显现了浙江在小康社会建设上的高标准，也显现了浙江强大的社会经济发展实力。至2020年底，浙江高水平全面建成小康社会的伟大工程已圆满收官。

浙江省的小康社会建设各项指数十分系统、客观、真实。通过以下这组数据，我们就可以对位于东海之滨的浙江省的高水平全面建成小康社会、走向共同富裕的成果有一个直观的感受：

"十三五"（2016—2020年）期间，浙江省地区生产总值先后于2017年、2019年分别跃上5万亿元和6万亿元台阶，2020年达到了64613亿元，继续列广东、江苏、山东之后，稳居全国第4；增速达36%，处在全国各省区市上游水平。

按可比价格计算，2020年浙江省地区生产总值比上年增长3.6%，增速高出全国平均水平1.3个百分点。分产业看，第一产业增加值为2169亿元，增长1.3%；第二产业增加值为26413亿元，增长3.1%；第三产业增加值为36031亿元，增长4.1%。三大产业增加值比例为3.3∶40.9∶55.8。

由于2020年初突如其来的新冠肺炎疫情对经济发展造成巨大冲击，国民经济瞬间处于"停摆"状态，浙江省主要经济指标1—2月出现大幅下滑，3月开始全面回升，地区生产总值累计增速，一季度、上半年、前三季度和全年分别为−5.6%、0.5%、2.3%和3.6%，经济运行逐季稳步回升，主要经济指标完成情况好于预期。

2020年，浙江居民人均可支配收入为52397元，比上年增加2498元，名义增长5.0%，扣除价格上涨因素后实际增长2.6%，首次踏上5万元台阶；城镇居民人均可支配收入达62699元，比上年增加2517元，名义增长4.2%，扣除价格上涨因素后实际增长2.1%；农村居民人均可支配收入达31930元，比上年增加2054元，首次踏上3万元台阶，名义增长6.9%，扣除价格上涨因素后实际增长4.0%。

事实上，还在2019年时，浙江省的小康社会建设各项指数已经大大"超标"：按可比价计算，当时浙江省地区生产总值达到"十三五"规划目标（6.1万亿元，2015年价）的94.6%，"十三五"前4年年均增长7.3%，比全国同期年均增速（6.7%）高出0.6个百分点。2019年，浙江省人均地区生产总值增至107624元（15601美元），为全国平均水平的1.52倍，居全国第4，高于世界银行于2019年划定的高收入经济体标准线（12700美元）；而到了2020年，按照人均地区生产总值计算，浙江省与其他6个省区市一样，已经跨越发达经济体门槛（按照世界银行标准，发达经济体的标准为人均国内生产总值达12535美元）。

根据国家统计局2019年修订的《全面建成小康社会统计监测指标体系》，分别按"国标"（国家统计局对接全国"十三五"规划而统一设定的目标值）、"省标"（对接浙江省"十三五"规划而设置的高水平目标值）测算，浙江全面建成小康社会"国标"实现度由2015年的85.8%提升至2019年的98.7%，"省标"高水平实现度由2015年的82.0%提升至2018年的98.0%。在52项具体指标中，48项指标已提前达到"国标"，43项指标已提前达到"省标"，2020年底高水平全面建成小康社会圆满收官，无半点水分。

与此同时，还必须为2020年添上一笔的是三大攻坚战（习近平总书记在党的十九大报告中提出：要坚决打好防范化解重大风险、精准脱贫、污染防治的攻坚战，使全面建成小康社会得到人民认可、经得起历史检验）取得决定性成就，各项民生实事圆满完成。

一个个充满温度的数据，一个个走在前列的指标，一个个生动鲜活的样本，折射出浙江迈向高水平全面建成小康社会、走向共同富裕的坚实脚步。经济规模与质量、速度与效益、增长与转型、生产与生活、发展与生态、经济与社会，正在更高层次上达到新的水平。

2020年3月底4月初，习近平总书记在浙江考察时，对浙江如何继续当好排头兵提出期待和重托：要继续干在实处、走在前列、勇立潮头，要努力成为新时代全面展示中国特色社会主义制度优越性的重要窗口。对浙江的这一新目标、新定位，为浙江实现更好更快发展，高水平全面建成小康社会、走向共同富裕指明了战略方向，提供了战略指引。

"在融入大局中形成开放发展新格局。坚持跳出浙江发展浙江，找准切入点、聚焦发力点、形成增长点，深入推进全省域全方位融入长三角一体化发展，积极参与'一带一路'建设，为打赢脱贫攻坚战贡献更多浙江力量，推动全省更好更快发展。"2020年4月7日，浙江省委理论学习中心组专题学习习近平考察浙江重要讲话精神时，提出了要对标对表习近平总书记对浙江工作提出的明确要求，结合实际创造性地抓好贯彻落实。在谈到"要把握点与面的关系"时，习近平认为，浙江既已取得高水平全面建成小康社会的巨大成果，就应该在全国的开放发展新格局中，跳出浙江发展浙江，以点带面地推动更大范围内的发展进步，打赢脱贫攻坚战，进一步谋求共同富裕，体现浙江"重要窗口"的作用。

在2020年5月22日的全国"两会"上，浙江省委做出明确承诺："我们将认真学习贯彻习近平总书记重要讲话精神，全面落实政府工作报告部署要求，坚决扛起建设'重要窗口'的使命担当，下定决心，排除万难，奋力夺取统筹'两战'（疫情防控、经济社会发展）的决定性胜利，如期交出高水平全面建成小康社会的高分答卷。"这一任务已经圆满完成。

2020年9月10日，浙江省委书记袁家军在省委党校举行的2020年秋季学期开学典礼上指出，浙江改革发展的事业是在传承接力中推进的，浙江富民强省的愿景是在不懈奋斗中实现的，不管形势怎么变、任务怎么变，坚定不移地沿着习近平总书记为浙江指引的路子走下去的战略定力不能变，续写"八八战略"这篇大文章的战略意志不能变，奋力打造"重要窗口"的战略目标不能变。

这说明，浙江在"努力成为新时代全面展示中国特色社会主义制度优越性的重要窗口"的过程中，一方面已经圆满完成高水平全面建成小康社会的任务，另一方面还将把自己高水平全面建成小康社会、走向共同富裕的经验和成果推广到长三角、全国乃至"一带一路"区域。显然，在努力成为"重要窗口"并积极发挥其作用的过程中，全面建成小康社会能否达到高水平、能否做到共同富裕已置于十分突出的地位。

事实上，把高水平全面建成小康社会、走向共同富裕作为展示中国特色社会主义制度优越性的重要内容，自党的十八大以来，尤其是在近几年，浙江一直在不断使力、不断冲刺。

"毕竟西湖六月中，风光不与四时同。接天莲叶无穷碧，映日荷花别样红。"（宋·杨万里《晓出净慈寺送林子方》）这是对西湖美景的赞颂，倘若以此描摹当今浙江大地之美，更是生动的、贴切的。毕竟已是西湖六月天了，风光与其他季节大不相同。这是景色最美的时候，那密密层层的荷叶铺展开来，仿佛与天相接，形成一片无边无际的青翠碧绿，阳光下荷花分外鲜艳娇红。

毕竟我们拥有了富足和谐的生活，毕竟我们立在了时代的潮头、走在了前列、站在了高处，毕竟我们还在向新的更高目标进发，接天莲叶无穷碧，便是最好的季节、最美的时候。

请允许我推开这扇"浙江之窗"，打开当今浙江这幅旖旎迷人的美丽画卷。

# 在绿水青山间升起多彩的梦

从解决温饱、完成脱贫，到实现高水平小康，下姜村的嬗变故事，是浙江在提高全面建成小康社会水平和走向共同富裕道路上更进一步发挥先行和示范作用的生动实例。

尽管淳安县枫树岭镇下姜村的脱贫致富、共同富裕故事在浙江无人不知，然而我们还是要再说一说这个最具典型意义的小康社会化梦为实的生动例证。

下姜村的村口公园前，那一行艺术字"梦开始的地方"，道出了这里的人们实现梦想的喜悦之情。

在下姜村流连，免不了会迈过三座桥：凤栖桥、连心桥、富民桥。迈过这三座桥，就能走到对岸的三个地方：毛竹林、民宿群、产业园。在常人眼里似乎较为常见的这三个去处，在下姜人心目中，却拥有难以道尽的象征意味。概括地说，它们象征着从直接消耗资源的粗放型发展方式，递进到生态农业、文旅融合的发展方式，记录着村庄逐步进入全面小康阶段的难忘故事。

隐没在大山深处的下姜村，曾以偏僻著称，以贫穷出名，即便改革开放已经多年，但因地理条件所限，且一时未找到合适的发展路子，在很长时间里一直没能做到脱贫致富。当时有这么一句民谣，"土墙房、半年粮，有女不嫁下姜郎"，由此可略知下姜村那时的样子。

谁不想获得温饱和富裕啊？这似乎是人类的一种本能，一种无法泯灭的夙愿。为实现愿望，下姜人从未停止过努力，却又时时陷入茫然不知所措中。

"看着别的村发展了，致富了，我们怎么能不急呢？在没有找到更好路子的情况下，我们急躁冒进，有些顾头不顾尾了，像要把大山砍秃似的伐木砍竹。当年最多时，村里有40多座木炭土窑同时开烧，大量竹木被塞进窑孔里。短短几年间，6000多亩林子不见了，群山成了癞痢头，整座村庄也没人管理，环境变得恶劣。"曾担任28年下姜村村支书的姜银祥说。那个时候，下姜村的空气中弥漫着呛人的烟雾，地上则是被雨水一冲就到处流淌的猪粪猪尿，苍蝇满天飞，村里肠道传染病不断。

更让人沮丧的是，为了脱贫致富，不惜使环境遭到破坏，但环境被破坏了，渴望中的富裕并没有到来，下姜人的生活依然捉襟见肘。

然而，正是在这个时候，村庄的发展迎来了一个巨大的转折点。下姜村成了习近平总书记在浙江任省委书记时的基层联系点，他担任起下姜村脱贫致富的引路人。

"从2003年到2007年，习书记先后4次来到下姜村。2003年4月24日，他第一次来的时候，是从淳安县城颠簸了60多千米的'搓板路'，又坐了半小时的轮渡，再绕了100多个盘山弯道，才到达我们村的。他四处察看，与村民交谈，与村干部们一起分析研究脱贫致富的方法，一下子就揪住了'牛鼻子'。"姜银祥深情地回忆，"当时，习书记看着被我们砍秃的山，马上说'要给青山留个帽'，看着脏乱差的村容村貌，当即建议修建沼气池，并叮嘱随行的同志，资金问题由省财政解决。"

习近平太清楚在农村发展沼气的种种好处了，当年他在陕北农村担任党支部书记时，就曾建起陕西第一个沼气村。沼气池建好后不久，他

再次来到下姜村调研时，要求村民们维护好、使用好沼气设施，以此来改变村容村貌。从这个时候起，下姜人慢慢知道，在如诗如画的千岛湖畔，完美的村容村貌也是一种财富。

2005年3月22日，习近平在下姜村看完黄栀子基地后，指示随行的同志："授之以鱼不如授之以渔。要不断完善特派员、指导员制度，真正做到重心下移。今后，驻村指导员全省要做到每个村一个。"很快，包括下姜村在内，驻村指导员走进了浙江3万多个村庄，具体指导小康社会建设。

下姜村完全放弃了原本的伐木砍竹用土窑烧木炭的方法，在驻村指导员的帮助下，开始大力发展生态农业、观光农业。以往蚕桑、茶叶、水稻、玉米等传统农业大多分散经营，农民辛苦一年，收获却少得可怜。通过土地流转，种植户们获得了更多的土地，大力发展生态农业，葡萄园、草莓园、桃园等特色农业种植日渐红火，村民的腰包鼓起来了，还直接带动了旅游业的发展，整个村庄的经济实力也在不断增强。

村民余绍民在下姜村一家草莓园里工作。这家草莓园所生产的草莓，不仅通过传统销售渠道销往各地，还通过直接送货和网络电商，把一盒盒新鲜的草莓送到千岛湖镇上，乃至更远的地方，经济效益日渐见好。"我脚下的这片草莓地，以前是我们家自己种水稻的田地。我现在在草莓园工作，每天工作8小时，每个月的工资超过3000元。草莓大棚不受季节影响，一年四季都可以种。"她说，"光是这份工作所带来的收入，就达3万多元。当然，草莓园的园主、负责草莓销售的专业户，收入就更高了。"

同样走上了富裕之路的还有村民姜城里。原先他家里穷，他出生时爹娘盼他以后能成为城里人，索性取了这个名字，可如今，他却愿意留在山里。"因为现在我去村里的葡萄园里铲草、杀虫、施肥，年收入就有3万多元，比在外打工的两个儿子还舒服，用不着去城里谋生了。"姜城里说。如今，仅靠葡萄种植这一项，全村村民人均至少可以增收500元，

这还不包括葡萄园带来的乡村旅游间接收入。从淳安县城、杭州市区通往下姜村的道路早已完成了改扩建，乡村旅游越来越发达，这成了一条名副其实的康庄大道。

村民姜德明曾是远近闻名的种茶大户，年轻时就靠开垦荒山、引种白茶，积攒起钱盖了全村第一栋小洋房。习近平来下姜村调研时还到过他家拉家常。在习近平的关怀下，浙江省中药研究所的高级工程师俞旭平也进驻了下姜村，带领村民在原本只能生长杂草、灌木的低坑坞种上了500亩黄栀子，让不少村民因此获得丰厚的收入，姜德明也是其中之一。

不过，后来姜德明找到的致富新路子，是开办民宿。2016年，老两口花了20多万元，把自家的老房子改成了"亲客民宿"，并于2017年元旦开张。"我的民宿价格实惠，我老婆烧的菜客人都爱吃，内外环境很清爽，吸引了很多城里来的中老年游客，不少还是回头客。"姜德明说。有了这家民宿，再加上茶叶、毛竹、中药材等的种植收入，他家早已不仅仅是脱贫，更是真正地进入"高水平全面小康"了。

"至今，全村已有民宿23家（含精品民宿2家），床位400个左右，2020年全年接待游客达76.89万人次，村集体经济总收入151万元。下姜村已从曾经的'土墙房、烧木炭、半年粮'转变为'农家乐、民宿忙、瓜果香'的小康社会建设示范村。"下姜村党总支书记姜丽娟介绍道。如今，做大乡村旅游产业，是下姜村发展的重头戏之一。为了顺应民宿产业蓬勃发展，村里还对现有民宿进行庭院、堂前改造，加强服务、餐饮从业人员培训，提升民宿品质，组织村民去天台、开化等地考察民宿业，并加大精品民宿的发展，逐步向其他3个自然村延伸，实现全村民宿"五统一"运营。

下姜村富了，却没忘了大家一起富。2019年，淳安县枫树岭镇、大墅镇的22个行政村组建了"大下姜"乡村振兴联合体，开始探索以下姜村为龙头、多村协同发展的乡村振兴路，实现从"一村绿富美"到"村村绿富美"。

"形成下姜核心区旅游培训和文创产业、白马片红色旅游和农特产品产业、夏峰片红高粱产业和铜山中药材产业等4大区域特色产业集群，带动村民增收致富，实现共同富裕。""大下姜"乡村振兴联合体党委常务副书记、工作组组长张宏斌介绍说，"通过创新党建引领、规划统筹、共联共享等机制，乡村旅游、农林、文创等产业蓬勃发展，吸引了更多在外打工的村民回村就业。"

枫树岭镇夏村村村民蒋小军在外打工，听到成立了"大下姜"乡村振兴联合体的消息之后，辞了外面的工作回到了老家。他说："在家里打工比外面好，自由，效益也好，我们的土地也入股了，还会有分红。如今老家已发展得这样好了，在这里我也有了更多的个人发展机会，致富的势头见好。"

2020年，"大下姜"乡村振兴联合体的22个村实现村集体经济总收入2000多万元，区域内村民人均可支配收入31078元，同比增长7.9%。这一年，下姜村还被评为全国文明村、中国美丽休闲乡村、全国乡村旅游重点村落等，并成功地创建国家4A级旅游景区。"大下姜"乡村振兴联合体美好的发展前景，也吸引了周边更多的乡村加入。到了2021年，"大下姜"乡村振兴联合体已"扩编"到25个村。

从"脏乱差"到"绿富美"，从解决温饱、完成脱贫，到实现高水平小康、共同富裕，下姜村共同富裕的嬗变故事，正是浙江努力在提高全面建成小康社会水平上更进一步，发挥共同富裕示范作用的一个生动实例。

下姜村实现高水平全面小康和共同富裕，主要依靠的是两条路子：一是构建绿色致富产业体系，包括发展生态精品农业、推进农产品商品化、塑造"有机下姜"公共品牌和畅通线上线下销售渠道等方法，这些方法均是从下姜村的实情出发而确定的；二是建设乡村旅游全产业链，包括丰富乡村生态旅游产品、提升发展乡村民宿经济、大力推进"互联网＋"旅游和提升旅游运营管理能力等手段，这些手段均符合当今生态农业和文旅产业的发展趋势，符合小康社会背景下人们之所需。脚踏实地、实事求是，找准发展路子，着眼实际效益，这是推进小康社会建设的原则所在。

下姜村后山上有一处名为"宁静轩"的观景台，站在这里可以俯瞰整个村庄，看见那条蜿蜒流淌、清亮如诗的凤林港溪，眺望远处的千岛湖，尽览层层叠叠的翠绿群山，真是一派让人心旷神怡的好风景。

"我们的目标是，到2035年，在高水平全面建成小康社会的基础上，下姜村及周边地区发展融于一体，率先实现农村现代化，形成宜居、宜业、宜文、宜游'新下姜'；到2050年，要带动更广区域、更多群众实现共同富裕，建成富裕民主文明和谐美丽的现代化新农村。"姜丽娟描绘了一幅更加诱人的未来发展图景。是的，即便已经达到了高水平全面小康，他们的脚步也不会停止，因为下姜人已经明白，只要坚持走符合本地实际的乡村振兴之路，就可以拥有更加富裕、更高水平的小康生活，未来的美好还在召唤着他们。

"问渠那得清如许？为有源头活水来。"下姜村中有一座思源亭，思源亭里有一块碑，碑上刻着一封信。那是2011年习近平同志在离开浙江4年之后写给下姜村党支部、村委会的一封信。这封信始终激励着下姜人，朝着更高目标努力。是的，如果说现在的下姜村已经实现了"最美下姜"的目标，成了一座美丽富裕的现代村庄，那么，他们的下一个目标是，努力打造"最富下姜"，为乡村振兴的中国模式提供下姜样本，使下姜村成为全面展示新时代中国特色社会主义制度优越性的重要窗口。是的，生态农业、农旅融合让下姜村走出了一条脱贫致富、快速发展的先行路子，新的美丽梦境还将徐徐展开。

## 山呼海应，互补互偿方能共同富裕

> 互惠互利，合作共赢。山海协作工程的目的，就是要实现共同富裕，让发达地区有更多的发展腹地，让加快发展地区有更多的高端要素。

2002年，根据浙江省、衢州市的统一部署，位于浙西的江山市与位于东部沿海发达地区的绍兴市柯桥区（时为绍兴县）、杭州市江干区

（2021年4月大部分并入上城区，小部分并入钱塘区）、杭州市下城区（2021年4月拱墅区）结对。

结对以来的近20年中，两方四地在平台共建、乡村振兴发展、社会事业等领域开展了广泛合作。随着高水平全面建成小康社会工作的不断推进，两方四地山海协作之路越走越扎实，成果越来越丰硕。

以江山市石门镇长山源村为例。曾经无人知悉的偏僻村庄，竟在较短的时间里成为网红村庄。此事的缘起却是一次特殊的攀亲。

2018年，原杭州市江干区发改局与江山市石门镇长山源村签订了山海协作结对帮扶协议；2019年，双方又在原有基础上，开展了一次次山海协作乡村振兴示范点对接工作。利用一起参加山海协作乡村振兴培训班的契机，长山源村"两委"和江山招商局（协作办）与杭州"亲戚"开展了多次"头脑风暴"，协作思路渐渐明晰。

长山源村坐落在"江郎山—清漾—廿八都"国家5A景区边缘，由5个自然村组成。村庄被群山怀拥，村舍依山而建，完全是一幅清新的山水图。走进村庄，人们首先会被那些五彩斑斓、耐人寻味的3D墙绘所吸引。这些墙绘都是由中国美院的创作团队创作的，全部以村舍屋墙为底，与大自然融为一体。"村里已经建成的项目有农家乐、民宿、旅游公厕、游步道、花海等，这两年村里发展这么快，多亏结了杭州好'亲戚'。"长山源村党委书记柴树林感激地说。

柴树林回忆，这几年来，原杭州市江干区相关部门帮助联系设计单位、筹集款项、下派干部，还结合江山市的党建示范带项目，先后投入援建资金200多万元，在长山源村实施了农房外立面改造，美丽庭院、花海景观打造等村容村貌提升项目，使农房变成了景点，农村变成了景区。

与此同时，在江山市、江干区两地相关部门的共同努力下，浙江灵泉文化旅游发展有限公司决定到长山源村投资建设峡谷漂流项目，同时，

最美县城之一桐庐县城

四川华朴现代农业股份有限公司带来了红心猕猴桃种植基地项目。村级特色产业由此得到了快速发展，既增加了村集体经济收入、提供了工作岗位，又带动了一批农家乐的发展。

江山市与东部沿海发达地区的山海协作，当然不止这一项。在平台共建方面，2013年，江山市和绍兴市柯桥区合作共建了"江山—柯桥山海协作产业园"，双方共同出资1亿元。一期规划开发总面积达5.95平方千米，主要针对木门家具、装备制造、食品饮料等产业，并先后引进央企大唐、民营企业500强之一娃哈哈、上市公司大北农等一大批企业投资项目。

在提供"消薄飞地"方面，2018年，柯桥区免费提供4个优质店面（年租金28万元），其租金作为江山市12个集体经济薄弱村的村集体经营性收入，2019年又进一步扩大了该项目的受惠覆盖面。同时，江山市还与结对区县联系，积极开拓渠道，使当地的农特产品进入结对区县的机关、食堂、院校、商超，为农户增加收入。这几年，江山市的不少电商还与江干贝店、下城云集等杭州龙头电商开展合作，累计销售江山猕猴桃等农特产品 800 多万元。

山海协作工程是浙江省特有的，旨在推动省内海岛和山区等欠发达地区协调发展，解决区域发展不平衡问题的一项战略举措。该工程最初是在 2001 年全省扶贫暨欠发达地区工作会议上提出的，于 2002 年 4 月正式实施。"山海协作"是一种形象化的提法，其核心理念是"合作共赢、共创共享"。"山"主要指以浙西南山区和舟山海岛为主的欠发达地区，"海"主要指沿海发达地区和经济发达的县（市、区）。

2002 年，习近平任浙江省委书记后，结合早期在福建等地参与"山海"治理的实践经验，深入推进山海协作工程，并将其纳入浙江"八八战略"中，山海协作工程由此被确立为省域层面的战略措施。此后，浙江历届政府一以贯之，始终坚持陆海统筹思路，坚持把欠发达地区的发展作为浙江新的经济增长点。10 多年来，山海协作工程取得了不俗的成绩，成为对外展示浙江区域协调发展水平的重要窗口。

自 2018 年起，浙江又着手启动山海协作工程升级版，这是新时代深化"八八战略"、促进区域协调发展的重要举措，是破解发展不平衡不充分问题、推进"两个高水平"建设的题中应有之义，也是推动经济欠发达地区转型升级、实现高质量发展和共同富裕的必然要求。

山海协作工程遵循的主要原则是"政府推动，企业主体，市场运作，互利双赢"，即通过政府的鼓励、引导和推动，在全面建成小康社会的进程中，促使发达地区的企业和欠发达地区开展优势互补的经济合作，促使省直有关部门和社会各界从科技、教育、卫生等方面帮扶支持欠发达地区，达到共同富裕。其主要做法是以项目合作为中心，以产业梯度转移和要素合理配置为主线，通过发达地区产业向欠发达地区合理转移、欠发达地区剩余劳动力向发达地区有序流动，激发欠发达地区经济的活力，推动经济加快发展，提高人民生活水平。

自2002年以来，尤其是2018年以来，丽水市与宁波市、嘉兴市、湖州市，丽水市的9个县（市、区）、开发区与杭州、宁波、嘉兴、湖州、绍兴、金华、台州7个市的21个经济强县和3个园区，相继实现全面结对并开展紧密协作。

协作共商，信息共通，难题共解。丽水市与对口协作市建立常态化互访、部门对口、区县对接的交流沟通渠道。自2018年以来，丽水市加强干部双向交流，共选派66名干部，对口协作地区共选派73名干部，开展双向挂职，为山海协作搭建起沟通合作的桥梁纽带。

丽水市景宁畲族自治县先后得到宁波市鄞州区、台州市温岭市、嘉兴市海盐县、绍兴市上虞区、宁波市宁海县等地的对口扶持，累计获得援建专项资金1.6亿元，争取区域合作资金35亿元，实施项目98个，带动地方投资80多亿元，景宁畲族自治县还成为全省首个在乡镇（街道）"山海协作"结对全覆盖的县。

丽水市莲都区在义乌市设立莲都生态农产品精品馆，实现莲都绿水青山生态产品与义乌大市场的联姻；景宁畲族自治县通过建立"飞柜"，把"景宁600"高山生态农特产品销往温岭、上虞、宁海、海盐等地，带动了当地2.4万户农民增收致富……山货搭上海风进入沿海市场，不断提高丽水"山耕"的品牌知名度。

为强化"一园多点、绿色发展"的开发模式，丽水市有针对性地加快推进"莲都—义乌""龙泉—萧山""遂昌—诸暨""松阳—余姚"等4个省级山海协作产业园建设，总规划面积21.48平方千米，完成固定资产投资274.72亿元，入园企业234个，产业项目到位资金184.75亿元。

迄今，"龙泉—萧山产业园"已先后形成以汽车（空调）零部件、生物医药产业、青瓷宝剑文创产业、现代物流产业为主导的现代化生态工业体系，成功培育了以三田集团、国镜药业为代表的重点龙头企业。

自 2018 年以来，丽水市先后成功引进了投资 2.6 亿元的"年产 500 台电力巡检机器人项目"、首期投资 3.5 亿元的上海丽恒"光电探测器特种芯片晶圆制造项目"等一批布局前瞻、技术领先的科技企业。

与此同时，在服务业方面，丽水市的省级山海协作生态旅游文化产业园建设十分红火，总规划面积达 10.23 平方千米，至 2019 年 7 月，已完成固定资产投资 30.16 亿元。"青田—平湖""云和—北仑""庆元—嘉善""缙云—富阳""景宁—温岭"等 5 个产业园开发建设不断加速，浙西南地区旅游产业方兴未艾。

在衢州市，"柯城—余杭产业园"已建成"同创智谷"，同时在杭州市余杭区建设柯城科创园，打造柯城人才引进和高新产业孵化"飞地"；"衢江—鄞州产业园"引进投资 12 亿元的中财管业，建成 2 万平方米的科创服务中心；"龙游—镇海产业园"引进总投资 50 亿元的中浙高铁龙游高端轴承产业园项目；"江山—柯桥产业园"引进总投资逾 10 亿元的娃哈哈饮料食品项目和总投资 12 亿元的欧派门业园；"常山—慈溪产业园"积极搭建科技研发平台，与中国农机院合作成立"收获机零部件研发中心"，并已获得"中国华东农机产业园"称号。衢州市还在全省率先建设"开化—桐乡山海协作生态旅游文化产业示范区"，打造全省首个非工业协作示范区，拟建成山水文化、根雕文化、茶文化等融合发展的特色平台。

早在 2006 年 7 月，衢州市就分别与杭州、宁波两市签订《关于加强资源与产业合作协议书》《共建山海协作示范项目协议书》，确定通过代保基本农田、代建标准农田和代造耕地等方式，由衢州市为杭州、宁波两市提供土地资源保障，杭州、宁波两市共为衢州市提供 22.5 亿元的土地资源开发资金和6亿元的山海协作项目配套资金，并各为衢州市引进总投资100亿元的产业性项目。

"海"对"山"的资金援助从未中断。仅在2016年，杭州、绍兴两市对衢州市的援建资金就分别达500万元、300万元，杭州市余杭区、宁波市鄞州区、宁波市镇海区、宁波市慈溪市、绍兴市柯桥区分别给予衢州市各结对县市150万元的资金援助，并以2016年的资金为基数，建立每年5%的增长机制，支持衢州市开展各类援建项目。

自2012年以来，"五水共治"、小城镇环境综合整治、山海协作新农村建设等援建项目相继实施。据统计，至2018年，衢州市社会事业和群众增收合作项目共到位资金达10262万元。道路修建、村庄整治、污水处理等基础设施项目的实施，改善了农村居住环境；养殖业、种植业、农产品加工等经济发展项目的实施，促进了农民增收致富。

来自衢州市的干部徐东，眼下上班的地方是位于杭州未来科技城的衢州海创园。前几年，徐东曾在未来科技城管委会挂职，现为衢州海创园长三角联络处主任。对于"科创飞地"，他自然有着极深的感受，也更适合于目前所承担的工作。"项目很重要，平台更重要，怎么利用好衢州海创园，让这个窗口平台效应最大化，我们从人才招引、科技创新、产业培育、项目合作、政策配套等方面入手，开展杭衢两地间全方位、深层次、实质性的合作，帮助衢州借船出海、借梯登高，实现优势互补、合作共赢和共同富裕。"徐东说。

毫无疑问，地处杭州市余杭区的衢州海创园运用数字运营、异地借智等手段，培育新的经济增长点，已成为衢州新经济发展的新引擎、新产业培育的新基地、招商招才的新阵地。截至2020年7月，仅衢州柯城科创园，就吸引了一批高级人才，培育科技型企业18家，取得有效发明专利22项，其他各类专利及著作54项。

推进山海协作工程，重点之一就是要加快"绿水青山就是金山银山"转换，促进相关地区的群众不断增加收入，缩小地区之间的收入差距。从根本上说，山海协作工程的目的，就是要实现山海共赢，让发达地区有更多发展腹地，让欠发达地区有更多高端要素，促进共同富裕。

众所周知，浙江加快发展县中，很多还处于重要水资源保护地和生态功能保护区，工业发展受到限制。实现浙江山区跨越发展，在产业选择上需要更加科学地进行规划。这就需要建立并进一步完善产业准入负面清单，积极培育数字经济和生物医药等新兴产业，坚决淘汰落后产能。着眼于全省优化经济布局推进山海协作工程，浙江正以山海协作工程为牵引，统筹推进大通道建设，促进大花园核心区与大湾区、大都市区高效衔接，率先推进省域一体化高质量发展。

"青田—平湖""景宁—温岭""苍南—龙湾"等等，如今，在全省范围内，已经建成多个山海协作生态旅游文化产业园。温州市苍南县和龙湾区，两地自2019年以来立足当地优势资源，打造生态服务产业。其中苍南县矾山镇福德湾村建设项目11个，年接待游客超100万人次，同比增长20%；苍南县马站镇中魁村村民年收入达到2.9万元，高出所在镇平均收入48%。景宁畲族自治县与沿海多个县市构建起"五县联盟"，优质生态农产品实现销售额3800万元，从而将山区资源禀赋变成"绿色宝藏"。嵊州市和缙云县积极推动地方产品走出去，打造特色服务产业。其中缙云烧饼在全国20多个省（区、市）已开示范点485家，2018年产值即达18亿元，从业人员达1.7万人，为"小吃经济"打开通往全国乃至全球的途径。近年来涌现的这些实例，表明了区域产业链融合、发挥欠发达地区资源优势的重要性。这是因为山海协作始终强调区域间的互惠互利、合作共赢，实现生态资源的有效利用和可持续发展。

山是钱塘江的源头，海是钱塘江的目的地。山海相连，山呼海应，只有让"山"与"海"牢牢牵引，方能使得两者合作共赢，共同富裕。

"摄衣更上一层楼，才到层霄最上头。"（宋·刘过《登凌云高处》）20年来，浙江山海协作工程从理论到实践、从地方经验到省域治理战略，均表现出强大的生命力，经受住了实践的检验，并且深刻改变了浙江社会、经济的发展面貌，极大地推动了浙江省高水平全面建成小康社会、走向共同富裕的伟大进程。

## "全面小康，一个都不能少！"

> 不能放弃任何一户贫困户的致富梦，不能让任何一个人在奔小康路上落单，共同迈进高水平小康社会，共享小康之福祉，才是共同富裕的真正含义。

褚富宝是嘉兴市南湖区余新镇金星村村民，是该市首家甜瓜专业合作社"褚大姐甜瓜专业合作社"的掌门人。从2007年这家合作社成立以来，褚大姐已把150户农户吸纳为合作社的社员，合作社甜瓜示范田达600余亩，每年的甜瓜总销售额在800万元上下，社员生产的甜瓜95％以上通过品牌销售，合作社也已被认定为市级、省级示范性农民专业合作社，浙江省百强农民专业合作社。"褚大姐"甜瓜还被评为浙江省名牌农产品。从这些数字可知，加入这个合作社的社员们不仅脱贫致富了，而且过上了真正的高水平小康生活。

然而，在这些社员中，有一些原先竟是"标准的贫困户"。

甜瓜大姐褚富宝

　　姚姓农户原先便是其中的一户低保户。老姚的妻子患有精神障碍，子女也受遗传影响，一家四口一度只靠老姚本人打零工及有限的低保金维持生活。褚富宝得悉老姚家的情况，在甜瓜生产较为稳定之后，便主动邀他加入合作社。"还在搭大棚的时候，老姚就产生了畏难情绪；试种的过程中由于中暑，又产生了放弃的念头。我一遍遍鼓励他，帮他搭棚，教他种瓜，担心他赤着脚在田里忙会把脚割伤，还特意买来球鞋送给他。老姚后来干得越来越投入，黄瓜种完又种甜瓜，当季收获的甜瓜收入有1万多元。当我把厚厚一沓钱亲手交到他手里时，老姚把钱数了又数，开心地说：'以前只看到别人有这么多钱，现在我都能拿到了，种甜瓜真把我们全家的生活改变了！'"褚富宝认为，让贫困户及时尝到甜头，鼓励他们进一步投身其中，是促进他们尽快脱贫致富的有效手段。

　　老吴也是金星村的村民，想种甜瓜却没有本钱，一时不知该怎么办。

褚富宝听说后，想方设法凑了2万多元借给他，还在自家承包的瓜田里，帮助老吴建了2座钢管大棚，并抽出时间教老吴夫妻俩种瓜。甜瓜丰收了，老吴家从此脱贫。村民小沈在工厂打过零工，也开过农用车，收入不高，空闲时迷上了赌博，生活条件越来越差。褚富宝邀请他与自己一起种瓜。小沈通过2个大棚的甜瓜种植，一年收入近3万元，赌博的不良嗜好从此彻底改掉。据统计，已有32户困难户通过加入"褚大姐甜瓜专业合作社"种植甜瓜，实现了脱贫致富，走上了小康之路。

褚富宝之所以能帮助这么多村民增加收入，改变家庭经济条件，一方面是因为她非凡的热心和乐于助人的真诚，另一方面则是因为所在镇、村和嘉兴市、南湖区乃至省工商局等相关部门给予的大力支持。"褚大姐甜瓜专业合作社"正是在省工商局干部、省农村工作指导员阙利明的指导和帮助下成立的，褚富宝本人的甜瓜种植更是一直得到所在镇、村的大力扶持。"早在2008年，嘉兴市委组织部就提出，在我们的专业合作社里搭建'创业先锋号'流动钢架大棚，免费提供给5户贫困户使用，贫困户脱贫了，再轮流提供给下一批贫困户使用，由我这个党员负责对这些困难户进行义务技术指导和相关帮扶。而后，在嘉兴市委组织部、南湖区委组织部等有关部门及余新镇政府的共同出资、帮助下，流转土地20余亩，搭建起钢架大棚10个，把贫困户们吸引来了。"

这些贫困户的产生，有着各自不同的原因。有的是因病致贫；有的是懒散惯了，整天沉湎于打牌，导致家庭经济困难；有的则是一直找不到工作，缺乏生活来源而成为困难户的。褚富宝坚信，通过甜瓜种植，不仅能让他们脱贫，还能让他们重新树立信心，从而找到人生奋斗目标。

"如今我的瓜田由最初的48.43亩，已经扩大到了676亩示范田。合作社大棚甜瓜平均亩产值约为15000元，纯效益达10000元左右，入社的瓜农比当地不入社的瓜农户均增加收入10000元。在农村实行'两分两换'

政策后，很多农民手上已没有承包地了，我就请他们到合作社打工，在这里参加甜瓜种植技术培训，有80多名40岁以上的村民做到了失土不失业。你可以猜到的，看到我们种甜瓜赚钱，附近的村民都开始种瓜了，光在我们村周边，瓜田至少已有1000亩，很多人因此致富，彻底打了个翻身仗。"褚富宝十分自豪地说。

多方扶持，合力攻坚，调动各方积极性，尤其是在村民之间、村社之间互帮互助，从而实现在脱贫致富奔小康的路上"一个都不能少"，这也是浙江高水平全面建成小康社会、走向共同富裕的主要做法。

"全面小康，一个也不能少。"这是习近平总书记的铿锵承诺。浙江秉承"一个也不能少"的理念，统筹推进各领域协调发展，由此成为全国发展最为均衡的省份之一。这个均衡，不仅是指区域之间、城乡之间、物质文明与精神文明之间，也是指同一座城镇、同一座村庄的居民之间的均衡。

所谓"一个也不能少"，就是指不能放弃任何一户贫困户的致富梦，不能让任何一个人在奔小康路上落单。共同迈进高水平小康社会，共享小康之福祉，才是全面小康的真正含义，才是共同富裕的最终目标。

2018年9月22日傍晚，台州市天台县幸福花苑社区喜贴对联，高挂灯笼，一派热闹景象。在社区会议室，居民代表、党员等20多人聚在一起，举行了一场"移民话幸福，感恩庆中秋"的座谈活动。座谈的内容之一，便是畅谈这15年来各自身上发生的致富奔小康故事。"从大山深处搬下来，我们的日子完全变了样，再也不用过那种连吃饭都要发愁的日子了！"社区党支部书记汤屯蛟说，党和政府从来没有忘记世世代代居住在大山里的人民，事实证明，让高山农民脱贫致富，最有效的举措就是移民到山下，开始新的生活。

幸福花苑是天台县第一个高山移民集中安置区，也是全省首个以公寓式标准建设的高山移民安置区。2003年9月23日，就在第一期工程即将交付移民户使用之际，时任浙江省委书记习近平来到这里视察并给予充分肯定。此后，天台县委、县政府一届接着一届干，始终将下山移民作为一项重要民生工程。截至2019年，全县累计下山移民达4.5万人。下山进城后的农民发挥各自所长，人均收入由4134元增加到3万元左右，提高了6倍多。

在浙江，天台县是个典型的山区县，山区曾经分布着1000多个自然村，但常住人口不足1/4，许多村庄已面临自然消亡的状态。居住在高山上的农民，年收入偏低，生活质量不高，有的还处于贫困下。借助于小康社会建设，天台县有针对性地把下山移民工程与城镇建设、工业园区建设和块状经济发展有机结合，以城带乡，以工促农，同时注重发挥下山移民的致富能动性和积极性，千方百计地提高他们的经济收入和生活质量。

"以前连做梦都想成为城里人，但又担心来到城里会适应不了。没想到，政府对我们的帮扶力度会这样大！"汤屯蛟说，他曾是天台县南屏山区的农民，是2003年下半年第一批下山进城，入住幸福花苑的居民。起初，他对接下来的生活和工作充满顾虑，没想到，他仅以895.8元/平方米的价格，就住进了110平方米的三居室商住房。进城后，他做过木匠，后来又成了装修公司的小老板，稳定的家庭收入没的说。

天台县按照其2018年提出并实施的"万户百村"下山移民行动，2020年底前已完成下山移民1万户，并以"政府引导、群众自愿、生态修复、增收致富"的思路，遵循以城建区、以镇设点、分批次转移的原则，采取县城安置、中心镇安置等多种形式，推进下山移民工作，实现"一个也不能少"的共同富裕目标。天台县还以加快下山移民为手段，把生态宜居作为高水平全面建成小康社会的支撑点，努力打造浙江全域大花园建设的标杆县、样板区和引领区。

同样，在杭州市建德市，把高山上的农民"移"下来共同致富，也成了近几年高水平全面建成小康社会的重要手段。

70岁的潘洵梅以往一直居住在偏远的建德市大洋镇南山下村，那是一座大山深处的小村庄。2017年5月，在政府的帮助下，潘大伯一家告别了大山，异地搬迁到了镇上的横坑湖小区。搬进新家后，老人顿时感觉过上了全新的生活：家里的居住环境改善了，日常生活方便多了，孩子们也都跟着走出了大山，开始了在镇上打工赚钱的生活。

建德市三都镇也是个山区镇，全镇19个行政村中有7个行政村是高山村。村民住在高山上，进出村只能靠步行，生活、生产极其不便，生活质量无法提高。至2016年底，该镇已完成前源、寿峰、羊峨、绿源、镇头、乌祥等6个行政村的"异地搬迁"工程，一大批高山农民得到帮扶，不少贫困户还拿到了异地搬迁补助金。

"在异地搬迁这一过程中，政府的公共财政资金不断向乡村倾斜，仅在2017年前的几年中，建德全市就投入异地搬迁补助资金5000多万元，投入集聚的小区建设资金7000万元。通过政府的大投入，引导居住在高山、深山、地质灾害隐患地区的农民搬迁下山，实现精准帮扶，帮助群众脱贫致富。"建德市农业与农村工作办公室副主任邹宗根介绍说。

"住楼房，领工资，奔小康"，这是杭州市全面推进下山移民工程、提升少数高山农民生活质量的工作主题。在桐庐、临安、淳安等区县，在实际安置下山移民的过程中，为确保农户既能"下山"，又能"安居"，实现就业、创业，各级政府除了为下山移民盖好房子、提供资金帮助外，还积极加大产业帮扶力度，努力实现由输血式帮扶向造血式帮扶转变。

在浙江实现"一个也不能少"的"精准扶贫、精准脱贫"进程中，除了各级政府的努力，社会各界主动、自觉的参与，也是一个令人鼓舞的现象。如著名民营企业浙江吉利控股集团有限公司于2016年3月启动"吉时雨"精准扶贫项目，计划用5年时间，围绕建档立卡贫困户，通过"产业扶贫、教育扶贫、就业扶贫、农副产品扶贫"等举措，投入4亿—6亿元，精准帮扶超过12000个贫困家庭。这一举措也极大地激发了省内众多企业参与扶贫帮困、同奔小康的热情。

吉利集团的"精准扶贫、精准脱贫"主要方法有三个。一是教育扶贫，旨在阻断贫困代际传递。吉利不仅充分利用自身所创办的大学资源（北京吉利学院、三亚学院、三亚理工职业学院、湖南吉利汽车职业技术学院）参与扶贫，包括与贫困地区的职业院校开展结对帮扶，创建"吉利班"，投入实训设备设施，培养师资，还直接资助建档立卡贫困户学生上学。二是就业扶贫，旨在构建长效脱贫机制，包括下属整车厂及配套厂商每年拿出一定比例优先招收建档立卡贫困户，并通过在当地扶持农特产业，帮助建档立卡贫困户在家门口实现就业。三是农特产扶贫，旨在促进整村稳定脱贫，包括出资为精准户入股合作社，帮扶当地特产产业发展，同时定向采购农副产品，用于食堂日常采购及员工福利发放等。

如今，吉利控股集团的"精准扶贫、精准脱贫"工作已向全国部分省市延伸，并辐射文化传播、扶贫赈灾和弱势帮扶三个主题，不断探索企业推进精准扶贫的新路径，打造企业参与精准扶贫的样板，为实现"全面小康，一个也不能少"的目标贡献力量。

# 第二章

## 已有的累累硕果，都是新的起点

"走得再远，都不能忘记来时的路。"决胜全面小康，需要回望浙江的增收路、致富路，从特有的发展路径中寻找不一样的启示和意义。

全面建成小康社会，少不了挥洒汗水，也少不了发挥智慧。敢于探索尝试；"从无到有"发展民营经济；瞄准高水平，分类施策；做好精准扶贫"加减法"……一代代浙江儿女以敢为人先的弄潮儿精神，咬定青山不放松，久久为功抓攻坚，抓住难得机遇，实现变革创新，闯出了一条具有浙江特色的发展路子，创造出共同致富奔小康的历史传奇。

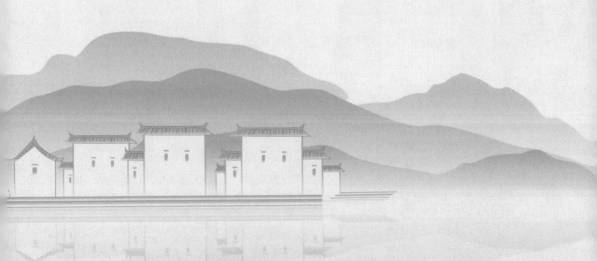

# 溯及以往，每一步前行都来之不易

从贫穷到温饱、从小部分富裕到共同富裕，浙江人民凭借勤劳、毅力和智慧，实现了由资源小省、经济小省到经济大省和建设经济强省的历史跨越。

1950年初春的一天，20岁出头的《浙江日报》摄影记者徐永辉，在嘉兴县七星乡二村采访时，为农户叶根土一家五口人，拍了一张全家福。当时这一家人面有菜色，长久的饥饿让他们中的好几个身体虚弱，连站都站不稳；全家衣衫褴褛，7岁的大女儿叶桂凤、5岁的大儿子叶兴富、1岁的次子叶兴友身上的棉衣破烂不堪，许多地方都露出了白色棉絮，

徐永辉于1950年为叶根土家拍摄的第一张全家福

甚至没有纽扣，只能用绳子扎着胸口。新中国成立之初的江南地区农户，显然仍深陷于物质的高度匮乏之中。

1954年秋，徐永辉重返嘉兴七星乡，得知叶根土一家搬迁了，却不知去了何处。徐永辉一直惦念此事，直到1957年才弄清了叶根土一家的去向：原来因为新中国成立后农业连续三年大丰收，叶根土攒了些钱，就带着全家回原籍黄岩羊棚岭去了。

1959年9月，徐永辉来到了黄岩，为叶家拍下了第二张全家福。其时，叶家分到了田地和房屋，叶根土先后参加了农业合作社和人民公社，大女儿领到了工资，大儿子成了少先队员，一家人还都穿上了新衣，当然，全家早已不再挨饿。

此后，徐永辉分别在1962年叶家大女儿叶桂凤出嫁时、1964年12月叶家大儿子叶兴富光荣参军时、1978年12月底叶家小儿子叶兴友结婚时为他们拍下了珍贵的照片。1989年10月3日，《浙江日报》以《一户人家四十年》为题进行了专题报道，以叶根土一家的巨变来反映新中国成立以来农村日新月异、欣欣向荣的景象。

1994年除夕之夜，徐永辉带着跟踪拍摄而得的4张叶家的全家福照片，登上了央视春晚舞台，在全国亿万观众面前，与主持人倪萍一起讲述一户农家发生的巨变，感动了无数人。

徐永辉为叶根土一家拍摄家庭历史照片的故事还没有结束。在叶家主人叶根土去世后，徐永辉还对叶根土的第三、第四代继续跟拍：叶根土的大孙子叶胜忠，在一家造纸厂工作，曾两次获得厂里的"优秀团员"称号，被评为"青年岗位能手"，并加入了中国共产党；叶桂凤的大儿子杨辉军，在上海近郊承包10多亩土地种植大棚西瓜，收入颇丰；叶根土的第二个孙子叶伟平，与朋友合办了模具厂，经营状况不错，还成了叶家第一个拥有小轿车的人；叶根土的第三个孙子——叶兴友的儿子叶呈剑，学了一手好厨艺，在台州与亲戚一起办起了一家酒店，生意红火；而叶桂凤的孙女杨希晨，在2013年考上了华东理工大学生物工程学院硕士研究生，成为叶家后代中第一位研究生……在叶家几代人的重要时刻，徐永辉总会出现在他们面前，为他们留下珍贵的影像记忆。

叶根土家的一张张家庭照片，是被誉为"中国跟踪摄影第一人"的徐永辉的代表作，他用镜头跟踪拍摄了上万张叶家的照片。与此同时，他还跟踪拍摄了余杭农民汪阿金、龙泉扫盲模范李招娣、兰溪种田女状元胡香、金华青年陈启达等人及其家庭从贫困到富裕的生活变迁。作为一位摄影记者，他用手中的相机，记录下了新中国成立以来，几户江南农家翻天覆地的命运巨变，真实见证了70多年来尤其是改革开放以来，中国农村脱贫致富、同奔小康的伟大进程。

是的，叶根土一家几代人从贫穷到温饱、从富裕到实现高水平小康，再走向共同富裕，即是浙江6000多万人民小康社会奋斗史的一个生动典型，是浙江农民从富起来到强起来、从小部分富裕到共同富裕的珍贵缩影。

陆域面积仅10万多平方千米的浙江，向来人口众多，山多地少，有"七山一水两分田"之说。人均耕地面积偏少，再加上资源短缺、产业经济基础薄弱，发展经济有着不少弱点和劣势。新中国成立前，浙江尽管地处东南沿海，交通相对便捷，信息并不过于闭塞，民间也有手工业等工商传统，却因时局动荡、殖民压迫、自然灾害、战乱等，原本薄弱的经济基础一再受创，发展滞缓，甚至还出现过倒退，经济发展状况始终不乐观，大多数人连温饱都解决不了。说浙江是个"穷省"，并不夸张。

正是在这近乎"一穷二白"的底子上，为了生存，为了发展，浙江人开始了筚路蓝缕的艰辛追索。

新中国成立以来，浙江是在"一低三缺"（起点低，缺资源、缺投资、缺政策）的基础上，逐渐开展国民经济恢复和建设的，这一过程中的发展之艰难、工作之艰巨远超今天的想象。

所谓"起点低"，主要是指各项经济指标远低于历史最高水平。1949年浙江解放时，国民经济濒临崩溃边缘。按目前的价格计算（以下同），1949年全年的国民收入仅为15亿元，人均只有66元；全省城乡人民平均消费只有62元，农民年人均收入不到50元，加上通货膨胀，人民生活极端贫困。

所谓"缺资源"，主要是指缺少丰富的、必要的陆域自然资源。浙江虽有丰富的海洋资源，但限于当时的认知水平和科技生产能力，无法进行有效开发利用，反而成为浙江发展的制约因素，而能直接支撑经济发展的陆域自然资源又极为匮乏：人均耕地1996年第一次调查结果为0.72亩，2009年第二次调查结果为0.56亩，约相当于全国人均耕地的1/3；人均水资源拥有量仅为2004立方米，低于全国人均水平；缺铁少煤无油，矿产资源以非金属矿产为主，经济开采价值高的金属矿产资源十分稀缺，95%以上的能源资源依靠外部调入；森林资源质量不高，即便目前浙江森林覆盖率已达到61%以上，森林生态功能总体评价仍属中等偏下。数据表明，即便现在，浙江自然资源人均拥有量综合指数仍仅为11.5，仅略高于上海及天津，居全国倒数第3位，无疑为典型的资源小省。

所谓"缺投资"，是指缺少国家建设资金投入。浙江地处东南沿海，属海防前线，新中国成立后很长一段时间，国家没有把包括重工业、大项目在内的重点建设项目安排在浙江。数据表明，从1952年到1978年的27年间，国家对浙江的投资总计77亿元，人均410元，只占全国的1.5%。直至2002年前后，浙江遇到的主要问题仍然是"三缺"，即正在生产的缺电，正在建设的缺钱，正在招商的缺地。

所谓"缺政策"，指的是相对缺少区域指向性的扶持政策。即便是在改革开放之后，中央决定创办4个经济特区，以及后来的开放浦东，都与浙江擦肩而过。此后，中央又先后决定实施西部大开发、东北地区等老工业基地振兴和中部崛起战略，浙江都不在其内。有人说，浙江没有吃到国家政策偏饭，属于"不等、不靠、不要"，依靠内生力量发展起来的典型例子，此言不无几分道理。

然而，就是在这样的条件下，浙江人民凭借勤劳、毅力和智慧，经过70多年的努力，使全省国民经济实现了追赶型、跨越式的发展。1953年到2020年间，浙江保持快速增长的有56年，其中有38年保持在2位数以上的增长。从地区生产总值看，浙江1952年为24.53亿元，1977年达到100亿元，1991年达到1089.33亿元，2004年达到11648.7亿元，2018年已达到56197亿元，比1952年增长了近2290倍。到了2020年，地区生产总值达64600亿元，又达到了一个新高。

值得一提的是浙江城乡居民的收入。浙江城镇、农村居民人均可支配收入分别从1949年的116元和47元，增至2020年的62699元和31930元。城镇居民人均可支配收入连续20年分别居全国各省区市第3位、各省区（不含直辖市）第1位；农村居民人均可支配收入居全国各省区市第2位，连续36年居各省区（不含直辖市）第1位。

这都是一些了不起的数字，表明浙江已经无可置疑地实现了由资源小省、经济小省到经济大省和建设经济强省的历史跨越。

1979年11月，长兴县长城人民公社（今和平镇）狄家㘰大队第二生产队的36亩油菜秧，因下种时机不对，加上天气寒冷干燥，竟被大面积冻死。如此一来，不仅无法完成第二年的油菜种植任务，而且社员自己吃的油看来也难以保证，整个生产队的社员们愁眉不展。

生产队长徐预勤向狄家㘰大队求援，谁知大队也正为这事一筹莫展，因为冻害面积太大，连公社都无法提供足够的油菜秧。无奈之时，徐预勤偶然间从广播里听到一则消息，说的是安徽省凤阳县小岗村实行了包产到户，"农民生产积极性高涨"，没有一块闲田。徐预勤这下觉得有办法了。

"小岗村能包产到户，我们狄家坶为什么不能搞？无论怎么样，油菜秧总得种下去！"徐预勤索性模仿小岗村的做法，把36亩油菜田分给社员们承包。其时，整个浙江还没有一个地方实行联产承包制，徐预勤不可谓不大胆。

"第一个吃螃蟹者"尝到了鲜，"联产到劳"很快取得了效果。田一分下去，社员们就各自想尽办法去弄油菜秧。有的是向亲戚讨来的，有的是连夜去安吉县那边挑过来的，积极性非常高。没过几天，36亩油菜田就全补种上了。而在以前，哪怕有秧，也得种上个把月。

第二年春天，第二生产队油菜籽的总产量竟然翻了一番。连晒场都不够用了，社员们纷纷拿出蚕匾、凉席，甚至床单，来晒油菜籽，那情景蛮壮观。后来，每户自留的油菜籽榨出来的油吃不完，不少社员还把油送给了亲戚朋友。

可是，第二生产队的做法并没有被上级认可，徐预勤据理力争，还主动承担了责任。"我是个两腿插泥的农民，只知道搞好生产，让村民有饭吃。要担责任的话，我一个人担了。"好在不久后，形势起了变化。1981年5月28日，《浙江日报》头版头条刊登了题为《"联产到劳真灵"》的文章。"联产到劳，联到哪里哪里灵"，这一做法很快被浙江各地的农民接受，狄家坶的田地间挤满了来自全省各地的考察学习人员，联产承包责任制在浙江迅速推广开来。

20世纪80年代初，在充满希望的田野上，伴随着改革开放政策的推进，浙江省委明确提出了全省经济建设的战略目标，即从1983年到1990年，实现工农业年总产值比1980年翻一番，努力做到经济、科技、社会协调发展，为90年代的经济振兴打好基础，并决定在继续加强农业、加快农村商品生产的发展、发展有浙江特色的工业经济、加强能源和交通建设、积极开拓市场、大力发展教育和科技事业等七个方面下功夫，使浙江与全国一样，转入以经济建设为中心的轨道。

此后，在确保第一产业的前提下，浙江有针对性地推动第二、三产业的快速发展。1980年，浙江的第一、二、三产业比例为35.91∶46.73∶17.36，1987年为26.26∶46.37∶27.36，到了2014年，第三产业超过了第二产业，比例为4.42∶47.73∶47.84，历史上第一次呈现三二一的结构特点，表明浙江进入了以服务业为主导的信息社会。

得益于"联产到劳"的推行，农业生产水平和农村生活质量不断提高。此后的几年，徐预勤一直在狄家坞种田，农闲时节偶尔出去干点别的活，收入逐年增加。到了20世纪80年代中后期，被"绑"在土地上的浙江农民开始慢慢走出田野，有的外出打工，有的经商办企业。徐预勤的心也痒了。1994年，徐预勤与老朋友一起成立了浙江长兴长城经营部，专门经营上海和长兴两地的石灰水泥运输业务，成了从事第三产业的农民队伍中的一员。

徐预勤在上海经营得不错，昔日的农村带头人成了码头老板。"在码头上工作很辛苦，但是赚得多，还积累了很多客户，认识了很多朋友。"徐预勤自豪地说。不过，虽然收入越来越高，可他始终忘不了田野。1998年他回到湖州，从事运输行业。

全面建成小康社会的步伐越来越快，社会主义新农村建设面貌日新月异，外出打工、经商的农民纷纷回乡创业。2006年，57岁的徐预勤也重新回到了狄家坞村。这些年来，狄家坞村始终以发展农业为主，这让一直对土地怀有深情的徐预勤感慨不已。由此，年事已高的他重新投身农业发展，包括为农业大户出谋划策。

如今，走进徐预勤家的小院，即可看见正在晾晒的稻谷铺了一地，

当年把橘子卖给收购站的农民

连襟家仅有的几亩稻田成了他的"根据地"，他闲来无事就往田里跑。不仅如此，他还在自家院子里栽了柿子树和金橘树。摘摘柿子、看看金橘成了他农闲时的快乐时光。

的确，田野还是那片田野，但现代生态农业已与传统农业大不相同，专注农业发展的狄家圳村也做出了大文章：芦笋大棚拔地而起，紫苏基地紫得发亮，水蜜桃挂上枝头，早稻晚稻颗粒饱满……现代农业、农旅结合在狄家圳做得有声有色，靠农业致富的梦想已经变为现实。徐预勤说，现在的狄家圳村农业种植面积达2200多亩，村里建起了农民专业合作社，拥有500亩蔬果基地，年产值超过500万元。2020年，狄家圳村农民人均收入超过5万元，已经实现了共同富裕。

"浙江省联产承包第一村"狄家圳村的巨变和徐预勤的人生经历，无疑是浙江人民改变河山、改变自身命运的一个例证。

每一步前行都来之不易。70多年过去了，始终怀有致富梦的浙江人民默默付出、不断进取，一点一滴地垒筑着，矗立起浙江社会经济发展的大厦。是的，在这10万多平方千米的土地上，一代代浙江儿女以敢为人先的弄潮儿精神，抓住难得机遇，实现变革创新，取得辉煌成就，在建基立业、改革开放、经济社会发展、生产生活生态等多个节点和多个领域，闯出一条具有浙江特色的发展路子，创造出致富奔小康的历史传奇。

## 不惮于吃苦，"四千万精神"感人肺腑

> 浙江人最大的优势在于精神优势，就是吃苦能干的创业精神、敢于冒险的开拓精神、四海为家的草根精神、捕捉市场的竞争精神、卧薪尝胆的坚忍精神、自我纠正的包容精神……

1969年，19岁的叶文贵作为知识青年，与其他温州知青一起，来到黑龙江省七台河市一个只有50户人家的山村插队落户。在这个堪称穷乡僻壤的地方，敏锐的他发现当地烟糖公司的茶叶要卖十六七元一斤，质量非常一般，而温州知青平均每个人带了七八斤茶叶，但真正喝茶的人并不多。他觉得机会来了。

到七台河插队的温州知青有400多人，叶文贵从其中150人手中悄悄收购了茶叶，把它说成是杭州产的龙井茶叶，转手卖给了烟糖公司。烟糖公司真的按茶叶等级，照单给收进去了。叶文贵认定这是一个极好的商机，马上又在老家以2元一斤的价格大量收购，甚至还以收购价翻倍的方式，购得茶叶运往七台河，一番"投机倒把"下来，他的口袋里就揣进了几千元。后来，他还着手倒人参、倒熊胆、倒黑木耳等，十足成了

个"叶老板",只是不敢明目张胆地干。

1978年底,叶文贵回到老家平阳县金乡镇(1981年6月平阳县和苍南县分设,金乡镇划归苍南县)。金乡人均耕地不足0.2亩,当年人均年收入仅20元,以"讨饭之乡"远近闻名。穷则思变,不怕吃苦。就在这段时间,"讨饭之乡"的人们"从空气中都嗅闻出了改革的气息"。一夜之间,金乡的街头巷尾冒出了3000多个家庭小作坊,大家都在用原始的设备生产铝质校徽和塑料饭菜票,从业人员达1.2万名,还有约7000名金乡人游走全国,接订单,忙推销。金乡邮电局寄往外地的业务信件,最多的一天达52万封,一个月盖秃十几只邮戳。

制作铝质徽章的小作坊都必须用到铝材,但当时金乡无人搞铝加工,叶文贵立马发现了这一掘金机会,决定投资上马轧铝厂。他想方设法,在一个个部门盖出了一只只公章,拿到了轧铝厂的"出生证"。此后,他又相继办起了高频机厂、压延薄膜厂、微机仪器厂、铝箔厂,发挥着他的聪明才智,挥洒他辛勤的汗水。当然,其间所遭受的挫折磨难一言难尽。

当时,由于陈腐观念作祟,个别政府官员对他愈加红火的生意、日见增长的财富"不可接受",有的甚至故意从中作梗。有一次,时任温州市委书记董朝才到苍南县调研,拍着叶文贵的肩膀说:"我们各级政府对民营企业的发展都是很支持的。"这才让叶文贵吃了一颗定心丸。

几年后,叶文贵成了温州首富,曾经的"讨饭之乡"已经成了真正的"金子之乡"。数据表明,光是金乡一个镇,所生产的铝质徽标和硬塑料片,就占据了全国50%的市场。学生证、自行车证、户口簿以及各种书籍、笔记本封面的塑料膜制品等,都是由金乡农民制作的。

就这样,早在20世纪80年代,曾是一名回乡农民的叶文贵就因兴办企业积累了千万财富,而当地也正需要像他这样有头脑、有想法的致富能人。1984年5月,《人民日报》头版刊登了一条消息,即温州市苍南县金乡镇家庭工业专业户叶文贵被县政府破格提拔为金乡区副区长。1986年10月，《温州日报》头版头条也刊发了长篇通讯《农民企业家的气魄》，记叙了叶文贵的创业经历。不同寻常的是，这篇通讯还配发了长达2000字的评论《希望涌现更多叶文贵式人物》，署名作者竟然是时任温州市委书记董朝才！个体私营业主竟当上了正经八百的政府官员，绝对是破格。是的，或许只有温州人，才敢于做出这样的中国改革"第一"。

也是在20世纪80年代初，比叶文贵年轻10多岁的南存辉，一个出生于乐清县农村、摆摊补鞋的毛头小伙，为了生计加入了开办家庭作坊的行列之中，他所瞄准的是低压电器。没有启动资金，他和父亲用老屋抵押贷来5万元；没有钱买零部件，便找熟人赊账；没有技术，他三顾茅庐到上海"借"才……只要能把企业办成，他什么苦都愿意吃。

资源匮乏、交通不便"逼"出了温州人的创新思维与干劲。"当时温州到上海坐船是24小时，遇到不好的天气，浪就很大，还很危险。公路破破烂烂，堵车的话20多个小时还到不了杭州。"南存辉回忆。但在脱贫致富这一巨大的诱惑面前，任何艰难困苦都算不了什么。正泰集团就是在不断克服困难的情况下，一步步发展起来的。如今忆及往事，身为董事长的南存辉感慨万千。

毋庸置疑，类似叶文贵、南存辉这样不惮于吃苦的创业者和致富能人，在改革开放初期的浙江比比皆是。家住杭州市上城区的宗庆后中学毕业后，为减轻家庭负担，身为长子的他主动来到条件艰苦的舟山盐场接受锻炼，直到1979年，在小学当教师的母亲退休后，宗庆后才顶职返城，却由于文化程度太低，没有资格当教师，被安排在一所小学里当校工。

"在那时，我做过推销员，蹬着三轮车卖冰棍、文具，背着几台落地电扇挤绿皮火车，在简陋的招待所里打地铺……"回忆起往事，宗庆后滔滔不绝。机会是在1987年降临的。顺着改革的大潮，他与两位退休教师组成了一个校办企业经销部，主要是给附近的学校送文具、棒冰等。在送货的过程中，宗庆后了解到不少孩子食欲不振、营养不良，这让他觉得做儿童营养液应该有很大的市场。此时的他已经42岁，但他觉得必须抓住"人生中最后一次拼搏机会"，勇入商海，投身实业。

第二年，宗庆后借款14万元，组织专家和科研人员开发出了第一个专供儿童饮用的营养品"娃哈哈儿童营养液"，并把这家校办企业改成了儿童营养液生产企业。由于注意商品宣传，"喝了娃哈哈，吃饭就是香"的广告传遍神州，娃哈哈儿童营养液迅速走红。到了1990年，娃哈哈获得了销售收入4亿元、净利润7000多万元的优异业绩，完成了原始资本积累。

尽管销量飞涨，市场呈供不应求之势，但宗庆后依然保持着强烈的危机感，认定如果不扩大生产规模，将可能丢失市场机遇；但如果按照传统的发展思路，历经立项、征地、基建等环节，需要两到三年时间，很可能会陷入厂房造好、产品却没有销路的困境。于是他把扩张的目标瞄向了兼并。事实很快证明，这是一条十分正确的路子，尽管过程中"不无冒险"。

其时，杭州的国营老厂杭州罐头食品厂拥有2200多名职工，严重资不抵债，而娃哈哈营养食品厂仅有140名员工和几百平方米的生产场地，两者的生产效益有着天壤之别。宗庆后最终拿出8000万元的巨款，以"小鱼吃大鱼"的气魄，兼并了这家企业。兼并后，娃哈哈迅速盘活了杭州罐头厂的存量资产，利用其厂房和员工扩大生产规模，3个月的时间就将其扭亏为盈，第二年销售收入、利税就增长了1倍多。

这一次成功兼并为娃哈哈后来的发展奠定了基础。此后，并购几乎成了娃哈哈异地扩张的主流手段。到2002年底，娃哈哈已在浙江以外的22个省区市建立了30个生产基地。2002年，娃哈哈共生产饮料323万吨，占全国饮料产量的16%。与此同时，娃哈哈的产品已从单一的儿童营养液扩展到了包括含乳饮料、瓶装水在内的三大系列。如今的娃哈哈集团有限公司，已是中国最大、全球第五的食品饮料生产企业。

"没想过要当企业家，我办企业是被逼上梁山。"15岁辍学，后在萧山铁业社当小学徒的鲁冠球，家境一直贫苦。被铁业社以"精简人员"的名义解雇回乡村后，他的日子更加难过。不服输的他决定创业。当他看到乡亲们磨米面不方便，就利用自己的特长，筹钱购置设备，开办了一家没有厂牌、没有许可证的私人米面加工厂，不久后被相关部门取缔。为了偿还办这家米面加工厂所欠下的债务，鲁冠球不得不变卖3间老屋。

但鲁冠球并未因此而放弃。经过15次申请之后，鲁冠球终于被同意开办一家小型铁匠铺，生意很快红火起来。1969年，由于政府要求每个公社都有一家农机修理厂，鲁冠球遂被邀请去接管已经破败的宁围公社农机修配厂。在接下来的10多年时间里，在这家作坊式小企业中，犁刀、铁耙、万向节、失蜡铸钢等产品被不断生产出来，鲁冠球一步步地实现了最初的原始积聚。1978年春天，这家工厂的门口已经挂上了宁围农机厂、宁围轴承厂、宁围链条厂等多块牌子，职工总数也达到了300多人。

嗣后，鲁冠球又敏锐地预见到中国汽车市场已经起步，前途不可限量，又及时调整企业发展策略，集中力量生产专业化的汽车万向节。1978年下半年，他把企业改名为萧山万向节厂（万向集团之前身）。1980年的全国汽车零部件订货会上，鲁冠球被谢绝入场，可他没有放弃，干脆在会场外摆起了地摊。在听说会场内已陷入价格拉锯战后，他张贴广告，以低于场内20%的价格，销售自己的高品质产品。厂家很快涌出场外，与他交易。由此，这家小小的万向节厂竟然获得了210万元的订单，鲁冠球也因此成为大赢家。

著名经济学家梁小民教授认为，浙江商人最大的优势在于精神优势。

以这个精神优势为支撑，浙商才能富甲四方，浙江人才能脱贫奔小康。这个精神优势，简单地说，就是吃苦能干的创业精神、敢于冒险的开拓精神、四海为家的草根精神、捕捉市场的竞争精神、卧薪尝胆的坚忍精神、自我纠正的包容精神……若把它们概括起来，就是流传甚广的浙江创业者的"四千万精神"。

"走遍千山万水，历经千辛万苦，道尽千言万语，想出千方万法"，这便是"四千万精神"的文字表述。有时，它被表述为"走遍千山万水，说尽千言万语，想尽千方百计，尝遍千辛万苦"。在温州，"四千万精神"还变成了"五千万精神"："历经千辛万苦，说尽千言万语，踏遍千山万水，想尽千方百计，挣得千金万银。"无论怎样表述，其本质含义是一样的，那就是：不怕吃苦，勇于吃苦；坚持不懈，坚忍不拔；读万卷书，行万里路；精诚所至，金石为开；善于商谋，讲求实效；自强拼搏，开拓创新……

在杭州，徐传化、徐冠巨从只有一口大缸、一辆自行车的生产液体皂的家庭作坊，艰苦努力，发展成为化工、物流行业龙头传化集团；在台州，办过照相馆、从事过装潢业的李书福，一步一个脚印地奋斗，最终成立吉利集团；在宁波，李如成千方百计地把濒临破产的青春服装厂救活，后成为雅戈尔服装集团……在浙江，改革开放以来，每个地区，每个行业，每个年份，都有着无数忠实践行"四千万精神"的人！

浙江人不仅勤劳，而且富有智慧。浙江向来为资源小省，无法把地下资源挖出来直接换钱，浙江人只能练就"无中生有"的本领，靠自己的努力来实现致富的梦想。"滴自己的汗，吃自己的饭，自己的事自己干。靠天，靠地，靠祖上，不算是好汉！"陶行知先生的这句名言，便是浙商的极佳写照。改革开放以来，浙商采取了"以小博大""借船出海""借鸡生蛋""戴帽穿靴""信誉订单"等各种商战谋略，完成了资金的原始积累，很多浙商就是从打地铺的家庭作坊、走街串巷的经营模式起步，发展到大规模利用各种资源和营销手段，建造起堪称一流的企业，并在商业、制造业、加工业、金融业、地产业等诸领域大有建树。

桐乡不出羊毛，却拥有全国最大的羊毛衫市场；余姚不产塑料，却享有"塑料王国"的美誉；海宁不造皮革，却出现全国最大的皮革市场……同样，义乌的小商品、绍兴的纺织品、诸暨大唐的袜业、慈溪的小家电、乐清的低压电器等等，起初并非该地的传统产业，却因浙江人创造性地发挥了庞大的供销大军优势，使得小商品与大市场无缝对接，产生了强大的竞争优势，形成了专业市场，不少还成为全国行业老大。

浙江的改革开放史，就是一部创新发展史。40多年来，浙江以民营经济崛起为代表，以创新驱动实现了资源小省向经济大省的跨越。改革开放40多年，浙江地区生产总值增长超417倍，居全国前列。2020年，浙江的民营企业占比超9成，仅2020年新成立的民营企业，就有47.6万家。不仅如此，固定投资中，民营投资占了6成；在出口中，民营企业出口占了全浙江的8成多。在杭州，总面积224平方千米的城西科创大走

云享乌镇运营中心

廊，于2020年底即已集聚100家科研院所、1000家高新技术企业、10000家科技型中小微企业，其中绝大部分为民营资本企业。

不容忽视的是，正如上文所述，浙江的民营企业不仅出现在城镇，广大的农村也有数量堪称巨大的民营企业，这也是浙江农村越来越富裕的原因。城乡一体化不仅使生产资源获得了平衡，而且提供了农村富余劳力更多的就业岗位。城乡收入差距的不断缩小，显然也是民营经济持续发展所带来的成果。

是的，当推进"八八战略"再深化、改革开放再出发，当更大规模、更深层次的创新创业成为浙江发展新引擎之时，打造"创新强省"已经成为浙江高水平全面建成小康社会、走向共同富裕的关键一环。

## 通往富裕幸福的路不止一条

> 瞄准高水平，分类施策；实事求是，因地制宜；因时而变，各显神通；以弱带强，共同富裕：相异的途径抵达的是同一个目的地。大家一起富，才是真正的富。

与前文所述的下姜村相似，昔日的兰溪市灵洞乡洞源村也是一座穷山村。居住在这里的农民渴望富裕。但岁月不知已流逝多久，直至改革开放前，作为灵洞乡最大的村落，洞源村的一切仍然未能与"富裕"这个词有什么联系。

"向来穷困，还不是与我们村林多地少有关。你想，2000多人的村庄，虽然有1.8万亩山林，但耕地面积只有450亩，分到每个人头上只有几分，靠田里的出产过日子，那肯定连吃都吃不饱。那时大家都没钱，住的也都是一层的土瓦房或者茅草房。"洞源村党委书记章广勤说起以往的生活，唯有叹息，"穷则思变，一代代洞源人想过各种各样的办法，也有人跑到外面去找食，但一直没有找到合适的脱贫路子。"

几分薄田糊不了口，村民们的目光便落在了那些山地上。砍柴、卖树、烧石灰，曾是洞源人试图获得财富的方式。洞源村石灰石资源极其丰富，这可是村里的一大优势。尽管大家也知道，即便花了大力气在山上忙活，所获仍甚微，填饱肚子还是勉强，致富仍然遥不可及。可此时的村民除了这个，一时也没有别的路子可走。

这样的日子过了很久，直至改革开放的浪潮在全国呈汹涌之势。

1980年，在听取群众建议后，章广勤提议，用村集体历年烧石灰积余下来的20多万元，加上向农村信用社贷款的20多万元，创办年产1.5万吨的洞源水泥厂。简单的"烧石灰工艺"由此升级为"水泥工艺"。当时章广勤还是村大队会计，便兼任了洞源水泥厂厂长（1984年起，章广勤任村书记）。由于市场行情好，水泥厂办起来后，只花了3年时间，水泥年产量就从1.5万吨扩大到了3万吨。1985年，在兼并了另一家水泥厂后，洞源水泥厂的年产量提升到了5万吨。

也就在这时，洞源人遭遇了农民办厂经常遇到的瓶颈：管理水平低，技术落后。在1988年后的3年中，水泥厂连年亏损，连续换了4任厂长也未能挽回局面。62.3万元的亏损额，使这个曾经的明星集体企业濒临绝境。

这一严峻局面，倒逼着洞源村寻求新的经营管理机制，下决心实施机制改革。

1991年，恰逢国家要求集体企业转换经营机制，打破"三铁一大"，即打破"铁饭碗""铁工资""铁交椅"和"大锅饭"。经过几番民主讨论，洞源村决定对水泥厂进行集体企业改制，使之走上承包制管理之路。范承喜等9位村民以37万元的风险抵押金，取得了承包权。机制改革后，水泥厂又焕发了生机。至1994年，水泥厂不但扩容到了年产23万吨水泥，还产生了2500多万元的利润。在产业的带动下，这一年，洞源村经济总收入突破了亿元大关，成为兰溪市首个亿元村。农民的兜里也有了钱。

也就是在这一年，章小华等8位村民又在村里创办了兰溪市第六水泥厂。因经营得法，企业发展迅速，2001年升级为红狮控股集团，且拥有水泥、环保、投资三大板块。该厂还被列为国家重点支持的全国性大型水泥企业。从这时起，洞源村强大的经济实力，已经具备了带动别的村共同致富的能力。

"其实，帮助邻近村庄共同富裕，这项工作我们早就在做了，比如我们的几家企业在招收员工时，注重吸纳邻近村庄的村民，有不少行业的生产也转移或扩展到了别的村。在较长时间里，洞源人一直在这样做，但我们觉得还不够。脱贫致富奔小康，这绝不是一村一乡的事，大家一起富，才是真正的富。"章广勤说，"以强带弱，这是强村应该做的事。"

2014年底，在灵洞乡和上级部门的部署下，洞源村开始着手行政村规模调整事宜，拟与邻近的平园村合并。对此，村民们议论得十分激烈，各种意见都有。没错，并村的目的正是带动邻近的经济薄弱村发展，可起初，不少洞源村的村民还是有一些顾虑，甚至反对并村。

其时的洞源村，其富裕程度确实令人艳羡。村民富裕，村里的集体资金也很充足。与之相反，平园村的集体经济现状与洞源村简直有天壤之别。而两村合并意味着洞源村必须拿出多年积攒下的利益与平园村共享，难怪不少洞源村的村民反对这一方案。

面对这一情况，洞源村村"两委"多次召集党员、村民代表商议，

昔日冬季兴修水利动员大会的现场

阐明高水平全面建成小康社会和共同富裕的大背景，也为大家分析两村合并的利弊得失，尤其是引导大家不能光顾眼前利益，而应该放远眼光，在集聚力量的前提下谋求更快的发展。

在村民的理解和支持下，2015年1月2日，洞源村55名党员、42名村民代表一致通过行政村规模调整方案和集体资产处置方案，同意与平园村合并为新的洞源村。调整后，两个村的力量集中在了一起，资源优势更为明显。

如今的洞源村由洞源、梅坞、高眉、茶山、平园、山口、金村坞等7个自然村组成，是一个拥有青山绿水的好地方，环境特别优美。这是因为多年来，村里已经摒弃了原先的单纯发展水泥产业的路子，更加注重环境建设，更加爱护这里的一草一木、一溪一河，往昔灰蒙蒙的天空变得清亮了，积在地上的厚厚的粉尘不见了，村民们的收入不但没有减少反而仍在增加。

"看看我们村里的这一幢幢农家别墅，看看我们这几条宽敞的道路，看看我们的老年公寓、文化宫、休闲广场、生态公厕……就可以知道我们村的富裕程度、我们村民的品质生活。"一位村民满怀自豪地说，"要说高水平全面建成小康社会的目标，在我们村，当然包括以前的平园村，已经实打实地全面实现了！"

"作为支柱产业之一，水泥生产我们依然没有放弃，但同时，我们很清楚，再走破坏环境的老路肯定是行不通了。要想走得远，必须下决心走'绿水青山就是金山银山'理念指引的路子。"章广勤介绍，"2004年，村里就关停了水泥厂所有机立窑，升级大型回转窑，实行封闭管理，杜绝了粉尘，全力打造'绿色矿山'，促进水泥企业从'灰色产业'转型升级为'绿色发展'。这项工作如今还在毫不松懈地进行着。"

与此同时，旅游业在洞源村方兴未艾。洞源村地处六洞山下，村范围内有国家3A级景区地下长河，发展乡村旅游业的条件也十分成熟。"这几年，我们重点打造旅游特色村，统筹整合森林公园、地下溶洞等历史、人文、自然资源，以此加快经济社会可持续发展，增加老百姓收入。"章广勤说，"经过一番努力，洞源村已获得金华市级'美丽乡村''生态村'和浙江省特色旅游村等称号。2019年12月25日，还被国家林业和草原局评为国家森林乡村。"

"无工不富，无商不活。"这是较为传统也是较为稳妥的发展路子，只是洞源人把这一本经念得更加到位、更加得心应手了。

没错，洞源人奔向小康的姿势有着自己的风格特征，他们紧扣本村实际，发挥自身优势，走出了一条以发展工业夯实基础，以转型升级提升工业发展水平、拓展生态产业的坚实路子，较为快速地实现了脱贫致富的目标，并带动周边村庄，共同高水平全面建成小康社会，走上共同富裕的道路。

通往成功的路不止一条，"天下同归而殊途，一致而百虑"（《周易·系辞下》）。通过不同的途径，抵达的是同一个目的地。洞源人的做法和经验，给了我们另一条实现全面小康和共同富裕的可贵路径。

"今后的日子里，我们村在加强环保的前提下，还将继续发展包括水泥生产在内的支柱产业，并进一步提升产品的档次，提升经营管理水平。这几年，我们愈加认识到人才的重要性，在从外面引进人才的同时，还把村里很多高中毕业生送到大专院校建材专业进行培训，为培育本土企业家打下基础。我相信，按着自己的发展路子，我们的水泥产业还会进一步壮大，共同富裕的步子会走得越来越稳。"章广勤坚信，洞源村实现共同富裕的途径是正确的、稳妥的，是最适合的，有必要继续走下去。

在浙江各地，细察已经实现了全面小康和共同富裕的乡村和城镇，就能发现，它们寻求适合自身的脱贫门径，拥有各自的致富秘籍，坚守着各自的发展道路，总结了各自的宝贵经验。

有的重在发展集体企业，积极提升自主创新能力，实施知识产权战略、标准化战略和品牌战略，推广应用一批改造提升传统产业的高新技术，切实提高科技进步对经济增长的贡献率；有的全力推进土地节约集约利用，努力提高能源资源利用效率和环境保护能力，重在发展生态产业；有的面向城乡困难群众开展社会救助和就业援助，开展低收入农户生产经营帮扶、下山异地脱贫和转移就业服务，加大对欠发达地区扶持力度，加大财政转移支付，实施低收入群众增收行动计划，形成低收入群众收入增长的长效机制……

瞄准高水平，分类施策；实事求是，因地制宜；因时而变，各显神通；以弱带强，共同富裕：这些都是最重要的经验，最有效的方法。

## "贫穷落后"向"脱贫共富"的华丽转身

> 之所以能做到小康路上"一个不落下"，是因为始终确保精准施策、聚力攻坚，扎扎实实推进"低收入农户高水平小康计划"等系列政策落地，让每个人都走上致富之道。

泰顺县，地处浙江南部，毗邻福建，枕山近海。在很长一段时间里，因受制于区位欠佳、山多地少、基础薄弱、交通落后等因素，贫困的帽子一直重重地压在泰顺人头上。"竹篾当灯草，火笼当棉袄，番薯丝吃不饱"曾是泰顺山区群众的生活写照。直到20世纪七八十年代，泰顺县仍有70%以上农村人口，大约20多万人缺衣少食，看不起病，上不起学，是浙江省内典型的"老、少、边、穷"山区县，先后被列入全省、全国贫困县。

久困于穷，冀以小康。泰顺人民怀揣"脱贫致富奔小康"的久远梦想，在这片"九山半水半分田"的土地上勤劳耕耘，克服难以想象的困难谋求温饱，其历程可歌可泣。

2003年，时任浙江省委书记习近平到泰顺调研，对下山脱贫做出重要指示，要求"下得来、稳得住、富得起"，这为多年来"穷在山上，苦在路上，落后在分散上"的泰顺提供了脱贫的根本指引和遵循。泰顺遂抓住乡村振兴、脱贫攻坚、高速时代等战略机遇，咬定青山不放松，久久为功抓攻坚，筚路蓝缕、不屈不挠，走出一条"小康大道"。

移民搬迁是泰顺脱贫致富的主要手段之一。早在20世纪80年代，当时居住在远山的村民，就按照自愿原则，逐步迁移到生活劳动条件较好的村镇建房安居，泰顺县"下山搬迁脱贫"之法由此形成，其时，在全省也是领先的。此后，泰顺县又逐步推广整村整乡的搬迁脱贫方法，"小县大城关、小乡大集镇"的格局全面推进，位于司前畲族镇左溪大桥北的峰门新村一期，即为全省首创的泰顺"一镇带三乡"移民模式的最早见证。

从2003年开始，泰顺县依托"一镇带三乡"、跨区域生态移民和生态搬迁等系列工程，着手实施有史以来最大规模、涉及全县各乡镇的下山脱贫行动。至2018年底，约占全县常住人口1/4的7万农民，通过搬迁实现了集聚。

为了让下山农民顺利地进城落户，泰顺县把县城作为农村宅基地置换主平台，全面推进无区域生态移民功能区建设。下山移民在获得宅基地置换补偿、生态补偿、安置补偿后，一套市值约50万元的套房，农户只需出15万元左右，这可是天下难觅的大好事！与之相配套的是，为了解决部分农户的资金困难，县里还专门为他们量身定制了"下山移民公积金贷款"。

但是，新的问题出现了：农民下了山，山上的土地怎么办？事实上，如今，山上的土地非但没有荒废，反而变得"寸土寸金"。按照农村综合改革政策，当地闲置的农村土地被重新利用，还吸引了大批项目落地，个性民宿、文礼书院、科技孵化园等纷纷前来，起初以为会变得冷寂的地方变成了一片热土。竹里乡何宅垟村原本杂草丛生的240余亩荒地，现在已是野生铁皮石斛栽培基地，年产值达到300万元左右。

小康社会建设不断推进，泰顺县的下山搬迁工程也仍在继续，还成为当地开展生态保护、除险安居、山区城镇化的有力支撑。从2003年率

摆脱大山的桎梏，改善劳动条件，提升生活水平

先启动"一镇带三乡"搬迁工程，到2011年实施"无区域生态移民"工程，再到2017年发力"生态大搬迁"工程，泰顺安居实践持续升级，惠及范围更广、政策更优，实现了城镇能级的提升、城镇面貌的改善、人口和产业的集聚。

"坚持扶贫与扶志、扶智相结合，统筹解决搬迁群众的脱贫致富问题，以金融扶贫、健康扶贫、教育扶贫、兜底扶贫、社会扶贫等'扶贫六法'，以及'黄金八条'等协同发力，加快推动绿水青山成为养蜂、蔬果、茶叶等绿色产业的沃土，让下山后的村民真正找到奔小康的'靠山'，实现全方位帮扶。"泰顺县农业农村局局长周德黎如是说。

逐渐接近全面建成小康社会的收官阶段，泰顺县依然围绕"下山居住，上山致富，人才回归，产业兴旺"的方针，持续探索做深做足生态搬迁的文章，实行生态、生产、生活深度融合的新方法。随着人口集聚这一优势逐渐释放，泰顺县的旅游主业、生态农业、生态工业等特色产业日益壮大，国家生态县、全国首批"碳汇城市""中国天然氧吧"、国家生态文明建设示范县等众多"国字号"名片相继归属泰顺。2019年10

月，泰顺县人口集聚与农民增收致富的试验方案被农业农村部列入改革试点，为全国同类地区打好脱贫攻坚战提供了"泰顺经验"。

在泰顺，除了沉睡土地可流转外，农民手中的村集体资产股权、农房等也能变现。截至2018年底，泰顺全县299个行政村均已成立村集体经济股份合作社，约8.5万户农民变成"股民"，村民持有股份估价可达800亿元。

2018年9月初，在泰顺县金融系统支持乡村振兴推进会上，罗阳镇南内村村民吴琪收到了一笔20万元、期限为1年的贷款，提供抵押担保的正是他手中所持的"农村集体资产股权"。"没想到股权也能贷款，解了开服装店的燃眉之急。"又惊又喜的吴琪说。

数据表明，自2018年以来，中国人民银行泰顺县支行牵头启动股权质押融资探索，出台适度提升贷款额度、优惠贷款利率、规范办理流程三大举措，增强股权质押贷款的普适性，进一步拓展农村融资渠道。

泰顺县竹木资源丰富，拥有竹林总面积25万亩，立竹量4000多万株，年产竹材250多万支。20世纪80年代以来，泰顺县就开展了以低产竹林改造和笋竹两用林建设为主的竹资源开发活动。在全面建成小康社会的进程中，泰顺县通过科技兴竹战略，强化资源基础培育，强化竹木加工这一传统产业，加大产业投入力度等有效举措，有意识地做全"竹链条"，做强"竹经济"，积极推进竹产业发展，带动当地村民脱贫致富。

58岁的苏叶珍是司前畲族镇黄桥村人。30多年前，苏叶珍的丈夫腿部受伤，因没有得到及时治疗落下病根，加上孩子年幼，夫妻俩只能待在老家以务农为生。2003年，苏叶珍一家移居中心镇，镇上的浙江利众竹木有限公司向下山群众敞开大门，免费提供就业技能培训，让他们下山即可就业，真正地实现了"安居乐业"。苏叶珍告诉记者："以前生活不太好，现在好多了。现在我们夫妻俩都在厂里面做，一个月工资也有

好几千元，我觉得很满足。"

在泰顺县，一根筷子可以带动数百人就业，像苏叶珍夫妻这样"下山脱贫"的农民，光在利众竹木有限公司"扶贫车间"就有180人左右。该公司还帮助当地及周边乡镇村民增收致富，使得当地的"竹海竹山"真正变成了"金山银山"。当地农村常住居民人均可支配收入也从15年前的不足4000元，提高到近2万元。"我们利众当时盖了这家新厂，能容纳500人左右，生态大搬迁搬下来的人，包括库区周边的闲置劳动力都能在厂里就业，让他们有收入，安心搬下来，享受共同富裕的美好生活。"利众竹木有限公司董事长严汉荣说。

这几年，泰顺县出台了一系列扶持竹木产业发展的政策，大力推进竹木产业转型发展，在竹资源培育、加工和利用等方面取得了一定成效。2019年，泰顺县还通过招商引资，延伸竹木产业链，引进了竹材首台（套）技术装备应用项目，以解决竹木企业发展困难、资源利用率不高等问题。

泰顺竹材生态产业科技园项目是浙江省"152"工程项目（"152"工程又称省市县书记、县长工程，主要指省、市、县各级领导谋划招引的一批100亿元、50亿元、20亿元产业大项目、好项目），占地面积200亩，总投资约10亿元，是集科研、生产、经营于一体的竹木产品综合生产基地。一期项目投资1亿元，规划用地50亩，主要包括厂房及附属配套设施，计划年内竣工投产。投产后，年产值可达5亿元，年消化毛竹350万根以上，消化本县竹林23万亩，可提供500个以上就业岗位，带动浙南闽北周边6000户竹农增收致富。该项目还将建成全省第一条高端的竹材加工生产线，实现毛竹的全株利用。

接下来，泰顺县将继续实施竹资源培育工程，引导竹农通过护笋养竹、竹林抚育等措施，实现丰产目标。同时，将围绕提升竹木产业产品附加值，在做强竹板材、竹工艺品等传统产业的基础上，不断增加精深加工、精品工艺、环保产业的投资力度，延长产业链。

2018年9月23日，首届"中国农民丰收节"当天，小小的泰顺县大安乡大丘坪村一下子涌入了3000多名游客。大家在彩色稻田间，抬手割稻谷，围坐吃福宴，观赏"非遗"表演，着实体验了一把农家乐事。不少游客还抢着把这里出产的优质大米带回去，玩得不亦乐乎。

农民载歌载舞庆丰收，是泰顺县践行"绿水青山就是金山银山"理念，在全域努力建成小康社会、实施乡村振兴战略的生动写照。2018年以来，站在关键历史节点，泰顺向决战决胜脱贫攻坚发起总攻。

"泰顺正处于发展最快、发展最好、发展最关键的阶段，打赢脱贫攻坚战，是让经济社会发展惠及更多泰顺人民特别是低收入农户的必然要求，是确保全面小康路上'一个不落下'的现实需要。"时任泰顺县委书记陈永光要求全体党员干部在"总攻时刻、愈需奋勇"，汇聚广大人民群众的智慧和力量，聚焦"最佳生态、康养文旅、最美山城、泰顺攻坚、乡贤泰商、平安泰顺"6张牌，目标不降、力度不减，奋力跑出绿色高质量、发展加速度。

2018年以来，泰顺县积极对接省"大花园建设"、温州西部生态休闲产业带建设等重大机遇，优化形成以中心城区为核心、以南部"廊氡"和北部"乌飞"特色产业片两大区块为主导的"一核两翼六区多点"县域旅游空间布局架构。县政府研究出台泰顺生态休闲产业带建设相关政策，系统编制实施计划，有效助力乡村旅游项目开展。仅在2018年，全县就安排实施项目62个，年度计划投资42.32亿元，13条乡村振兴示范带建设有序推进。

2020年初，泰顺县又以抓特色产业为重点，聚焦做大做强茶产业、猕猴桃产业、竹木制品业等9大产业，全面打响中国农业区域公用品牌、中国驰名商标"三杯香"茶和"泰顺山友"农产品区域公用品牌，力争2020年地区生产总值增长9％以上。泰顺县还重磅出台《关于推进泰顺县茶叶产业绿色高质量发展的扶持办法》，明确2020年至2022年县财政每年安排2000万元资金用于茶产业转型升级，惠及茶农等相关兴业人员5万多人。

"如今来左溪的游客更多了，农家乐生意越来越红火。"司前畲族镇左溪村村民雷茂贤的畲寨农庄格外忙碌，每逢节假日，预订电话几乎被打爆了。雷茂贤说，农家乐生意之所以这么红火，得益于左溪旅游业的发展，畲寨农庄仅1个月就接待了5个来自外地的旅行团。

"靠山吃山"原本就是泰顺县的一大优势，何况现在乡村环境越来越美，发展乡村旅游正当其时。然而，泰顺由于地处山区，公路建设欠账太多，有人曾经数过，从县城到温州市区的公路，竟有600多道弯，这对当地发展旅游显然是不利的。泰顺县加大投资力度，对乡村公路等基础设施进行集中攻坚。泰顺县交通局提供的数据表明，仅2015年至2017年，该县就投入1.8亿元，改造提升农村公路46条190多千米。尤其是58省道和52省道串联起的美丽镇村令人赏心悦目，既便利了群众出行，方便物流，又使得当地的农家乐、民宿如雨后春笋般兴起。与此同时，投资5.5亿元的A1类小型通用机场泰顺县通航机场，也将于2022年正式通航。

从投工投劳建设第一条公路，到第一条省道顺利通车，再到如今的"通高、建航、建铁"，泰顺县的出山路越走越顺畅。因路而改变命运的仕阳镇双林垟村村民赖圣挑回忆，20世纪90年代通村公路修到他家门口，物流更加便捷，因此他就在村里开起杂货店做起小生意，月收入从400元左右增至800多元，翻了一番。到2020年，泰顺县的"四好农村路"总长已超过2000千米，通路带来的人流、物流、资金流和信息流，正改变

流经仙居县城的永安溪

着越来越多泰顺人的命运。

飞云湖畔的泰顺县百丈镇，果农赖兆裕的百亩果园瓜果飘香，前来采摘的游客络绎不绝。先前由于地处"水源涵养区""生态功能区"和"省级生态林"，百丈镇境内不能砍伐、不能饲养、不能做水上养殖。2017年以来，泰顺县着手建设"时尚体育小镇"，这片土地得以充分开发。赖兆裕迅速流转了土地，发展观光采摘农业，实现收入成倍增长。

"通过各种方式发展乡村旅游，带动乡民致富，这是实现农村绿色高质量发展、高水平全面建成小康社会的必然路径。"泰顺县旅游局有关负责人说，"下一步，泰顺县还将以'生态立县、旅游兴县'为统领，有序实施生态建设示范、基础设施先行、美丽乡村创建、区域协作推进等六大发展工程，探索建设温州西部生态休闲产业带的核心示范区。"

泰顺县以生态大搬迁和扶贫"加减法"协同推进，通过一系列增收"组合拳"不断加大扶贫开发力度，贫困人口数量不断下降，农民收入持续增长，先后获得省低收入群众增收行动计划先进集体、省扶贫成效先进县等称号。

一组组脱贫数据令人欣喜：泰顺县于1997年提前3年摘掉贫困县帽子；2002年，13个欠发达乡镇基本实现脱贫；2003年，全面消除了"4600元以下"贫困现象，全面消除了村集体经济薄弱村；2015年实现"浙江重点欠发达县"摘帽。2012—2019年，全县贫困人口从33473户97811人减少到9692户16425人，农村常住居民人均可支配收入从8162元增长到18805元；低收入农户人均可支配收入达到11156元，增幅15%，居温州市第一。

2020年，泰顺全县生产总值为121.99亿元，按不变价格计算，比上年增长4.7%。2020年全年全县全体常住居民人均可支配收入为30046元，比上年增长6.2%。按常住地分，城镇常住居民人均可支配收入为42479元，比上年增长4.6%；农村常住居民人均可支配收入为20347元，增长8.2%。低收入农户人均可支配收入为12909元，比上年增长15.7%。泰顺县已真正走向共同富裕。

是的，正是因为始终坚持精准施策、聚力攻坚，扎扎实实推进"低收入农户高水平小康计划"等系列政策落地，确保全面小康路上"一个不落下"，2019年，泰顺县作为浙江省2个县（市、区）之一，向国务院扶贫办报送扶贫工作经验，为全国提供脱贫致富的"泰顺样板"。

# 第三章

## 统筹协调突出特色，发展格局缘此全新

"统筹协调突出特色，交通为先融合发展。"以全省一盘棋的思路，坚定走城乡融合发展之路，协调推进新型城镇化发展和乡村振兴战略实施。

在高水平全面建成小康社会进程中，浙江省加大投资力度，加快交通等基础设施建设，注重二、三产业，生态特色农业，海洋经济等领域，谋求高质量发展，以工补农、以城带乡，推动形成工农互促、城乡互补、协调发展、共同繁荣的新型工农城乡格局，加快推进城乡要素合理配置，促进乡村经济多元化发展，使城乡经济逐渐做到同步发展。

# 大交通体系，消弭城乡区域发展差距

> 有了便捷的交通，有了完善的基础设施，一切皆有可能。紧扣"加快推进城乡发展一体化"，加大统筹城乡区域发展力度，推动城乡相向而行、协调发展，缩小城乡居民收入差距，实现共同富裕。

2020年12月22日，地处温州市泰顺县深山峡谷中的文泰高速公路正式通车。

文泰高速公路全长55.96千米，桥隧占比高达72%，平均海拔500米，被称为浙江的天路。通车后，这条承载着浙南山区几代人夙愿的高速公路，为泰顺架起一条"民生路、希望路、致富路"。这条高速公路的开通，也标志着浙江省已全面实现陆域"县县通高速"的目标。

而在文泰高速公路通车的同一天，都市区重要支撑项目杭州绕城西复线、杭州湾与沿海经济带重要联通项目杭绍台高速、省际"断头路"重点项目千黄高速等另外8条高速公路也同时通车，9条高速公路的总里程达551千米。也在同一天，有20个公路、水运项目集中开工，其中：高速公路项目7个，总投资706亿元；普通公路项目6个，总投资256亿元；水运项目7个，总投资52亿元。

而此前的2020年11月24日下午，在义甬舟开放大通道西延行动方案新闻发布会上，衢州市人民政府宣布，2022年底杭衢高铁建成后，从杭州乘坐高铁前往衢州，大约只需41分钟。

在由浙江省相关部门制定的《义甬舟开放大通道西延行动方案》中，载明了"进一步深入推进义甬舟开放大通道建设，增强大通道西向辐射功能，畅通国内国际双循环，加快提升陆海双向开放大通道的支撑作用"的发展任务，因此衢州市的定位有了更为清晰的表述，那就是"将加快衢州四省边际中心城市建设，全面提升义甬舟开放大通道在区域协调发展中的战略地位，为西延内陆地区高质量开放发展提供强大功能"。

在义甬舟开放大通道西延"五大行动"中，枢纽聚合提升行动是一项重要内容，将推动宁波舟山港硬核力量全面西向延伸；实现金华—义乌陆港能力、金义都市区发展能级、衢州西延重要战略支点功能等三方面提升；推进义乌"四港联动"示范城市建设。

按照这份行动方案，未来衢州向东将全面融入长三角一体化发展战略，积极对接大湾区、杭州都市圈，做好"融杭联甬接沪"的大文章，向西将围绕西延方案进一步打开西进大通道，引领建设衢丽花园城市群，打造浙闽赣皖四省边际国家生态旅游协作区。

刚刚建成文泰等高速公路的温州市，在强化交通设施建设、加快城乡统筹发展的路子上同样不甘落后。除了下"猛力"建设高速公路，基本上实现了每年建成一条高速公路的目标，使大山深处的各县实现"县县通高速"，还积极打造"521高铁时空圈"，着手实施未来到杭州1小时、到上海2小时、到北京5小时的高铁规划。"十四五"期间，温州综合交通投资将超过2200亿元，并设想以大手笔打造全国性综合交通枢纽。

"十三五"期间，国务院已经把温州市确定为全国性的综合交通枢纽。其间，温州已先后建成并投用了乐清湾铁路支线、市域铁路S1线等轨道交通工程，开工建设了杭温高铁、市域铁路S2线等一批重大交通项目。接下来，温州将重点建设温福高铁、温武吉铁路、地铁 M 线等轨道交通工程。届时，温州到杭州、福州只需 1 小时；温州到上海、南京、厦门只需 2 小时；温州到北京、天津、广州、深圳只需 5 小时。

便捷的交通是促进经济快速发展的基本条件，而建成"县县通高速""×小时交通圈"的最大利好，是加快城乡一体化，推进城乡统筹发展。以衢州为例，正在建设中的杭衢高铁一旦开通，杭衢同城化、一体化的进程将进一步加快，衢州市深化杭衢战略合作、借智借力发展、融入杭州都市经济圈的蓝图将成为现实。

2017 年 3 月 22 日，杭衢签署两市山海协作"1+4"战略合作协议，形成"六园二路"（海创园、区中园、教育园、健康园、运动园、后花园，杭衢高铁、杭淳开高速）合作新模式。在重点领域合作方面，衢州海创园二期地块成功落地，在衢建设杭州"飞地"（包括区中园、科创金融转化基地、滨江高新区衢州分园区等项目）；杭衢两地举办首届"衢时代"杯海内外高层次人才创新创业大赛，推动 10 所院校机构间的合作，促成两市 8 家医院达成合作，等等；杭衢合作开通"杭衢旅游直通车"；衢州市与杭州市水上运动中心、杭州棋院等机构达成合作，共同举办多项活动赛事等。

有了完善的交通设施，杭衢两市合作发展有了新动能，合作方式已从输血转变为造血，即从最初以产业帮扶、园区共建、新农村建设为主的简单"输血"，转变为以"六园"合作、"二路"共建为支撑的全方位、立体化的"造血"，实现"一重点三转变一加强"（"一重点"，是指以创新合作为重点；"三转变"，是指从单向扶贫输血向双向合作造血转变、从传统产业梯度转移向创新成果转化落地转变、从以往市县分散单独协作向市域一体对口协作转变；"一加强"，是指加强考核），引领山海协作全方位升级，全力助推"山"与"海"高质量发展。

2020年9月30日，在衢州市柯城区，全国首个"阿里巴巴淘宝直播村播基地"实现直播销售。至年底，直播销售额即达1.08亿元，带动逾1000人就业。

"江西上饶、安徽黄山等周边地区都是农业规划较强的地区，衢州本身的农产品结构十分丰富，生鲜冷链物流基地正在建设中。所以，在这里打造村播基地，可以说是水到渠成。"基地运营方、妙趣互娱衢州市村播学院理事长唐寅在分析何以选择衢州作为直播产业基地时说，"浙江是电商高地。衢州距离电商之都杭州很近，还可以吸引本地、四省边际等地区的人才进行直播培训，推动直播从业者将衢州作为其面向长三角、内陆地区的发货基地。"

在唐寅眼里，衢州早已不是浙江最西部那个交通闭塞、经济落后的地方了，而是全国为数不多境内航空、铁路、公路、水运齐全的地级市，是浙江首个县县通高铁（动车）、高速公路的地级市。"不少农产品在原产地零散发货，还没到目的地就变质了，损耗率甚至高达40％，因此必须借助便捷的交通，用最快速度送到消费者手中，以降低损耗，提升品控。衢州就已符合这一要求。"

打造便捷的交通，还包括开发原有的资源，开辟新的运输通道。开港于2019年的衢州港，已与长江中下游、京杭运河等浙江省内外港口实行"海河联运"，亦能直通嘉兴、杭甬运河等区域。

在衢州港，占据其一半以上货运量的纸浆即能说明，衢州是中国特种纸产业基地，产量占中国的25％，而江苏省常熟港则是中国第二大纸浆进口港。过去，常熟的进口纸浆需运至宁波舟山港，转汽运至衢州。衢州港开港后，常熟至衢州的纸浆水运专线开通，运输成本大大降低，从而使特种纸企业可以投入更多资金用于产品升级，也让衢州港有了更大的升值空间。

　　"不仅如此，衢州港还将被打造成'多式联运枢纽港'，发展枢纽经济、物流经济。"衢州市衢江区交通运输局局长徐建安颇为欣喜地介绍，"2020年，衢州机场迁建新址获批，接下来，我们将借此打造一个水港、陆港、空港、信息港'四港联动'的四省边际空港新城。"

　　的确，由于地处内陆，地理环境特殊，与沿海开放较早的地区相比，改革开放以来的衢州发展相对较慢。如今，与本省其他城市相比，衢州生产总值并不靠前；与周边的江西上饶、安徽黄山、福建南平相比，在经济上也不具明显优势。然而，当交通落后这一障碍被移除，当城乡一体化发展步伐加快，尤其是当前，在中国构建以国内大循环为主体、国内国际双循环相互促进新发展格局之时，衢州迎来了再次"登台"的重大机遇。

　　有专家指出，自中国加入世贸组织以来，以外循环为主体，像宁波这样的港口城市理所当然发展就快；而以内循环为主体，像衢州这样的地方就有可能成为区域型中心城市。内循环对衢州来说，恰恰是重大机遇。

　　2020年9月，卓尔控股与衢州签订战略合作框架协议，双方计划总投资180亿元，打造华东（衢州）数字经济示范区。其将对标武汉汉口北国际商品交易中心（为中西部最大的商贸物流平台），立足浙西，辐射华东，连通"一带一路"。卓尔集团执行总裁汤宇宏表示，示范区将以智联贸易为重点，看中的正是衢州的交通区位优势。

　　卓尔集团的总部位于以"九省通衢"闻名的湖北省武汉市。招引其落户，衢州在新发展格局中的魅力可见一斑。显然，在新发展格局的构建中，交通优势令衢州获得更多机遇。当然，在浙江高水平全面建成小康社会进入华彩乐章之时，当地也在不断地主动创造发展机遇。

　　余彬，家在杭州市桐庐县，却在钱塘区的下沙上班。在长达五六年时间里，他每周末开车回家团聚一次。

然而从2019年开始，他的生活节奏变了。他不再驾车上下班，而是把车子放在了家里，选择坐杭黄高铁抵达杭州东站，再从东站坐地铁来到下沙，"速度快，人轻松，还省钱"。因此，他回家次数也增加到了每周2次以上。

同城生活，这个曾经陌生而遥远的名词，如今已完全进入了我们的生活。统筹协调发展，加快形成以东带西、城乡一体新格局，是杭州市近年来进一步缩小东西差距、提升城乡区域协调发展水平做出的重大部署。把杭州作为一个整体，强化交通基础设施建设，以拥江发展拉开城市格局，完善市域统筹机制，加快城市重大基础设施建设，大力推进美丽城镇建设，加快打造乡村振兴示范区，正是杭州市推进高水平全面建成小康社会和共同富裕进程的重要一步。

在杭州，"5433"现代综合交通之役鏖战正酣。根据规划，未来杭州将形成由11条高铁干线、3条绕城环线、33个过江通道、13条城市轨道交通骨干网络等构成的水陆空、"铁公基"一体的大交通体系。

杭州地铁建设正如火如荼

萧山国际机场三期项目扩建工程预计在2022年底完成。其中，综合交通中心包含地铁、机场快线、客运大巴、出租车等多种公共交通方式。机场轨道快线沿途串起杭州三大交通枢纽——杭州西站、杭州东站、萧山机场，从杭州西站到萧山机场只需45分钟。

根据《杭州铁路枢纽规划（2016—2030年）》，杭州将形成"一轴两翼双十字双环六客站"的铁路枢纽总体布局，新建商合杭高铁、杭温高铁、杭绍台高铁、沪乍杭高铁、沪杭城际（沪杭高铁复线）、杭临绩高铁（杭武高铁）6条高铁线，将拥有杭州东站、西站、城站、南站以及机场高铁站、钱塘站等6大客运站。

钱塘绿道，从曹娥江入海口至千岛湖，全长超过1000千米。迄今，钱塘绿道主线已打通断点、全线贯通、封闭成环。据悉，仅2019年全市即完成新建、提升400千米绿道，其中钱塘江流域约250千米，届时将有更多的空间可供市民和游客休憩，有更多的林间可供漫步。

而2018年底开通的杭黄高铁，已孕育出千岛湖、建德等数个高铁经济带。

金丽温高铁一路飞驰，路经缙云县新建镇笕川村，在村庄上空掠过，不过短短5秒钟。就用这5秒，来自天南海北的人们透过车窗，看见了笕川村人创下的奇迹。这无疑是一份无声的广告，笕川村由此成为旅游打卡地。

千年古村笕川，近年来通过治水拆违、建设美丽乡村，使得设施不断优化，环境大大改善。就在疾驰而过的高铁高架桥下，笕川人请来知名花海设计师、浙大教授何思源，以日本富良野著名的薰衣草花海为范本，以丰富的花品、持续的花期、循环的种植，保证了月月有景、季季有色。2016年5月28日，"花海"生态旅游项目对外营业，当天门票收入就达42万元。

在旅游季节，村民丁尧青开着小火车，每天都要载着游客们穿梭在花海中。车窗外，醉蝶花、鸡冠花、百日草竞相开放；车窗内，则是游客们的欢声笑语。以创业带动就业，这是笕川村人的得意之作，也是浙江农民收入不断增加的一个生动缩影。

"花海"项目不仅让百姓就地从业，而且带来了丰厚的集体经济收入。"有了这个'花海'，村民们多了收入的门路，大家都充满了干劲！"丁尧青自豪地说。

2018年，农业农村部办公厅向全国推介了150个村落为"中国美丽休闲乡村"，高铁沿线的缙云县"笕川花海"榜上有名。

有了便捷的交通，有了完善的基础设施，有了网络，经济发展缔造传奇，一切皆有可能。2017年3月，位于浦江偏远山区的檀溪镇开启了一项"实验"。镇里和29个村（其中28个为省级集体经济薄弱村）联合组建公司，把闲置厂房、景区景点、古朴民居、老旧电站等资源整合起来，精心包装后推向市场，实现农村资源资产的增值。

一条条通衢大道连接城乡各地，以创业带动就业，农民收入节节攀升。2020年，浙江省城镇居民人均可支配收入达62699元，比上年增加2517元，名义增长4.2%；增速比一季度、上半年和前三季度分别上升3.4、2.1和0.9个百分点，均居全国各省区市第一位。从收入增速来看，农村继续快于城市，城乡收入差距进一步缩小。

繁华城市，美丽乡村，各美其美，美美与共，把城乡协调发展的浙江故事推向新的高潮。

决胜全面小康，习近平总书记多次指出，协调发展是制胜要诀，要着力推动区域协调发展、城乡协调发展、物质文明和精神文明协调发展，推动经济建设和国防建设融合发展。2015年，习近平总书记来浙江考察时，赋予浙江加快推进城乡发展一体化、加大统筹城乡区域发展力度、推进城乡相向而行新任务。他强调，提高城乡发展一体化水平，要把解放和发展农村社会生产力、改善和提高广大农民群众生活水平作为根本的政策取向，加快形成以工促农、以城带乡、工农互惠、城乡一体的工农城乡关系。

几年来，浙江省紧扣"加快推进城乡发展一体化"，加大统筹城乡区域发展力度，扎实推进城乡公共服务均等化、城乡居民收入均衡化、城乡要素配置合理化、城乡产业发展融合化，推动城乡相向而行、协调发展、共同富裕。

2017年6月召开的浙江省第十四次党代会提出，坚持城乡并重、区域协同，加快推进城乡发展一体化，努力缩小城乡区域发展差距，切实提高发展的协同性和整体性。

牢记习近平总书记嘱托，沿着"八八战略"指引的路子坚定不移地走下去，浙江赢得了城乡协调发展的先机，也获取了迈向"两个高水平"的信心。

"小堂占尽一湖春，咫尺村烟接市尘。日日街头鲑菜满，不妨长作泗门人。"300多年前，明末清初思想家黄宗羲曾留下如此动人的诗作。而今，俯瞰浙江大地，城乡和谐的景象随处可见，我们不妨说："咫尺村烟接市尘，不妨长作浙江人。"

## 特色农业，农民致富短板由此补齐

> 充分发挥生态优势、利用山水资源，始终突出农业绿色发展，并以智慧科技为动力，不断推动现代特色农业向观光、休闲、旅游、教育、康养等产业延伸。

2019年11月14日，全省乡村产业高质量发展推进会上公布了第二批省级特色农业强镇名单，其中杭州市富阳区东洲果蔬特色农业强镇等29个乡镇榜上有名。这是继2018年10月30日首批21个浙江省特色农业强镇出炉后，又一批被授牌的实力雄厚的特色农业强镇。

"既滋兰之九畹兮，又树蕙之百亩。"（战国·屈原《离骚》）一个个特色农业强镇，正在发挥特有的示范引领作用，推动浙江乡村产业高质量发展。

台州市黄岩区北洋镇有一座绿沃川农场，如今，一期工程已经完工。这座农场采用欧洲智能化的种植系统，实现全程自动化生产。为了向人们进一步展示眼下世界上最先进的特色农业生产过程，绿沃川农场投资400万元，专门建造了占地10余亩的农业公共体验中心。中心主体为3幢半圆形钢架建筑，其功能是向人们展示现代农业教育、农业休闲、科普教育，推广农耕文明。

"这个农业公共体验中心是我们绿沃川公司农业、观光、旅游产业链的一部分，我们的目的是让人们在绿沃川更直观、更翔实地感受现代农业科技。这既是现代农业观光，也是一种推广。"台州绿沃川农业有限公司负责人周云飞说。

事实上，绿沃川农业公共体验中心仅是北洋镇打造特色农业观光小镇的"五大项目"之一。这"五大项目"均以发展特色农业为核心，向集约化、机械化、区域化发展，同时，引导这些项目与农业旅游及区域特色乡土文化休闲旅游功能相嫁接，发挥特色农业龙头企业的带动作用。

北洋镇是第一批省级特色农业强镇。该镇充分发挥生态优势、利用山水资源，始终突出农业绿色发展，并以智慧科技为动力，深度融合一、二、三产业，不断推动现代特色农业向观光、休闲、旅游、教育、康养等产业延伸。如今，北洋镇已汇聚一批以农业生产、加工研发、技术开发和高新技术展示为主导的特色农业企业，全面提升特色农业竞争力和区域品牌影响力，积极打造特色农业产业集聚区和具备较强竞争力的农业产业基地。2018年8月，北洋镇以94分的高分，提前完成省级特色农业强镇创建任务，并顺利通过验收。

"没想到每月还能有2000多元的固定收入。"年已七旬的北洋镇前蒋村村民蒋守良，是个田里的好把式。"蓝美庄园"在此落户后，他和妻子就在这座农业庄园里工作。

"蓝美庄园引进了日本草莓、荷兰黄瓜肥水一体化等无土基质立体栽培技术，跳出了传统的耕作方式。它也不再是靠天吃饭，高强度低产出，而是与科技、休闲旅游挂钩，发展'互联网＋'的现代农业生态园，打造拥有新型乡村生活体验的大型农业休闲综合体。在这里，一年四季都能欣赏鲜花，采摘水果，享受农业体验。"庄园负责人刘峰介绍。蓝美庄园一期项目完成流转土地共1300亩，仅土地流转费用这一项，每年就可为当地农户增加100万元收入，再加上统一收购的花木收入和就业薪水，预计可为每户农户增加约3万元年收入，这还没算上游客增多后对周边民宿、农家乐等行业的带动。

走进蓝美庄园，呈半环状布局、占地近100亩的国际标准大棚里，是与以色列公司合作，用无土栽培技术种植的草莓、红心火龙果、荷兰小西红柿、日本小西红柿、无花果等四季果蔬，旁侧还有农事体验馆及展示大棚，市民可以边采摘，边接触了解高科技农业，还能参与耕作体验、果酒酿造等活动，感受传统的农耕文化。而在该庄园的中心，则以大草坪为起点向四周延伸，舞台区、活动拓展区、高空溜索、滑道、植物迷宫、儿童乐园、度假休闲区等区块分布其间。各式各样的花圃盘山而建，绣球九曲花坡、月季花园、紫薇花园、马鞭草花园、波斯菊花园、梅园等，处处令人赏心悦目。

从蓝美庄园出发，一条总长6.4千米的道路上，观光小火车正在行驶，沿途驶经水闸老街、高科技农业观光园等7个站点。小火车有机连接了各个农业观光园和旅游接待中心，把特色小镇内的旅游资源串联起来。自行车道、步行道等慢行系统也已在特色农业观光园内逐步成型。

李锦波原是一位企业主，因为觉得干特色农业有奔头，便把经营了10多年的企业托付给职业经理人，自己成了不折不扣的农场主，整天蹲守在北洋镇的田间地头，琢磨着怎么能在土地上获得更好的收成。

"土地给予人类食物，是食品安全的第一道关。土地质量的高低影响着人类生命的质量，只有它健康了，种出来的农作物、放养大的家禽才是健康的。"李锦波对北洋镇优质的土地极为满意，他还特别推崇传统的农耕方式，认为传统农业有着很多科学合理之处，尽管他给自己的农产品取了一个新潮而洋气的名字"德米特"。"这个名字源于西欧，被视为传统有机农业的最高标准体系，提倡通过活力农耕重建自然资源，让食物归于有机与健康。"李锦波说。

李锦波在北洋镇称歇村经营的特色农业企业名叫"中德农场"，与蓝美庄园的耕作方式完全不同的是，这里采用的是提升改良后的传统农耕方式。在此所运用的活力农耕法已形成了独立的生态循环系统。300多亩田地上，苗壮成长的稻株之间，隐匿着紫云英、黑麦草、三叶草等青苗。

"别以为这些青苗都是杂草，它们可是优质的绿肥，可以松土，还可以还田，使土壤更肥沃，通俗地说就是'养地'。"李锦波介绍说，"除这些青苗以外，农场里种植的水果、蔬菜、水稻等作物，以及与之配套养殖的鸡、黄牛、蜜蜂、绵羊等，各处于生态循环链的一环，环环相扣，互为食物链。"

目前，中德农场种植的蔬菜已通过欧盟有机认证，这里所生产的粮食蔬菜都可以免检出口到欧洲。如今，在中德农场订购蔬菜、鸡蛋、有机油的客户已有数百户。

"中德农场的耕作方式，投入集约环保，生产清洁低毒，废物循环利用，是对传统农业的生态修复，的确更易于推广。"时任黄岩区农办主任戴庭曦形象地比喻道，"一个高端前卫，一个土里土气，绿沃川农场和蓝美庄园、中德农场相比，两者似乎走了农业生产的两个极端，但就像洋快餐与土菜馆一样，完全可以共存共荣。我们的选择标准也是一样的，主要看它们是不是绿色的、健康的，是不是符合现代特色农业的发展方向。"

30多年前，磐安县一位名叫杨定升的药农，扛着一麻袋20多千克重的贝母、天麻等中药材，坐了38个小时的火车，来到贵州遵义卖药材，赚到了一点辛苦钱。而在30年后的今天，杨定升已经坐在老家磐安的"浙八味"药材市场，在属于他自己的宽敞店铺内，一边喝着铁皮石斛茶，一边等候四方客人上门看货订货。杨定升坦言，除了这家专卖店，他还拥有自己的种植基地、制药厂，还有由他个人出资建起的"磐五味"药材小型科普基地，主要展示"磐五味"古法生产加工技艺，前来观看者还不少。

杨定升的故事，即是传统中草药产业发展的当代传奇。在磐安，在浙江西部，这几年来，由于充分利用当地传统资源，有针对性地发展这一特色农业项目，一大批农民因此摆脱贫困，走上了富裕之

现代生态特色农业基地

路。随着全面建成小康社会进程的持续推进，与中药材打交道的人们，还将书写更加诱人的富民新故事。

"药花开满若霞绮，玄参白术与白芍，更有元胡，万国皆来市。"位于浙西地区、金衢盆地东缘的磐安县，是名副其实的"中国药材之乡"。

磐安种植药材的记载可追溯至唐代，"处处闻药语，户户种药材，家家有药香"，并非夸饰之词；宋时，磐安的白术、玉竹、淡竹叶还曾成为"贡品"；民国年间，"浙八味"享誉全国，其中五味就产自磐安，被称作"磐五味"。如今，磐安元胡、浙贝母等"磐五味"主导产品产量仍分别占全国的20%—60%，磐安全县中药材种植面积稳定在10万亩，全县中药材种植户4.8万户，从业人员6.8万人，中药产业年总产值约70亿元，无疑是当地的支柱性产业。

据统计，磐安县境内有着1200多种药用植物，磐安向来被人们誉为"天然的中药材资源宝库"。磐安县还拥有全国唯一的以珍稀濒危野生药用植物和道地中药材种质资源及原生态系统为主要保护对象的国家级自然保护区——大盘山国家级自然保护区，占地面积达45.58平方千米。保护区目前分布有野生药用植物1092种，占全省药用植物的61.05%。

说起磐安县的传统中草药产业，就必须提到位于该县新渥街道的"江南药镇"。2015年6月，浙江省第一批37个省级特色小镇创建名单正式公布，以中药材历史经典产业为主导的磐安县江南药镇名列其中。江南药镇以"药材天地、医疗高地、养生福地、旅游胜地"为定位，集产业、旅游、社区、人文功能于一体，努力打造以中草药文化为主，集高端中药产业、旅游度假养生、区域联动发展的特色小镇。磐安县委、县政府把江南药镇作为"一号工程"推进，截至2020年3月，江南药镇中已入驻中医药健康企业886家，2016年至2019年连续4年获得省级考核优秀。2020年，江南药镇通过了省级特色小镇验收命名。

如今的江南药镇，仍在全力推进"线上线下"浙八味药材城的建设，大力推广"市场＋基地＋农户"经营模式，打造新一代智慧平台，积极引进一大批中医药、药膳、药妆、医疗器械、生物细胞等科技前沿企业，以形成"千亩百亿"中医药产业集群，深入推进中药材深加工，开发中成药、医院制剂、药妆、保健品、药食同源食品和保健类中药系列产品。毫无疑问，在未来较长的一段时间内，江南药镇以及传统中草药产业，将是磐安县重要的经济增长点。

中草药不仅能用来防病治病，还能成为药膳的重要原料。2020年底，中国"十大黄精金牌膳食"大赛决赛在磐安县举行。在最终评出的"十大金牌膳食"中，磐安县选送的黄精元蹄、黄精藜麦、黄精东坡肉、黄精馒头、黄精带皮小牛肉均名列其中，占据5席。而在连续2届"浙江省十大药膳"评选活动中，磐安县的茯苓猪肚汤、羊蹄甲鱼冻、黄芪当归牛筋汤、茯苓馒头、石斛猪肚鸡、黄精元蹄等药膳产品也屡获奖项。据介绍，磐安县已研制推出4大品类的46道药膳菜肴，都是既好吃又养生的美食佳肴。

馒头是最常见的传统面食小品，制作简便，价格低廉，然而因为掺入了药材茯苓，成了"茯苓馒头"，价格竟然是普通馒头的3至5倍，还供不应求。"平均一天能卖出1000多只。疫情期间，因为有了中药的'加持'，卖得更多。"在磐安县城壶厅西路的"磐安药膳"连锁餐饮店，新冠疫情得以控制后，店铺刚刚恢复营业，在这里买茯苓馒头的顾客就排起了队。收银员胡艳艳一边麻利地为顾客们打包，一边不停地提醒着："这个馒头是纯植物发酵的，没添任何防腐剂，如果不放冰箱只能存放3天，可要尽快吃掉哦。"

除了茯苓馒头，在这家"磐安药膳"连锁餐饮店里，30元左右一份的"药膳小火锅"和"药膳套餐"等也颇受顾客青睐。主打"中草药底料"的各种药膳小火锅用料十分讲究，比如"火字养心锅"里就有人参、百合、甘草等中药材，主料是鸡肉，具有"补中益气、养心安神"之功效。

不过在磐安，"药膳"这两个字可不能随意添加，它可是有权威部门评审和监管的。迄今，经浙江省中医药学会、浙江省营养学会以及浙江省中医药研究院等科研院校专家论证评审，磐安累计评定了14家"定点药膳餐厅"和24道"道地磐安药膳"。此外，磐安还根据乡村旅游发展需要，在农家乐中开展"磐安药膳坊"认定，目前已有21家农家乐被授牌。与此同时，磐安县还建成了4家江南药镇药膳定制中心，引进了药膳制作大师8名，连续举办了浙江省药膳烹饪大赛，承办了全国首届黄精药膳大赛，开展了"森林食材、养生药膳"品鉴，荣获了"浙江省药膳之乡"称号。"磐安药膳"的知名度显然已越来越大。

没错，药膳产业的发展需要一大批人才，其中，药膳师的重要性不言而喻。在磐安，药膳师是一个刚开始冒头的职业。成为一名优秀的药膳师已是不少人努力的目标，每年经过认证的药膳师数量当然也在不断增加。

土生土长的孔中强即是这两年新评的药膳师。他从小就对中草药兴趣十足，后来长期从事中药材的种植和销售，如今则是茯苓馒头的发明人。

"与现代发酵方法不同的是，磐安这边是用一种名叫辣蓼的植物来发酵馒头的，我们现在采用的就是这种古法，没有添加任何防腐剂。"孔中强介绍说。为了研制出更可口、更有药效的药膳馒头，他一方面深研古法，充分吸收古人智慧，一方面专门去山东、广东等地考察，研究南北方馒头的差异，尤其是软硬度、口感等细微区别。为了更大范围地推广销售，孔中强他们还针对市场特殊群体，推出了无糖茯苓馒头。

截至2020年6月，磐安县已有经过认证的药膳师1000多名。从2016年起，磐安县人力社保局就组织起草了药膳师考核标准，并通过了省人社厅的评审。浙江省职业技能教学研究所编写了药膳师培训教材，成为我省职业技能培训的指定教材，磐安县求是职业技能培训学校还开出了药膳师培训班。浙江省人社厅印发的《药膳制作专项职业能力考核规范》载明，药膳师需能识别食材、药材的性能、功能、药理作用，掌握药膳配伍的方法和药膳配伍的禁忌，并能用特定烹调方法对食材和药材进行加工，等等。

令人欣喜的是，在磐安，除了药膳师，还有300多名经过专业培训的山区妇女，她们既熟悉母婴护理又精于药膳制作，被称作"药乡月嫂"。药乡月嫂深受市场欢迎，工资也普遍较高。经由这群勤劳质朴的月嫂，磐安药膳还被带到了上海、杭州、温州等地。

"2019年底，随着东西部扶贫协作的深入，药乡月嫂培训还推广到了四川仪陇县，促进当地妇女就业。"磐安县人力社保局相关负责人介绍，"药膳师"和"药乡月嫂"，已经成了磐安的新的金名片。

# 一片沁人茶香中蕴含的致富故事

> 专注于茶产业，让一片叶子富裕一方百姓。而当茶产业成为生态农业产业发展的一条坚实路子后，这份致富的希望又慷慨地送给他人，愿与最需要帮扶的人们一起共同致富。

2018年4月，湖州市安吉县溪龙乡黄杜村20名农民党员给习近平总书记写信，汇报种植白茶致富情况，提出愿意捐赠1500万株"白叶一号"茶苗帮助贫困地区群众脱贫。习近平总书记做出重要指示，赞扬他们弘扬为党分忧、先富帮后富的精神，对于打赢脱贫攻坚战很有意义。

为了贯彻落实习近平总书记重要指示精神，国务院扶贫办会同有关方面确定湖南省古丈县默戎镇，四川省青川县，贵州省普安县、沿河土家族自治县等3省4县34个建档立卡贫困村，作为安吉白茶的受捐对象。如今，这些地方的白茶产业扶贫取得了很大成果。

在四川省青川县，540万株来自安吉县黄杜村的白茶苗，被种植在关庄镇固井村、沙州镇青坪村和乔庄镇柳河村的3个"白叶一号"茶叶基地内。一棵棵满载希望的"扶贫苗"已成为一片片苗壮成长的"致富叶"，3个茶叶基地的白茶已发展到了1717亩，将带动9个乡镇18个村663户老百姓户均增收4300元以上。

在湖南省古丈县默戎镇翁草村，"白叶一号"种植之后，村里大力推进茶旅融合。仅2019年暑期，翁草村就接待游客4000余人次。迄今，翁草村已建起10栋民宿，2019年3个月里就接待了旅游团队10多个，实现旅游收入20余万元。

贵州省普安县共接受安吉县黄杜村捐赠的"白叶一号"茶苗600万株，在地瓜镇屯上村、白沙乡卡塘村规划建设茶园2000亩；贵州省沿河土家族自治县也受赠了360万株白茶苗，在中寨镇的志强、大宅、三会溪等3个一类贫困村建设了茶园1200亩。

普安县按照"1亩白茶苗带动1个贫困人口，1户贫困户不超过5亩"的原则构建白茶产业扶贫利益联结机制，通过"龙头企业＋专业合作社＋贫困户"的利益联结机制，以"企业共享30％、贫困户共享60％、合作社共享5％、土地流转共享5％"的比例分享发展收益，2000亩扶贫茶园共计带动贫困户862户2577人增收。

沿河土家族自治县中寨镇则推行了股份合作制，并将受赠的白茶苗折资量化到建档立卡贫困户，入股专业合作社，抱团发展。县里还拨付550万元财政专项扶贫资金以3个村集体的名义入股，同时组织农户入股39万元，齐心协力做大做强白茶产业。

在扶贫茶园的示范带动下，如今普安全县的"白叶一号"已经发展

到1.1万多亩，沿河土家族自治县中寨镇的白茶种植面积也突破了5000亩。

安吉县黄杜村村民之所以想到以捐赠"白叶一号"茶苗、提供技术指导等方式，帮助西部地区的农民脱贫奔小康，一是认定以发展生态农业的方式来帮扶贫困地区的农民兄弟走向共同富裕，是最合适、最有可能性的，他们愿意把致富的希望送给他人，与最需要帮扶的人们一起共同致富；二是安吉白茶种植已经成为生态农业产业发展的一条坚实路子，白茶助力当地的乡村振兴，一片叶子已经富了一方百姓。

"在安吉，黄杜村一直很有名，以前是因为穷，这里曾是全县最贫困的村之一；而现在则是因为富，因为我们是安吉白茶第一村。"说起黄杜村的巨变，村委会主任钟玉英感受颇多，也很有话要说。

钟玉英回忆，安吉地处天目山余脉，黄杜村一带山多地少，直到1997年人均年收入仍只有1000元左右。当时，村里相继搞过辣椒、板栗、杨梅、菊花等种植，都没有获得太大的收益。1998年，溪龙乡根据本地气候地理特点，推出了"在山区种植1000亩白茶助农增收"的举措。从那时起，黄杜村开始大规模种植白茶，白茶产业迅速发展，势不可挡。

20多年过去了，如今的黄杜村已拥有白茶1.2万余亩，核心区域4000

余亩，村民人均收入达8万元。黄杜村非但成了"中国白茶第一村"，还成了白茶产业的始发地和核心区，说"中国白茶看安吉，安吉白茶看黄杜"并不夸张。"一片叶子富了一方百姓"的精彩故事，在黄杜村成功上演。

数据显示，2019年，安吉县白茶种植面积稳定在17万亩，总产量1890吨，总产值达到25.3亿元，为全县人民实现人均收入增值7000余元，连续9年入选全国茶叶类公用品牌十强，品牌价值达37.76亿元。在安吉，与黄杜村茶农一样，越来越多的农民因种植白茶而实现共同富裕。

在溪龙乡，以安吉白茶产业为主导的乡村振兴综合体开发项目已在2018年实施。该项目以"中国·安吉白茶小镇"为主题，围绕白茶产业，集观光农业、户外研学、旅游及康养于一体，一期总投资达到60亿元。

在地理位置上，溪龙乡黄杜村与递铺街道鲁家村仅一山之隔。黄杜村是"安吉白茶第一村"，以第一产业为主；鲁家村以"公司＋村＋家庭农场"模式打造美丽乡村田园综合体，并获得了极大的成功，环绕村庄行驶的小火车引来一拨拨游客，是全国田园乡村典范。然而曾经，就那么一座山，使得黄杜村乃至溪龙乡与鲁家村的休闲旅游业呈现完全不同的面貌。倘若两村之间有便捷的道路，那么鲁家村的游客资源很容易被引到黄杜村，进而助推这一片区域的休闲旅游发展。

溪龙乡副乡长肖建峰分析说，自2011年以来，溪龙乡第一、二、三产业的产业结构基本没有发生变化，第三产业产值在乡全年地区生产总值中的占比只有1%左右，而第一产业产值占比高达87%左右，三产比例严重失衡。溪龙乡需要游客，需要补上这一短板，那就必须做透白茶这篇文章，对原有的"中国·安吉白茶小镇"的整体功能结构做出必要的调整。

"在这样的背景下，我们对溪龙'中国·安吉白茶小镇'的整体功能结构进行了重新梳理，形成了'一轴两带三核'的总体结构。"肖建峰介绍说，"'一轴'顺应'山—城—溪'自然轴线，串联南北村庄，构建生产、生活、生态的乡村振兴发展轴线；'两带'指位于西苕溪沿岸的水溪风光走廊以及串联绿色工业组团和集镇人居组团的产城发展主体；'三核'则指新丰村度假区、黄杜村旅游区以及以公共配套和人居生活为主的白茶客厅。"

对"中国·安吉白茶小镇"的整体功能和总体结构进行调整，白茶飘香观光带全长40千米，呈环线状，在原有的"杭长高速安吉互通—鲁家田园综合体—梅溪钱坑桥—梅溪路西—溪龙黄杜白茶园区—溪龙乡政府所在地—马家渡—鞍山—行政中心"线路上，除了新增"鲁家至黄杜"路线外，还有递铺街道鞍山村至黄杜村，以及黄杜村内6千米茶园绿道3条支线。在建设顺序上，把安吉白茶飘香精品观光带项目作为一期工程实施，在两村之间修筑隧道，将原本要绕过马家渡到达溪龙的路线改为从鲁家村直通黄杜村。

2019年3月，地处溪龙乡"中国·安吉白茶小镇"内的大自然学堂开工建设。"我们安吉正在打造亲子旅游第一县，这个项目就是以亲子旅游为对象。大自然学堂包括安吉白茶采摘培训、青少年传统文化教育基地等，同时借助当地自然环境，在辖区内开设培训学校、幼教中心、书店、艺术家工作室等。"肖建峰说。在做优环境的基础上，溪龙乡休闲旅游短板也得到补齐，乡村振兴就能走上快车道。

2020年7月，安吉白茶小镇乡村振兴综合体开发项目成功入选国家发展改革委"千企千镇工程"项目库，它将为安吉坚持绿色发展提供强大动力，将有效推动特色小镇高质量发展。

"千企千镇工程"是"政府引导＋企业主体＋市场化运作"的新型小城镇创建模式。这一项目在此落户，意味着企业与小镇将在此互相成就，为黄杜村所在的溪龙乡绿色发展注入强劲动力。据悉，该项目将围绕白茶产业，结合现代农业、教育、康养、旅游等四大产业，整体全方位规划，打造溪龙全域乡村田园旅游综合体，让溪龙乡实现从"卖茶叶"转向"卖风景"，进而"卖文化"，进一步丰富溪龙乡的发展业态。

2020年清明节前，一年一度的"中国（国际）茶商大会·松阳茶叶节"以网络、直播、短视频等线上模式进行。受疫情影响，松阳茶叶出现了"采摘难""交易难"等困难，但疫情并未冲垮这个涉及松阳全县1/2农户的产业，茶叶交易和生产依然十分兴旺。

"一年之计在于春，松阳之春在于茶。"这是松阳人常说的一句话。每年春节后是茶农们到茶园里施肥、采摘春茶之时，但疫情的影响一度使得茶农们不敢上山施肥、不敢采摘。"这是因为茶叶什么时候能摘能卖，还是未知数，大家还怕施肥后茶叶长太快。"松阳县新兴镇下源口村党支部书记刘青春说，全村共有1400多亩茶山，家家户户都种茶叶，每年的收入都指望着茶叶的收成。随着疫情防控慢慢向好，茶农们又鼓起了信心，觉得不能轻易放弃这份丰收的希望。

"疫情发生之后，我们一直为解决茶叶生产加工用工问题想办法。我们及时制定了《采茶工管理办法》，建立'茶工大数据系统'，对全县采茶工需求情况进行摸底，对采茶工信息进行登记造册。我们号召党员干部、青年团员以及因疫情管控无法外出的赋闲劳动力组建'采茶互助团''党员采茶帮困小组''茶香帮帮团'等，最大限度缓解用工短缺情况，降低茶农损失。"松阳县农业农村局党组成员、茶办主任刘林敏说。针对松阳茶叶大量出产的用工需求，松阳县还专门出台了新冠肺炎疫情期间县外采茶工服务工作方案。

2月24日上午6时，浙南茶叶市场开门复市，首批预约申领到当天通行证的茶商、茶叶加工户和经营户，按照"一码一测一口罩"的要求有序进场进行交易。市场开市首日，成交干茶4500余千克，实现交易额264万余元。

而针对受疫情影响，外来经销商实际前来的数量必然减少的实情，松阳县充分运用好浙南茶叶市场网上商城、电子商务企业、现代物流等新型交易平台，鼓励更多的茶叶加工户、经销商通过微信、抖音、网红直播等线上交易方式开展松阳茶叶交易。如期举行的"中国（国际）茶商大会·松阳茶叶节"，也从线下转为线上，成为进一步推广"有品质的大众茶"品牌理念、打响"松阳香茶"品牌的一种全新的节会活动模式。

松阳县是丽水市茶产业的龙头，是享誉全国的浙江生态绿茶第一县、中国绿茶集散地。迄今，松阳县已经构建起产值超百亿元的茶叶全产业链；建成了辐射全国1000万亩茶园、交易额超50亿元的"全国绿茶第一市"；创建了全国首批绿色食品一、二、三产融合发展的示范园，创造了"小茶叶成就大产业、小茶叶形成大市场、小茶叶塑造大形象、小茶叶保障大民生"的发展成就。

"古韵茶香，田园松阳。""八山一水一分田"的松阳有着得天独厚的生态优势。史载，松阳茶叶源于东汉，是松阳人民曾经引以为豪的"三张叶子"之一（另两张叶子为"桑叶""油茶叶"）。如今在松阳，至少有10万人从事着茶产业及相关产业，占据了全县40%的人口。2018年，松阳茶叶全产业链产值达108.1亿元。松阳县的浙南茶叶市场是全国最大的绿茶产地市场、交易市场。由此可知茶叶对于松阳经济发展的重要性。

20世纪90年代，松阳的茶产业开始兴起发展的时候，一批勇于探索的松阳茶人，在推广精耕细作地种植茶叶良种的同时，带头加工茶叶，不断完善、改进当地原有的茶叶加工技术，琢磨出一套较为完整的"松阳香茶"种植加工生产技术，松阳因此成为中国香茶发源地。"松阳香茶"成功注册地理标志证明商标，之后成长为浙江优质绿茶的典型代表，荣获"2017最受消费者喜爱的百强中国农产品区域公用品牌""2018年浙江省最具成长性十强品牌"等。

这批本土加工技术人才，除了带动本地的茶农发展茶产业，还有不少人走出松阳，带动其他地方的村民踏上发展茶产业之路。随着茶产业的蓬勃发展，上千外地茶商又慕名来到松阳，有的常驻浙南茶叶市场分销茶叶，有的留在松阳创办茶企，还有的在创办了茶企赚到钱后又将钱投入松阳的其他项目中。

叶洪青，松阳县新兴镇外石塘村人，2006年承包了村里的150亩地做茶园，打算种植有机绿茶。尽管承包土地花了不少钱，但为了种出好茶，他特意抛荒3年养土，直到土壤检测合格后才开始种茶。为了达到有机标准，他还专门在茶园里种香榧，放养鹊山鸡，香榧给鹊山鸡遮阴，鹊山鸡捉虫还能施肥。

然而，叶洪青的有机茶种植，开始几年都是亏损的。很多人品尝后，觉得有机绿茶与非有机绿茶，喝起来并没有什么不同。有人劝他放弃，可执拗的叶洪清不肯放弃，坚信有机茶是有市场的。

果真，过了两三年后，叶洪青的有机茶越来越香，有人喝了后，兴奋地说喝出了小时候家乡的茶香味。渐渐地，叶洪青的有机茶得到了市场认可，往往新茶还没上市，2000元/千克的有机茶就被预订完了。在他的带动下，村里的不少茶农也把眼光瞄准了有机茶市场，开始种植有机茶。

陆俊敏曾是浙江大学的老师，父辈就是松阳茶人。他设想采用"茶＋生活"的方式，让品茶、饮茶具有更丰厚的文化内涵，便带着家人回到松阳，开始做定制茶。眼下，他的茶也十分受欢迎。

另一位松阳茶人孟小雪，在茶园中开了一家木山堂茶室。在茶室里，游客可以品尝新茶，甚至体验制作茶叶、学习茶道，前来体验者乐此不疲。

在松阳，类似的茶农以及现代茶人还有很多。建立了云缥坊的叶科，提取了茶色素，染成布料，做成手帕、衣服、丝巾等文创产品，在"茶＋扎染"的世界里闯出了一片天地；尝试"茶＋美食"的陈金富，开办了一家田园绿茶餐厅，创新了很多"茶菜"，如绿茶面条水饺、绿茶太极羹、绿茶麻糍甜点等，20多道茶元素菜品圈粉无数。

在松阳从事茶叶加工销售20余年的范正荣创办的浙江振通宏茶业有

限公司，是最早一批涉足茶资源综合开发利用领域的企业，目前已成长为超亿元企业；深圳市悠谷春茶业有限公司总经理孔晓澄将深圳的精制茶厂搬到了松阳，开启了茶叶从农产品向商品转化的发展之路……

此外，已经成功开发生产的茶酒、茶叶香肠、茶叶酱油肉、茶叶年糕等茶叶食品也相继推向市场，全产业链不断创新开发，已经成为松阳茶产业发展的动力。无论你在哪个季节来到松阳这座小城，都会感觉到整个县城弥漫着一股沁人的茶香。在这里，浓郁的茶香穿透鼎沸的人声，扑鼻而来，映入眼帘的是一袋袋、一捧捧的绿茶……

是的，把茶叶这篇文章做透，松阳无疑是一个不可多得的典型。在高水平全面建成小康社会和共同富裕的强劲势头下，松阳"茶＋N"的创新模式，已成乡村振兴的一种可贵尝试。

## 昔日"红土地"，今日又成致富热土

一个引人关注的现象是，浙江诸多革命老区和根据地，在实现共同富裕的伟大进程中，凭借日新月异的变化，无限的发展潜能，人民群众不竭的奋斗勇气和信心，又成了一片亮丽的景色。昔日"红土地"上的各级党组织，发扬传统，保持本色，党建引路，再立新功。

2021年7月，浙江省高质量发展建设共同富裕示范区领导小组办公室确定并发布了首批六大领域28个试点市县区，作为共同富裕示范区的具体建设领域和地区。这六大领域为：缩小地区差距领域试点（共4个试点市及市县区）、缩小城乡差距领域试点（共7个试点市及市县区）、缩小收入差距领域试点（共4个试点市及市县区）、公共服务优质共享领域试点（共4个试点市及市县区）、打造精神文明高地领域试点（共4个试点市及市县区）和建设共同富裕现代化基本单元领域试点（共5个试点市及市县区），可以说，这是浙江省被中共中央、国务院确定为高质量发展建设共同富裕示范区之后一个具体的落实步骤。

不难看出，在这共同富裕建设首批六大领域28个试点中，有不少为浙江省"颇有名气"的经济欠发达市县区，如丽水市、衢州市、温州市泰顺县、金华市磐安县、丽水市松阳县、台州市仙居县、衢州市衢江区等，这些市县区眼下已经高水平建成了小康社会，但仍在地区经济发展、城乡建设、居民收入等方面存在差距。有的差距是在地区与地区之间，有的差距是在群体与群体之间，有的差距则在家庭与家庭、个体与个体之间。要实现共同富裕，这些差距显然必须消除。

必须关注的是，一些经济欠发达的市县区乃至乡镇村，不少还是地处深山、海岛的革命老区，至今它们依然在弘扬着先辈留下来的艰苦奋战、不惜牺牲，敢打敢拼、敢于担当的红色精神。那么，它们究竟是怎样高水平全面建成小康社会的，又是怎样正朝共同富裕目标迈进的？它们走过以及正在走着一条怎样的发展之路？

宁波余姚市梁弄镇横坎头村，是"浙东红村"，它寻求富裕的探索之路不可忽视。

横坎头村地处四明山区，一边是四明湖，一边是百丈岗水库，村庄就在这两方水域中间。走近这里，首先跃入你眼帘的是村口的火红色标识——那座迎风飘扬的党旗雕塑，它告诉了你横坎头村曾经的不凡。

1943年4月22日晚，中共领导的浙东抗日武装"三北游击司令部"

革命老区和红色根据地一般都地处山区、海岛

命令部队分三路奔袭梁弄，于次日拂晓前发起猛烈进攻。经过长达17小时的鏖战，解放了梁弄。不久，浙东区党委、三北游击司令部先后进驻，梁弄成为浙东抗日根据地的指挥中心，横坎头村则位于这处根据地的中心。光阴荏苒，如今，浙东区党委、浙东行政公署、浙东抗日军政干校、浙东银行、新浙东报社等旧址群，依然保存着，成为革命年代的珍贵记忆，也是眼下开展红色旅游的重要资源。

然而，与别的诸多革命老区一样，由于地处偏僻，经济发展基础差，缺乏快速发展的有利因素，在很长时间里，横坎头村是一个交通闭塞、房屋破旧、村民收入比较低的经济薄弱村。直至21世纪初，在不少人的心目中，横坎头村仍是一座贫穷落后的小村庄。

2003年，时任浙江省委书记习近平来到横坎头村考察，强调要把革命旧址保护好、建设好。对横坎头村党员干部们来说，这是一份莫大的激励。结合国家当时刚出台的《2004—2010年全国红色旅游发展规划纲要》，经过反复调研和论证，横坎头村适时启动了浙东（四明山）抗日根据地旧址群保护性修缮工程，以打造红色基地、发展红色旅游为切入点，全面加快村庄发展，振兴村级经济。

"起初还是有一些困难的，除了资金不足，村民们的观念改变也是一个问题。"横坎头村党委书记黄科威回忆，"启动工程时，首先要把旧址区里的55户村民搬迁出来，但他们在那里住了几十年，对房子也有感情了，起初谁都不愿意搬。后来，黄志尧、陈茂正等党员主动站了出来，带头在搬迁协议上签了字，还帮着村干部动员其他住户，推动红色旧址住户搬迁这件事。"

就这样，浙东抗日根据地旧址群很快完成了搬迁，并修葺一新。景区内电杆线路全部入地，全电化景区让游客参观游览更加便捷。渐渐地，横坎头村因红而名、因红而美、因红而富，红色旅游业不断发展。2018年，村党委还在核心区块建起了一所红色教育学院，吸引了省内外年轻党员前来学习。

迄今，旧址群景区已成功创建国家4A级景区，横坎头村也摇身一变成为省3A级景区村庄。而游客数量从最初的年均2万人次，攀升至目前的超百万人次。这里还成为省级党员教育培训基地。省委党校四明山分校、浙江四明山干部学院每年都到这里举办200个左右的培训班，每年还有20多万名党员来这里开展"初心之旅"。

打造红色旅游基地的目标实现了，横坎头村的村级经济得到了跨越式发展，村民们的收入也大大增加了。但接下来，又一个课题摆在了村党委面前：红色景点有了，服务也要跟上，该发展什么特色农产品？

2018年，习近平总书记给横坎头村全体党员回信，勉励他们发挥好党组织战斗堡垒作用和党员先锋模范作用，努力建设富裕、文明、宜居的美丽乡村。这封回信在四明大地传开，不仅点燃了横坎头村老一辈人的创业梦想，也让在外创业的年轻人，特别是年轻党员热血沸腾，走上富裕之路的决心和信心更足了。

横坎头村的土特产原本主要有"两宝"，即笋干和笋干菜，但因光照等特殊要求，无法大量生产，经济附加值也不高。"尽管农业专家一致认为我们村土壤适合种樱桃，但樱桃要三年才挂果，后续销路也不确定。所以尽管从2003年起，村里就有人种起了樱桃，但响应的村民并不多。"横坎头村原村委会主任、老党员黄水夫回忆，为了让村民们都能接受樱桃种植，村干部们一次次做说服和引导工作。

为了让村民们彻底放下心来，村党委准备首批推出70多亩地，全部由村党员干部带头种。头两年，大家心里没底。等到第三年，当满山樱桃果火红成海，采摘游客络绎不绝时，村民们的眼睛顿时都亮了。接着，

建立红色文化旅游基地既能给人们传统教育，又能振兴老区经济

村里又因势利导，推出"种1棵补贴1元"的政策，吸引村民规模化种植。目前，全村樱桃种植面积已超过1000亩，亩产值超万元。村里还由樱桃、蓝莓的种植大户发起，组成初心合作社，带动周边的老百姓一起发展樱桃及后续的蓝莓产业，效益看好。

中共淳安县委旧址上办起了纪念馆

而与红色旅游和培训产业相配套的服务业，也在横坎头村快速发展起来。村民们相继办起了农家乐、民宿、大糕店，走上了绿色发展的共同富裕之路。

"游客多起来了，我们的收入也是一年比一年好。"村民黄金军、陈灵夫妇俩一边忙着发快递，一边欣喜地说。就凭这家并不太大的大糕店，2020年国庆节期间，在村委会和金融机构合办的满减活动中，夫妻俩7天内就卖出了2500多份大糕，收入6万多元。

黄金军夫妇的这家大糕店门口，挂着一块"党员经营户"的牌子，因为黄金军自己是一名党员，他的父亲、姐姐也都是党员。自从村里开始搞红色旅游之后，黄金军充分发挥党员的带头作用，紧跟村里的发展方向，努力走出一条致富路。2018年，黄金军将自家车库改建成了大糕店，妻子陈灵之前在酒店从事营销工作，后来也辞职回到村里，与丈夫一起打理大糕店。

除去自己开办大糕店，黄金军还动员岳父承包了5亩多的樱桃园。樱桃成熟之际，游客采摘一部分，其余的黄金军都拿到大糕店里售卖；樱桃过季后，岳父便在樱桃园里养土鸡，到下半年土鸡成熟后，又被黄金军制作成糟鸡，在大糕店里通过线上线下两种方式进行售卖。黄金军说，按照每只鸡180元的售价，仅糟鸡每天就有近2000元的收入。

让人没想到的是，已经有了上述这些方面的收入，黄金军还不满足，他开了一家大糕DIY门店，最多可容纳200人制作大糕。"除了传统的'福禄寿喜'，我们还推出了适宜小朋友的童话主题大糕等，口味也更加丰富多样。"黄金军说。旺季的时候，黄金军的大糕DIY店一座难求，游客要提前预约才行。

为了进一步做好做足红色旅游和培训产业这篇文章，这几年，横坎头村构建"共建共享、联管联育、互补互促"的"红村党建联盟"，推进乡村旅游综合体建设、村庄环境整治、红村风貌提升等一批重点工程，实施"联六包六"服务群众机制，引导乡贤理事会、红村互助发展联盟等群众自治组织发展。数据显示，2020年，横坎头村村级集体经济收入达到1020万元，村级集体经营性收入达到146万元，农村居民人均可支配收入达到40228元，分别比2017年增长292%、351%、46%。

2018年，横坎头村制定了《横坎头村打造全国乡村振兴样板村三年行动计划》，并着手实施。至今，一批批基础设施纷纷建成，一个个重大项目接踵落地：投资6.5亿元的"希望的田野·横坎头田园综合体"项目即将完成；以浙东延安红色文化学院、浙江四明山新希望绿领学院为主体的教育培训产业加速发展；2021年这里还被中组部、财政部列为推动组织振兴、建设红色美丽村庄的试点村……

为了带领周边村庄实现共同富裕，与淳安县下姜村一样，横坎头村已把目光投向周边的8个村。"光我们一个村富起来还不行，我们要把更多优势资源集中起来共同发展，抱团走上共同富裕之路，让更多群众对经济发展真实可感。"黄科威说，横坎头村有红色资源，周边的汪巷村有状元文化和花海项目、白水冲村有瀑布资源、贺溪村环境优美，将统一规划设计精品旅游线路，让游客逗留的时间更长、旅游体验更加舒适。为此，已由横坎头村牵头，组建起了横坎头红锋共富联盟，推出全域旅游研学线路，建设规模化农业集聚区，全力带动周边区域实现共同富裕。

更让人钦佩的是，横坎头村党员干部实现共同富裕的激情还"外溢"到了千里之外，抵达四川省凉山彝族自治州昭觉县三岔河乡三河村。

地处大凉山深处高寒山区的三河村，曾经是典型的彝族聚居贫困村，2020年刚刚脱贫。横坎头村和三河村签订结对帮扶协议，就党建引领、农产品销售、文化交流等事项已达成多项合作协定。

多项合作刚开始。据了解，横坎头村将在三河村落地沉浸式党建体验基地、帐篷民宿、艺术火把节等多个项目，推进两村资源不断融合。而三河村的核桃、蜂蜜将在横坎头村散发清香，三河村彝族的歌声在横坎头村唱响，彝族火把也将在横坎头村点亮。可以预料，在远方这片红色的土壤上，两座村庄正谱写共同富裕的辉煌乐章。


说到由党组织主持建立并负责运作的共富联盟，杭州同样有很多，临安区高虹镇的"虹心"党建联盟就是其中之一。

高虹镇同样是个革命老区，在天目山反顽战役时期，曾是新四军的驻扎地，建有新四军被服厂，发生过数场战斗，还留有粟裕等将领在此经过的遗迹等红色印迹。同样，这里又是山高林密之处，交通不便、经济基础差等不利因素长期以来成为发展桎梏。

把红色文化这篇文章做足，大力推动村民走上共同富裕之路，是高虹镇党组织这几年工作的重中之重。在整合当地基层党建资源的基础上，高虹镇建立起"虹心"党建联盟，这个党建联盟的主要工作之一，就是链接当地公司企业资源，助推乡村发展。

正在接受红色传统教育的游客

很快，"强村公司"成立了，人才、资金进村了，共同富裕"两进两回"措施落实了。通过开展环境整治、文化挖掘、村庄运营，逐步探索出一条"市场主营、政府助营、村级合营"三方共赢的村庄经营新路子。2020年，高虹镇重点景区"龙门秘境"所在3个村的集体收入达192万元，农民人均收入3.71万元，比创建前的2018年，分别增长了294%和30%。

2021年5月30日，"高虹新四军红色文化体验馆"在杭州市临安区高虹镇"龙门秘境"村落景区成立，这是高虹镇继爱国主义教育基地新四军纪念馆建立之后推出的又一个红色文化旅游产业，使景区内红色文化再升级。在高虹镇，游客们不仅能接受红色教育，还能体验红色文化。数据表明，即便遭受了新冠疫情的影响，该红色旅游文化景区年接待游客量仍超过200万人。

浙江位于东海沿岸富庶地区，相较于全国，近现代经济发展起步较早，但在新民主主义革命时期，同样是个革命运动极其活跃的地方，尤其是在山区、海岛、沿海地区，如湖州、衢州、杭州、宁波、温州、丽

位于淳安县的中国工农红军北上抗日先遣队战地医院旧址

水等市，革命老区和红色根据地数量不少。令人钦佩的是，昔日的红土地，在高水平全面建成小康社会、实现共同富裕的伟大进程中，再次成为致富热土，老区的党员干部再次走在了前列。

或许，这正是浙江省成为"高质量发展建设共同富裕示范区"的一大理由，也是浙江省能始终稳健走向共同富裕的重大经验。

2020年12月，在中央农村工作会议上，习近平总书记强调要加强党对"三农"工作的全面领导，要求各级党委扛起政治责任，落实农业农村优先发展的方针，以更大力度推动乡村振兴。2019年，党中央印发的《中国共产党农村工作条例》中，很重要的一条就是五级书记抓乡村振兴。

传统不曾忘，本色没有变，浙江革命老区和红色根据地党组织深谙此理，并付诸具体实践。日新月异的变化，无限的发展潜能，人民群众不竭的奋斗勇气和信心，无疑已成为浙江实现共同富裕的一片亮色。

# 第四章

## 怎样甩掉"经济薄弱村"这顶帽子

村强，则民长富；民富，则国久安。

"消薄"是达到共同富裕的重要环节。至2019年底，浙江全省消除集体经济年收入10万元以下的薄弱村，这是高水平全面建成小康社会的刚性要求。几年来，全省各地高站位谋划推进，实招妙招迭出，发挥资源优势，深挖产业潜力。各级党组织和党员干部以党建为引领，积极发挥主心骨、主力军作用，以增强薄弱村"造血"功能为核心，带领村民们赢得了一场场"消薄"攻坚战的全面胜利。

# 说一千、道一万，增加农民收入是关键

> 发动千家以上企业与重点薄弱村结对，形成一批带动作用明显的帮扶项目，推动提高结对村集体经营性收入，"消薄"攻坚战打得越来越漂亮。

2018年4月19日上午，温州市永嘉县，全省"千企结千村、消灭薄弱村"暨消除集体经济薄弱村现场推进会在这里召开，会上正式启动实施乡村振兴"千企结千村、消灭薄弱村"专项行动。

浙江省委、省政府对实施专项行动高度重视，时任省委书记车俊专门做出重要批示："开展专项行动是坚持城乡统筹，工业反哺农业，推进乡村振兴的一项有力措施。要科学规划，加强组织，精心指导，避免形式主义，力求实效。"

丰富的企业和企业家资源，是浙江发展最宝贵的财富，广大企业家参与"消薄"的愿望十分强烈。"小康路上一个都不能掉队！这是习近平总书记的谆谆嘱托，也是全省非公有制企业和广大浙商共同的奋斗目标。"一向积极参与"消薄"工程的浙江吉利控股集团董事长李书福，在启动现场向全省非公有制企业和广大浙商发出倡议。众多浙商认为，参与"消薄"专项行动是彰显浙商精神、展现浙商风采的重要契机，积极助力乡村振兴战略实施，应该成为广大浙商的自觉行动。

富通集团与龙游县庙下乡庙上新村结成了对子，集团董事长王建沂在现场郑重承诺："从现在起，我和富通集团将与庙上新村的村'两委'和1071名村民同努力、共奋斗。庙上新村不'消薄'，富通集团不'收兵'！"该集团将着力挖掘庙上新村的茶、酒、竹等经济和文化资源，加快推进老街改造，依托革命家华岗故居发展红色旅游，促进村集体和农民增收。

"我们要'输血'，更要'造血''活血'！"浙江省交通集团党委书记、董事长俞志宏在会上分享。他和同事们专门去了结对村——云和县紧水滩镇外垟村调研，调研后很快制订出"消薄"行动计划，即在大力帮助村里搞好甜橘柚、猕猴桃、香榧种植及稻鸭养殖等产业的基础上，充分发挥老本行优势，投入力量帮助村里解决交通不便的问题。

也是在这次现场推进会上，阿里巴巴、正泰集团、奥克斯集团、奥康集团、传化集团等12家非公企业，均与结对村签订了结对协议书。而此前，浙江省委"两新"工委会同省工商联、农业厅、国资委等部门，对近年来全省村企结对帮扶工作进行了深入调研，共同制定印发了《关于开展乡村振兴"千企结千村、消灭薄弱村"专项行动的工作方案》《乡村振兴"千企结千村、消灭薄弱村"专项行动村企结对工作方案》等文件，部署开展专项行动，充分发挥浙江广大非公企业发展和党建工作的优势。

"千企结千村、消灭薄弱村"专项行动的具体任务究竟是什么？这一专项行动着眼于高水平推动乡村振兴，以帮助全省薄弱村全面脱贫和共同富裕为目标，以省属国有企业、省市县工商联执（常）委、商协会、省外优秀浙商相关企业为主体，采取产业带动、项目帮扶、资金支持、就业扶贫、消费增收等多种方式，帮助薄弱村发展壮大集体经济，促进共同富裕。

按照这一专项行动计划，2018年，需发动千家以上企业与重点薄弱村结对，形成一批带动作用明显、示范效应好的帮扶项目；2019年底前，推动结对村集体经营性收入达到5万元以上，全面完成结对村"消薄"任务；2020年，形成长效"造血"机制，帮助结对村建立符合市场经济要求的集体经济运行新机制，努力实现年经营性收入达到10万元以上。而突破地域限制也是这次村企结对的亮点，如对衢州、丽水两地的薄弱村，主要参照山海协作结对关系，组织杭州、宁波、嘉兴、绍兴、湖州等地的企业进行结对；对温州、金华、舟山、台州等地，由市级统筹，组织经济发达县与加快发展县开展村企结对。

"'为国家繁荣富强，为企业健康发展，为奋斗者体面生活'是我创办企业的初心，这个初心一直都没有改变，我希望让奋斗者先富起来，先富带动共富，担当起企业的社会责任。"这是杭州西子联合董事长王水福在谈到社会责任时强调的。从2007年开始，西子联合集团每年度都会发布社会责任报告，内容主要是集团本年度在担当社会责任、推动共同致富上，做了哪些具体工作。在高水平全面建成小康社会的进程中，该集团持续不断推出相关举措，积极参与消除贫困、达到共同富裕的公益事业。

"2021年的全国'两会'期间，我看到浙江要打造共同富裕示范区的相关报道，心情非常激动，因为推动共同富裕正是西子在努力做的事情。我一直提倡先富带动后富，推动共同富裕。我这一代浙商是经历过苦日子的，我真心希望中国发展的获得感让每一位中国人都能充分感受到。作为一个企业家，更要知行合一、身体力行去践行。"王水福说。

松阳县叶村乡寺山村是一个移民村，村民都是这几年按照规划从附近的村庄搬迁过来的。村集体曾经谋划通过养蜂完成"消薄"任务，但苦于没有必需的集体资金，计划一直搁置着。

"没想到，通过'千企结千村、消灭薄弱村'专项行动，我们村与省

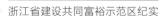

农信联社攀上了'亲戚'！省农信联社对我们很热情，与我们结对后，马上承诺为村里的发展提供低息贷款。说实话，有了这门'亲戚'，寺山村的振兴有了希望。"村党支部书记叶士强不无自信地说，"结对帮扶协议签订后，村里马上安排专人赴外地学习养蜂技术，先期准备投放蜂箱50个，当年可为村集体增收4万余元，以后的增收幅度将逐年攀升。"

常山县金川街道新建村与阿里巴巴（中国）有限公司结对，村党支部书记徐新华对此十分兴奋。"与这家以科技与创新见长的企业结对，对我们来说，是一个千载难逢的好机会！我们村要借机加快转型升级，不仅要学习先进的发展理念，还要好好谋划农村电商发展。"

省交通集团与云和县紧水滩镇外垟村结成帮扶对子后，还发动了5家子公司，与紧水滩镇的其他5个村分别结成了帮扶关系。结成对子后，省交通集团及各子公司立足企业优势和镇村实际，共创了紧水滩有机山茶油、外垟知青茶叶、库北大源甜玉米等区域有机品牌，建设农业综合体生态农场、金水坑养生养老度假村（区）、赤石疗休养基地等项目。其中，有机产品上市后，结对村的村集体年增收超过5万元。省交通集团还组织专业团队对结对村开展现场勘查，进行技术指导；外垟村知青茶叶、油茶基地综合体项目步入正轨，6个结对"薄弱村"全部在2018年底前完成了"消薄"任务。

"企业结对帮扶的积极性非常高，愿意无偿付出，愿意长期帮扶。这一专项活动开展的当年底，全省就有3715家企业结对了3746个村，落实帮扶项目3207个，实际到位资金11.2亿元。这些数字可谓不低。"省工商联一位负责人说。

"村企结对帮扶"只是"消薄"的方式之一，"领导联系＋部门结对＋乡镇包干"的结对帮扶制度在全省各地纷纷建立，不少县还实现了"乡乡有指导组、村村有帮扶队"，力争尽快获得"消薄"最佳效果。

据了解，在浙江6920个集体经济"薄弱村"中，有726个曾是党组织软弱落后村。2017年以来，浙江同步推进"消薄"和软弱落后村党组织转化工作，补充选拔1816名优秀人才进入村级班子，选派"第一书记"开展精准帮扶。

党的领导力量增强了，战斗堡垒形成了，"消薄"攻坚战打得更漂亮了，浙江各地捷报频传。

下派温州市泰顺县门楼外村的第一书记曾翰清，下乡后的第一年，就对接推进了13个项目建设，完成3个自然村的宅基地复垦，使得全村村民直接增收100多万元，增加耕地18亩，村集体经济增收36万元。下派丽水市莲都区董弄村的第一书记周建慧，手把手地把养蜂技术传授给村民，村民们通过养蜂鼓起了腰包，全村"消薄"之战推进得很扎实。

进入21世纪以来，嘉兴市平湖市的村级刚性支出逐年提高，一些村日常运作经费都捉襟见肘，这是经济社会持续发展后的一种特有现象，摊子大了，需要用钱的地方确实也越来越多。为此，从2006年起，平湖市连续实施4轮"强村计划"，发展模式经历3次跃迁：从以村为单位"单打独斗"搞物业经济，到镇域联建发展优质物业，再到跨镇行政村"飞地"抱团，在市级发展平台建设高收益的物业项目。"强村计划"再次让村集体经济的"家底"愈见厚实，一度捉襟见肘的村集体日常运作经费也得以落实。

"强村计划"同样与帮扶经济不发达地区"消薄"相关。近几年来，平湖市在"飞地"抱团上进行了新探索，创新提出山海协作"飞地"抱团模式，以此帮扶经济不发达地区摆脱薄弱困境。他们把原先的山海协作对象——青田县的建设用地指标"飞"到平湖，在平湖经济开发区共建"青田—平湖山海协作'飞地'产业园"，建立"三供三保"合作模式，即青田"供土地指标、供钱投资、供人管理"，平湖"保障落地、保障招商、保障收益"。产业园项目建成后，按照包租固定回报和基金扶持方式，对收入进行合理分配。如此一来，可为青田县参股的"薄弱村"每年增加12.5万元经营性收入。

2018年底，浙江省出台《关于推进村级集体经济"飞地"抱团发展的实施意见》，在全省推广"飞地"抱团发展集体经济模式，旨在彻底打赢"消薄"攻坚战。迄今，"飞地"抱团模式已复制推广到多个地方。

新昌县是绍兴市唯一有"消薄"任务的县。全县44个"薄弱村"均地处偏远山区，行政村规模小，村内无可利用资源，缺乏发展条件和创收渠道，增强村级自身造血功能难度大。假若这些"薄弱村"未能"甩帽"，就将拖全县实现高水平小康社会和共同富裕目标的后腿。

怎么办？新昌县采取了"全县发展一盘棋"的方法，让县内有经济实力的企业和相关机构与"薄弱村"结对，并组建了"一会三公司"，即农业龙头企业促进会、小康新农村建设公司、新农担保公司、小康物业公司，重点由小康物业公司集中整合各级政府部门优惠政策，吸纳社会和企业的资金，再加上村级自筹资金，集中建设标准厂房，购买商铺等物业项目，发展"物业经济"，带动村级集体经济增收，一个一个地"消薄"。

开化县龙门村原本是省级重点扶贫村，村集体账面只有7.5万元的公益林补助款，村民人均收入在全县排名倒数第5。

在县文化和旅游等相关部门的支持下，村里组建成立了"九溪龙门旅游开发有限公司"，利用这个平台大力改善村居环境，护河禁渔，逐步恢复了"溪环玉带""龙潭虚泽"等龙门古八景。与此同时，在保持原有山区村落自然布局的基础上，对全村房屋进行外立面改造，形成一个较为完整的明清徽派建筑风格和具有浓郁山区特色的优美村落。

而在经营方式上，公司又在有关专业机构的指导下，对全村民宿实行了统一管理模式、统一宣传营销、统一服务标准、统一分配客源的

遂昌县境内的南尖岩

"四统一"管理，对外力推"康体养生"民宿旅游项目。从2018年起，龙门村集体一年可增收60余万元，很多农户因此致富。

2019年是浙江全面实施"消除集体经济薄弱村三年行动"的收官之年。自吹响决战决胜"消薄"攻坚战号角之后，截至2018年，累计摘掉了6171个"薄弱村"的穷帽，消除率达到89.2％。截至2019年底，6920个集体经济薄弱村均已"摘帽"。

"说一千、道一万，增加农民收入是关键。"这是习近平总书记2018年在山东省济南市章丘区双山街道三涧溪村考察时发表的金句。的确，浙江省打响的大规模"消薄"之战，正是忠实践行总书记精准扶贫指示的具体行动。

# 大面积"消薄"，温州的成功秘诀是什么

> 党建引领乡村振兴；大抓项目，加强村级持续"造血"功能。温州之所以能提前完成占全省1/4的"消薄"任务，秘诀就在这貌似简单的词句中。

"春暖涂歌里咏喧，鹑衣百结过苏天。九重亲擢公为此，百姓皆云我自然。"（宋·白玉蟾《送王待制自温州移镇三山》）

在很多人心目中，温州是中国东南沿海经济发达地区，这当然是个事实。改革开放以来的温州的确已成为经济快速发展的地区，尤其是城市，但由于历史、人文地理和自然资源等因素，温州的不少偏远地区仍存在经济不发达现象。截至2017年9月，温州全市5404个行政村中，仍有1707个集体经济薄弱村，约等于每3个村中就有1个特别需要壮大村级集体经济；没有经营性收入的村有2288个，占全市的2/5，"消薄"任务占全省总量的1/4。

然而，一年多后的2018年底，在极短的时间里，所有"薄弱村"竟已消失。从"1707"到"0"，温州提前完成占全省1/4的"消薄"任务，在脱贫奔小康道路上创造了一个奇迹！

以下一串数字，清晰地说明了温州"消薄"的不俗成果：

2018年，温州实现全市村集体经济总收入增量13.49亿元，增速32.84%；经营性总收入增量7.76亿元，增速29.69%；经营性收益增量

5.78 亿元，增速 26.32%；百万元以上村 1211 个，增长 41.97%。

这一年，浙江省对全省各市村集体经济发展考核的 8 项主要指标，温州市均为全省第一。正因如此，全省"消薄"现场会在温州市永嘉县召开，以总结推广"温州经验"。

那么，大面积"消薄"，温州是怎么做到的？

"温州经验"可以概括为：一是党建引领乡村振兴；二是大抓项目，加强村级集体经济"持续造血"功能。

温州市委强化发展村级集体经济是实现共同富裕的重要保证的认识，2017—2018 年连续 2 年，将"消薄"作为党建领办项目，先后召开部署会、现场会、问效会，各级领导亲力亲为抓推进，市县乡村四级干部都把这项工作当成头等大事来抓。

2017 年 9 月，温州市委、市政府出台《关于坚决打赢消除集体经济薄弱村攻坚战的实施意见》，明确未来 5 年持续实施"千村消薄防滑"行动，2018 年实现所有村年总收入 10 万元以上且经营性收入不低于 5 万元，100 万元以上强村达到 1000 个以上；到 2022 年底，全市村级集体经济年经营性收入翻一番，年收入超 300 万元、超 500 万元村的占比翻一番；明确提出全面巩固提升"消薄"成果，打造党建引领乡村振兴、实现强村惠民"温州样本"的目标，从"消薄"迈向"强村"的集结号由此吹响。

与组成党建联盟引领乡村共同富裕的方法不同，在温州，在引领和促进"消薄"方面，主要是抓好党的建设，发挥每个党员的作用，开展红色领航"双百双千"行动，把实现共同富裕与党的建设完全融合起来。数字表明，到 2018 年底，全市已创建 100 个以上党建样板村、整转 100 个以上后进村、打造 1000 个以上经济富裕村和 1000 个以上美丽特色村，高质量建设 100 条基层党建与乡村振兴"双带合一"示范带。

"千家企业结千村、千个部门包千村、千名干部蹲千村、千名乡贤帮千村、千个项目落千村"五千精准攻坚行动，已成为温州上下脱贫奔小康的主题。

文成县二源镇湖底村的高山蔬菜种植基地，种植面积有600亩，这个全新的农业综合体项目设施齐全。"我们这里是浙南闽北高山蔬菜最大的种植基地之一，有了农业综合体，客户可以直接在农产品交易市场里看货。人气旺了，还能把观光农业带起来。"二源绿色农业种植专业合作社负责人邱汉春不无欣喜地介绍，这个农业综合体项目的投资中，有15%的股份属于村集体经济，还有不少股份属于村干部和党员，"党员干部带头，村民们才更放心，经营也更得法，村民和村集体都有了钱。"

"以往村里要发展经济，村民们总是不理解、不信任村'两委'，认为我们总是放空炮，还说这么偏远的村子要发展'比登天还难'。2017年初，村'两委'想建农业综合体，找村民筹资时，很多人说'你们先干，我们再看看'。"村党支部书记邱茂聪回忆，"后来，我们发动党员带头，流转了200亩土地，效益出来后，村民主动找村干部要求一起干，现在有45名村民入了股，完成土地流转600亩。下一步，我们准备再流转300亩土地，扩大基地总规模。集体经济上去了，村民们对我们也更信任、更支持了。"

如今，每当农闲，村"两委"还组织和鼓励村民到周边的种植专业合作社播种、施肥、浇水、培育辣椒，倡导他们在家门口打工。"男的一天能赚150元，女的能赚90元。尽管收入不算很高，但积少成多，也是一笔可观的收入，不少家庭夫妻俩和空闲的子女们都来帮忙。"村民叶耀华说。他无疑也乐于在家门口打工。

提衣提领子，牵牛牵鼻子；农村富不富，关键看支部。党员带头，真抓善抓，巧干实干，就能事半功倍。为了在"消薄"进程中进一步发挥红色领航动能，温州市还在基层党组织中开展"比学赶超大擂台"活动，实现"镇镇有擂台、村村有赛台"，比比"项目谁抓得好、消薄谁抓得强、党建谁抓得实"。同时出台专项考核办法，设置"用力跳，摘得到"的目标任务，将"消薄"成效与县乡村干部考绩、试用、奖金捆绑。结合深化支部主题党日活动，开展"项目怎么抓、党员怎么干"专题讨论，形成党员带头、人人参与的"消薄强村"氛围。

在大抓项目、加强村级"持续造血"功能方面，温州市各县（市、区）始终坚持"一村一项目、抱团抓项目、领导包项目"策略，确保项目快落地、早见效，实现"消薄路上一个村也不落下"。2017年以来，全市安排村级集体经济经营性项目4976个，投资206.5亿元，涉及4125个村，实现"薄弱村"全覆盖。2018年，市县两级安排财政专项资金8.9亿元，在资金支持、土地指标等要素保障上均高于上一年。

"这几年，市县乡村四级坚持'项目为王'，压实责任，聚力攻坚，严抓整治，推动村级集体经济从'保基本'向'高质量'发展转变。按照'一村一项目、抱团抓项目、高效上项目、从严审项目'要求，实行集中开工，推行'飞地'抱团，开展村企结对，通过一揽子举措，大力新增村级集体发展项目；整合方方面面力量，为'消薄增收'铺路搭桥，如'带着项目找乡贤、拿出规划引乡贤'，引导在外能人回报家乡，平阳县就普遍成立了乡贤共建理事会，发动3000多名乡贤参与经济发展。"温州市委组织部有关负责人介绍说，到2021年，全市已吸引1000亿元社会资本，投资现代农业和美丽乡村建设，重点投向西部生态休闲产业带、休闲旅游品质工程和生态休闲农业发展工程。

永嘉县沙头镇珠岸村位于国家4A级楠溪江风景区的核心区域，永嘉书院是该景区内一座以永嘉学派为背景，以商道文化为根基，富有文化内涵和精神情趣的现代书院。这家现代书院就是由珠岸村与永嘉书院开发有限公司全面合作打造的，是一座具有本土特色的中国耕读小院，该项目将为人们提供以体验、阅读、休闲、养生为内容的人文研学场所。

永嘉县是一个脱贫致富的典型

　　"瞄准乡村自驾游这块'大蛋糕'，我们村'两委'积极与永嘉书院开发有限公司等相关文企合作，率先打造这座集人文景观、艺术创作、展览展示、学术研讨、科普体验、论坛讲座于一体的书院，让村子搭上发展'高铁'，力求使村集体经济实现从零到'超百万'的跨越。"珠岸村党支部书记陈光强认为，想要充分发挥本村这一得天独厚的优势，搭建文旅平台的形式十分合适。他透露，有了这一项目后，村集体年收入将稳定在200万元上下。

　　尤其是在周末，永嘉书院景区游客更是络绎不绝。"按照与永嘉书院签订的协议，景区门票收入的10％归村集体，仅2017年，门票提成就有90万元左右，停车场收入也达到七八十万元。"陈光强介绍，在县旅投公司的帮助下，村里又完成了景区门口拥有900个车位的生态停车场建设和21间景区复古商铺的改造提升，其中景区商铺以每年44万元的价格，租给本村村民经营。这显然又是一条可靠的生财之道。

　　在永嘉书院景区门口，10余家农家乐排成一长溜，生意兴隆。据估测，这里每家农家乐的平均年收入在30万至40万元。村民平时种的果蔬成为抢手货，即便加大种植面积也不愁销路，收入最高的果蔬大户，一年有十几万元进账。因为有了这么好的经济效益，珠岸村空余地块的开发项目已被提上议事日程。如是，珠岸村村集体收入有望突破600万元。

类似珠岸村这样的"抓项目"实例还有很多。鹿城区藤桥镇渡头村强村发展尝试BOT（建设—经营—转让）；洞头区东屏街道金岙村以"古村石韵·写意金岙"为主题，全力发展旅游经济；乐清市白石街道下马岭村精心打造"仙源"乡村旅游品牌；文成县周壤镇岭南村"点土成金"富乡邻；泰顺县包垟乡林岙村一株中草药激活村集体经济；永嘉县岩坦镇岩门下村则建起一个集度假、观光、疗养等功能于一体的休闲养生区……

浙江省农业农村部经管处处长李剑锋在总结温州"薄弱村"摘帽秘诀时说，落实好"消薄"工作，在浙江，首先要充分运用市场的办法，着力提高可持续增收的集体经营性收入，从根本上增强"造血"功能。他认为，依靠市场但不能盲目投入，依靠环境但不能牺牲环境，只有真正盘活资源、搞活产业、建活机制，加快把资源变成资产，把资产变成资本，才能在"绿水青山就是金山银山"的发展路子上越走越远。

春拂瓯江，气象万千。温州将大量优势资源整合集中，投向"消薄增收"主战场。通过整合同类型的资源和优势，抱团确立发展项目，尽可能地放大资金、资产、资源的效用，确保每个项目都能产生持续的经营性收入。到2021年底，温州在确保所有村集体经济年总收入10万元以上且年经营性收入不低于5万元的基础上，村级集体经济年经营性收入总和已比2016年翻一番。从创业带动就业、深入实施农民持股计划、增加农民转移性收入、完善农民利益保护机制等方面入手，温州深入做好"消薄"这篇大文章，力争用5年时间实现农村居民人均可支配收入新增1万元。

# "消薄飞地"，易地扶贫开发创新之举

> 一块块"飞地"在经济发达的对方县市出现，山海协作进入了3.0版。山区生态价值转换、异地产业集群建设、区域协调发展拥有了新动能，共同富裕有了新途径。

2020年10月26日，淳安县成功获得位于杭州市西湖区双浦单元M1-B22（01a）地块的使用权，这也是淳安首块山海协作的"消薄飞地"。

此次淳安县摘得的"消薄飞地"总用地面积约20亩，为创新型工业用地，已完成土地出让相关前期工作，签约后就可进入正式开工建设阶段。而在此前，根据省、市安排，淳安县与西湖区已结为山海协作省定关系，淳安、西湖"消薄飞地"建设也被纳入省、市山海协作工程任务。

为使淳安县高水平全面建成小康社会取得更大成果，跳出淳安发展淳安，近年来，淳安县充分利用西湖区、淳安县两地区县协作优势，积极探索异地发展的"飞地"经济模式。就在2019年11月，集软件开发、成果转化、企业孵化、技术服务、人才培训交流于一体的千岛湖智谷大厦已经投入使用，并已逐渐成长为杭州城西数字经济产业新高地。

"这块土地上将建起智邦大厦，它将承担起淳安'双招双引'的重任。'消薄飞地'除了自身要完成招商引资任务之外，还要承担起对淳安乡村消薄、产业培育、人才招引的桥头堡作用。"该项目相关负责人介绍，"这块'消薄飞地'将由淳安国企浙江千岛湖对外置业集团有限公司

好山好水，复归宁静

负责建设和运营，重点发展数字经济产业及相关产业。下一步，将以《淳安异地高质量发展五年行动计划》为指导，以打造全省异地发展新杠杆为目标，深化'飞入地''飞出地'的合作互动机制，通过探索具有淳安特点、杭州特色的'飞地'管理运营模式，使之成为淳安创新协调发展的新引擎和新蓝海。"

何谓"飞地经济"？它是指两个互相独立、经济发展存在落差的行政地区打破原有行政区划限制，通过跨空间的行政管理和经济开发，实现两地资源互补、经济协调发展的一种区域经济合作模式。显然，从某种意义上说，"飞地经济"就是为了消除经济薄弱地区而出现的。

飞地模式，是易地扶贫开发的一种创新。早在1995年，这一模式就在金华市较早获得实践——金磐经济开发区成为磐安县在金华市区的一块"飞地"。它由磐安县自行管理，其产值、税收及其他收益均归磐安县所有，而开发区的总体规划、基础设施大配套、土地征用等行政工作，则由金华经济技术开发区负责支持和扶持。

2019年12月，浙江省山海协作领导小组办公室报请省政府同意后，印发实施《关于促进山海协作"飞地经济"健康发展的实施意见》，这为浙江加快打造山海协作升级版、加快推进山区生态价值转换、高质量建设异地产业集群、促进浙江区域更加协调发展提供了强有力的政策支撑。

尽管在此之前，已有于2017年出台的《关于支持"飞地经济"发展的指导意见》和2018年出台的《中共浙江省委浙江省人民政府关于深入实施山海协作工程促进区域协调发展的若干意见》，明确了"创新平台建设，支持发展'飞地经济'，促进山海融合互动发展"的目标任务，而这次由浙江省制定出台的《关于促进山海协作"飞地经济"健康发展的实施意见》，对探索生态价值实现机制，促进生态功能县加快发展、融合"湾区经济"，提升浙西南山区发展质量、搭建异地"消薄"平台，打赢低收入群众增收攻坚战，具有更加具体的指导意义，可谓山海协作的3.0版。

《关于促进山海协作"飞地经济"健康发展的实施意见》明确了契合现阶段浙江高质量发展方向的三类山海协作"飞地经济"发展模式，构建了山海协作"飞地经济"平台的脉络框架。在正文第三部分中，强调了"消薄""科创""产业"是浙江当前和今后一段时期"飞地经济"建设的主要发展方向，并分别就如何实现"消薄"、科技培育、生态价值转换做出了具体阐述，强调"消薄飞地"按决胜全面建成小康社会以及巩固"消薄"成果制定具体发展目标。

这份实施意见甚至还具体指明，到2020年，要实现浙江26个加快发展县"消薄飞地"全覆盖，基本建成一批重点"科创飞地"，"产业飞地"

年规上工业企业税收和增加值总量达15亿元和60亿元左右；到2025年，全省建成具备相当规模的效益良好的"消薄飞地"，建成一批数字经济领域的"科创飞地"孵化平台和"科创飞地"孵化示范基地，生态功能区实现"产业飞地"全覆盖，年规上工业企业税收和增加值总量不低于40亿元和160亿元。它的出台，必将为浙江打破行政区划束缚，创新资源要素整合、完善横向生态补偿机制、实现人民"均衡美好生活"、促进区域高质量协调发展提供重要政策保障，为浙江省高水平全面建成小康社会的最后冲刺提供新的动能。

天台县白鹤镇松关村位于诗仙李白神往的天姥山下，景色虽美，但这个村的集体经济一直薄弱。想要为村民做点事，村干部们总是"难为无米之炊"。自2017年以来，松关村依靠茶山承包、集体屋出租，以及企业帮扶等方法，勉强完成了年度"消薄"任务，但与别的地方相比，经济发展仍然存在距离。

然而，这份尴尬现在早已经化为乌有。村支书葛世庆不无自信地说，要不了多久，松关村的A级旅游村验收就会通过，村里的经济收入将会有一个大的飞跃。他这份自信的来源，是在距该村40千米以外，一座名为"中国汽车用品制造基地"的物业园正在坦头镇区内兴建。这座物业园的首期总建筑面积有10万多平方米，一幢幢工业厂房颇富现代气息。葛世庆认为，有了这座物业园，松关村建成高水平小康社会的日子已在眼前了。

"这是一个'飞地'项目，也是天台县在建的'消薄'物业园项目，我们松关村是这个项目的股东之一。它还是省里的'千企结千村、消灭薄弱村'专项行动的项目之一。"葛世庆十分详尽地介绍，"这个动作很大！2018年，包括松关村在内的180多个'薄弱村'，与县基投物业管理有限公司共同出资，抱团创业。天台县相关部门及时伸出援手，整合各类项目资金1亿多元，变'输血'为'造血'，为'薄弱村'全力打造一个会下'金蛋'的产业项目。该项目是当地汽车用品产业园的重要组成部分，将接纳成长型小微汽车用品企业进园区。项目建成后，将通过招商获取运营收益，所得收益将按比例分配给参股的集体经济薄弱村。"

更让人欣喜的是，总投资2.92亿元的"消薄"物业园项目开工建设后，天台县银企快速联动。当地农业银行特事特办，为该项目提供1.88亿元的固定资产贷款。

青田县船寮镇白山村村支书季爱新以前怎么也不敢想，村里竟然会在300千米以外的一座产业园里拥有厂房，且这厂房还为村里不断带来财富。然而，这一切都是真的。与上述天台县"飞地"建物业园一样，白山村与青田县另外的155个经济薄弱村一起抱团合建厂房，未来每年会有一笔可观的租金收入。可这座产业园，竟然建在经济发达的嘉兴市平湖市。

2017年6月21日，平湖市与青田县签约，合建青田—平湖山海协作

浦江县把水晶企业集中在一起，并在集聚园区建起污水处理厂

"飞地"产业园工程项目。"这次我们牵手,是一次双赢的探索。因为跨区域'飞地'模式既能壮大青田'薄弱村'的集体经济,又能补上平湖用地指标的短板。"在签约仪式上,平湖市方面是这样认为的,而青田县方面则觉得:"'飞'出一片新天地,找到了破解'薄弱村'发展的一条好路径。"

青田—平湖山海协作"飞地"产业园工程项目由青田县100多个"薄弱村"联合组建的农村集体经济联合发展公司负责落实,将在平湖经济技术开发区德国产业园区内的一块300亩的土地上,分期建设青田—平湖山海协作"飞地"产业园。产业园区内将陆续建设科创中心、科技孵化器、众创空间等平台,重点引进符合平湖产业发展规划的农业高科技企业和八大万亿产业项目。建成后,青田县农村集体经济联合发展公司每年能获得实际投资总额10%的投资固定收益等收入。

事实上,早在2003年,平湖与青田两地即已建立结对帮扶关系,此后的10多年时间里,两地不断探索"山海协作"的新模式,开辟"山海协作"的新路径。共同探索"协作"经济、实现"飞地"发展,这意味着青田—平湖山海协作实现了从"输血"型到"造血"型的实质改变,开启了青田—平湖山海协作的新篇章。这一创新实践的山海协作"飞地消薄"模式,继2018年被浙江省委、省政府联合发文在全省推广后,2020年10月12日又作为嘉兴唯一案例入选全省精准扶贫十大案例。

值得一提的是,平湖市在推进青田—平湖山海协作"飞地"产业园项目的过程中,也兼顾了平湖当地低收入家庭的增收,从而使得平湖的小康社会水平指数更快上升。2018年底,平湖市参与"飞地抱团"低收入家庭持股增收行动的3225户低收入家庭,全部领到了"新年红包"。

"一般入股'飞地抱团'项目的股金较高,但考虑到低收入户资金有限,我们采取了多方筹资的方式,让低收入户出个零头也照样入股。"平湖市委组织部副部长何小云介绍，"通过'集体出一点、家庭掏一点、银行贷一点、党员干部募一点、企业帮一点、慈善捐一点、结对扶一点、政府补一点'的模式，平湖共计筹得项目资金17834.67万元。"

这个项目自运作以来，当年度的首期收益就已不低，共计594.5216万元。按年收益计算，年发放收益达1783.467万元，户均年增收5520多元，最高户可达1万元，这对低收入家庭尽快走上共同富裕之路，显然是个有力的帮扶。

## 下山，一个少数民族村的"消薄"之路

怎样才能让大山深处的少数民族早日脱贫、获得共同富裕，怎样获得更能产生经济效益的产业，以谋求长久的发展？下山搬迁是最关键的一步。

这是一个极具浓郁畲乡风情的生态美丽宜居乡村。若是寻个春日来富源村游玩，不仅能够在此感受到悠久的民俗文化底蕴与厚重的物质文化遗产，而且抬起头，就可以看见村庄背面笔架山上密密麻麻、红得绚烂的杜鹃花，如若运气够好，还能欣赏到"笔架夕照"苍凉到极致的美景。

"梅子金黄杏子肥，麦花雪白菜花稀。"（宋·范成大《四时田园杂兴·其二十五》）漫步在苍南县岱岭畲族乡富源村，眼前是山清水秀、美丽富饶的景象，这句古诗描绘的就是这样的景色。

许多游客对这里的自然风光和历史文化遗存赞叹不已，却很少有人

知道，从前的富源村是一个不折不扣的贫困村、落后村。

富源村，2001年由朗腰、南山、斗湾、龙凤4个行政村合并而成。"富源"，这一精心选择的地名，顾名思义，是财富像泉水般源源不断而来的意思，可见老百姓对脱贫致富的强烈渴盼。

昔时的富源村究竟穷到什么程度？村民雷翠芬这样告诉笔者，她家老少三代，全都挤在祖传的20多平方米的老房子里。盖不起瓦片，屋顶只能铺上晒干的茅草，门窗早就烂得不成样子，家里没有一件像样的家具。家里常年阴暗潮湿，一到黄梅天，总有股浓郁的霉味，被子终日黏答答、湿漉漉，存放在衣柜里的衣服有时还会冒出白色的霉点。而在雷雨交加的天气，日子就更加难熬了，每个村民手忙脚乱，家家户户都在用塑料袋"兜"屋顶，或是用各种容器接雨水。不仅是雷翠芬家，富源村大部分人家都是这样一路穷过来的。在外村人眼里，富源村就像个地道的贫民窟。

雷翠芬所说的情况，笔者从另一位村民高娅那儿得到了印证。高娅是外来媳妇，她和丈夫是在陕西打工时认识的，婚后跟随丈夫来到了岱岭畲族乡生活。高娅的父母知道富源村贫困，但不知道会穷到这种地步。十几年前，高娅的父母第一次来女儿家做客时，竟彻底惊呆了。那几天，高娅的耳边全是父母痛心疾首的叹息声："你怎么会嫁到这种破地方来？你怎么可以到这里过这种日子？"

贫穷并非村民好吃懒做造成的，而是与村庄的地处偏远、资源贫乏、缺少致富门路等有极大关系。早年的富源村非常偏僻，外边的人进不来，里边的人出不去。

兰加银是雷翠芬的丈夫，他回忆起10多年前富源村的样子。那时，这里山高路远路况极差，一直没有通车，村民日常出行全靠一双脚。即便到最近的马站镇集市买菜，单程也要1个多小时，来回步行便是近3个小时。村民的收入全都指望自家的一亩三分地。当时的富源村，没有产业可言，村民只能在田里种种蔬菜、粮食，或是晒番薯干，再把蔬菜和番薯干挑到马站镇集市出售。番薯干之类能卖几个钱？但村民的收入来源主要就是靠这些。

每当赶集那天，兰加银便和邻居一起挑着番薯干，天蒙蒙亮就出发了。番薯干每斤能卖1元多，虽说价格很便宜，却不一定兜售得掉。每到散市，兰加银只能把卖不掉的番薯干原封不动地挑回家。那些年，忙碌不息的兰加银付出了许多汗水，换来的钱却只能勉强维持生活。是的，兰加银的例子，就是富源村所有村民的缩影。

怎样才能真正"消薄"？怎样才能实现脱贫致富？下山搬迁是最关键的一步。在苍南县人民政府和岱岭畲族乡两级政府支持下，在山脚下的78省道边专门为富源村划出了一块土地，除了切实落实"两不愁""三保障"，还为搬迁下山的村民统一打好了牢固的地基，给予搬迁村民财政补贴，让他们不用掏多少钱就能建起新房。何乐而不为？

"好日子，是从下了山以后才有的。"是的，交通方便了，工作机会也多了，兰加银和雷翠芬终于可以不用在土地里刨食了。头脑活络的兰加银打起了创业的主意，而雷翠芬就在家附近打工，不仅能照顾孩子，每月还有2000多元的收入，这是从前想都不敢想的。兰加银和雷翠芬成了村里最先富起来的一批人。夫妻俩如今还修建了3层小洋房，买了小轿车，把自己的兄弟和父母都迁到了山下，日子越过越红火。

"树挪死，人挪活。自2012年以来，我村便着手实施五个批次的'挪穷窝'搬迁工程，'边、高、远'区域村民的异地安置工作已基本完成。村民下山后，致富的路子一下子就拓宽了。"富源村村支书陈书宝说，"不过，要做到让村民共同富裕，让集体经济'消薄'，还得有产业，我们村专门向上级部门争取到了专项扶贫资金，引进了以环保袋加工为主

下山移民住进了高品位的居民小区

的来料加工项目，就地建起了富源来料加工厂，此举解决了富源村大量闲置劳力的问题，也为我们找到了生财之道。"

年逾七旬的雷美花老人，儿子儿媳在外务工，家中只有她一个留守老人。老人身体还算硬朗，闲不住的她总想找点事情做。这把年纪出去打工显然不现实，她便自告奋勇地来到村里的来料加工厂，干起了计件的手工活。每个月老人都能拿到1000多元，这笔钱虽然不算多，但至少解决了雷美花老人平日的生活花销，减轻了子女们的负担。

"雷美花老人并非个例。我们村的来料加工厂，至少能给50位村民提供就业岗位，真正实现了家门口就能赚到钱的'梦想'。"村干部兰加斌介绍。

不能只满足于改善生活条件，想要过上高水平小康生活，走上共同富裕之路，还得寻求更能产生经济效益的产业。村里结合富源村的实际情况，从象山等地陆续引进了早熟蜜柑"大分"以及特早熟蜜柑"公川""由良"等多个品种。蜜柑本就适合山地种植，更难得的是，富源村的光照、气温、湿度等外在条件十分适宜早熟蜜柑的生长。富源村产出的早熟蜜柑每年长势都不错，个大、皮薄、汁多，非常受市场欢迎。如今，富源村的蜜柑林种植面积已达1008亩，涉及265户村民的土地。仅2015年一年，蜜柑销售总收入就已达42万元，其中采摘游收入达30万元。

随着近些年电子商务的崛起，富源村也紧跟发展潮流，把蜜柑作为特色和主打产品，以村"两委"的名义，与各大电商平台进行多番接洽，在村里大力发展起了早熟蜜柑的网络销售。路子走对了，销量根本不用愁。陈书宝欣喜地说："我们村有越来越多的人开始种植、售卖早熟蜜柑。因为销量好，这两年村里蜜柑种植面积还在不断扩大，预计早熟蜜柑的产量将突破百万斤，村民的收入也有望翻一番。"

值得关注的是，富源村总共有365户人家，其中半数为畲族。如何发挥富源村绿水青山和畲乡文化这两个得天独厚的优势？富源村想到了大力发展旅游业，结合传统的民族特色和山水资源，把富源打造成一个民族风情旅游胜地，让绿水青山真正变成金山银山。

"这些年，浙江省民宗委和杭州城市规划设计院对岱岭畲族乡进行了资源整合规划，在富源村建起了笔架山公园、民族文化广场、畲族历史文化博物馆等，并在笔架山原有的杜鹃花基础上，引进了油菜花、桃花，打造了一个四季花海景观。另外，村里还对房屋外立面进行改造，通过在白色墙壁上绘制畲族独有的彩带文字装饰和壁画展现畲族文化习俗，同时特意保留了一座展现畲族文化的老房子。"岱岭畲族乡下派干部潘晶如是说。

这些特色风情文化确实吸引了不少省内外的游客。据统计，富源村

乡村旅游是农民致富的新途径

年均接待游客2万余人。有游客，便有商机可寻。在村"两委"的鼓励下，村民们大胆地对自家的房子进行了全方位的改造，开出了饭店、民宿、家庭旅馆、小卖部等等。光旅游纯收入这一项，每年就达500万元。村民富了，村集体有钱了，"消薄"也就在情理之中了。

外来媳妇高娅也依靠旅游业过上了好日子。高娅虽不是畲族人，但她嫁到富源村已有12年，在耳濡目染和大环境的熏陶下，聪明能干、热情活泼的高娅无师自通地学会了唱迎客茶、跳竹竿舞、织民族服，早已与畲乡妇女无异。因表现出色，她还被村里畲乡风情演出团队吸纳为骨干成员。只要有演出任务，她就是专业的演艺人员；没活动时，她就去村里的来料加工厂干活。

　　高娅的家早已搬迁到山下，房子也造起来了，日子好起来了。让高娅得意的是，从前父母总是用恨铁不成钢的语气怪她嫁到这里，现在动不动就夸她嫁得好、有眼光。

　　在县、乡党委及政府的支持和鼓励下，这个昔日有名的贫困村终于实现了美丽蝶变。据统计，2016 年以来，村集体经济实现年创收 50 余万元，其中，农民人均纯收入从 2012 年的 7732 元增长到 2016 年的 13854 元，年均增长 19.8％，原低收入农户年人均纯收入增至 10930 元，真正实现了共同富裕。富源村富了，因为它已经走出了一条山区百姓通过精准扶贫致富的路子。

# 第五章

## 生态为先，绿色发展当为长远

　　"绿水青山就是金山银山"，这一关系文明兴衰、人民福祉的发展理念，无疑为保护生态环境、发展生态农业指明了方向。

　　以牺牲环境为代价去换取经济增长，这样的经济增长方式不可持续。真正的富裕不是一时的暴富，而是可持续的长久富裕。在生态保护中培育生态产业，推进观光农业、休闲农业、生态农业、文创农业等业态建设，把生态环境优势转化为生态农业、生态旅游等生态经济的优势，方能实现民富地美。

# 思想引导，生态文明之路在脚下

> 以超前的意识和果敢的行动，筚路蓝缕，奋发作为；绿了山川，清了湖水，富了百姓，太湖畔生态文明实践，已成为成功创建"绿色浙江"的一大典型。

青山葱郁，碧水迢迢。站在莫干山下、太湖之畔，目光所及之处，农田、村庄、树林、湿地，犹如一颗颗镶嵌在大地上的七彩宝石，晶莹剔透、熠熠生辉。

绿色，这个充满生机与活力的美好词语，已成为当今最亮丽的色彩，一笔一画勾勒出超乎寻常的美丽。来到湖州市德清县，从避暑胜地莫干山，到江南湿地下渚湖，再到小桥流水的江南古镇，一城山水一城绿，身在城中走，人在画中游，与山依，与水伴，一步一景，百步流连。

然而，在21世纪初，与湖州市其他县市一样，德清县也面临传统发展模式带来的阵痛：印染、矿石开采等传统产业高污染、高耗能；苕溪等太湖支流水污染严重；毛竹被大肆砍伐，自然资源利用效率低下；农村的人居环境脏乱差，各类基础设施十分薄弱……

石料开采曾是包括德清在内的湖州一带部分农村的传统支柱产业，曾有"上海一栋楼，湖州一座山"的说法。德清县洛舍镇东衡村以前就以矿闻名，兴矿致富。"我们村里以前靠采矿为主，运送石料的货车来来往往，扬起灰尘，弄得我家窗户都不敢开呀，衣服也不敢晒出去。"回忆起以往的情景，村民姚玉英颇为感叹。自2008年起，村里开始关停矿山。2011年以来，又全面实施了农村土地综合整治项目，平整废弃工矿用地、复垦拆旧宅基地……一个花园式的精品示范村渐渐出现在人们眼前。

走进东衡村，首先看见的是绕村而过的潺潺溪流。宽阔的村道边，一边是装修精致的农家小墅，另一边是高大气派的高层大楼。村里的中心公园里鲜花绽放，池塘里铺满蒲扇般的荷叶，美不胜收。姚玉英说，这番世外桃源的美景，令人赏心悦目，真不敢让人相信它是真的！

不负青山，方得金山。这几年来，德清以壮士断腕的决心，真刀真枪地对矿山行业进行全面整治，尤其是2013年以来，该县共关闭和注销矿山企业23家，压缩年度开采规模1470万吨，拆除关闭矿山多余机组及无矿山加工机组共108套，拆除非法码头及关闭矿山多余码头共193座。2019年1月至5月，该县矿石出港量约183万吨，仅占全年核定规模（1884万吨）的9.7%，控量成效明显。

在德清，曾被称为亚洲最大露天矿基地的砂村，也已完成了嬗变。原来坑坑洼洼的废弃闭坑矿，如今已是近万亩的平整土地，一马平川，煞是好看。

"今年黄颡鱼的销售量已有20多万斤，年底还能捕捞一次，都已经被预订了。"站在自家鱼塘上，钟管镇东舍墩村养殖户吴建荣乐呵呵地说，"自从用上了渔业养殖尾水治理系统，塘水变清了，养殖收入大大增加了。"

作为高度依赖良好环境的养殖户，其经济效益与环境的好坏直接挂钩。近10年来，德清县在全国率先开展的全域渔业养殖尾水治理取得了极好的效果。该县不断创新，实施"河长制"等五项机制，建立农村河长工作站，启用全省首个"公众护水平台"，全力推进"污水零直排区建设""美丽河湖创建""深化落实河（湖）长制"等工程建设。2018年，

不能以破坏生态环境为代价来发展经济

德清成功打造"河畅、水清、岸绿、景美"的美丽河湖200个（条），其中，观音漾和东苕溪被评选为市级美丽河湖，观音漾成功入选省级美丽河湖。

恢复美丽容颜的"绿水"成了一张金名片，新市镇的"苎溪漾"、钟管镇的"蠡山"、洛舍镇的"洛漾半岛"以及"欧诗漫珍珠新生物产业园"等一批"涉水项目"纷至沓来。良好的水生态环境推动了行业的转型升级，治出了全民共享的"生态红利"。

而在大气环境方面，迄今德清已完成高污染燃料禁燃区建设，淘汰改造高污染燃料小锅炉，县域内VOC（挥发性有机化合物）企业治理率达100%，餐饮企业油烟净化装置安装率达100%，工地落实"7个100%"扬尘防控措施。全县所有易扬尘码头纳入整治动态管理。数据表明，自2013年大气污染防治办公室成立以来，至2019年11月，德清空气优良率提高了13.8个百分点，细颗粒物（PM2.5）年均浓度下降了48.6%，空气质量持续改善。

2019年11月16日，生态环境部召开中国生态文明论坛，并举行了第三批国家生态文明建设示范县和"绿水青山就是金山银山"实践创新基地表彰活动，德清县荣获"国家生态文明建设示范县"称号。

在湖州市，各个县（市、区）都像德清县这样走上了生态为先的发展道路。吴兴区妙西镇当年也是一个靠矿致富的乡镇。2005年前后，该镇大大小小的矿山曾多达22座，年产量1800万吨，石矿利税占镇财政收入的90%，村民收入的30%也依赖开矿。妙西一带可是唐代诗人张志和《渔歌子》所描绘的"西塞山前"。但在碎石乱飞、污水横流的采矿作业环境下，诗人笔下那番白鹭翻飞、鳜鱼肥美的景象毫无疑问已彻底消失。

2006年，妙西镇下决心停止矿山开采，乡镇财政年度收入一下子就减少了5000多万元。最艰难的时候，乡镇食堂都开不了伙。然而，决心已下，再大的困难也得克服。众人以"刮骨""断腕"的意志和毅力，想尽一切办法，甘愿牺牲眼前利益，换回绿水青山。

经过10余年的努力，如今的西塞山，重新出现了白鹭的翩翩身影，每年都能吸引大量游客。与此同时，绿色产业也在妙西镇落地生根。在矿山原址，仅新建的700多亩光伏发电设施，2018年应税销售收入就有2200余万元。

温室养殖甲鱼曾是吴兴区东林镇有着30多年传统的富民产业，当地有近70%的农户从事这个行业。业内人士称，温室甲鱼养殖收入可观，一个甲鱼大棚能带来约10万元的年收入。

然而，温室甲鱼养殖又是一个高污染行业。为了维持甲鱼棚内必要的温度，需要长期生火加温，一到秋冬，从众多甲鱼棚里飘出来的烟雾在空中弥漫，整个镇子成了"雾都"。而长期投放的甲鱼饲料和各类药物，又污染了河港水质，使得太湖周边的小微水体成了恶臭的劣Ⅴ类"三色水"。

致富奔小康，当然不会动摇，但不能以牺牲自然环境的沉重代价为前提。面对越来越严重的环境污染，东林人痛定思痛，为了子孙后代，为了更好地发展，必须下天大的决心，进行产业转型。

为了给延续几十年的富民产业画上句号，东林镇及各村干部想尽办法、费尽口舌。毕竟关停温室甲鱼养殖业，等于砸了众多百姓的"金饭碗"，村民们一时不理解、不配合是难免的。"那段时间，我们除了耐心沟通，还积极采取措施，落实补偿、引进企业、安置就业，为了尽早拆除2700个高污染大棚，镇干部还带头走南闯北，帮养殖户推销塘中已放养甲鱼，仅我一人就帮助农民卖掉了2000多吨。"东林镇党委书记何锋锋说。

安吉县鲁家村里的小火车

2013年，中央一号文件首提发展"家庭农场"时，安吉县递铺街道鲁家村党支部书记朱仁斌就决定带着村民"抢头口水"。利用村里良好的生态环境优势，通过"公司＋村＋家庭农场"的模式，鲁家村集中流转农地8000多亩，先后引进了18个各不相同的农场，村里还铺上了一条4.5千米长的窄轨铁路，用旅游小火车把农场观光点串了起来，此举不仅使生态农业产业发展迅速，还吸引了天南地北的游客纷至沓来。

"火车一响，黄金万两。"2017年7月，鲁家村入选国家首批15个田园综合体项目。如今，这个曾经山不够高、水不秀丽、没有悠久历史、没有名人故居的平凡小村，却在游客心中留下"有农有牧，有景有致，有山有水，各具特色"的鲜明印象。鲁家村村民也实现了"住在景区里，钱袋子鼓起来"的目标：村集体资产从2011年的不足30万元增至2019年底的近1亿元，村集体经济年收入从1.8万元增至286万元，农民人均纯收入由1.95万元增至3.29万元，实现了村集体经济的迅速壮大和村民的共同富裕。

生态农业的发展，给安吉县带来了巨大的经济效益和发展优势。如今，安吉县以占全国1.8％的竹资源，形成了占全国20％的竹制品市场、年产值超百亿元的竹产业，农民收入的将近一半来源于此。竹灯、竹酒、竹纤维、竹地板……倚靠科技和人才的催化，安吉人把竹文章做到了极致，已形成八大系列3000多个品种的格局。

与此同时，安吉县旅游发展大放异彩。数据显示，2020年，尽管受到新冠肺炎疫情影响，全县仍接待游客2104.7万人次，其中过夜游客1016.7万人次，旅游收入达305.04亿元。旅游业已成为安吉的新兴支柱产业。

而在德清县境内的莫干山，发现并沉醉于这片绿水青山之美的，不单是"老乡""老板"，还有不少"老外"。

"追求优质的生态环境是各个国家和民族的共识。"10多年前，南非

人高天成大学毕业后来到中国上海发展，身处生活节奏快、环境喧嚣的大城市上海，他更加怀念家乡的自然之美。一个偶然的机会，他来到了莫干山，并于2007年建成了第一个休闲度假旅舍"裸心谷"。此后，他陆续投资超过7亿元，在山沟沟里建了多家高级民宿。

"当时，有不少朋友说我'疯了'，但后来的事实很快证明，生态投资回报颇丰。现在，我的'裸心'系列房间，平均每个床位每年能上缴税款约10万元，我因此成了德清县旅游业第一纳税大户！"高天成满怀自豪地说。

在像高天成这样热爱美好自然环境的人士的推动下，如今，已有来自10多个国家和地区的外国人士在莫干山开起了"洋家乐"，莫干山下农民的土坯旧房也成了"香饽饽"，一些村里的阿婆也学起了英语来招待客人。莫干山镇劳岭村党支部书记贾小平说，正是因为有了"洋家乐"，有了生态农业，劳岭村越来越多的人吃上了旅游饭，原本的"空心村"重新焕发了生机。如今民宿落地开花，村里40多家"洋家乐"解决了全村300多人的就业问题，全村人均收入达到了33000元，超过浙江省的平均水平。

走进长兴县小浦镇八都岕景区，人们首先会被这里众多的银杏树所吸引。据了解，受气候影响，地球上的野生银杏数量很少，仅存在中国神农架、天目山等个别狭窄地域。八都岕作为天目山的余脉，以十里古银杏长廊而为人所熟知。其连绵约12.5千米，3万余株野生银杏树遍布其中，现存百年以上古银杏3600株之多，因而被称为"世界古银杏之乡"。

古银杏树珍贵，当地人对此十分爱惜。据介绍，在八都岕创建4A级景区的过程中，小浦镇启动大大小小的基建项目16个，避让银杏树、彰显长兴特色风貌是一条基本原则。比如，长约12.5千米的村路拓宽中，总共移树37棵，且坚持"树不离村，就近移栽"；坚持高标准设计，凸显地域特色，为此请来中国美院专家，对景区覆盖的村庄进行整体景观设计。有的村拥有大量明清古宅，就重点打造民俗文化村，有的村古银杏林密集，就打造银杏主题的民宿集群，争取做到村村不同景、村村有特色。

尽管八都岕基础设施实现现代化了，却因这片古银杏林以及诸多历史人文遗迹，乡土乡味一点没变，投资者也慕名而至。由上海某实业有限公司投资10.49亿元的银杏山庄项目、由浙江某集团投资5.8亿元的太湖天泉项目、由浙江某文化旅游发展有限公司投资的漫十里民宿部落项目等旅游项目纷纷入驻，进一步增强了景区产业的集聚力和区域的带动力。

进入21世纪以来，湖州市及辖属县市区，较早地意识到保护生态环境、发展生态农业的重要性，并着手探索和尝试。2005年8月15日，时任浙江省委书记习近平到安吉县余村考察，得知村里关闭矿区、走绿色发展之路的做法后给予了高度评价，并在余村首次提出了"绿水青山就是金山银山"理念。

习近平当时还指出，不要以牺牲环境为代价去推动经济增长，这样的经济增长方式不可持续。生态立县或许会牺牲掉一些经济增长速度，但即便这样，也要舍去一些严重污染环境的高能耗产业。"绿水青山就是金山银山"这一关系文明兴衰、人民福祉的发展理念，无疑为保护生态环境、发展生态农业指明了方向。

有人归纳道，绿色之于湖州，是像爱护眼睛一样保护生态的切实行动，是产业转型、可持续发展的不竭动力，是招引英才，赢得高质量发展的先决条件。此言得之。

光阴流转，湖州各地始终坚定不移地践行"绿水青山就是金山银山"理念，以超前的意识和果敢的行动，筚路蓝缕，奋发作为，绿了山川，清了湖水，富了百姓，也成了创建"绿色浙江"的样板之一。

"行遍江南清丽地，人生只合住湖州。"700多年前，元末明初诗人戴表元曾如是感叹。是的，这份对旧时盛景的憧憬，如今已化为活生生的现实。


## 田园综合体来了，桃花源梦还会远吗

> 作为乡村新型产业发展的亮点，田园综合体一头连着乡村的美丽和活力，一头连着乡村商业价值的提升，无疑能更好地助力生态农业发展，促进三产融合。

晴朗的天空下，白鹭悠闲地掠过；清澈的水中，有鱼群在游动；成片的稻田里，禾苗长势喜人。而在村口，高大的古树、新修的凉亭和九曲桥，掩映着不远处的幢幢民居，宛如文人笔下的桃花源。这便是温州瑞安市曹村镇天井垟给初到人们的第一个感受。热心的当地人介绍说，如今的天井垟，不仅已是浙南地区最大的粮食生产功能区，还是乡村休闲旅游的新地标，每天都能吸引不少游客前来观光游览，享受乡村野趣。乡村休闲旅游已成为村集体资产新的增长点。

时光倒退几十年，天井垟却是一处河道狭窄、连年淤积、易患水灾的涝区，尽管这一带属于产粮区，但自然条件的不足，严重影响了粮区经济作物的增产增收，也使得这里的百姓难以脱贫致富。当地民间曾流传着这样一句谚语："养女勿嫁天井垟，未旱没水吃，未满一片白洋洋，一下暴雨赶快爬栋梁。"

从2016年起，高水平全面建成小康社会战役正酣，乡村振兴战略全面实施，曹村镇打出了水利河道综合治理、"五水共治"等组合拳，将天井垟河道拓宽至40米，并通过堤防加固、河道疏浚、清障等措施，有效提升抗旱防洪减灾能力，使这片涝区逐步向粮区转变。曹村镇域范围内的天井垟片区，共有农田8000多亩，如今每年的粮食产量达580多万千克，这显然是一个了不起的数字！

"河道整治后，粮年平均亩产比上一年多了200千克。"说起天井垟河道治理，曹村镇种粮大户陈绍吉感受极深。他说，河道整治所解决的，不仅是防洪能力的提升，也对土质改良、灌溉设施改善起到了很好的促进作用，更重要的是鼓起了众人种粮、干农业的积极性。

在解除了水涝这一痼疾之后，2017年，曹村镇还因地制宜开展了天井垟河道景观提升工程，主要包括引水为池、栽种莲花，在100余亩莲池中建起九曲桥、凉亭、栈道等，打造集农事体验、乡村民宿、休闲旅游等于一体的田园综合体，让天井垟成为瑞安的世外桃源，还利用莲子、天井垟大米等特色农产品，加快一、二、三产融合，带动村民实现共同富裕。天井垟再次从粮区晋级为景区。2019年6月，浙江省财政厅组织开展省级田园综合体建设项目申报工作。经竞争性立项，择优确定10个县

（市、区）为2019年度项目建设单位，天井垟田园综合体成功入选，喜获省财政专项补助扶持资金1800万元。

"天井垟田园综合体位于瑞安市的中南部，距温州市区35千米，距瑞安市城区18千米。事实上，整个天井垟片区的面积非常大，曹村镇域范围的片区只是其中一部分，当然是重要的一部分。天井垟田园综合体的全域面积69300余亩，其中粮食面积25.8平方千米（38700亩），为全省连片面积最大的粮食生产功能区，是全国'三位一体'综合改革始源地、省级田园综合体建设项目，还被列入温州市首批田园综合体试点。"时任瑞安市委书记陈胜峰介绍，"如今，天井垟围绕稻米全产业链建设、乡村农文旅融合等新产业培育，已陆续完成天井垟（曹村段）河道综合治理、艾米现代农业产业园展示中心等项目，着手打造天井垟富硒大米、艾米胚芽稻米等农产品品牌，以形成平原田园综合体的建设模式。"

当然不仅是产粮基地和乡村旅游，按陈胜峰的说法，"让天井垟成为瑞安的世外桃源，让西部山区成为有梦想的地方"，这才是打造这个田园综合体的目的之一。

按着曹村镇党委书记王心海细致的描述，天井垟田园综合体今后的蓝图渐次展开。这个田园综合体将以瓯越粮仓、文都武乡为建设主题，以"农业为核心、生态为基础、文化为灵魂、项目为支撑"，依托天井垟粮食生产功能区丰富的农业资源、生态资源、文化资源，对规划区进行特色提炼、景观再造、主题重构，形成集农业生产、生态旅游、户外运动、乡村休闲、文化体验、康体度假等功能于一体的"圆梦田园目的地""耕读文化新地标"，努力打造国家级数字农业、智慧农业示范基地，国家现代农业示范区，国家级研学旅行农业基地，华东智慧农业示范基地，浙江省生态循环农业示范区，浙江省五星级乡村旅游区，国家农业公园。田园综合体建设周期为3年，也就是说，2017年启动的这一项目，2020

田园综合体是现代农业发展增长点之一

年底已由蓝图化为现实。

　　而随着天井垟田园综合体的逐步成型，更加激动人心的建设计划即将推出。据瑞安市农办主任舒贤国介绍，下一步，瑞安全域都将以田园综合体的标准进行打造。按照初步设想，瑞安市将打造五大田园综合体，分别为天井垟、金潮港、南滨、滨海、潘岱—桐浦等。以天井垟田园综合体为例，要在曹村镇全域景观化打造的基础上，结合天井垟粮食功能区，整合许岙、协山、江桥美丽乡村群和石垟湖等旅游资源，联合打造集农事体验、乡村民宿、休闲旅游、民俗体验、购物于一体的乡村旅游综合体。毫无疑问，这份设想一旦付诸实施，将大大促进瑞安市农村一、二、三产的融合发展，促进农村生态生产生活融合发展，促进农业文化旅游融合发展。

田园综合体是集现代农业、休闲旅游、田园社区于一体的乡村综合发展模式，是通过旅游助力农业发展、促进三产融合的一种可持续性模式。2017年2月5日，田园综合体作为乡村新型产业发展的亮点措施，被写进中央一号文件："支持有条件的乡村建设以农民合作社为主要载体、让农民充分参与和受益，集循环农业、创意农业、农事体验于一体的田园综合体，通过农业综合开发、农村综合改革转移支付等渠道开展试点示范。"

在发展现代农业过程中，建设田园综合体有着不可忽视的优势。尽管田园综合体与农旅综合体都着眼于生态效益和经济效益的统一，都在努力促进一、二、三产融合发展，都是注重生态农业发展的主要方式之一，但田园综合体更加综合强调主导农业产业发展、生态环境建设、乡村田园社区建设以及农村集体经济、村民的共同参与和就业增收，更加契合统筹城乡发展、创新城乡融合运营路径，更加强化农业＋产业体系构建，增强农业科技引领和持续发展动能。显然，对于在新形势下大力推进乡村振兴，形成城乡统筹、融合联动发展的格局，建设田园综合体不失为一条坚实的可行之路。

有人通俗地说："田园综合体一头连着乡村的美丽和活力，通向都市人的世外桃源和田园梦想，一头连着乡村商业价值的提升，能更好地带动新农村的发展。"此言不无道理。

素有"中国草莓之乡"美誉的建德市杨村桥镇，位于浙江省级田园综合体创建试点——新安江田园综合体的核心区。早在20世纪80年代，杨村桥镇就开始大面积种植草莓，大棚草莓栽培面积最多时有5000多亩，从事草莓种植的农户有2000多户，建德"草莓师傅"的足迹更是遍及广东、湖北、北京等全国20多个省、自治区、直辖市，还种到了我国香港。

雄厚的草莓产业基础，成为发展田园综合体的先天优势。随着杭千高速、杭黄高铁、临金高速等一系列交通工程的相继竣工，杨村桥镇已融入长三角经济区。

"对于新安江田园综合体，我们主要围绕'五大机制'来打造。"建德市财政局负责人说。"五大机制"是指培育产业支撑体系、完善公共服务供给机制、探索土地利用机制、建设多元投入机制、探索治理体系建设。"五大机制"背后，"八大工程"联动发力：农业公共服务、草莓产业链、美丽乡村、科技创新、生态循环农业、土地整理、美丽田园、农业创意精品园等。

新安江田园综合体的发展路径日益清晰：紧紧抓住乡村振兴战略以及"拥江发展"机遇，立足区域独特的山水风光和交通优势，打造成为以草莓产业为主导，以现代农业科技为支撑，一、二、三产高度融合发展的农业新平台。

杨村桥镇当然不会放弃地处新安江田园综合体核心区块这一优势，全力打造"草莓小镇"即是参与其中的重中之重：投资4.3亿元，力争用3—5年的时间，打造集草莓种植、产品加工、田园观光、养生保健、休闲度假、新城开发于一体的草莓全产业链标杆小镇。

"按照'草莓小镇'的发展规划，我们加大了土地流转力度。"杨村桥镇镇政府一位负责人介绍，"镇里已建立了土地流转服务站，将'草莓小镇'产业示范园的500亩土地集中流转到梓源村、绪塘村2个股份经济合作社，由合作社进行统一管理、统一运营，村集体通过土地流转，有效壮大集体经济。"

建德市草莓办副主任孔樟良介绍，建德草莓早已从最初的露地栽培到目前以钢架大棚为主、连栋大棚和玻璃温室大棚为辅的生产模式，草莓产量因此大幅提升。草莓品种当然也极其关键，通过与浙江省农科院、杭州市农科院等科研单位合作，陆续引进白雪公主、小白、越心、红颊、章姬等近20个优质品种，逐步实现了从低端品种向高端品种的跨越。

引入高端人才、加快科技创新也是重要一招。2018年1月，建德市草莓研究院正式成立。研究院建有植物研究所、装备研究所、基质研究所和院士工作站，还有一批国内顶尖的草莓技术专家和技术团队进驻。"通过技术创新和成果转化，实实在在地为莓农提供标准化的草莓种植技术培训，提供草莓新品种、新技术、新装备。"孔樟良说，"如今，'草莓小镇'核心区，已全部采用清洁化栽培技术、以螨治螨生物防治技术等，以生产出优质放心草莓。"

这是建德草莓种植的成绩单：至2021年，建德本地、异地草莓种植面积8万多亩，年产量16万吨，种植和育苗产值近40亿元。全市草莓种植农户18909余人，本市草莓种植平均亩产值3万元以上。四川、湖北、陕西、江苏，甚至遥远的乌兹别克斯坦，都有建德莓农搭起的草莓大棚。如今，建德还通过互联网售卖、快递送达的方式拓宽销售空间，继续积极发展草莓采摘游。

田园综合体是集现代农业、休闲旅游、田园社区于一体的特色小镇和乡村综合发展模式。对此，建德人已经深刻地体会到，要想提高田园综合体建设的含金量，还需要在拓展产业链上下功夫，用创新的方式来解决农业增效、农民增收、农村增绿的问题。

一款名为"草莓酒"的新产品悄然走红。这款由草莓发酵而成的清新果酒，灌装后已陆续发往全国各地。"草莓下季前，我们向莓农回购草莓，既解决了草莓销路问题，又延伸了农产品产业链。"致中和酒厂负责人钱建华说。为此，他们投资了6000万元，主要用于草莓酒的设备采购与研制。

没错，草莓酒只是众多草莓衍生品之一，草莓酵素、草莓冰激凌、草莓主题民宿等不断出现。在杨村桥镇，寻求合作的橄榄枝，接二连三地抛过来：杭州钱江新城文化传媒有限公司投资2000万元，就"草莓小镇"整体商业运行与杨村桥镇达成合作，发展灯光秀、主题乐园、精品民宿等产业；杭州七乐餐饮管理有限公司投资1000万元，打造餐饮一条街，复兴"吃在杨村桥"餐饮文化；浙江阳田农业科技有限公司投资2000万元，发展水果番茄种植项目……诸如此类，不一而足。

搭建文化平台、打造品牌是建德市长抓不懈的一项重要工作。建德市制定并出台《"建德草莓"公共品牌建设三年行动计划（2018—2020年）》，全力打造"建德草莓"公共品牌，实现品牌化营销；成功举办中国草莓文化旅游节，连续举办14届建德新安江（中国）草莓节，先后举办"建德草莓杯"迷你气排球全国邀请赛和以"中国草莓之乡，气候宜居城市"为主题的2019浙江省第五届"乡村振兴（草莓）杯"篮球赛等。同时还制定了《"建德草莓"证明商标使用管理规则》和《"建德草莓"包装管理办法》等管理制度，确保"建德草莓"品牌"立得住、站得稳、叫得响"。

"新安江田园综合体集循环农业、创意农业、农事体验于一体，以空间创新带动产业优化，有助于实现一、二、三产深度融合。依此打造具有鲜明特色和竞争力的'新第六产业'，可以实现现有产业的升级换代。"一位投资客商坦率地阐述自己在此投资的原因。的确，田园综合体极有可能成为继特色小镇之后的下一个投资风口和发展重点，而新安江田园综合体高度契合城乡一体化发展，将是一片充满希望的新蓝海。

# 一个领头人，带"活"一个生态农业产业

> 生态农业带头人究竟有多重要？不仅能组织提供一系列生态农业产业服务，更能培养出一批专注于生态农业、懂技术、会管理的职业农民，实现共同富裕。

1982年，家在嘉兴市郊区大桥乡南子村（今南湖区大桥镇江南村）的朱屹峰辍了学，跟着别人做起了泥工。那年他才15岁。泥工一干就是8年，可他总是不甘心，感觉自己的才能没有得到施展，便相继干起了养猪、养黄鳝之类的事，遗憾的是都没能获得预期中的成功，还背上了一身债。他沉浸在创业失败的痛苦之中。

1992年7月的一天，朱屹峰看电视时，在《浙江新闻联播》里看到了一则报道，说金华的一个农场培育出了一种"乒乓葡萄"，销售很旺。这种藤稔葡萄的最大特点是颗粒大，像一只只小小的乒乓球。朱屹峰一下就来了兴趣，觉得如果能种好这种葡萄，一定能赚钱。因为在他的家乡嘉兴，看到的葡萄都是小小的，周边的人也不种葡萄。"冥冥中，我觉得还是搞生态农业有前途，好吃的、好看的东西，肯定卖得好！"朴素的想法撺掇他，几天后他就赶到了金华。

好不容易在金华婺城区找到了那家军民共建的农场，看见了那成片的从日本引进的乒乓葡萄，朱屹峰特别兴奋。在那里，他还遇到了来自全国各地的生态农业专家、农业技术专家和不少种植户，他们也都是冲着

"葡萄大王"朱屹峰

这"乒乓葡萄"来的。由此，朱屹峰更加坚定了引种这种葡萄的信心。回来后，由村委会出面担保，以农居房修建的名义，朱屹峰贷到了3000元。他拿着这钱又赶到了金华，买了100株苗、100棵芽（芽是买来用于嫁接的，以此省钱）。而为了学到嫁接、栽培、种植技术，他又一趟趟地往金华跑，在那家农场里义务干活，请师傅手把手地教他。他还买来不少关于葡萄种植、果树嫁接方面的农技书，一有空就钻进书里。

一次次的嫁接和重接，一年年的改良，朱屹峰虽然走了很多弯路，但一直坚持着、摸索着，尤其是发明了简易大棚种植，原先在露天种植的葡萄，都像大棚蔬菜那样被罩了起来，后来他又把以毛竹、钢丝为主要材料的简易大棚，发展成标准的钢架联栋大棚。直到6年后的1997年，种出来的葡萄才真正达到了他想要的品质标准。这一年，他的6亩葡萄田喜获丰收，一共进账10万元，相当于每亩葡萄有15000元的收入，他一下子还清了所有欠债，还成了村里、乡里的名人。

本以为好不容易种出来的"乒乓葡萄"，已是顶尖的了，批发价也能卖到五六元一斤，然而就在这一年，朱屹峰把他的葡萄拿到上海的市场卖，惊讶地发现上海正在卖的美国红提，批发价居然要15元一斤！朱屹峰觉得自己接下来应该种红提了。"当时，有几位来我葡萄田指导的专家都劝我头脑不要发热，红提是在干旱地区生长的，在浙江种肯定不成功，因为中国南方降雨量太大，光照条件不够，位于杭州华家池的浙江农大实验基地搞5年了，最高亩产也只有250千克，离正常的1500千克相差甚远。可我实在想试一试，因为提子葡萄的利润太诱人了。"

朱屹峰种红提的方法是，南方降雨量太多，不够干旱，那就模仿北方少雨的生态环境搭起大棚。他买来美国的红提、青提、早红提一共3个品种的种苗，种了3亩提子。种好红提、搭好大棚的第二天就来了台风，把整个大棚的塑料薄膜都吹跑了。朱屹峰重新把大棚薄膜罩上去，这一回固定得特别牢。他种红提特别用心，种"乒乓葡萄"时出现过的失误也都尽量避免。第二年，朱屹峰的红提亩产达750千克，把专家们都镇住了。

"乒乓葡萄"和提子葡萄的成功种植，让朱屹峰有了"葡萄大王"这一"头衔"，销售也特别好。在市场上，只要说起提子是朱屹峰种的，马上就被买家订走，眼睛都不眨一下。还有销售商专门跑到他的葡萄田里来订，价格当然也比别人的高。

事实上，从朱屹峰获得第一次"乒乓葡萄"大丰收后，就有不少村民想跟着种葡萄。种红提成功后，来找他学的村民就更多了。尽管种葡萄很辛苦，来钱也不是特别快，但朱屹峰对生态农业一向钟情，认定是有前途的，便乐意帮助村民们，希望他们跟着自己掌握种植技术，增加收入。

那段时间，几乎每天晚上，他家里都坐满了人，朱屹峰不得不忙着解惑释疑。白天，他还经常被村民们拉着去他们的葡萄田。"后来，外村外乡甚至外县的也都来找我，我也会跑到他们那里去指导。我还跑到金华为他们买苗。发给葡萄种植户的一堆堆资料，也都是我自己花钱去复印的。他们种葡萄上手特别快，再也没有我那时的艰难，想到这个，我觉得自己花点精力、花点小钱，蛮值得。"朱屹峰说，虽然这样一来，难免会影响自己干活，但他乐意。由此，他成了当地名副其实的生态农业带头人，很多人跟着他种葡萄赚到了钱。

村里有一所大桥乡成人学校分校，主要是利用村里的南子小学周末放假时的闲置教室，对农民进行文化培训教育。2000年，该校邀请朱屹峰给大家上葡萄种植课，他二话没说就应承下来。很快，来听课的种植户越来越多，连余新、新丰、凤桥等周边乡镇的人都来了，这个星期日听了，下一个星期日还要听。培训班当然是免费的，他的讲课也分文不取。后来该校开设了农函大葡萄种植培训班，他又从栽培到病虫害防治，从施肥到修剪，毫无保留地把技术传授给大家。南湖区科协，嘉兴市科协、农经局乃至省科协也要他去讲课，为此他还专门写了一份关于葡萄种植经验的讲课稿，作为课堂教材。省内的金华、衢州和外省的江苏、江西等的农技、农经部门也邀请他，他都欣然前往。2005年，他还作为生态农业带头人、葡萄农技能人，应邀为浙江大学农学院葡萄精英培训班的学员授课。2006年，朱屹峰获得了全国"五一劳动奖章"；2011年至2017年，他又担任了江南村党总支书记、大桥镇党委委员，直到因为想全身心扑在葡萄专业合作社的事务上，他才卸下了党总支书记一职。

随着葡萄产业的规模越来越大，朱屹峰想，能不能把分散在附近的种植大户集中起来，建立一家农民专业合作社，这样也能引导种植户改变原先的生产和销售方式。以往那种"千家万户种葡萄，千军万马跑市场"的零散型生产经营模式毕竟已经落后了。恰好政府也在大力发展新型的农民专业合作社，提倡在合作社内"统一品种、统一生产标准、统一技术培训、统一品牌应用、统一销售"。2005年，由朱屹峰牵头，"绿江葡萄专业合作社"就此成立。

专业合作社在刚成立时，不少种植户因为不了解它是个什么组织，加入它有什么好处，都在观望，有的还不愿意来，第一批加入的只有7个人，其中还包括朱屹峰的妻子和父亲。但从第二年开始，葡萄种植户们感觉到了合作社在打出品牌、扩大销售、提高价格、适应市场等方面确实发挥了作用，都主动加入了。合作社吸纳成员最多时达156名。

合作社的宗旨是"带动一个产业发展，带领一帮群众致富"，实际上是围绕生态农业产业提供服务。市里、区里很关心这个合作社的发展壮大，在成立的第二年，合作社就在江南村和大桥镇的支持下，建起了自己的三层大楼，产品展示、销售和技术辅导、交流等活动，都在这里进行。在合作社里，一培育出新品种，优先供应内部社员，再以种苗的形式向别的种植户供应；产品收购时，只要达到了合作社的产品标准，社员的一律优先回收。合作社对社员产品的回收价，往往比市场价还要高，这一方面是品质决定的，另外一方面是品牌起了作用。合作社社员每年都能拿到分红，能参加专业培训，赴外地考察学习，参加每年年底的年会，在年会上有关于葡萄产业的行情趋势分析和种植体会等方面的交流。

如今，朱屹峰特别自豪。2000年，整个大桥镇的葡萄种植面积也不过三四百亩，而到了2018年，大桥镇90％的农田都种上了葡萄，种植面积达到18500亩，是整个嘉兴市葡萄种植面积最大的地方，葡萄产业成了大桥镇五大产业之一。还有更厉害的是，合作社的葡萄越种越多，品种越来越全，技术力量也强大多了，光是一个小小的江南村，就已有2名高级农技师、6名助理农技师、50多名农业技术员，生态农业种植业后劲十足。

在浙江，生态农业致富带头人为数不少，不少带头人为一方百姓共同富裕做出了极大贡献。从2006年开始，在由浙江广电集团举办的"浙江新农村建设优秀带头人'金牛奖'评选"中，100多位获奖、近400位获得提名奖的新农村建设中的先进人物，有不少即是生态农业的带头人。

近几年中，就有：

杭州市的楼法庆联合萧山多家养猪企业，组建"生猪企业联合体"，年产生猪近9万头，产值2亿多元；

杭州市余杭区的林国荣走生态旅游发展之路，全村13000余亩土地全部流转，开发经营休闲农业，使村民收入不断提高；

杭州市临安区的梅慧琴组建专业合作社，开垦500多亩种植基地，把优良蔬菜种子发放给农户，统一收购，统一销售，帮助村民增收；

宁波市的薄永明选育优质、高产、耐储运的"美都"西瓜，组织农户生产，种植面积10多万亩，优质农产品走向广东、海南等6省，为瓜农创造约20亿元的年产值；

嵊泗县的顾忠旗开展厚壳贻贝产业化人工育苗技术研究，在国内率先突破关键技术，使苗种培育的投资回报率达到100%，且养殖渔民的收入至少增加2倍；

新昌县的俞春国带领全村艰苦创业，把挂牌的市级贫困村变成了省级先进村，发展杨桐种植1500多亩，500多人从事杨桐产业；

诸暨市的陈照米流转土地3000余亩，首创"保底收益＋赠送10%股份＋利润分红"的新型土地流转模式，建设集农业种植、休闲旅游、体验基地、餐饮住宿于一体的米果果小镇；

海盐县的万福祥成立嘉兴市芦荟源生物科技有限公司，社员达300户，种植面积1600亩，建起立体式种植的现代化农庄——万奥农庄，成为国家3A级景区；

湖州市的杨祥春上任5年为村里资助300多万元，带领农民办起盆景园和家庭农场，建起别墅式的农村社区，使102户农户入住；

金华市的方永根打造了全国最大的杜鹃花产业王国，拥有全球最大的杜鹃花种质基因库，使当地成了远近闻名的花卉苗木村；

永康市的李汝芳积极帮扶菇农，在全省各地发展食用菌专业户5000多户，成为拥有20多项创新技术的全国科普惠农兴村带头人；

台州市的王耀勇组建水稻专业合作社，使农户每亩收益提高15%以上，高产连作晚稻最高亩产830千克，摘得"种粮状元"桂冠；

临海市的黄元明从事南美白对虾养殖10多年，荣获伞式钢索保温棚、活体水产保温箱等8项国家专利；

…………

"实施乡村振兴战略，要发展农村新产业、新业态，主要发展乡村观光旅游休闲产业、'互联网＋'农村电商产业、农产品加工业、农业生产性服务业等四大产业。这些产业的发展，对解决农民的就业，对增加农民的收入，对活跃农村经济，效果都是非常明显的。山水田林湖草生态保护，应遵循自然规律，因地制宜，宜林则林，宜草则草，综合治理。"清华大学中国农村研究院副院长张红宇说。而要实现这些目标，农村建设和发展带头人特别重要，"说一千、道一万，农业农村优先发展，人才是根本。要真正懂农业，把农业作为自己的业务，精通它。要培养造就一批爱农业、懂技术、会管理的职业农民，让新型的职业农民，在农业农村优先发展过程中发挥作用"。

2014年，曾在杭州创业的李继德被诊断出患了胃癌，做完手术后子女们都劝他再回杭州生活，可他坚持留在家乡——文成县周山畲族乡官坑村继续工作。"当时我的生意做得还不错，在2002年村级换届选举时，大家都选我当村主任，为了不辜负大家的信任，我就回来了。"当选为村委会主任的李继德把杭州的生意全权交给儿子后，回到了家乡。后来，因工作表现突出，他从原来的村委会主任被推选为村党支部书记。

年近七旬的李继德不顾病后的身体尚未完全恢复，就带领村民们种植"彩色稻田"，吸引游客，以提高农民收入。彩色稻田是以大地为画

很有情调的绿皮火车休闲吧

板，用颜色不一样的水稻"种"成的一幅幅层次分明、趣味盎然的稻田画。李继德与众人一起从2015年开始种植，如今，每当彩色稻田进入观赏期，游客就络绎不绝，平均每天的游客能达到2000多人次。

毫无疑问，彩色稻田种植是典型的生态农业项目。"经过5年的努力，可以骄傲地说，彩色稻田已经成了我们官坑村的名片。"说起彩色稻田，李继德眼里满是自豪，"2015年，我们赴青田县考察学习之后，就打算引进彩色稻田的概念。在得到了浙江科技学院派驻周山畲族乡的科技特派员林庶教授的指导后，我们自己学习了彩色稻田的种植技术。"

沿着周山畲族乡辖区内峃周线乡村公路，来到的第一个村即是官坑村。一进入这里，站在高悬的铁索桥上俯瞰，可以一眼就认出由紫色、黄色、绿色三色组成的水稻色块里有小朋友们最喜欢的小猪佩奇，旁边还有火车人托马斯在随风靠近……彩色稻田的种植过程，先是根据田块的尺寸设计图案，再用普通的绿叶稻种植绿色的背景，最后参照十字绣的方法对整个田块进行定格拉线，勾勒出设计好的图案轮廓，"绣"出所需图案。

"没建设休闲农业观光园之前，官坑没有什么可看、可玩的点，基本没什么外来游客；现在每年的8月，多彩梯田进入最佳观赏期，来'尝鲜'的人络绎不绝，一到周末，这里就成了一家老小的好去处。现在，村'两委'还想办法种植了特色瓜果、当季水果供游客采摘，留住客源，拉动农家乐、民宿相关产业的经济链。"官坑村党支部副书记李铭介绍，"村'两委'在彩色稻田附近建成了一条1500米长的特色瓜果长廊，长廊内可观赏到老鼠瓜、飞碟瓜、葫芦瓜等各种特色瓜果。村里还完善了游步道、观景平台等配套基础设施，充分满足亲子乡村游的需求。"

在彩色稻田积攒了一定的人气之后，官坑村村"两委"不断探索创新发展模式，乡政府也出台了"三三模式"，即"农户示范＋公司合作＋政府扶持"方式，共同推动铁皮石斛产业化发展。从开始种植彩色稻田以来，稻田的亩产收入从1800元持续增加到了3500元左右；官坑村从2016年开始与浙江森宇控股集团合作，在杨梅树上试种铁皮石斛，仅2017年，已为村集体增收3.8万元。

不过，李继德没有因此而满足。"要真正做好彩色稻田这篇文章，还有很长的路要走。要想把休闲农业观光园的配套设施完善好，还需要更多的资金和人力物力投入。现在，通乡公路修好了，路好走了，来的游客也会多起来，有游客来，就能为村里增加经济效益，就能让村民实现共同富裕。"在李继德的计划中，他与村"两委"还将谋划更多的项目，努力使官坑村真正实现从"种田地"到"卖风景"的转变，种出风景带"活"村集体经济，让村民真正过上好日子。

# 远方的朋友，请你在我们这里住下来

> "宅中有园，园中有屋，屋中有院，院中有树，树上见天，天上有月。"这是林语堂所描述的诗意栖居。利用自家的房屋开设民宿，提供服务，这项"美丽经济"有效地增加了农民收入。

"亭台随高下，敞豁当清川。惟有会心侣，数能同钓船。"（唐·杜甫《寄题江外草堂》）是的，民宿既不是旅馆，也不是饭店，但它更温馨，更令人回味，因为它尽管没有奢华的设施，却有别样风景和当地特色，浓浓的诗意一直缠绕着你。

2019年9月，第三届中国（桐庐）国际民宿发展论坛暨中日民宿与乡创旅居产业大会在杭州市桐庐县举行。来自中日两国的专家学者、业界人士，围绕"让民宿走进生活"的主题，共话民宿产业转型升级、民宿文化构建。

进入21世纪之后，随着乡村旅游的发展，乡村民宿日益成为人们追求美好生活的重要载体。乡村民宿也从星星之火发展为燎原之势。地处富春江畔的桐庐县，具有发展民宿的优厚条件。这几年来，他们盘活利用乡村资源，精心谋划和推进民宿产业规范发展、特色发展和引领发展，走出了一条"民宿—农业""民宿—文创""民宿—互联网"的产业融合发展路子。仅2019年上半年，桐庐农家乐、民宿就接待游客达270.5万人次，营业收入达2.01亿元，同比分别增长28.5％、29.3％。这些数字在全省也是领先的。

"要把发展民宿经济与乡村文化、文创紧密地结合起来，追求高质量、有特色、有文化的乡村生活体验，从而满足老百姓对美好生活的追求。"外交部原副部长、国际山地旅游联盟秘书长何亚非在论坛讲话时如是说。

从全省来说，桐庐县的民宿发展并不是最早的。2010年后，桐庐县的民宿产业呈井喷之势，出现了经营机制创新、多种经营模式并存等现象，各镇各村都在探索适合本地发展的路子。

这几年来，在发展民宿产业的过程中，桐庐县明确了重点发展4类民宿：一是依托景区、景点的景观特色民宿；二是依托少数民族、古村落、地方特色文化的文化（民俗）体验民宿；三是依托山区田园风光的乡野体验民宿；四是依托现代农业园区和农场的产业特色民宿。"不拘一格办民宿"的做法，使桐庐县涌现出景观特色型、古村落文化体验型、乡野田园型、农业特色型等不同风格的民宿，更有芦茨土屋、石舍香樟、秘境酒店等高端特色民宿，满足不同层次消费者的需求。

而在莪山畲族乡新丰村，还有把农房一次性出租30年，引进外来资金建设运营的方式；合村乡高凉亭村的村企合作投资木屋民宿以及百江奇源村的农户出房间村级统一经营等，也各有特色。各村在"实现六统一、打造集聚体"的总要求下，因村制宜，机制灵活，成效显著。

桐庐县发展民宿业，定的调子便是"乡乡有民宿"，即每个乡镇（街道）至少落实一个环境、基础、区位、民俗特色条件较好的村落率先开展民宿产业试点，努力实现"两年规模成型、三年产值达标"。截至2014年底，桐庐全县试点村新增床位总量已达到3000个以上，2015年底各试点村实现了3000万元的经营目标。

为提高民宿业服务质量，桐庐县农办落实人员提供全程指导服务，还组织相关培训，通过农闲、夜间、入户教学的方式送教上门，做到了"民宿开到哪里，培训跟到哪里"。通过烹饪技艺、服务礼仪、客房管理、安全生产等方面的手把手教学，经营户在经营管理方面有了很大的提高。

在此特别需要一提的是县农办开展的"月光培训"，可以说受到了民宿经营户的热捧。所谓"月光培训"，其实是农民素质培训班的形式之一，举办方考虑到农民白天忙于搞生产，把培训改在晚上到农民家门口进行，从而被民宿业主们形象地称为"月光培训"。

帮助贷款、培训烧菜、策划推介……在桐庐县，扶持农户投资民宿的各项措施落实得十分扎实。县农办、旅委、公安、工商、消防、环保等部门联合制定了民宿产业服务规范、技术规范等县级行业标准；按照属地管理要求，各乡镇（街道）督促指导各个民宿村建立和完善民宿管理机构和制度，实行客源统一组织、统一接待、统一调配，规范了接待市场；为增强服务人员的服务意识、卫生意识和安全意识，县农办等部门还开展了多层次、全方位的培训，强化从业人员的专业知识培训，实现经营人员培训全覆盖。

桐庐县民宿业的发展显然是浙江省民宿业发展的一个缩影。2020年9月，《浙江民宿蓝皮书2018—2019》在杭州发布，其中关于浙江民宿发展模式和路径、浙江民宿总体概况、浙江民宿消费市场、各市民宿发展现状、浙江民宿品牌等方面的内容十分详尽。这份蓝皮书载明，自2017年以来，浙江先后评定了3批银宿、金宿、白金宿民宿，共计488家；全省民宿投资继续保持增长态势，2017年、2018年、2019年分别为192.6亿元、225.3亿元、272.8亿元；截至2019年底，全省民宿共计19818家，客房总数超20万间，总床位突破30万张，直接就业人数超15万，总营收超100亿元。民宿产业已成为"诗画浙江"的"金字招牌"。

这是一片几乎望不到边的绿色。杭州市临安区，一个浙江省区域面积名列前茅的县区级行政区，在这里，森林覆盖率高达81.93％，位列杭州各区县市首位，其中临安西部地区的森林覆盖率已超过86.2％。这里还是杭嘉湖地区重要的优质水源供给地，保障着下游200多万百姓的饮水安全。

当然，临安更诱人之处，是那份"远处重峦叠嶂，近处碧水盈盈"之美，美得就像一座鲜花烂漫、芳香四溢的大花园，美得就像一幅山清水秀的江南画卷。

正是有了这座大花园，在临安，"以美促富，以富护美，富美并进"才有了基础，才有了巨大可能，才逐步化为现实。

昌西地区和昌北地区，地处临安西北部，处于浙皖两省交界地。这里群山连绵，沟壑纵横，但这里又是千年徽杭古道的必经之处，是临安人文历史渊薮和发源之地，丰厚而独特的文化底蕴无疑是一份不可多得的宝贵资源。这几年来，由于临安区持之以恒的自然保护，乡村全域美丽工程不仅修复了两昌地区的美好生态，还让这里变得魅力十足，引来四方游客，带来了可观的经济效益，乡村发展也进入了良性循环的轨道。

如今，清凉峰镇、昌化镇已通过小城镇综合整治省级达标考核验收，湍口镇、河桥镇获评省级样板镇，众多小镇成为临安大花园里的重要节点……随着乡村全域美丽工程的相继完成，小康社会建设不断深化，临安区的"美丽生财"之路已经愈加宽广。

一头连着黑白徽州，一头连着烟雨杭州的杭徽古道精品线上，美丽公路"一线一品、各具特色"的沿线景点，洋溢着浓郁的历史人文气息；省道昌文线上，"昌化水灯、放排人家、馒头迎客、狮舞迎丰、知青桥"等文化记忆已被"搬"到了公路边，每处景点都有强烈的地域文化色彩；结合小城镇综合整治、村落景区打造、美丽公路建设，全区共打造了18

个主题公园、50余个精品节点，形成了区镇村三级"文化地标"……

"打造乡村全域美丽过程中，我们注重挖掘、提升产业、民俗、"非遗"等文化，打造有底蕴的节点、有内涵的院落、有记忆的街道和有故事的小镇，让小镇的特色韵味得到全新展示。"临安区整治办副主任朱明华介绍，将沿途的历史文脉和文化记忆重拾、整理，与优美的自然景观相映成趣，是临安区"美丽生财"的"招牌项目"。

由于把全域作为一个大景区来打造，临安区推进从"绿水青山"向"金山银山"转化的步伐更加迅速而稳健。随着环境资源的不断优化整合，临安区的农家乐产业从最早的以吸引上海老年团为主，逐渐转变为四面开花，喜迎八方来宾。与之相适应，一批环境佳、品质好、价格优的高端民宿相继涌现。值得一提的是，放眼长三角大区域，在高标准建设乡村游升级版的过程中，临安区有序引导面广量大的普通农家乐参与，延伸民宿产业链，通过美食、特色伴手礼等，提高民宿丰满度。

据临安区文化广电旅游局提供的数字，至2019年底，已有近100家民宿、1218家农家乐隐匿在临安全区3000多平方千米的美丽山水中。这些农家乐一方面吸收高端民宿的元素，极具舒适感和体验感，另一方面又注入了当地的资源禀赋和民风民俗内涵，吸引游客前来。据清凉峰旅游度假区管委会主任姚珂介绍，随着清凉峰省级旅游度假区的授牌落户，旅游资源不断整合和优化，一举打破过去一段时间仅十几个景点小而散的业态格局。由于支持和鼓励农民就业创业，大量民宿与农家乐提档升级，促进产业融合发展，全域景区化正释放出生态红利。

同样，湖州市安吉县内最著名的灵峰国家级旅游度假区，近年来全力助推乡村振兴，按照"三年打基础、五年见成效、十年建精品"的发展思路精心打造全域，绿色经济、健康养生、文化创意等新兴业态蓬勃

文化底蕴深厚的江南水乡，颇具诱惑力

兴起，"美丽生财"的形势大好。

　　"把全域空间作为'艺术品'来打造，高标准管护生态环境，人性化设置空间功能，智慧化共享公共服务，努力走出一条有特色的乡村振兴之路。"灵峰国家级旅游度假区相关负责人表示，"度假区将重点建设'横山坞民宿情怀村''大竹田园欢乐村''剑山经典禅茶村'，实施三村联创、差异发展。"

　　横山坞自然村依凤凰山东麓而建，与目莲坞自然村相邻。住在这里，早晨可以听见声声鸡鸣，而在黄昏，满天晚霞尽染整座村庄，宛若一幅奇丽的山水画。作为安吉县美丽乡村建设起步较早的村庄，横山坞村已先后完成了村道、公园等基础设施的建设，2019年又对整体环境进行了提升，基础设施日臻完善。"我们村庄最大的优势，就是整座村庄就坐落在景区里，景区就是村庄，村庄就是景区。"横山坞村党支部书记郑云法踌躇满志地说，"一方山水养一方人，把美丽乡村转化为美丽经济，才是我们的长久之计。"

　　的确，通过乡村全域美丽打造，围绕如何"美丽生财"，横山坞村已经有了一整套完整而成熟的想法。他们将以"总公司＋村集体＋工商资本"的乡村经营模式，壮大集体经济，发展乡村旅游，用内容吸引人，靠内涵留住人，让"头回客"变成"回头客"，让"过路客"变成"过夜客"，以加速民宿经济的兴起和繁荣。

　　王玉中是横山坞村的一位民宿主人，他所开办的"十二间房"民宿有十二种风格，每一种风格都能展示安吉灵峰之美，客人在每一间房间都能尽览好山好水之风采。"2015年5月，被安吉灵峰这份独有的美所震慑，我关停了经营多年的竹凉席厂，成为村里第一个做民宿的人。通过村干部牵线，花了48万元请来上海的专业设计师精心设计，将我原先的厂房改造成民宿。2016年，我的民宿'十二间房'正式开门迎客，整体设计风格以后工业风为主，很快就吸引了大量游客，生意十分红火。"王玉中认定，他的这家民宿之所以能成功，是借助了灵峰这份独特韵味，否则一切都不可能。

　　除了一家家民宿，郑云法介绍，这几年来横山坞村有大资本接连进驻：山水灵峰·田园嘉乐比乐园、中国美丽乡村展示馆、高式熊艺术馆等都在这里看好了场地，兴建了馆舍；横山坞雕塑园、横山坞艺术民宿村落、灵峰精品酒店等项目都已相继签约并启动。横山坞村将成为文化休闲、乡村度假等多元业态一体化的乡村旅游村。

同样，正是因为"美丽生财"前景广阔，从2018年起，在绍兴市，很多闲置农房被"激活"，得以重新利用。绍兴市推出了一项"闲置农房激活计划"，旨在探索适度放活宅基地和农民房屋使用权，推动农村全面进步、农民全面发展，促进共同富裕。至2019年初，闲置资源的多种功能和价值得到发掘，农民增收渠道进一步拓宽，农村正日渐成为安居乐业的美丽家园。

"宅中有园，园中有屋，屋中有院，院中有树，树上见天，天上有月。"这是现代文学家林语堂所描述的最理想的诗意栖居。一个完备、安宁而美丽的居住处，是很多人毕生寻求的一桩要事，而现在，在乡村全域美丽工程得以逐渐实现之时，梦想正在化为现实。

新昌县儒岙镇南山村，一个常住人口正日益减少的小村庄，竟吸引了络绎不绝的游人前来观光、住宿、写生、摄影，因为他们被这里独有的美丽风光吸引住了。村民们很快发现这是一个难得的商机，便把老房子略做整理，打造出一片亭台楼阁，还把废弃的小学校舍出租给摄影师，美丽景色由此开始"赚钱"。

同样，在柯桥区平水镇岔路口村嵋山自然村，这个三面环山、风景如画的小村子，因为是江南名溪若耶溪的发源地，景色特别秀丽，且这里众多清末民初的黄土房与改革开放以后兴建的砖瓦建筑、小洋楼交叉分布、错落有致，有着一种别样的风采。不消说，这些美丽的小村庄如今都在出租空置房，让游客们成为这里的"新村民"。

"农民收入数据中，财产性收入只占3%，这意味着乡村有大量资源被闲置，价值被低估。我们曾做过一项调查，整个绍兴市现有闲置农居房476万平方米，包括农户个人房屋396万平方米和村集体房屋80万平方米，这是一个不小的数字。"绍兴市农办副主任吕永江介绍。由于如今乡村全域美丽已十分到位，城市中产阶层的"第三空间"（相对于家和办公室之外的空间，被称为"第三空间"）需求已与"沉睡的农房"之间架起了桥梁，闲置农居房无疑将迎来一个新的春天。

为了更好地让这份美丽不断生财，如今，绍兴市柯桥区和上虞区分别建起了互联网农房租赁平台——"乡愁网"和"乡路网"，把辖下各个村闲置农房的照片和信息展示出来，"挂牌"出租，租赁期限短则1日，长则10年、20年，价格也从每天100多元到每年1万多元不等。"我试着把自家的闲置房挂上这网站，没想到咨询不断。一位在外地经商者看了我的闲置房展示，立刻签了合约，一租就是5年。"上虞区下管镇管梁村党支部书记桑明华兴奋地说，"直到闲置房已被租出，还有人打来电话询问。"

远方的朋友，请你在我们这里住下来。是的，美丽正在重塑山水，美丽已经激活要素、市场、资本，推动实现"城市化"和"逆城市化"互动，最终指向乡村与人的全面发展。让每寸土地变得靓丽可人，让每个人生活在如诗如画的桃花源；处处家园胜天堂，高水平小康社会和共同富裕之梦还会远吗?!

# 第六章

## 在广阔天地间绘出最新最美的图画

"人才兴农。"高水平全面建成小康社会，需要大批懂农业、爱农村、懂科技的"绿领"新农民，需要大批安得下心、留得下来的有志之士大显身手。

实现共同富裕，人才是第一要素。多年来，浙江把培育农村实用人才工作摆在特别重要的地位。大批高素质人才从其他行业走向回归，长期扎根农村的传统农民中也孕育着一批批新的致富能手。各地始终遵循人才规律，为各类农业人才营造良好的创业环境，为他们搭建干事创业的平台，以此形成高水平全面建成小康社会、实施乡村振兴战略的强大合力。

# 在乡村发展，新一代农民在崛起

> 越来越多的年轻人立志在乡村建功立业，还有不少在外就业创业的本土人士选择返回家乡。在充满希望的田野上，一大批优秀人才脱颖而出。

2018年底，在温岭市大溪镇沈岙村村委会东面空地上，一座总投资近800万元的村级妇女青少年文化活动中心落成，正式启用。这一天，村里的男女老少几乎都聚集在活动中心内外，这里的一切都让他们欢欣不已，觉得自己的村庄现在越来越了不起。

"村级妇女青少年文化活动中心落成了，从此不仅村民们有更多的活动场所，而且村里能靠出租场地，每年增加100万元收入。"28岁的沈岙村党支部副书记陈森同样兴奋，"以前，村里对文化生活这一块还不够重视，有了这个活动中心，我们村的文化设施建设，走在了周边村庄的前面！"

很快有人介绍，这位额头饱满、架着眼镜的年轻村支书，可是北京大学应用心理学的硕士生，毕业后他没有留在北京，也没有去大城市找工作，而是毅然回到了自己的家乡，致力乡村振兴事业。

"其实我觉得当村干部很适合我。村干部干得好，引进一个项目可能就会给整个村好几百人的生活带来改变，这很有成就感。"正是抱着为家乡发展出力、为百姓干事的念头，他选择回到家乡，发挥自己的才华。2015年，他通过考试，成为选调生村干部来到沈岙村。

虽是本地人，虽已拿到了中国顶级高校的硕士文凭，但在基层乡村工作环境下，起初，陈森干起最基本的工作任务来还是有些不顺手。"开始分配给他的都是文字、打印等工作，但这孩子一开始连写材料都不会。"时任村党支部书记潘明奎回忆。由于陈森写的材料，内容不接地气、脱离村庄实际，潘明奎不得不将它退了回去。胸有一番志向的陈森没想到，自己竟然首先会在写材料这件"小事"上遭遇了"败仗"。

而对陈森充满期待的村民们，虽然对北大高才生当"村官"感觉很新鲜，却又担心他学的只是花架子，干不了烦琐的乡村基层工作。"光会念书在村里可不顶用，能把事做好吗？"看他一脸书生气，有不少人在嘀咕。

陈森是个不肯服输的人，他憋了口气，搜集资料，分析原因，请教书记，铆足了劲干，那材料被他改了一遍又一遍。在一份份材料写作修改的过程中，他与村民们广泛深入地接触，对本乡本土也越来越熟悉了。

很快，写材料、解决村民纠纷……陈森在这些大大小小的农村事务中摸爬滚打，工作越来越踏实。"村民的小事就是村里的大事。"他一直记着潘明奎的提醒和引导，也从村级事务的具体工作中获得了体会和经验。

2017年，沈岙村荣获"全国农村幸福社区建设示范单位"荣誉称号，这是全台州唯一的。这份荣誉的背后，除了全体村民的共同努力，陈森那沓精心准备的20厘米厚的展示材料，无疑发挥了很大作用。

2017年5月，一桩"大事"降临沈岙村，考验陈森的时刻再次来临。其时，104国道温岭塘岭至吕岙段改建正酣，工程涉及沈岙村近69亩约500万元征地款的土地。交通设施建设本来是件好事，但由于历史遗留问题，尤其是部分村民抱着旧观念，担心没了"子孙田"影响后代生活，征地工作一时难以开展。

怎么办？陈森深知这件大事的重要性，除了支持交通建设，为村民造福，另外，村庄正在进行产业改造，急需资金来发展村集体经济，这件事情非做好不可。陈森认为，让大家转变观念是最关键的，党员带头是个突破口。于是，他与村"两委"班子成员一起，对30多家党员户进行逐户串门、谈话，与他们不厌其烦地析得失、讲情理、谈发展。渐渐地，有党员松了口，有党员带了头，接着，全体村民都跟了上来，征地工作圆满完成。

有了成果，有了经验，陈森揽下的事情就越来越多了。"我们还准备创建A级景区村庄、3A级旅游村，把各方面的硬件设施先完善起来。"陈森不乏信心地说。

沈岙村是一座千年古村，文化底蕴厚重，从2016年开始，陈森就不断有目标地引进新项目，支援村里的新农村建设，获得了多个项目补助。村里已修建3000米长的环山健身路道，新增了一个观光烽火台。"接下来，村里还将做一个'一日游'规划，把村里的古门台、古树等几个景点串起来，村里的农家乐也可以开张了。"在村干部岗位上干得越来越得心应手的陈森，期待自己的加倍奋斗，能让村民们的日子越过越红火。

陈森无疑是浙江农村众多返乡青年中的一员。在实施乡村振兴战略的背景下，这些立志在乡村建功立业的年轻人，究竟带来了哪些改变，又怎样在乡村的广阔天地里锻炼成长？显然，这对于高水平全面建成小康社会，对于乡村振兴事业的持久深入，对于实现"两个一百年"奋斗目标，意义重大。

"红领新青年"，这是一个颇为新鲜的词，一个令人好奇的名称。他们共同的特点是，年龄在30岁上下，掌握了一定的知识，大多为返乡青年，愿意为实施乡村振兴战略奉献青春、贡献才华。"红领新青年"既是他们共同的身份，又体现了他们的时代特征和青春风采。在当地党团组织的培养下，"红领新青年"工程正不断推进，在金华各地城乡，有越来越多年轻的脸庞出现在创业干事的队伍里，有近万名"红领新青年"活跃在八婺大地上。

2016年，29岁的倪海翔脱下西装，带着从金华市农科院引进的2万盆60万株金线莲，回到金东区源东乡雅高村，成为一名地道的职业农民，带领周边10多户农户一起进行产业转型，谋求富裕。

源东乡曾是当地有名的畜禽养殖乡，"山上桃花红艳艳，地上苍蝇黑压压"是倪海翔小时候对村里的印象。这些苍蝇是由大量的畜禽引来的，说明那时这里的环境不尽如人意。由于农业生产效益低，不少年轻人选择离家闯荡，宁愿在城市里辛苦地打工，也不愿待在农村里。那时，金华农村近80%的青年外出，在山区，这一比例更是高达95%，不少村庄连找几个正劳力都很难。

"最近10多年来，全面建成小康社会和实现共同富裕的脚步一直没有停下来，富有浙江特色的'千村示范、万村整治'工程大大改善了农村的生产生活环境，农业产业结构也在不断调整和优化。乡村面貌有了大改变，年轻人也能在这里找到自身发展的平台。"源东乡党委委员王双玲介绍，"尤其是养殖场陆续关闭，基础设施升级完善后，乡村两级道路宽敞整洁，河水澄澈，农居漂亮，空气清新，还搞了好几处乡村游景点。如今，乡里一年一度的桃花节还能吸引来大批游客。"

倪海翔正是被家乡的变化所吸引而回乡创业的。在农技专家指导下，他的金线莲产业日益壮大，每千克均价超千元，生产基地已扩大到

2000平方米。他还延长产业链，开设了一家以药用植物金线莲为特色饮食的农家乐，不少游客慕名而来。每天上午，倪海翔会准时出现在金线莲种植基地，查看泥土湿度，记录生长情况，清理摘除病株……可想而知，倪海翔的金线莲种植基地和特色的农家乐，还为当地不少劳动力解决了就业问题。

武义县距金华市区36千米，是"红领新青年"工程的起源地。2015年，武义县大胆尝试，对具有一定创业经验和较强示范带动能力的返乡青年进行分批脱产培训，并在选拔任用、银行贷款等方面给予一定的优惠政策，由此逐步建立起了包括村级后备干部在内的农村后备人才培养机制。累计已有千名以上的年轻人经过脱产培训，成为"红领新青年"。

在该县白姆乡横山村，年轻的村监会主任吴旭斌正忙着实地察看刚刚落成不久的村道边景观小品、文化墙，村绿道也已基本建成，这些项目都奔着创建县级精品村而来。"其实，创建县级精品村只是一个形式，重要的是为村级经济增加后劲，为全村百姓谋利。"吴旭斌坦言。自从回到村里，担任了村干部之后，村里的重点工程他都有参与。

吴旭斌是土生土长的横山村人，高中毕业后与家人一起经营茶叶加工生意，是留在村里的仅有的3名年轻人之一。2017年4月，为了培养年轻的后备干部，拥有较好群众基础、各方面素质颇佳的他当选为村监会主任。

上任伊始，吴旭斌就参与了拆除危旧房的工作。横山村的危旧房较多，面积在1000平方米以上，居住在里面的大多数是老人，有的老人不愿离开，让他们搬家难度很大。吴旭斌着手此事的第一天就碰了个钉子。在村党支部书记陈月明的带领下，吴旭斌与其他村干部一起挨家挨户做工作，花了近4个月才将危旧房全部拆除，这件事成为他开动脑筋、积累经验、做好群众工作的起点。

2017年8月，吴旭斌成为第8期"红领新青年"培训班的学员。"课程内容设置很丰富，既有与村庄建设相关的惠农惠民政策，也有创业创新等内容。"他说，2个月的培训让他迅速成长，也让他结识了一批同样有志于乡村建设的年轻人。从此，平时谁有困难，通过电话或微信，"智囊团"立即会拿出可行性极强的方案来。

畲族姑娘钟欣欣曾在武义县青少年综合服务中心任职。作为第4期"红领新青年"学员，她参与过治水剿劣、治违拆违、垃圾分类等多项基层工作。她制作的《武义欢迎你》宣传片在微信公众号发布后，一天内获得了30多万的点击量。2017年，恰逢她所在的坦洪乡黄干山村村支委换届，她当选为村党支部委员。

钟欣欣上任后，在村里组织了多项活动，最让大家难忘的是一场自行车赛。

原来，钟欣欣在各个自然村走访时，发现了村庄原先废弃已久的赛车道，这让她很兴奋。"村里有梯田的自然风光，又有畲族特色文化，发展乡村旅游是一条可靠的出路！而旅游最重要的是人气，可以利用已有资源，开展自行车爬坡赛，健康又有趣。"说干就干，视频、文案，全部出自多才多艺的钟欣欣一人之手。自行车爬坡赛是在2017年初秋举行的。开赛那天，来自全省多个地区的120多名自行车骑手在此相聚。

"从来没这么热闹过，竟然会有这么多骑自行车的人来到我们村里！"80岁的村民雷水爱说起这件事情，至今还沉迷其中。

这项赛事让黄干山村"一赛成名"，如今还经常有自行车骑手慕名而来。赛事无疑使村庄的乡村旅游热不断升温。

与上述倪海翔、吴旭斌、钟欣欣类似的故事还有很多，每个故事都极为生动，每个故事都给人以乡村振兴的希望。

武义县新宅镇柘坑村"红领新青年"吕虹霏，在专家指导下优化辣椒酱制作工艺，并在信贷资金支持下，成功创办了属于自己的"虹禾谷"品牌。在不到一年的时间里，就售出辣椒酱2万多瓶，带动了村里300多名农户增收。才25岁的吕虹霏已当选为县人大代表，她说，她将努力起到示范带头作用，让更多有志有为青年回乡创业。

磐安县景区内的玻璃天台

金华市金东区孝顺镇支家村，刚30岁出头的村支书翁建军，已为村里建起了5000多平方米的乡村美术馆，支家村准备发展乡村旅游，美术馆是重要项目之一。第一个大项目的落成，让翁建军信心大增。

浦江县郑宅镇冷水村，"90后"郑恒忙着走访村民，挨家挨户地调研村民加入电商平台发展旅游业的意愿。作为一名村后备干部，他十分积极地发挥自己的专长，张罗着村集体经济发展的事。

张泽平从部队退伍后，选择回到家乡永康市前仓镇大陈村。他回到家乡后的第一件事，就是拿出所有积蓄，盖起了一幢新房，开始经营民宿。"我们村是有名的民宿旅游村，每天都有游客，住宿都订到了几个月以后了。"他颇具创意的民宿经营方法，还给了村民同行们诸多启发。

31岁的吴凯程已是区政协委员，他的家位于金东区源东乡尖岭脚村，为当地著名的白桃之乡。年轻的他回家后，利用电商平台拓宽了水果的销路，如今最远的可销售至西藏。"比之前至少多了1/3的利润！"

说起吴凯程的创业成果，他的母亲吴海英两眼放光。儿子在身边创业，让母亲极其安心，当然更让她骄傲的是，儿子的事业得到了村民们的一致夸奖。

这几年来，身为"红领新青年"，吴凯程主动帮助周边农户团购肥料，义务为其他农户讲授水果种植技术。因为有许多机会外出参加培训，他还经常将外面好的经验带回来。设置蟠桃园游客接待中心，开发采摘游便是提议之一。一年仅采摘收入，就让水果种植户增收几万到十几万元不等。

新一代农村青年在成长。一批批"红领新青年"正组成一支支强大的乡村振兴人才队伍，为金华乡村的发展注入源源不断的动力。而在他们的成长过程中，党团组织的"压担培养"起到了关键性的作用。在安排他们参与村务、一线项目、重点工程等管理中接受锻炼，一大批优秀的人才脱颖而出。至2020年底，金华市共储备"红领新青年"近万名，推荐860余人成为入党积极分子，约150人被吸纳为中共党员。依托村社换届契机，向党组织输送青年人才，全市有35岁以下"两委"成员的村有2821个，强力推动全市村"两委"队伍年轻化。

与"红领新青年"相比，"农创客"显然是乡村创业年轻人的另一个代名词。

"其实，干农业是很有意思的事。你会发现，鸡是如何找窝下蛋的；你能感受到，从喷壶施肥到全自动喷洒的农业科技，是怎样让田里生产出更多的作物的。而在干活累了的时候，叫上朋友一起体验一把拖拉机收割，也是很有意思的一件事。"这段话是温州市永嘉县农创客发展联合会会长戴星说的。

2013年，戴星从浙江农林大学获得了农业领军人才班本科学位。返乡创业这几年里，他去过国内多地接触农人农事，学习农业技术，重点探索"互联网＋农业"销售新模式。眼下，永嘉当季食材借助戴星的"微社区"线上平台销售，有时刚上线便销售一空，农民获益良多。

戴星就是一位真正意义上的"农创客"。凭着他们的才干，原本在城市里也可以干出一番事业来，但他们依然选择返乡创业，在农业生产领域打开一片属于自己的天地。是的，他们不是客人，而是乡村广阔天地的主人。

同在温州市，泰顺的"跑步鸡"据说一年能"跑"出超千万元的销售佳绩。"90后"唐平东就是专注这一禽类生产项目的"农创客"。

"每只鸡的腿上都绑有一个自动计步器，散养鸡漫山遍野跑，买家扫二维码就能看出实时更新的步数。"记录步数，并拍摄视频上传抖音平台，在泰顺县"生鲜侠""跑步鸡"放养基地，不到10分钟，唐平东就卖出了45只"跑步鸡"。

从2016年开始，唐平东就做起了"跑步鸡"项目。这一绿色健康且富有新意的销售方式，一经推出就广受市场欢迎，市场越做越大。即便是在2020年新冠肺炎疫情最为严重之时，唐平东通过与新媒体平台合作，不足1个月，15000只鸡便销售一空。

台州"90后""农创客"茹秋凯不仅在家乡的土地上躬耕不息，收成可观，还远赴云南省德宏州，当起了当地农副产品"悬崖蜜"的代言人。

从浙江大学毕业后，茹秋凯曾入职银行，后又辞职，只身前往北京打拼，而后又瞒着父母跑到中缅边境创业。如今，他不仅闯出了自己的"甜蜜事业"，还带动当地100多户农户年均增收近万元。

"说真的，小时候觉得务农特别丢脸，长大了才明白根本不是这么回事。农业是一国之本，是一项伟大的事业。而人生亦如猎蜜，苦尽方能

江南湿润的土地适合发展生态农业

甘来。"茹秋凯深有体会地说。

至2020年4月，浙江"农创客"数量已超5000人，金华、衢州、绍兴、丽水、台州等地区已先后成立农创客发展联合会。与以土生土长的年轻人为主的"红领新青年"不同，"农创客"这一概念，2015年浙江省就首次提出并开始培育，它指的是年龄在45周岁以下，有创意理念、创新精神、创业热情，投身现代农业创业的大学（大专）毕业生或在校大学生。

建成小康社会，实现共同富裕，人才是第一要素。如今，"面朝黄土背朝天"的传统农耕生活方式早已改变，农业的观念也已悄然发生转变，浙江"红领新青年""农创客"正日益为农村这片广阔天地注入新活力，带动农民致富增收，引领农业走上转型升级之路，我们热切期待着。

# 乡村众筹，共同参与实现利益共享

借助互联网争取全社会关注和支持，让自己的村子成为网红，进而募集项目资金。共同参与、利益共享，新颖的乡村众筹方式已被浙江农民玩得滴溜溜转。

"支付50元，就成为本村荣誉村民"，这一消息很快吸引了众多人的关注。

这条消息绝非诳人，而是百分之百的真事。2015年1月，台州市黄岩区富山乡半山村通过众筹网，面向全国推出了一项众筹项目，凡支付50元的各界人士，都可以成为这座美丽村庄的荣誉村民。根据这次众筹的投资及回报要约，50元可成为半山村的荣誉村民，3万元获赠土特产礼包、1桌"村主任家宴"和1分田的3年租期，10万元能认筹1座老房子，等等，共有9种不同的认筹金额。

"我们的目的，是想通过这种方式，获得全社会的关心和参与，扩大我们村的知名度，同时获得我们急需的建设资金。"半山村村主任梁仕富回忆，2014年底，半山村荣幸地获评第三批"中国传统村落"，古村落保护迫在眉睫，同时，美丽乡村建设也需要得到多方支持。这次众筹的目标是筹措资金30万元，使加快发展的半山村遭遇瓶颈的难题得以破解。

半山村这次向全社会发起的众筹邀约，是浙江省首次乡村众筹活动。所谓"众筹"，就是用"团购＋预购"的形式，借助互联网争取关注和支持，进而募集项目资金和技术，实现共同参与、利益共享的目标。简单来说，就是通过网络平台联结起赞助者与提案者，一方募资支持另一方活动。

半山村远离市区，是一个藏在富山大裂谷景区里的小山村。古树、古道、古村交相辉映。到了春天，小山村在繁花的装饰下，更是淡妆浓抹两相宜。这份纯净的美，自然会吸引大量游人，但村里的集体资金有限，水电、住宿等各种配套设施难以齐头并进，这成了制约半山村发展休闲旅游项目的最大瓶颈。

与此同时，村里的劳动力也十分紧缺。半山村虽有500多个村民，但不少人已外出打工，真正留在村里的只有100人左右，且多数为老人小孩。吸引必需的劳动力，也是半山村面临的难题。

2015年1月26日，经过近2个月的准备，"'半山人家'邂逅你的半闲人生"在众筹网正式上线。项目一上线，就吸引了来自北京、广东、山东、黑龙江、湖南、甘肃等10多个省区市以及浙江各地近100名网友参与认筹，最终从网络上筹集了近11万元。加上线下对接的投资者，此次众筹共筹得资金近40万元，超过预期的30万元。

是的，尽管筹到的几十万元钱，资金量并不大，甚至连修复一幢古建筑都不够，但通过微博、微信的传播，半山村的知名度急剧提高。2014年，前来半山村观光的游客只有1万人左右，很多还是旁边大裂谷景区带过来的。到了2015年，光是"五一"假期，游客就超过5000人，全年则突破了3万人。

值得一提的是，在此次富山乡半山村的众筹中，筹资只是其中一部分，除此之外还有筹智、筹力两方面。筹智，是集思广益，让大家一起来创新思维；筹力，则是缓解村里劳动力缺乏情况，引进人才。

"很多地方都在建设美丽乡村，也有许多雷同之处，我们要发展不一样

以众筹的形式，保护和开发传统文化资源

的、有自己特色的美丽乡村，单靠自己的力量是不够的，所以要众筹，集大家的智慧和力量建设。"富山乡乡长何晔深有感触地说，"这次众筹，让许多人知道了半山村，让村落与互联网接轨，是很大的进步。可以说，从此，半山村的发展速度大大加快了。"也就是在这一年的4月4日，半山村举行了首届"梨花节"，以梨花为媒，吸引更多的四方游客走进美丽古村。

无独有偶，温州市苍南县龙港镇（现为温州市龙港市）也采用了微信认捐的方法，为美丽乡村建设筹集资金。2015年12月，这个镇的林家院村，通过乡贤微信群接龙认捐的方式，向在外创业的乡贤发出众筹倡议，共为美丽乡村建设认筹款项超过80万元。

从2015年下半年起，林家院村着手开展美丽乡村建设，整治垃圾乱堆乱放现象，种植苗木，绿化美化村容村貌，几个月里就耗去七八十万元，都是赊账建设的。

为了快捷筹集资金，加快美丽乡村建设，村"两委"带头人黄贤楼、杨乃校等人组织成立了村美丽乡村建设乡贤理事会，想出了利用微信群发动天南地北的林家院人，为家乡美丽乡村建设捐款的办法。"我们在群里向各位乡贤发布村里开展美丽乡村建设的告示，以及美丽乡村建设的重大意义、实际成效、所需资金等情况，呼吁大家为村里建设捐资，很快得到了积极响应。"村支书黄贤楼欣慰地说。

"2000元、3000元、5000元、1万元、2万元、5万元……"乡贤微信群建立并发出捐资告示后，在外林家院人纷纷入群并积极认捐，其踊跃程度远远超出预期。

在广东顺德从事礼品经营的村民黄定状入群后，第一个向村里认捐1万元。黄定状说，林家院村有儿时的记忆，村里开展美丽乡村建设，这是我们最拥护的一件事，我们这些在外的村民肯定支持。在广东的村民杨乃糯看到群里同村人开始认捐，迅速跟上，先后捐了5万元和2万元，还动员自己的兄妹、亲戚朋友共十几个人加入认捐行列。

原本只是于在外创业的人群中发出认捐倡议，但后来，积极认捐的不单是经商办企业的工商界村民，工薪阶层人员也纷纷加入其中。在广西柳州当兵的林家院人杨乃玉，虽然自己的工资有限，但也在长长的微信群认捐"接龙"中捐上2000元，捐出一份浓浓的家乡情。

黄贤楼说，通过微信群捐资建设美丽乡村的方式不仅快捷、省力，而且筹资面广，数目公开透明。村里还成立了村美丽乡村建设监事会，管好用好每一分钱。据说，这种"接龙"认捐以后还会继续开展，以筹集到更多的美丽乡村建设资金。

入夜，义乌市佛堂镇小六石村依旧游人如织，来自杭州、温州、宁波、江苏等地的众多游客，正翘首以待即将开场的灯光秀。在美轮美奂的灯光秀映照下，刺激的玻璃天桥、玻璃滑道、飞拉达、丛林穿越、3D墙绘、沙滩、水上滚筒等多个项目，变得更加奇丽神妙。但你怎么样都想不到，小六石村是一座仅有100多户280人的小村子，2018年以前还籍籍无名。

"我们这个乡村版'迪士尼乐园'自从2018年2月16日试营业以来，平均每天接待游客上万名，而且游客人数还在不断增加中。"说起小六石村的巨变，村主任楼献春掩不住欣喜之情，"乡村振兴全面开展，我们小六石村也不能没有动作啊，这座乐园就是2017年初，向村民众筹400万元建起来的，经济效益非常好，仅玻璃天桥一项，开业2个月，60位村民股东便获得了120万元分红！"

以前的小六石村由于地处义南山区，农业生产资源贫乏，村里仅有几十亩林地和200亩耕地，大多分散在附近其他几个村庄，想要整合起来统一经营也是困难重重。想在这里搞旅游，很多人觉得是天方夜谭，毕竟这里既没有悠久历史，也没有奇山秀水，更没有名人效应。

"我们是小村子，少资源，没优势，村集体经济薄弱，但我们自己不能看不起自己，而是要想方设法，把有限的资源利用起来。"刚担任村党支部书记不久的周来来是一名年轻的退伍军人，有着满腔创业热情，也有着不少大胆的想法。2016年下半年，小六石村村"两委"突发奇想，要在村里建一座玻璃天桥，吸引四方游客，成为"网红村"。

"刚刚提出这个思路时，村民都不相信我们，说这完全是无稽之谈。我们开会商议，别人就当笑话。但我们认为，如果不去尝试，不去努力，村子就会永远沉睡下去。当时我还想，自己还这么年轻，干不好不倒霉，可以从头再来。如果你一开始就不敢去干，那才是懦夫，所以我主张建这座玻璃天桥，态度十分坚决。"周来来回忆。

主意已定，村"两委"便组织人员赴外地考察取经，回来后又委托浙江大学生态规划与景观设计研究院，对小六石村进行美丽乡村规划，当然包括这座乡村版"迪士尼乐园"。

可是，规划建设方案确定了，资金从哪里来？初步测算，一座长200米左右的玻璃天桥，总体建设费用约为400万元，更何况还有不少配套设施呢，可集体经济长期为零的小六石村，根本拿不出这笔资金，想要向银行申请贷款，也不符合贷款的基本条件，一时间，这可难倒了众人。

困难的存在，是为了让人去征服它。"村'两委'多次讨论，还向村民们征求破解之法。最终，村'两委'决定采用村民众筹的方式，筹集第一笔项目启动资金。"周来来说，对于不少村民来说，众筹是一桩新鲜事，所以在征求意见过程中，村"两委"尽量把事情的来龙去脉和优点说清楚，尤其是把参与众筹可能获得的回报说在前，村民们纷纷表示理解、支持，甚至积极拥护。

2017年1月10日，小六石村村"两委"组织召开户主大会，以每股5000元共800股的方式对发展项目进行众筹。不到3天时间，400万元资金筹集到位，比预想时间快得多。

接着便是施工期。正值盛夏，白昼酷热难当，无法干活，参与施工的村民们就将施工时间改在晚上，每天都要忙到凌晨2点左右才收工。山路难行，众人毫不犹豫地肩挑手提，将设备和材料拉到山上，以保证施工进度……在工程技术人员等专业人员的共同努力下，2018年初，一条全长200余米、高约70米、飞架2座山头的玻璃吊桥落成，引来一片艳羡。

这几年来，在义乌像小六石村这样通过乡村众筹创造"鸡毛飞上天"传奇的，还不止一个乡、一个村。这个曾在改革开放初期，依靠农民的勇气和智慧，兴办起中国最大小商品市场的县级市，秉承"穷则思变、无中生有"的精神，在社会经济发展的多个领域创下诸多奇迹。乡村众筹的推广，无疑为义乌农村的小康社会建设插上了新的翅膀。

义乌市后宅街道曹村，位于德胜岩山脚下，景色秀丽。2017年，这个村以每股600元、每人1股的方式，向村民众筹了100余万元，打造以荷花为主题的农业观光园及水上乐园项目，一下子成了远近闻名的"荷花村"。开业仅3个月，农业观光园及水上乐园项目就获得了26万元营业收入。村民们通过乡村众筹，掘到了第一桶金，走上了共同富裕之路。

如今，每年荷花盛开的季节，每天都会有上万人来到曹村，欣赏荷花。由此，曹村又与浙江花间旅游有限公司合作，在村里打造以荷花为主题的"花间乐园"项目。这个项目在曹村形成了0.2平方千米的花间旅游、360度环景等景观，并设立乡村生态观光、旅游服务示范点，建设富有赏玩特色的十二大地标景点。令人眼前一亮的是，这一回，曹村再次玩起了乡村众筹，以土地资源入股，以"花间乐园"每年门票收入的9%作为分红，助推村庄持续增收。"我们每个村民都是乐园的股东、主人，到时候我们村每年都会有至少上百万元的收入。"曹村村支书曹俊民说，"找到了乡村振兴的踏实路子，当然会一直走下去。"

是的，曹村出名了，有大批游客来了，该怎样把游客留下来，让他们在曹村尽情享受？这一点，不仅是村"两委"在想，村民在想，从村里出去在创业的人们也在想，并想着怎样用自己的方式反哺乡村。在北京经营一家体育用品公司的曹勤丰，2017年回到曹村，投资"点道乡吧"，对曹村一条有着上千年历史的老街进行改造。从某种意义上说，投资承揽曹村某个已规划的项目，也是一种众筹。而这样的乡贤，不止曹勤丰一个。

浙江花间旅游有限公司在曹村的9片500亩山坡上，种下了玫瑰红、大红、粉红、蓝色以及白色5种颜色的芝樱花，打造出一个"芝樱花海"乡村旅游新项目。各类颇富野趣、不乏时尚的项目不断推出，加之民宿等配套设施的不断完善，曹村的乡村旅游业日益兴盛。

更让人欣喜的是，这几年来，通过乡村众筹、乡贤回归的推动，后宅街道还成功撬动了2.4亿元社会资本，为曹村发展注入强大动力。正如一位曹村村民所言："以前，我们村集体没有经济收入，现在有了这些项目，村集体有钱了，村民也都有钱了，连腰板都硬了，我们就可以把曹村建设得更加漂亮、更加美好！"

## 守望在田野，一位种粮大户的创业传奇

> 一位热爱农业、坚守田野的农民，通过土地流转，通过辛勤劳动，采用机械化生产，从50余亩田起步，竟发展到如今能在7000多亩稻田上尽情作业。

1985年，家在嘉兴市郊余新人民公社、年仅16岁的陈强根放下书包，成了一名泥水工小徒弟。"虽然已经实行家庭联产承包责任制了，农村改革开始迈大步，可农民还没有完全富起来。我是家里的老六，父母是靠种田为生的，家庭经济实在困难，我就想着为父母分担一点，自己养活自己。那时的我还没蹿个头呢，但除了在村里的生产小队做泥水工，遇到'双抢'的时候还帮忙开拖拉机。"或许正是因为对生产队仅有的这台手扶拖拉机"感情甚笃"，人民公社和生产大队转制为乡、村，集体生产资料分给村民之际，陈强根拿出了200元"巨款"，购下了这台拖拉机。

"当时一到'双抢'，拖拉机就忙个不停，凭票购买的柴油都是各家自备的，拖拉机上门翻耕每亩收3块，'双抢'一个月下来就有100块左右的利润！"靠着这台二手拖拉机，有胆有识的陈强根赚到了人生的第一桶金。而后，他用这钱办起了家禽养殖场，一年的养鸡收入有上万元。到2007年，鸡舍面积达到了4500平方米，单个批次可养16000羽鸡。

然而，2003年后，由于连续遭受"非典"和禽流感，肉鸡销路受到严重影响，价格直降，陈强根损失惨重，非但把辛辛苦苦积攒下来的钱全部亏完，还欠下了10多万元的债务。

沮丧是一时的，陈强根不服输、不认命的劲儿不会消退。

2007年，嘉兴市南湖区施行"两分两换"政策，土地开始全面流转，敏锐的陈强根发现这是一个大好机遇，当即决定从养殖业"转战"种植业。2008年，他承包了余新镇金星村的57亩田进行水稻和鲜食大豆套种，每亩净赚1000多元，当年赚了10余万元，这让他重新燃起了"创业梦"。第二年，陈强根又通过土地流转，增加了1000余亩的种植面积。

2011年，800多亩的小麦长势良好，丰收在望，谁知连续一个半月的阴雨天，把田里的小麦彻底泡烂了，他再次面临惨重损失。"痛定思痛，我发现自己缺少了非常重要的设备，那就是粮食烘干机。如果我有这个设备，田里收割上来的粮食都能及时烘干，那还怕什么？"

经过2年时间的筹备，2013年陈强根投入300多万元，建造了第一期粮食烘干中心，装了6台烘干机。如今，通过几次扩大投入，他的建丽农场已拥有拖拉机10台、种子催芽器2台、育秧流水线2条、插秧机8台、撒肥料机5台、无人植保飞机6台，而烘干机达到了28台。全套机械化设备，在省内种植大户中首屈一指，还用得着再惧怕阴雨天之类的大自然的考验吗？

"过去种田全靠人工，尤其遇到忙季，大家从凌晨4点一直干到晚上10点，

杭州西湖区的特色农业区块

不仅脏，而且手脚长时间浸泡在泥水里，都烂了。现在，依靠机械种田，不但效率提高，劳动力也得到了解放。有了这套机械化设备，我们承包种植的晚稻有7000多亩，农机服务面积5000多亩。如此大面积的粮食生产、社会化服务、粮食营销，公司常年只雇用七八个技术人员，这在过去根本无法想象！"陈强根说，"以前种田拼体力，现在种田要靠脑力。"这是女婿应超给予他的思路。数控专业毕业的应超目前是建丽农场的技术人员之一，操作无人飞机等农业科技机械设备十分在行。

农业规模化、机械化让陈强根插上了事业发展的翅膀。2012年，他先后成立了绿康农业开发有限公司和建丽农场，土地承包面积达3700余亩；2014年又投资350多万元建造了2000平方米的育秧中心和烘干中心，第一年晚稻育秧面积就达1800多亩，日烘干量90吨。

"眼下，我所做的最重要的一件事，是带动更多的人走向富裕。"陈强根介绍，这几年来，在保证自己生产需要的同时，由他直接提供长年服务的种粮大户已发展到100余家，辐射带动大户150多户，辐射面积40000余亩；提供从育秧到收割、烘干的一条龙服务，每年为周边农户提供机械插秧8000余亩，提供粮食烘干服务4万余吨，其服务范围从周边5个乡镇扩大到海盐、海宁、桐乡等地。更重要的是，他让种粮大户们进一步转变观念，一起走上水稻生产全程标准化、集中化、机械化道路，确保粮食生产安全，促进农民增收，推动共同富裕。陈强根觉得自己的奉献很值得。

"这几年来，有人对我坚持种植粮食，并通过种粮来发展壮大事业觉得不可思议，我说只要走对了路子，人工成本猛涨、农资价格抬升，甚至是粮价持续下调等难题，都能被有效化解。"对此，陈强根已仔细算过，仅推广机械化种植这一项，就能为种粮大户节约每亩115—125元的成本，这正是种粮能否扭亏为赢的关键之一。

与此同时，陈强根的建丽农场和绿康农业开发有限公司与浙江清华长三角研究院、浙江省农科院等科研机构长期合作，随时把一些最新的科研成果运用到粮食种植上。

农业发展了，各种配套跟上来了，这便有效解决了当地农民的就业问题，缓解了当地农村剩余劳动力的就业压力，为更多失土农民提供就业机会。陈强根目前已直接带动种粮大户25户，安排就业人员36人。2017年，陈强根联合本地种粮大户、合作社和农业公司成立南湖区沃谷粮食专业联合社，并任社长；2018年，建丽农场生产的水稻通过了绿色食品认证。

这几年来，建丽农场先后获得省、市、区级示范性家庭农场，浙江省现代农业科技示范基地，南湖区十佳现代农业经营主体，浙江省农民田间学校荣誉称号；2014年2月，陈强根被评为浙江省第一届"河姆渡杯"优秀种粮大户，成为嘉兴市唯一获此殊荣的种粮大户。

"最近，我还与嘉兴经济技术开发区签约，把长水街道范围内的10万亩土地，作为建丽农场的水稻田，此举大大扩大了公司的种植面积，农业开发的实力由此将变得更强大。"看来，陈强根的水稻种植版图还在不

广袤的土地

断扩大中。

"下一步，我还将加长产业链，建造一个200吨级的大米加工企业，以订单的方式，指定种植大户种植口感好的优质大米，以高于市场0.2元/斤的价格收购，在让种粮大户增加收入的同时，也打响属于我们嘉兴自己的大米品牌。"说这句话时，陈强根踌躇满志。

陈强根从50余亩稻田起步，发展到如今在7000多亩稻田上尽情作业的传奇故事，大大激发了农民们坚守田野，致力于农业发展，成为农业生产大户的热情和积极性。仅在余新镇，就有专注于在600多亩土地上种植甜瓜的褚富宝，有在130多亩土地上专门养殖白玉蜗牛的沈福良……他们都已成为当地生态农业领域的领军人物。


在温岭市箬横镇，种粮大户朱齐军正开着小汽车查看晚稻长势。看着长势良好的晚稻，他异常欣喜："以前只有一亩三分地，怎样种都种得不过瘾。如今土地流转了，我有了千亩地，开着大机械，种起地来才真痛快！"

土地流转确实大大促进了大批农业种植户的出现。在箬横镇，108个村都实施了土地流转后，原来分散的种植现状得以改变，土地向有种植经验和种植能力的农户集中。有人这样评说："'汗滴禾下土'的农民没有了，全都是机械化种植，无人机喷洒农药。"针对种植大户摒弃"旧把式"、采用新手段的新情况，温岭市建成了市镇两级农民合作经济组织联合会，农机硬件、农业技术都走上了共享之路——上百台农机通过网络就能随时申请调动。为农业种植大户提供完美的服务，已成为各地农技等部门新的工作任务。

在衢州市衢江区全旺镇省级粮食生产功能区，田埂边的"生态农业"牌子特别显眼。种植大户王水龙介绍："防病虫害，我们用的是绿色防控技术，农药量大大下降；施肥采用的是配方肥、沼液、有机肥，化肥量大大下降。"王水龙所说的"双降"，究竟带来了什么样的好处？当年，衢州农产品质量抽检合格率达到了99.4%。

为了帮助种植大户们科技种田，在浙江各地，农民普遍享有线上专家随时"听诊"的服务。绍兴市上虞区种粮大户李民奇的几千亩水稻被稻稗困扰，他马上把这一难题反馈到了"庄稼医院"App平台，很快就得到了专家的指导："要立即更换除草产品。"不到一周，难题即已化解。对此，上虞区农办主任崔煜忠概括为："庄稼医院App打破了农户请教专家在时间、空间上的限制，如今已成农户的好帮手。"

全面建成小康社会和实现共同富裕的伟大工程，大大推动了农业的发展。种植大户的大量出现，能进一步盘活资源，提高生产效益，充分发挥农民生产积极性，实现农民增收，加快共同富裕进程。种植大户的兴起还是农业走向集约化、现代化的前提之一，将成为中国加快农业科技进步，提高粮食综合生产能力，实现农业现代化的重要途径。我们需要很多很多个"陈强根"，而每一个"陈强根"都在全面建成小康社会的道路上缔造传奇。

## 充分就业，每个劳动力都是宝贵的

> 每个人都有最适合自己的致富位置。在继续鼓励和支持农民工返乡就业、创业的同时，积极实施劳动力省内余缺调剂工程，引导农村劳动力就地就近转移就业。

奶瓶用开水烫3分钟，加入40℃左右的温水，倒入奶粉摇匀……临近傍晚，"常山阿姨"陈舍苏香娴熟地为雇主家的新生儿冲泡奶粉。入职近一年，陈舍苏香就以"常山阿姨"特有的"三心"——"安心、称心、贴心"打动了雇主一家。45岁的陈舍苏香已在杭州工作4年。对于现在的职业，她备感珍惜。

充分就业，百姓才能改善生活，社会才能安定。地处浙西的常山一直是劳务输出大县。2017年，常山县成立常山保姆行业转型升级领导小组，县委书记担任组长，18个部门参与，专门设立"常山阿姨"事业发展服务中心，全面负责"常山阿姨"的市场对接、培训组织、标准制定等工作。

月薪已有4500元的陈舍苏香回常山参加母婴护理培训。"以前带孩子，以为吃饱穿暖就行了，但做得越久，就越觉得自己还不够专业。"21天的系统培训后，陈舍苏香拿到了育婴师证，比以前更专业、更职业、更全面，回到杭州再上岗，工资一下涨了2000元。

到2018年4月底，常山已开展家政类技能培训3000余人次，培育出78位持有资格证书的"常山阿姨"。凭借保姆服务，常山农村妇女带来超过2.4亿元的增收。

事实上，从2003年以来，衢州市就有目的地打造劳动力品牌。当时，针对衢州市山多田少、有60多万农村富余劳动力的实情，以及衢州一带的农村妇女向来有外出当保姆的传统，衢州市通过各种方式，向省内外城市"推销"衢州保姆，时任衢州市委书记蔡奇还在2003年亲赴杭州、上海、宁波等地"上门推销"。一时间，"衢州保姆"在家政市场上供不应求。

随着衢州就业信息网和家政服务信息网的相继开通，衢州的劳动力品牌效应更为凸现，不仅是保姆，其他各个工种的农民工，也通过"订单培训、政府买单、企业参与、服务配套"等方法和途径，前往省内外城市就业。与此同时，衢州市花大力气，实施"万名农民素质工程"，加快培育农村经营管理人才和农业实用技术人才，以提高农民进城就业的竞争力和就业技能。近几年来，把人力资源转化为人力资本，合理调整农村劳动力结构，成为衢州市乡村脱贫奔小康的重点工作之一，效益明显。

"万名农民素质工程"实施以来，衢州农村涌现出一大批"厨师村""保姆村""缝纫村""灯具村"等各具特色的劳务村。而衢州市不时召开的大型劳务输出交流会，每次都会吸引大批知名企业参会，招人入职。"衢州保安""衢州保洁"等劳动力品牌也已陆续推出。

培养富余劳动力劳务品牌的还有杭州的建德市。2004年6月，建德市专门成立了农村劳动力素质培训工程（以下简称"农培工程"）领导小组，由此表明，建德有史以来最大规模的一场农培工程已全面启动。

农村富余劳动力应该往何处去？近年来，这已成为建德市经济发展的一个重大课题。建德市2003年首次开展的"建德市劳动力基本情况调查"显示：建德市农村劳动力在就业结构上出现了不平衡，局部地区的某些行业已经出现劳动力富余，而在某些地区的某些行业，劳动力则相对匮乏。建德全市在家从业劳动力约为17万人，大多数从事经济效益最低的第一产业。从事第二、三产业的人不仅在数量上远低于第一产业，而且

正在接受培训的进城务工农民

行业间的分布极不均匀。此外，建德市在外打工的有7万人，但因为文化素质偏低，农民在外遭遇就业"天堑"，很难站住脚跟。

为农民群众架起桥梁，抓好农民的技能培训和职业教育，打造出像"衢州保姆""江山保安"那样的劳务品牌，是破解这一难题的途径之一。的确，与以往"小打小闹"不同，这一回，建德市的农培工程联合了10多个职能部门，为农民们提供了电子、服装、计算机等19项职业技能以及种粮、制菜等27项农技培训，年龄在18至45周岁的农民均可选择其一参加培训。

由于从就业前的技能培训和职业教育中尝到了甜头，不少农民自觉"充电"，连原先蹲墙根晒太阳的"闲人"都坐不住了，纷纷投身岗前培训之中。数据表明，95%以上的农村劳动力，在为农民提供技能培训和职业教育的新安江职业学校、千岛职业专修学校参加培训后，都很快找到了合适的工作。

而在劳务品牌上，建德人也未落后。这几年来，建德"草莓师傅"的品牌已为社会所认同。有一个形象的说法，叫建德"草莓师傅遍天下"。迄今该市至少已有4000名农民在外种草莓。据统计，一年可以为建德赚回上亿元。

每个人都有最适合自己的致富位置，每个人都能在这个位置上发挥优势，创造财富。如今行走在浙江山区县，不难发现，通过政府精准化技能培训的新手艺人越来越多，他们因此顺利就业，有的甚至还成了致富带头人。而为了能切实保护外出务工农民的合法权益，不少县市区还有针对性地为外出务工人员提供法律援助、计生服务等系列服务，使得欠薪、劳动安全等事关他们切身利益的问题得到妥善解决。有的县市区还召开诸如外出务工人员先进表彰大会，鼓励更多适合外出就业的农村富余劳动力外出务工。

一大早，温州市永嘉县岩坦镇岩坦村村民郑建平乘了2个多小时的车，来到了瓯北镇，希望能在县里召开的农村劳动力转移就业推介会上，找到一份合适的工作。让郑建平没想到的是，这次来这里找工作，每人还补助50元的路费。"这可是一件新鲜事，政府想得太周到了，让我们觉得很暖心！"郑建平感慨道。

在这场推介会的场外，就业协议登记处排起了长队，不少已经签订就业协议的人，还拿着入场券等候领取路费补贴。桥头镇胜丰村村委会主任曾步三极为兴奋，逢人就说他今天的成果："前一天早上，我带着48个村民搭乘镇里的专车过来，结果不到2小时，就有10多个人与浙江宏辉拉链有限公司签了就业协议，这可是大收获！"

永嘉县的农村劳动力转移就业推介会，自2006年起一直举办，每次参加推介会的农村劳动力，现场达成就业意向的在一半以上，随着企业劳动力紧缺现象越来越明显，就业的比率就更高了。为了鼓励更多农村富余劳动力前来报名就业，永嘉县有关部门规定，除该县上塘、瓯北、乌牛等沿江乡镇的村民外，其他参加推介会的村民凭入场券均可在当天得到50元的路费补贴，现场报名参加技能培训的还可减免培训费；与用人单位签订劳动合同的，还可按高级工200元、技师300元、高级技师500元的标准领取政府鼓励补助。

治国有常，而利民为本。实现共同富裕，归根到底就是对民生的重视，让更多人具备追求美好生活的能力，拥有获得富裕生活的机会和条件。随着城乡统筹发展速度的加快，更随着新一代农民的成长，他们在知识结构、就业理念、人生追求等几方面已与父辈们大不相同，劳动能力也已大大增强。他们选择外出务工，自然也有着不同于以往的特点。

背着蛇皮袋，皮肤黝黑，乡音浓重，给人邋遢的感觉……曾经的进城农民工，似乎或多或少有着这样的外表形象，而如今的进城务工青年，衣着光鲜，谈吐优雅，操着一口标准的普通话，不少人的务工所在地，也不仅仅是建筑工地、企业厂房，也有高档写字楼。可以说，"80后""90后"进城务工人员与城里人的界限越来越模糊了，来城里工作的目的不只是赚钱，寻找发展机会、学习技术、扩大自己的眼界，乃至成为十足的城里人，在城市里实现自己的人生目标，这才是他们离开家乡、前来城市的动力。

为了积极适应浙江产业结构调整和经济转型升级之需，结合高水平全面建成小康社会的总体要求，浙江省按照"规模适度、结构优化、流动有序、就业稳定"的原则，进一步引导农村富余劳动力进入城镇务工，同时大力改进和完善为农民工服务的工作。根据2015年7月下发的《浙江省人民政府办公厅关于进一步做好为农民工服务工作的实施意见》，到2020年，农村劳动力转移就业总量稳步增加，每年开展农民工职业技能培训100万人次，务工农民劳动条件明显改善、工资基本无拖欠并稳定增长、社会保险覆盖面逐年扩大，用人单位与农民工普遍依法签订劳动合同。

而针对新形势下新一代农村务工人员有着一系列新特点、新需求的实情，浙江省努力增强中小城市和城镇就近吸纳农村转移人口的能力，有序推进有条件有意愿的农民工市民化，主要措施包括完善城乡统筹就业创业制度和公共就业创业服务体系，将农民工纳入创业政策扶持范围，促进其创业；鼓励企业将农民工纳入自主评价范畴，贯通从初级工、中级工、高级工到技师、高级技师的技能成才通道；综合本地经济社会发展水平、公共财力、资源承载能力以及符合条件的农村务工人员可预期需求，合理规划城镇公共服务基础设施，按照常住人口配置基本公共服务资源，统筹解决基本公共服务经费，努力实现城镇基本公共服务覆盖在城镇常住的农村务工人员及其随迁家属，使其逐步平等享受市民权利；保障他们的民主政治权利，丰富其精神文化生活；等等。

城市建设少不了进城务工人员的贡献

　　"要改变农民工'城市边缘人'的社会角色，对他们的精神文化生活给予更多关怀，就必须引导农民工有效融入城市生活。解决农民工市民化问题，必须推进城乡、区域间公共服务均等化。"全国人大代表、宁波大学图书馆馆长范谊认为，让农村务工人员群体享受到与城市居民同等的社会保障和社会福利，关键在于户籍制度改革。自2017年以来，浙江户籍制度改革迈出了更为实质性的步伐，从这一年起，各设区市全面推开户籍制度改革，教育、就业、救助、养老、医疗、住房保障等方面的配套政策也在当年的4月30日前分别推出。这次户籍制度改革的重点之一，就是农村务工人员的进城落户问题。

　　浙江省农办一位负责人介绍，相比国内其他地方，浙江的农村务工人员，其恋土、恋乡情结以及对"三权"（土地承包经营权、宅基地使用权和集体收益分配权）的情感更为浓厚。为此，浙江省出台的《关于进

一步推进户籍制度改革的实施意见》明确规定，不得以退出"三权"作为农民进城落户的条件。"所以，至2017年底，全省在开展深化土地承包经营权确权登记颁证试点工作时，符合条件的宅基地登记发证率达到90％以上，集体收益分配权的确权量化工作全面完成。也就是说，农民进城落户后，是否有偿退出'三权'将由他们自主决定。"

浙江省2017年出台的《关于调整完善户口迁移政策的通知》中，将落户地区由国务院《关于进一步推进户籍制度改革的意见》规定的建制镇和小城市、中等城市、大城市、特大城市四项分类，调整为县（市）、大中城市、特大城市三大类，提出了在全省建立"全面放开县（市）落户限制""有序放开大中城市落户限制""合理控制特大城市人口规模"的户口迁移政策体系，还创新性地提出实行省内户口自由迁移。至2017年4月，除杭州市区等少数地方略有条件限制外，浙江省已基本实行按居住地登记户口的迁移制度，户口迁移更为便捷。

"农民工一般单身较多，文化生活相对缺乏。要解决问题，仅靠每年数得清的几次文化送温暖活动是远远不够的。需要政府制定相关政策，将农民工的精神文化生活问题纳入议事日程，加大财政投入，大力兴建一批农民工文化活动场所，提高现有文化场所利用率，构建农民工'精神家园'。此外，城市中的文化设施如文化馆、图书馆等应逐渐向农民工开放；演出场所推出低票价为农民工演出，以正当的娱乐引导和满足他们的文化需求。"全国人大代表、武义县柳城镇青坑村村委会主任俞学文这番建议，道出了众多农村务工人员的心声：不仅需要"仓廪实""衣食足"，精神生活也要不断地丰富多彩起来。

2010年，中共中央、国务院下发《关于加大统筹城乡发展力度，进一步夯实农业农村发展基础的若干意见》，即2010年"一号文件"，提出要"着力解决新生代农民工问题"，这是我党文件中第一次使用"新生代农民工"这个词，传递出中共中央对约占农民工总数60％的"80后""90后"农村务工人员的关切。

同年，浙江省组织力量设立"浙江省新生代农民工文化生活现状调研课题"，在全省主要农民工聚集地展开大型调研，对新生代农民工业余文化生活的内容、形式，享受文化生活所存在的困难，心理诉求，以及相应的文化服务对策等进行专题研究。而在2015年7月下发的《浙江省人民政府办公厅关于进一步做好为农民工服务工作的实施意见》，又载明"完善城乡公共文化服务网络，把农民工文化建设纳入现代公共文化服务体系"一条，其具体措施有：

完善省市县乡村五级公共文化体育设施网络，着力推进"农民工文化家园"建设，打造"城市15分钟和农村30分钟文化服务圈"；

继续推动图书馆、文化馆、博物馆、文化站、农村文化礼堂等公共文化服务设施向农民工同等免费开放；

推进"两看一上"（看报纸、看电视、有条件的能上网）活动，积极引导农民工参与全民阅读活动；

积极开展面向农民工的公共文化服务，强化城乡联动，开展送文化下乡、文化走亲活动，实施农民工公益性文化培训，等等；

倡导文化单位借助微博、微信等新媒体平台为农民工提供免费文化服务信息推送，通过政府购买服务等方式支持企业和社会组织为农民工提供公益性文化服务，积极培育文化志愿者队伍，引导其为农民工提供公共文化服务。

在有关部门和社会各界的关心支持下，如今，农村务工人员的文化学习、文化培训、文艺娱乐等公共文化服务日益完善，他们多方面、多层次的精神文化需求得以满足。各地各部门还创造性地开展了符合农村务工人员身心特点的文化活动，受到普遍好评。

　　嘉兴市构建城乡一体化新型公共图书馆服务体系，形成"政府主导、统筹规划，三级投入、集中管理，资源共享、服务创新"的总分馆建设模式，乡镇图书馆已成为农村务工人员的乐园。另外，长兴县图书馆为方便农民工看书，还在农民工比较多的120家企业建起了图书馆企业分馆，由县图书馆免费配送图书。

　　浙江省文化厅安排专项经费，实施了公益性培训"星光计划"，依托省群艺馆、图书馆的人才和信息优势，采取有计划发放文化消费券的形式，着重对农村务工人员等特殊社会群体实行免费培训，提高他们的文化和职业水平。

　　宁波市群众艺术馆以打造"群星"系列公共文化服务品牌为抓手，积极服务农民工群体。其还推出"群星课堂"这一免费文艺培训项目。针对农民工生活和工作的特点，走出教室，把课堂办到企业和农村务工人员聚居地、民工子弟学校等地，让农村务工人员不出门就能享受到免费的文艺培训服务。

　　浙江省总工会与省文化厅联合下发了《浙江省"文化共享工程进企业"行动实施意见》，联合开展"省文化共享工程进企业活动"，全省已建成"职工电子书屋"近6000家。

　　各地也结合自身特点，积极加强农村务工人员集聚企业的文化建设。如慈溪市启动以教育培训、舆论宣传、书报阅览、健身娱乐、综合活动、信息交流"六大阵地"为主要内容的"文化明珠企业"创建活动，有效地丰富了农村务工人员的文化生活。

# 第七章
## 让每个人都居住在美丽花园里

"雾树溟濛叫乱鸦,湿云初变早来霞。东风已绿先春草,细雨犹寒后夜花。"(清·郑板桥《村居》)

以中心村建设为龙头,全力打造"整洁、文明、有序、宜居"的乡村空间,传承、演绎传统文化精髓,汇集现代文化活力,营造传统与现代相融,山、水、田、村特色彰显的当代风貌,这是近年来,浙江在高水平全面建成小康社会和实现共同富裕进程中,全力推进美丽乡村建设的目标指向。

# 中心村建设，培育新农村致富"辐射源"

> 以中心村为"辐射源"，让产业、公共设施向周边地区辐射，形成"1＋X"发展模式，"中心城市—县城—中心镇—中心村"城乡空间布局体系由此建立。

何谓中心村？中心村是指由若干行政村组成的，具有一定人口规模和较为齐全的公共设施的农村社区，介于乡镇与行政村之间，是城乡居民点最基层的完整的规划单元。由此可知，中心村指的是在城镇建设空间布局中，能达到支撑最基本的生活服务设施要求的最小规模的点。

在高水平全面建成小康社会的进程中，在浙江，以中心城区、中心镇，尤其是中心村为"辐射源"，让其产业、公共设施等向周边地区辐射，带动周围地区发展的"1＋X"发展模式，有力地推动了新农村建设进程。这是浙江快速实现建成高水平小康社会的重要经验之一。

早在21世纪初，台州温岭市就开始尝试编制城乡一体化村庄布局的详细规划，却因与现行土地利用规划不完全一致，特别是无法解决农民建房和增收问题，难以得到农民的支持和响应。时任温岭市委书记陈伟义说："针对这一情况，后来，我们按照台州市提出的新思路，通过完善中心村的配套功能和设施，有效整合利用现有资源，避免了大拆大并，既保留了农村特色，又减少了建设成本。这样做更符合农民的意愿，因

而也更容易操作。"

2005年，温岭市修编完成了第三次城乡统筹发展规划，按照城乡一体、梯度集聚、分级配套的原则，将重点放在村一级，特别是把原先的"撤并"改成了"辐射"，一词之改，稳定了人心。这一次规划的制定和实施，明确了91个区位条件好、经济实力强、村级领导班子强的村为中心村，再以这91个"辐射源"，来带动全市其他252个行政村；在城乡接合部，则以129个城镇新社区覆盖其他335个行政村。

这一方法很快奏效。在坞根镇沙山村，在实施中心村建设过程中，该村投资60万元，改造基础设施和公共服务设施，打造村庄入口公园。建成后的公园全面植绿，栽种四季花卉，是集休闲、娱乐、健身于一体的多功能公共服务场所。同时，完成农田里排灌渠道的标准化改造，完成村菜市场的标准改造和小商品市场的改造，完成村卫生室的改造，等等。公共服务设施的逐步完善，是温岭市中心村建设的一大亮点。

一些有着明显产业优势的中心村，开始为周边村提供"造血"能力。新河镇南鉴村是一个帽子专业村，全村600多户人家300户从事帽子及相关产业，中心村改造后，镇里根据相关政策，同意该村在村边建设标准厂房，继续做强帽业，极大地带动了周边七八个村帽业的发展。在相邻的北闸村，村民吴桃梅说，他们一家从事帽业生产就是被南鉴村带起来的，现在不少帽子的配饰还要从南鉴村的帽子辅料市场购买，帽子成品也要通过南鉴村的托运站运送出去。

中心村建立起来了，土地能够进一步集中，这为现代农业发展提供了新的可能。坞根镇沙山村通过土地流转方式，引导村民把现有土地向大户集中，形成大棚西瓜、大棚葡萄、西蓝花三个农业基地，既美化了环境，又帮百姓实现了增收。利用特有的滩涂资源，大力发展养殖业。滩涂养殖面积不断扩大，养殖品种陆续增加，势头看好。

居住条件的改善是高水平全面建成小康社会的刚性要求

　　"整个浙江省，陆域面积只有10万多平方千米，却有着4万个行政村，还有更大数量的自然村，有的行政村只有二三百户人家七八百位村民。有的自然村就更小了，一个行政村有好几个甚至十来个自然村。在有的村里，不少村民早已进城，农居房闲置不用，年久失修快要倒塌。真正住在农村务农的，人数已大大减少，只有以往的三分之一，有的还更少。那么，我们还需要那么多村庄吗？村庄过于分散，究竟会带来哪些弊端，该如何调整？"在浙江省农办，时任副主任余振波回忆，上述问题，早在2003年前后就被提出来，并在他的同事们之间，在省级相关决策部门被反复讨论。

　　的确，村庄如此分散，各项公共服务怎么进得去？而公共服务进不去，农民的生活品质又怎么提高？余振波回忆，随着小康社会建设和共同富裕实现速度的持续加快，农民对提高生活品质的要求愈加强烈，破解这些问题已经显得越来越迫切。

破解这些问题的最有效办法，是对农村重新进行规划布局，该撤并的撤并，该搬迁的搬迁，打造农村新社区；同时，也要对农房实施改造，提高其质量，使之符合当今富裕农民品质生活所需。

这自然是最理想的做法。可是，设想是美好的，实现起来并不容易。一是因为浙江各地社会经济发展和自然条件差异较大，村庄的撤并搬迁必须考虑各地实情，不能搞"一刀切"；二是工作量大，任务繁重，且涉及方方面面，需要协调处置；三是此事尚无前例可参考，浙江想先行先试，只能边干边摸索，同时又因事关重大，必须成功不能失败。

在时任浙江省委书记习近平的亲自关心、部署下，中心村规划和建设明确了基本思路，强调规划引领、分类指导，因地制宜、量力而行，特别是讲求实效，以群众满意为出发点和检验标准。经过调研、论证，尤其是对浙江农村的几种情况进行摸排，提出了"缩减自然村、拆除空心村、改造城中村、搬迁高山村、保护文化村、培育中心村"的思路，对村镇布局进行优化。

思路有了，工作便有了方向。很快，由省农办等单位牵头，在全省范围内确定了200个中心镇、4000个中心村、1.6万个保留村和971个历史文化村落，以形成一个比较科学的城乡空间布局规划。

这个规划还对中心村、一般村、城中村、城郊村等提出了建设要求，即：对于中心村，主要是建设"五位一体"的公共服务中心，集聚人口，辐射周边；对于一般村，主要实行环境整治，改善村容村貌；对于城中村、城郊村则要推进"三改一拆"，将其改造成为城市新社区；对于高山偏远村、空心村，主要实行异地搬迁，搬到县城或者中心镇；对于历史文化村落，则实行保护修建，力求将历史古迹和村庄环境融为一体。

这一规划的最亮眼之处，是实事求是、因地制宜、分类实施，是强化中心村培育和人口集聚，是保证农村社区整治的科学推进。

　　良好的生活居住环境是实现共同富裕生活的重要衡量标准。为使中心村规划建设工作融入全面建成小康社会的进程之中，2015年7月，省政府又下发《关于进一步加强村庄规划设计和农房设计工作的若干意见》，明确提出这项工作的指导思想，即坚持"以人为本、节约集约、绿色低碳、乡土特色"理念，满足现代农业生产、农民生活、乡村生态功能需求，切实改善农村人居环境，保护自然风貌，弘扬传统文化，突出农村特色，留住乡愁乡情，形成具有浙江特色的乡村风貌，构建城乡发展一体化格局。

　　而其总体目标是：推进村庄规划、村庄设计、建房图集全面覆盖，加强规划服务、督察巡查、技术帮扶，实现村庄风貌、人居环境、设施功能的提升。到2017年底，全面完成村庄规划编制（修改），全面完成上述4000个中心村村庄设计、1000个美丽宜居示范村建设，有效保护1万幢历史建筑，建成一大批"浙派民居"建筑群落。


　　一幢幢整齐漂亮的联排房和公寓房，道路宽敞，绿化带嵌入其中；建筑结构坚固，形制大气，采光充足；整个小区布局合理，融入城市和田园气息，不远处还有一口水井，那可是从前留下来的取水处，能让人回忆起乡愁……海宁市斜桥镇华丰村是嘉兴市第一批上报的省级重点培育中心村，2011年11月即已顺利通过省级验收。它的一条有效做法，就是把周边的几个自然村予以撤并，统一集聚至某个村，将其培育成为中心村。

　　"在中心村建设过程中，在市和镇有关部门帮助下，华丰村积极营造创建氛围，合理规划，突出重点，把原先近4000人、居住在28个村民自然点上的村民，通过农房改造，集聚到一个居住点上，改善了村民的居住环境。"斜桥镇华丰村党委书记朱张金介绍。由于集聚政策合理，配套

漂亮的农居房

设施齐全，公共服务也很快跟上了，而且尽量不给村民带来经济负担，村民们搬迁的积极性很高，首轮农居房改造时，签约率就达到了95.8%，周边的村庄都很羡慕华丰村。

在海宁市，除了华丰村，盐官镇桃园村、红友村，马桥街道先锋村，许村镇南联村等省级重点培育中心村，都采用了"人口集中、产业集聚、要素集约、功能集成"的措施，通过农村人口集聚和土地集约，在完善居住点基础设施配套建设，提升环境综合整治，完善公共服务体系和健全民主管理模式等方面，达到了示范性城乡一体新社区（中心村）的要求。最重要的是，广大村民的生活品质得到了有力提升，高水平小康社会建设得到了实质性进展。

当然，农村新社区建设不能操之过急，更不能简单粗暴，倾听百姓呼声、尊重百姓意见建议十分重要。本来就是为群众谋利益的，那就更应该贯彻"从群众中来，到群众中去"的方针，把工作的出发点和落脚点都放在"群众"这两个字之上。

宁波市鄞州区地域经济发达，广大村民的文明素质高，对品质生活有着自觉追求，这使得旧村改造、新村建设拥有必要的基础和可能。然而，鄞州区并没有盲目地全面铺开，也不将对各乡镇街道的农居房改造列入年度考核内容，只是确定了这项工作的5年目标。每年底，各乡镇街道上报改造计划，由鄞州区新村建设办公室统一协调。不符合规划的不批，农户只要有一户不签字同意，改造方案也不予通过。

事实上，早在2006年，鄞州区就出台过《旧村改造新村建设暂行办法》，首次就所涉及的内容、目的、实质、主体等做出界定，确立了"尊重民意、维护民利、依靠民资、强化民管"的"四民"原则。这一办法在"千万工程"农村新社区建设过程中得以继续推行，并逐步完善。

"在鄞州区，政府和农民之间职责定位十分清楚。政府管的是规划引领、指导服务和监督管理，要求新村建设中的选址、土地使用、购买对象必须符合有关规定。而具体操作过程中的一系列问题，如改不改、怎么改、选择何种房屋套型等，则由村民自己决定。"时任新村建设办公室主任钱孝平介绍，"在改造资金的投入上，政府负责水电、道路、电信等基础设施建设的资金，其他由村集体和村民共同解决。如果改造中有土地指标结余，则由政府挂牌出让后，出让金全额返还村里，作为旧村改造资金。"

这样的办法无疑使得鄞州的旧村改造、新村建设走上了良性循环的轨道。经过多年的摸索，鄞州区因地制宜，形成了全村拆建、整体改建、异地新建和安居保障4种模式。区内有56个村采用了全村拆建方式，形成了一批都市型村庄；42个村采用整体改建方式，注重自然风貌的保护和特色民风民俗的传承。至2016年农村新社区建设工作初步告一段落之时，全区已有近1/3的农居房完成了改造，改造面积达1200多万平方米，约80%的农村地区赶上了城市发展的步伐。

在鄞州区龙观乡李岙村，一片崭新的浙派民居出现在山沟沟里，一律三层的联排住宅整齐铺陈，深灰的瓦片、浅黄的墙面，颇具民族风味的飞扬檐角和雕花窗格，显得十分精细雅致。与鄞州区别的地方不同，处于四明山浙东革命老区的李岙村，这里的村民主要以种植桂树为生，集体经济也较为薄弱。那么，这些新房又是怎么建起来的呢？

"如果按照成本计算，一幢210平方米左右的房屋，至少要四五十万元，但因为采用了'四统一联'方式，建房成本压缩到了二十来万元，再加上区里下拨的拆迁与装修补贴约10万元，每户村民建房实际要掏的钱也就10万元出头。"李岙村党支部书记洪国年介绍，"'四统一联'方法就是全村实施联户自建的方式，采用统一规划、统一拆迁、统一配套和实施统一管理的方式，对自建工程实施公开招标，由村民自主决定中标单位和房型设计，各项配套设施也由村里统一管理实施。这种方式可以略过一些不必要的中间环节，既能保证房屋的基本质量，亦省下了一笔不小的建房开支。"

在新社区的建设过程中，李岙村还引入了光伏发电项目。除去政府补贴外，村集体逐步拿出360多万元用于建设光伏发电项目。"村民盖房子本来也是要购买砖瓦的，现在用光伏板替代了这部分瓦片，从某种程度上说，也节省了盖房成本。"洪国年认为，"农村新社区建设还是一个发展村级经济的好时机，若能借着农居房改造的东风，把村民们逐步引导到发展绿色生态农业上来，那就太好了，在山上种桂树、卖桂树，经济效益毕竟太低了。"

不得不提的是，鄞州区所确立的"尊重民意、维护民利、依靠民资、强化民管"的"四民原则",在农居房改造、新社区建设过程中,还极大地激发了村民们参与村务的积极性。在人口集聚、新社区建设的具体操作过程中,如何择地建新村,如何确定旧房补偿和新房购置标准,选择何种改造模式,请谁规划,让谁施工,由谁质检,等等,则由村民自行决定。为此,在改造之前,村里专门召开了一次特别的村民代表大会,还请来几位专业的规划师,与大家共同商讨新村的建设方案。

金红芬是年逾六旬的李岙村村民,通过各种途径,她明白了人口集聚、农居房改造、新社区建设的必要性,也理解了村庄规划、新房设计、公共服务配套的重要性,以及村民参与村务的方式途径,参与热情高涨。在村民代表大会上,原本不善言辞的金红芬头一次主动表达了对未来村庄的构想,比如村里的道路要像城里那样平整,家门口最好能种些花草和蔬菜,尊重农民的耕种习惯,等等,得到了其他村民的认同。村民代表大会气氛热烈,七嘴八舌的众人,在认识上高度一致:我们自己的新家园,必须多花点心思把它建设好。

宋朝文学家王安石曾有一首描写古鄞县风光的诗《天童道上》:"山山桑柘绿浮空,春日莺啼谷口风。二十里松行欲尽,青山捧出梵王宫。"这首诗艺术地展示了浙东鄞州特有的风光风情。在当今,这份风光风情自然更为旖旎。

数据显示,2010年以来,浙江进一步坚持规划引领,城乡一体编制村庄布局规划,扎实建立"中心城市—县城—中心镇—中心村"的城乡空间布局体系。至2016年,先后开展6批259个重点村、1284个一般村的保护利用。在项目实施中,结合农村土地综合整治、农民异地搬迁,采取村庄搬迁、宅基地互换置换、经济补偿等办法,引导撤并村,小型村农民向中心镇中心村集聚,加快村庄整治建设由治脏治乱向布局分散转变,所有省重点培育示范中心村项目全部通过验收,成绩不俗。

# 浙派民居，一柱一瓦尽显江南风韵

> 不仅给你舒适的居住环境，还能唤回你儿时的记忆，让你陶醉于传统建筑文化之独特魅力，它还是追求诗意生活不可或缺的载体。

当今社会发展形势下，什么样的民居才是我们所希冀的具有乡土气息、江南味道、浙江气派的民居？请允许我们先选择一地的民居，来感受民居怎样随着富裕程度的提高而变迁，又何谓"浙派"。

萧山民居的变迁，即为浙江各地民居变迁的一个缩影。20世纪60年代及以前，靠近钱塘江和杭州湾滩涂的萧山沙地民居，一般为极简陋的围垦草舍，平原和山区地带的民居，则以砖木结构的平房为主，大多也较简陋；至70年代，两层的砖木或混凝土楼房大量出现，但其结构和外形都以模仿城市宿舍楼为主，缺乏传统浙派民居的风格；到了80年代，开始富裕起来的萧山人，建房时流行起平顶款式，屋檐采用琉璃瓦，颇有民族风，但"浙派"味道不浓，仍属于简单模仿状态。而因受到西方建筑影响，20世纪90年代至21世纪初，萧山农村又流行起仿西式的小洋楼，其鲜明标志是拱券形窗户、十字拱屋顶、屋顶的不锈钢圆球及避雷针，两层以上设置露台，外包玻璃幕墙。这一款式虽然显得现代、时尚，空间也扩大了很多，却距"浙派"风格似乎更远了。

直到21世纪初，在全面建成小康社会的过程中，萧山区有关部门对民居进行了专业设计，参考了江南民居的传统样式，保留了具有中华传统文化特色的拱券、山花、柱式等元素，又适当糅合了徽派建筑的若干风格，浙派民居的萧山样式才逐步形成。如今的萧山民居又进一步向多层别墅靠拢，却并非一味照抄西洋款式，而是在继承传统建筑文化、追求敞亮大气的基础上，推出适合当地居住习惯的多种款式，其乡土气息、江南味道、浙江气派更为浓郁。

萧山民居的变迁，既是当地群众随着生活逐渐富裕，不断追求居住品质的过程，又是浙派民居在该地域不断尝试、演化，直至成熟的过程。眼下这类浙派民居已在萧山区各个乡镇街道和行政村扎下根来，近期变化主要体现在格调的稳定和细部的完善之中。

2019年3月22日，萧山区召开"坚持环境立区　推进美丽萧山"行动动员大会，"推进美丽萧山行动领导小组办公室"登台亮相。这个新的机构整合了原"五水共治"、垃圾分类、小城镇环境综合整治、转型升级、旅游发展等各个临时性机构的职能，把工作重心置于"美丽"两字之上，把"美丽"办成发展大事。作为亚运会重要阵地，萧山城市形象和环境面貌直接关系到萧山能否服务保障好这一国家大事。建设社会主义新农村、打造美丽乡村提升村和美丽乡村示范村，即是"推进美丽萧山"行动十大攻坚任务的主要内容。

"推进美丽萧山"行动十大攻坚任务涵盖多项内容，其具体项目有环境面貌提升、改善城市基础、住宅环境提升、美丽田园、百路千里、打赢蓝天保卫战、污水零直排、美丽河道、垃圾分类和厕所革命、无违建、危旧房治理改造、湘湖景区和浦阳江景观提升、市民素质提升等，其中，住宅环境提升、无违建、危旧房治理改造等项目，直接与住宅改造、浙派民居建设相关。

萧山区河上镇浙派民居的建设和改造，即是萧山区深化新农村建设和小城镇整治的产物。"有个性的小城镇"，已是众人对成功打造河上古镇浙派民居的一致赞誉。如今，来到这里，仿佛走进了一幅泼墨的江南古街图。在这里，修缮后的官酱园，一石一瓦都洋溢着江南风韵；井泉街两边的每幢民居，都能唤醒你儿时的记忆，又让你陶醉于传统建筑文化之独特魅力。有人说，要看典型的浙派民居，到河上镇走一圈，你就明白了。

河上镇井泉街是一条有着百年历史的小街，在实施"千万工程"整治时，镇里曾专门请来了中国美院风景建筑设计研究总院专家把脉，让这条街道得以有机更新。通过立面整治、墙体修复、旧瓦换新瓦、青石板铺地、房屋维修加固等处理，30余间里河沿线白墙黑瓦、错落有致的古式样板房焕发新生。

"其实，这些古式样板房不再是原本意义上的古建筑了，它在传承古代建筑文化的前提下，已经融合了当代民居的一些特点，融合了地域文化的元素，可谓浙派民居的当代版。我们倡导浙派民居，并非一味回到过去，而是在恢复和保护古韵的同时，立足时代，符合当今所需，只有这样，浙派民居才会有生命力。"萧山区环境综合整治办主任张铮认为，"民居的修缮和保护还应该与周边环境相结合。因此，河上古镇在整治过程中，既抓好老街、老宅的保护和修缮，又拾起古树、古桥等历史文化碎片，使每幢房子都能恰到好处地展示其浙派民居的风韵，使整座古镇的历史感、现代感和实用性浑然相融。"

河上古镇仅是萧山区在综合整治过程中倡导浙派民居建设的典型之一。笔者在该区数个乡镇、街道走访发现，这几年来，随着共同富裕目标的不断实现，萧山区各个乡镇街道和行政村，秉持"在整治中保护，在保护中开发"的理念，在小城镇环境综合整治、打造浙派民居的过程中各显神通，推出了一批形态各具、特色鲜明的江南小镇：闻堰的老街江景、戴村的青

杭州市余杭区的农民居住小区

山绿水、河上的古镇风貌、衙前的官河风韵、党湾的沙地风情、益农的围垦印象、宁围的现代民居……迷人风貌从修葺一新的民居中尽情呈现出来。

"穷通岂在苦劳神，且作安居懒散人。买地种花多种竹，煮茶邀客也邀邻。"（宋·宋伯仁《安居》）祈望有个诗意栖居的地方，向往安定富足的日子，这是千百年来人们共同的心声。其中，拥有一处舒适温馨的居所，对于享有平凡而快乐的生活该是多么重要！事实上，浙派民居之所以强调地域文化、强调兼蓄古今，正是因为民居不仅是个单纯的居住场所，还是寄寓淳朴情感、追求精致生活不可或缺的载体。

浙江省《加强村庄规划设计和农房设计工作的若干意见》中已经明确，浙派民居设计必须坚持传承创新和彰显特色的农房设计理念，充分研究分析所在区域的地域特征与文化特色，积极探索村庄整体风貌下的单体设计。农房设计要处理好传统与现代、继承与发展的关系；既要深入挖掘历史文化资源，又要充分体现时代气息；既要注重农房单体的个性特色，更要注重村居整体的错落有致，有序构建村庄院落、住宅组团等空间，着力探索形成浙派民居新范式。

处理好传统与现代、继承与发展的关系；在深入挖掘历史文化资源的同时，充分体现时代气息；需注重农房单体的个性特色，更需注重村居整体的错落有致，有序构建村庄院落、住宅组团等空间。这三条原则并不抽象空洞，当今形势下浙派民居的基本定位已经明晰。

具体说来，传统浙派建筑的特点，主要是外观恢宏简朴，造型庄重，白墙黛瓦，色彩素雅，院落层次丰富而明快，内部梁架结构工整而圆熟，细部装修洗练，雕刻精细，彩绘秀美。这些特点是千百年来，一代又一代浙江人积累传承下来的，自有其合理之处，不可忽视抛弃。共同富裕背景下的现代版浙派民居，结合现实和发展需求，无疑是它的改良和升华版。

古树、歇亭、白墙黛瓦、石桥、幽深古道……在永嘉县岩头镇郑岙村，满眼所见，即是别具风格的民居。作为全省36个浙派民居建设项目之一和永嘉县唯一的浙派民居建设点，郑岙村通过立面改造，长廊建设，门头、村头以及道路的建设，统一建筑形态，打造成素雅、简洁的楠溪江民居风格，人居环境得到极大的改善，村容村貌显得古韵十足，又不乏新民居风采。

在宁波市鄞州区东吴镇浙派民居改造过程中，对古建筑进行"微改造"是主要手段之一。整个镇区白墙黑瓦，具有独特甬派风格的浙派民居风情浓郁，江南水乡古韵在民居、街巷、河道中体现得淋漓尽致。但这些民居均非新建，只是在原有基础上加以修缮、改造，将传统文化融入其中。这样的整治方式，避免了大拆大建，居民们十分赞许，纷纷主动配合。

"原先的东吴镇区本来就是一个典型的江南小镇，历史悠久，镇内有不少古建筑、老房子，都属于传统的浙派民居。这次民居改造，我们有

地处风景区的杭州市西湖区外桐坞村

意识地突出了'禅隐太白、韵藏东吴'的独特文化魅力，融入了江南古民居元素、浙江和宁波民居元素，提升民居的文化内涵，推进传统街区改造提升。"东吴镇党委书记汪辉介绍，"东吴镇范围内有著名的佛教寺院天童禅寺及五佛镇蟒塔、冷香塔院等古迹，天童国家森林公园和三溪浦水库也是东吴镇的地标，这些都是水乡镇区打造时必须考虑到的元素。"

在打造浙派民居过程中，鄞州区针对农村传统住房密度高、房前屋后空间小、隔壁而居现象多、单家单户改造难、村庄建设受限多等困难，探索推进"联户改建"新模式。这一模式既解决了以往农居房样式古板单调、不伦不类的现象，又加快了符合当地实际的浙派民居的建设，并为实施乡村振兴战略提供了"生态宜居"的宝贵经验。

姜山镇奉先桥村的新建农居房，格局合理，庭院宽敞，白墙黑瓦，飞檐翘角，"联户改建"的叠墅样式新房让村民们赞不绝口。2018年竣工的一期"联户改建"工程，把奉先桥村220多户村民分成3个区块居住，各个区块的农居房风格有异，每个区块的每幢农居房也都经过精心设计。"以前我们居住的房子基本上是砖混结构，又暗又潮，如今陆续换上了新房，不仅漂亮，各项配套也跟上了，费用还省下不少。"已住进新农居房的村民王小宝感叹。

2020年5月，奉先桥村又推出了建设规划蓝图。将在规划面积为5.03公顷的土地上，形成"两轴一脉一心多片"的空间布局结构（"两轴"为一横一纵对外联系发展轴；"一脉"为滨水休闲带；"一心"为村庄生活中心；"多片"为现代农业区、交通枢纽区和村庄生活区），农居房的设计仍由镇、村统一把关，施工则由村民负责落实，但必须按设计图实施，以确保整体风貌和各幢农居房的美观、协调，符合现代浙派民居基本要求。

为避免民居改建时出现村村"千篇一律"的现象，鄞州区各镇村的浙派民居建设改造，在按照标准、注重规范，把规定动作做到位的同时，又允许每个村有自选动作：基础配套弱的，统筹拆旧解危景观绿化和公共配套，从"形态提升"提升至"功能提质"；山水资源好的，将浙派民居与生态环境保护结合起来，积极发展生态休闲、民宿经济等美丽经济；文化特色鲜明的，对历史文化村落实行新建筑拆除财政补助、传统民居"虚拟拆迁"等办法。这些措施的陆续实行，使各村在彰显特色的同时，留住了人们的乡愁。

"田野上有金黄色的麦浪，河流旁住着百年的香樟，我们用汗水种下希望，等幸福悄悄爬上砖墙……"这是鄞州区姜山镇陆家堰村的村歌《陆家堰，我亲爱的家乡》中的歌词。该村已圆满完成农居房改造建设任务，整座村庄的面貌焕然一新，陶醉在富裕生活中的村民们忍不住歌之咏之，舞之蹈之。而在这村歌中，浙派民居的美妙景致无疑也得以尽情展示。爬上新农居砖墙的不仅有枝藤鲜花，还有这说不尽的获得感、幸福感。

## 除险安居，不再有来自危旧房的警报

> 　　共同富裕生活拒绝任何一座危旧房存在。全力治理城乡危旧房，消除地质灾害隐患点，让困难群众的安居梦化为现实，确保人民群众始终居住在安全可靠的房子里。

　　正是阖家团圆、欢度春节之际，2017年2月2日上午8时许，温州市文成县百丈漈镇外大会村4间4层半民房突然发生坍塌，共2户9人被埋。因处置及时，埋在废墟里的2名人员成功获救，但仍导致7人死亡。事件发生后，温州市和文成县有关部门组成的现场救援组对周边群众进行安全疏散转移，共转移21间房屋58人。

　　据悉，这幢倒塌的民房修建于2001年，非混凝土框架结构。并不可靠的建造质量、房主未能及时发现隐患，都是事件发生的主要原因。

　　而在此前的2016年10月10日凌晨，同在温州，鹿城区双屿街道4间建于20世纪七八十年代的农民自建房倒塌，造成22人死亡6人受伤。经核实，该房已被定为危旧房，死伤者多为租住其中的外来务工者，而这些外来务工人员都是给危旧房的房主付了租金，入住在此的。

　　类似的事件一次次提醒人们：在城乡各地，尤其是在农村，危旧房的治理不可松懈，稍有疏失，即有发生重大事故之虞！

事实上，浙江的城乡危旧房治理工作在全国一直处于领先位置，日常检查、监管、治理抓得较严。2014年，宁波奉化区曾发生住宅楼坍塌事件。事件发生后，住房和城乡建设部发出通知，在全国范围内迅速组织开展老楼危楼安全排查工作，浙江在这方面全力作为，如在温州，不但进行了危旧房的普查，还出台了《城镇危旧住宅房屋治理改造工作实施细则》，加以规范和推进。

然而，在城镇危旧房的治理日趋有效和规范的同时，农村集体土地上的住宅监管仍有不少难点、弱点，如部分农村居民肆意加层、破墙，有的不按农房改造核批要求，随意改建房屋；有的在危旧房整治过程中要挟相关部门，企图谋取不当利益；有的甚至拿租户当挡箭牌，抵制工作的开展。如此作为，不利于正常的房屋更新、加固修缮，不利于社会和谐稳定。

2006年，习近平同志在《浙江日报》"之江新语"专栏中曾经强调：要坚持以人为本，遵循客观规律，尊重农民意愿，推进包括整治村庄环境、完善配套设施、节约使用资源、改善公共服务、提高农民素质、方便农民生产生活在内的各项建设，加快传统农村社区向现代农村社区转变。显然，平安人居，是全面建成小康社会和实现共同富裕的题中应有之义。

2019年的春节，东阳市巍山镇同乐村乃更自然村村民吴跃其搬进了漂亮的新房，他抚摸着坚固的屋墙，兴奋得合不拢嘴。他怎么也想不到纠缠自己很长时间的这个"心腹大患"，在镇、村两级的关心下，

城镇里的老破旧住宅也必须更新改造

被消除得如此干净，而新建的房屋又是让自己那么满意。

"今年春节，我们村里一共有14户危房户入住了新房。在危旧房拆后重建的过程中，我们还趁机改造了绿化，美化了环境，让大家住得既安心又舒心！"同乐村党支部书记吴荣正说，"房屋质量提高了，居住环境改善了，连心情都愉快了不少！"2018年以来，随着危旧房治理工作的陆续推进，同乐村还被评为东阳市的"十美村"。

"2020年是决战决胜脱贫攻坚之年，农村危房改造是脱贫攻坚'两不愁、三保障'的重要工作内容……"2020年6月23日上午，同样在东阳市，南市街道专门为困难户家庭的危旧房治理改造召开工作推进会，部署了2020年拆后重建重点工作，要求落实好困难户家庭危旧房"一户一方案"政策，并对危旧房治理改造工作中的后进村进行批评，要求后进村这辆"慢车"抓紧制订方案赶上大部队。

根据东阳市住房和城乡建设局《关于决战决胜脱贫攻坚高水平做好农村困难群众危房改造的通知》，东阳市各乡镇街道锚定"一户不落、动态清零"的目标，进一步健全完善农村危房常态化发现和治理改造长效机制，及时发现、及时治理改造，确保D级危房不住人，C级危房及时实施改造并按规定时间完成。

"要对每户困难家庭的危旧房进行彻底的核查，弄清是否存在已发现的危房没有及时改造、上报完成的改造任务没有真正完成、采取其他方式另行安置的困难群众又返居危房、改造质量没有达到规定质量要求、基本居住面积没有达到规定标准、基本使用功能没有具备等问题，特别是要查一查在危房改造中是否存在不解决实质性安全问题的形式主义和虚假改造问题。"南市街道办事处主任王开开认为，"危旧房改造关系到人民群众的生命安全，督查工作十分重要，必须不断健全完善常态化及时发现机制，加密巡查排查，随时掌握危旧房动态变化情况。"

事实上，全力治理危旧房，让困难群众的安居梦化为现实，这项工作东阳市已经走在了全省前列。至2017年，东阳市就以"零增地"为总原则，切实做好拆危大文章，90％以上自然村的危旧房都已得到治理。数据表明，截至2019年3月，东阳市已在1300余个村开展危旧房拆除，累计拆除危旧房48585户，拆除危旧房建筑占地面积330余万平方米，其中D级危房23443户，累计安置农户27419户，包括宅基地安置17391户，集聚安置10028户，安置率为92.79％。

在杭州，2017年被确定为城镇危旧住房治理改造工作的收官之年、农村危旧房治理工作的攻坚之年，这意味着杭州市提前对所有危旧房发起强攻。

农村的危旧房数量大，拆除难度大，是杭州市2017年度危旧房整治的重点。根据《浙江省农村危旧房结构安全排查技术导则》的要求，质量差、主体结构破坏严重、超负荷使用，以及位于山边、水边、地质灾害易发点的房屋，以及农村三层以上（含三层）砖混多孔板结构和私加层的房屋，尤其是农村出租房、农家乐、民宿以及文化礼堂、养老设施等所有涉及公共安全的房屋，应作为排查建档的重中之重。

在细致排查的基础上，杭州市的做法是：对自住D级危险房屋尽快采取腾空、拆除等方式消除隐患；对已经列入农村困难家庭危房改造"十三五"规划的，分年度有序实施；对位于山边、水边、地质灾害易发点的危险房屋优先治理改造。

按照杭州市危旧房治理的推进计划，2017年6月底前全面完成城镇危旧住房治理改造工作；同年12月前完成D级自住危房和涉及公共安全的C级、D级危房的治理改造，排除各类隐患；2018年底基本完成城乡所有危旧房的治理改造。

浙江南部泰顺县，其地理风貌的最大特点是"九山半水半分田"，田地和水域的面积加起来仅占所有土地面积的1/10，可见这里的山地之多！可以说，进入泰顺地界，看到的基本就是峰峦迭起、坡陡壁立的地貌，只有在河流的转弯处、山谷的底部，方见若干狭窄的平地。

以山地为主的地区，免不了受地震、山体滑坡、台风等自然灾害的袭击。据统计，泰顺县的地质灾害易发区占全县总面积的96％以上。近年来，泰顺遭受了多次较为严重的自然灾害，大多与地质突变有关。

在地质灾害易发区生活、劳动，安全问题特别要紧。除了除险加固，保障群众始终居住在安全可靠的房子里，还要"让老百姓从危险的地方搬出来，在安全的地方居住，这是造福一方的民生工程"。泰顺县生态搬迁工程建设指挥部办公室副主任刘录之介绍，从2016年起，该县大规模进行"生态大搬迁"，实现了避灾安置、生态保护、山区城镇化的统一，打造了山区"除险安居"的升级版。它能让广大群众在住得安稳、住得舒心的同时，享受到优美整洁的生活环境，改变生活状态，甚至依托生态资源重新就业，在家门口实现增收，真正实现共同富裕。

农民黄世表曾经住在大山边。"连野猪有时都会扑上来。如果刮台风、发洪水，那个破旧的房子就根本没法住，每次都被政府接到山下临时住几天，每年都要碰到四五回。"黄世表说。长期住在那样的房子里，他自然向往住进坚固、安心的房子。然而，当泰顺县政府有关部门向他宣传搬迁政策、动员他搬离地质灾害易发区之时，黄世表没有痛快答应，他的顾虑是搬家就要盖新房，而自己家比较贫困，虽说有政府补贴，但可能还不了贷款。

对于农村居民的这些担忧，泰顺县政府及相关部门早有考虑。泰顺并非经济强县，但在让群众搬离地质灾害易发区的过程中，为了尽最大可能减轻他们的负担，泰顺县想方设法筹措资金，给搬迁农民的补偿额度，在全省是最高的。同时，还给搬迁农民配套提供贷款贴息政策和水电、通信、电视等费用的减免政策。

真诚的关怀、悉心的帮助，逐渐使这些农村居民意识到，充分利用这些好政策，及时从地质灾害易发区搬离，搬到地质稳定、人口集聚的地方去，是最佳选择。他们纷纷搬迁，绝大多数搬到了建制镇、建制村的集聚中心。

"为了让更多的农村居民享有'优品质'的生活，确保搬迁居民使用的每幢新楼都是优质可靠的建筑，我们还特意引入专业房企和物业公司，代建代管生态移民安置小区，从规划设计、监理施工、物业管理全过程代理，此举彻底改变了以往安置小区低端、无序，以及无人管理的状况。"刘录之认为，用最好的地、由最优质的企业建最高端的安置小区，才谈得上"安全""可靠"。

泰顺县的这轮"生态大搬迁"共涉及三大"1.5万"平台：一是从乌岩岭自然保护区、地震灾区、偏远山区整村搬迁安置的1.5万人口，二是15个抗震安居安置点的1.5万群众，三是地质灾害和D级危房户的1.59万人。三大平台的安居工程均已在2018年竣工，4.5万名异地安置农民陆续入住。

而在选择安居工程的地块时，泰顺县改变了以往从行政村到乡镇再到县城的逐级安置模式，直接在中心镇、县城择优选取黄金地块，实现一步到位、集中搬迁安置。无疑，这些黄金地块也是地质条件最好、不易发生各类地质灾害的区域。

"'生态大搬迁'把随时可能遭受地质灾害影响的群众，从灾难中撤离出来，也把基层干部从汛期24小时盯防地质灾害隐患点的烦琐工作中解放出来。同时，'生态大搬迁'减少了农民对周边森林、溪流等生态资源的依赖和破坏，有效减轻了生态环境压力，减少了生态治理投入，能腾出更多生态环境容量。"时任泰顺县委书记董旭斌感慨道。

为了给搬迁集聚的群众建设最安全放心的住房，泰顺县还在安置小区附近建设中学、体育馆、中医院等公共配套设施，就近布局占地800多亩的小微创业园、竹木产业加工园和来料加工点。为了消除农民群众下山后无田可种的后顾之忧，泰顺县还推出"搬家不搬田"的政策，如竹里畲族乡村民搬迁后，土地山林权实现整乡流转，规模化发展猕猴桃、水果采摘等生态高效农业，为群众拓宽就业增收之路。

消除地质灾害隐患点，完成综合治理，保护人民群众生命财产安全，是浙江省委、省政府地质灾害隐患综合治理"除险安居"三年行动的主要目的。该三年行动的总体要求是，到2017年底减少地质灾害隐患点1000处以上；到2019年底，全省基本消除威胁30人以上的重大地质灾害隐患点，减少隐患点数量3000处以上，受地质灾害威胁人数减少10万人以上，进一步健全地质灾害防治长效机制，全面提高地质灾害防治水平。

受复杂的地质、水文、气象等因素的影响，进入21世纪以来，全球自然灾害呈增多趋势，浙江的地质等自然灾害也呈多发、群发态势，防治形势严峻。开展地质灾害隐患综合治理，让广大人民群众住得安全、生活得安心，事关高水平全面建成小康社会和实现共同富裕大局。迟干不如早干、被动干不如主动干、出事后干不如未出事前干，这是省委、省政府对落实"除险安居"三年行动发出的号召。

2017年5月25日，浙江省政府在遂昌县召开全省地质灾害隐患综合治理"除险安居"三年行动现场推进会。会议要求各级各部门认真践行以人民为中心的发展思想，以更加坚决的态度、更加有力的措施、更加扎实的作风，深入推进"搬、治、防"各项工作。随之，结合当地实际，丽水市集中物力财力对地质灾害隐患点进行综合治理，实施"大搬快治"；温州市把地质灾害综合治理作为当前防灾减灾的头号工程，列入党委政府重要目标责任制和当年度十大为民办实事的头号工程。

为了解决搬迁集聚所需用地，按照人均80平方米的用地标准，浙江省政府有关部门下达避让搬迁建设用地指标，如2017年安置用地新增指标2331亩。省级财政对淳安等29个县地质灾害避让搬迁按照每人1.5万元的标准给予补助。仅此一项，省级财政即拿出补助资金1.95亿元。与此同时，对治理技术可行、经济合理、风险可控的地质灾害隐患点，分类进行工程治理，以消除隐患。仅在2017年，全省启动工程治理项目1804个，完成1230个，减少受威胁群众5893户24536人。

2017年至2019年，浙江连续下达各市地质灾害隐患综合治理"除险安居"年度任务书，出台了《浙江省地质灾害隐患综合治理"除险安居"三年行动考核办法》《2019年浙江省地质灾害防治方案》，明确提出2019年是全省地质灾害隐患综合治理"除险安居"三年行动的收官年，全省77个突发性地质灾害防治任务县（市、区），特别是50个重点防治县（市、区）的山区人口集聚区、交通沿线、旅游景区和低丘缓坡开发区是地质灾害重点防范区域；已知地质灾害隐患点、重点巡查区、在建地质灾害治理工程、地质灾害易发区内在建工程、农村房前屋后高陡边坡和小流域沟谷等是地质灾害重点防范地段，必须加以重点防治。

2016年9月28日17时28分，受台风"鲇鱼"影响，丽水市遂昌县北界镇苏村发生山体滑坡，造成重大人员和财产损失，其中约20幢居民楼被泥石流冲毁。据官方通报的消息，截至2016年10月9日，共搜救出19名被埋人员，确认死亡19人，失联8人。苏村山体滑坡事件再次敲响了地质灾害之警钟。在丽水，消除地质、水文、气象等因素带来的自然灾害隐患，成为政府确保人民群众生命和财产安全的主要工作任务之一。

2017年初，遂昌县就确定地质灾害避让搬迁安置政策，明确公寓安置、迁建安置、货币安置、其他安置4种方式，避让搬迁对象可自行选择其中的一种方式安置。其中，重点引导群众向县城转移安置，给予异地转移补助奖励、购房贷款贴息、过渡期临时安置费用补贴等政策扶持，选择在县城购买安置房的三口之家，最高可拿16万余元的补助奖励。至2017年底，遂昌县完成47处地质灾害隐患点的避险任务，撤离群众669户，为2299人消除了地质灾害隐患的威胁。全县地质灾害隐患点实施避让搬迁的人员撤离率、协议签约率、住房腾空率和房屋拆除率均达到100％。

天台县白鹤镇苍蒲坑村地质灾害隐患点是浙江省防范的重点，也是全省迄今规模最大的地质灾害隐患点避让搬迁项目。在该村的东北侧，有一个体量高达16万立方米的滑坡体，直接危及全村1000多名群众的生命财产安全。

对苍蒲坑村地质灾害隐患的排除，采取的是整村搬迁方式。该县利用当地群众春节返乡过年之际，于2017年春节前完成搬迁协议的签订，随即对涉及的约500宗房屋启动腾空工作。原苍蒲坑村的村民将被安置在地理位置较为优越的白鹤中学南边地块新建小区居住，2018年内安置完毕。

2015年9月底，受"杜鹃"台风影响，宁波市北仑区小港街道建设村羊角山出现滑坡险情。滑坡主要为土质滑坡，滑坡面积约3500平方米，总体量3万至4万立方米，威胁江南华庭小区2号楼和4号楼，约24户100人。当地随即对滑坡隐患点开展了工程治理，已在2017年8月完成。

"各安其居而乐其业，甘其食而美其服。"（《汉书·货殖列传》）享有安全、安稳、安心的居住，是人类最基本的生活需求之一，也是一个人最朴素的愿望。截至目前，在浙江，消除地质灾害隐患工作仍在深入进行中。作为一件实打实的民生实事，只有往细里做，往深处推进，与群众的愿望相一致，百姓的获得感和幸福感才会更多、更满、更久。

# 古村落保护，不忘这份久远的乡愁

保护建筑，保护肌理，保存风貌，保全文化，保有生活，深度挖掘农耕文明、乡村传统和人文风貌，持续提升农民生活品位，每个历史文化村落都在靓起来。

文村，是杭州市富阳区洞桥镇的一个行政村。出富阳城区，沿305省道西行，至胥口镇右拐，沿景色如画的县乡公路胥高线北上，美轮美奂的岩石岭水库就在眼前，文村即在这一汪碧水的前方山谷里。"村依青山下，水绕村子流"是对文村景色生动而简洁的描述。

文村是个典型的农业村，主要产业为种植业和养殖业，洋芋、白芸豆和燕麦等特色农产品在当地颇有知名度。不过，这个藏在大山旮旯里的小村，若不是出现了这批有着"很艺术"墙面的农居房，说不定仍悄无声息地踞卧着。中国著名建筑师王澍的到来，改变了这儿原本老旧、单调的墙面，建起了一幢幢个性色彩强

德清县新市古镇

烈的农居房，才打破了这儿持续千百年的静谧。

由于地处偏远山区，交通不便，文村的村民以往建房，都是就地取材，杭灰石、黄泥土、纸筋灰等都是本地常见的建材，被村民们娴熟使用。文村现存的40幢古民居，大多建造于明代、清代，均采用这类建材，"石头打墙""夯土砌墙"等民居建造工艺也都是传统手法。尽管这样的建房方法很符合生态法则，但整体格局还不是太宽畅，尤其是外观，显得粗糙、笨拙，这无疑与当地相对低层次的建房条件和居住需求有关。

"其实并不是这些建材不好，或者说建房方法有问题，关键是千篇一律，不注重外观，没有规划，所以也没有整体美感。特别是外墙粉刷，主要目的一直只是保护墙体，对乱七八糟的'丑相'也不在意。有的外墙连粉刷都不搞，是真正的'赤裸墙'。"严建军是当地的造房师傅，以传统营造法参与建造这类农居房已有很多年，也曾苦恼于这类农居房的简陋粗糙和缺乏美感，但又不知该从何处入手改变。

事实上，文村非但拥有自然美景，还是一处颇有文化底蕴的历史村落。村后边那座有着奇特造型的山峰，酷肖一支倒立的毛笔，被村民们唤作文笔峰；村前的那面清流溪潭，则像一方专为文笔峰而备的砚台，文村的地名缘此而来。让文村的文化味儿更浓，体现独特的村庄风格，与秀丽景色相得益彰，的确十分必要。

2012年，我国首位普利兹克建筑奖得主、中国美术学院建筑艺术学院院长王澍承担了富阳博物馆、美术馆、档案馆"三馆合一"项目的设计任务。在设计过程中，他多次实地考察了富阳的山山水水，期冀在富阳的当代建筑中融入本地元素。无意间，他来到文村，被这里不可多得的良好生态环境和众多古民居所吸引，先后来了10多次。这里的山山水水和古民居激发了他在此打造一片既具有浙江区域性传统建筑特色又融合现代居住功能新民居的热情。

在改善人居环境方面，乡村环境绿化、路面整治、立面外墙美化等基础设施提档升级是重要内容。但立面外墙美化向来被人们所忽视，尤其在乡村，不少村民觉得外墙坚固即可，在美观上花钱有些不值得。有的外墙石灰早已剥落，因未影响居住，村民们往往不去理会；有的外墙出现破损，村民们只做加固，至于加固后墙面变得斑驳、难看，村民们觉得无所谓，"何况文村是在山里头，没人来看"；有的外墙上还留着陈年的广告、残缺不全的宣传标语等，村民们也熟视无睹。

"关键是缺乏求美观的意识，也不知每幢房屋的外墙整洁、美化，对美丽宜居村庄建设关系重大，是一笔村庄发展的巨大财富。"文村村党支部书记沈樟海说，"按照'千万工程'要求打造浙派民居，这对文村来说特别迫切，这么漂亮的地方，怎么能出现难看的房子？创建富阳区第一个国家级美丽宜居村，才对得起这么好的环境、这么好的山水。"

王澍领衔的文村浙派民居改造团队，其骨干主要来自当地的建筑工匠。外墙改造的整体思路是"修旧如旧、相互协调，错落有致、彰显特色"。当然这个"旧"并非陈旧、破旧，而是回归浙派民居的传统风貌。对于传统工艺，当地的工匠自然最为擅长。新落成的浙派民居共14幢，以杭灰石墙、夯土墙、抹泥墙为外立面，整体上保持了古民居灰、黄、白三色基调。对村里的旧房子，外立面整治加入了斩假石、清水混凝土层、片柱等传统元素，使每幢老房子都拥有了古朴和现代的融合之美。

杭灰石在文村周边的山上随处可取，这里的大部分房子是采用这类石头砌筑外墙的。工匠们把一块块杭灰石精心敲打琢磨，石墙的每块石头既保留了原有纹理，又严丝合缝地契合在一起，远远望去，犹如一条通体流光溢彩的龙，蜿蜒匍匐在溪畔，煞是好看。"只有这样的外墙，才能与这里的质朴相协调，美观又艺术，牢固又环保。"村民李强华已经入住装饰一新的浙派民居，他对自己家的石墙十分喜爱。"远近都是一道风景

啊。"李强华感慨道。村里有了这么漂亮的房子，整座村庄神奇地"复
活"了，如今的他就爱住在这里。

　　浙江南部，南雁荡山别支的玉苍山南坡，美丽的玉龙湖河谷中上游
处，有一座隐于茂密林木之中的小村落。在这里，层层叠叠的老房子依
山而筑，大多为穿井式木石架构，有的还把柱子直接架构在下一层山坡
上，成为吊脚楼，远远望去，古朴典雅。然而，比这山村风貌更吸引人
的是，300多年前这里曾为浙江民窑生产地，至今完整保留古陶瓷生产线
遗存。它便是温州市苍南县桥墩镇碗窑古村。

　　"巫氏第十五世志益公，始于清代康熙年间，由闽汀连邑（今福建省
连城县）迁居我浙瓯昆（今苍南）蕉滩之东，素业陶瓷传家。"碗窑村
《巫氏宗谱》载，闽南巫氏等先民擅长手工操作烧制陶瓷器皿，尤以制作

苍南县桥墩镇碗窑古村

青花陶瓷闻名。因避战乱北上迁居，发现今碗窑村一带自然条件适宜烧制陶瓷，遂重操旧业。随后，多个杂姓也迁居于此，"实业瓷矿，屋宇连亘，人繁若市"。得益于此地相对偏僻，战祸稍远，制陶业日益发达起来，且在清乾隆年间达到极盛。

龙窑又称阶级窑，是一种半连续式的陶瓷烧成窑，它依一定的坡度建筑，以斜卧似龙而得名，在中国南方尤其是江浙一带被广泛采用。由于此地的龙窑主要以烧制碗具为主，尤以荷花盖碗为最，男子制作碗坯、烧窑成器，女子则为碗具画上如意草或宝相花图案，"碗窑"的村名由此而来。据说极盛时，碗窑村共有龙窑18座，吸引了40余姓聚居，4000人口中仅30余人务农，其余皆为窑主或窑工。时光如梭，如今那18座龙窑大多已经不存，完整保留下来的仅有1座，为清康熙年间由王氏建造，现在仍可使用。

尚未进入碗窑古村，远远地，已看见那座已成古村标志性建筑物的高大烟囱。那塔状的烟囱矗立在一片溪畔民居之上，锥形的外观，灰黄的色调，既敦实又古朴。苍南县玉龙湖碗窑旅游开发有限公司经理陈尔东告诉笔者，由于当年碗窑村的产品颇受青睐，前来要货的客商很多。有的客商为了囤积碗窑的货源，干脆就住在这里，一住就是半年。所以当年这里还开设了不少客栈，遗存至今的木结构八角楼，依稀有着古客栈的格局，很可能就是客商们下榻处的遗址。为了挽留各方来客，清朝中叶，村里还集资兴建戏台，据说一口气建了2座。保留至今的那座古戏台是歇山式屋顶的木结构建筑，整座戏台没用一根铁钉。虽历经风雨，整座戏台仍十分完好。南戏专家认为，光是戏台屋脊上的仙人走兽、戏台顶面藻井上精致的彩画，即可认定这座古戏台非凡的文物价值。此外，建于清初的三官庙，也是不多见的古建原物。"三官"指的是道教尊奉的三位天神，即天官、地官、水官。

在全面建成小康社会和实现共同富裕的进程中，碗窑古村的保护利用被提到了苍南县及相关部门的议事日程上。2013年3月，苍南县召开碗窑村乡土建筑保护规划评审会，省文物考古研究所、温州市文广新局等相关职能部门的专家、领导参加评审和讨论，意味着这处第三批省级历史文化名村、第六批省级文物保护单位进入保护恢复和利用阶段。

"雨过脚云蒦尾垂，夕阳孤鹜照飞时。泥澄铁镰丹砂染，此碗陶成色肖之。"（清·弘历《题宣德宝石红釉碗》）在中国，感叹陶瓷器皿之美妙、烧窑制陶之艰辛的诗文不知有多少，随手翻阅即可读到许多，古人日常生活中陶瓷器物的重要性由此可见。"碗窑古村拥有丰富的清、民国时期传统民居建筑以及制瓷作坊等遗存，文化底蕴深厚，充分体现了古人在村落选址、院落布局、建筑构造、装饰技巧、制陶技术等方面的高

传统古村落有其特殊的文化价值

超水平，堪称明清时期手工业制瓷的活博物馆。对它的保护利用，必须严格按照保护建筑、保护肌理、保存风貌、保全文化、保有生活这一要求，循序渐进地进行，体现其精深美妙。"时任苍南县副县长林小同说，"昔日的碗窑村采用原始烧制技术制作粗瓷碗具，民居建筑也符合简朴生活方式和天人合一理念，如今对古村的保护和恢复同样必须遵循生态环保法则。"

至2016年，苍南县已投资约3000万元，在碗窑古村建成亲水平台、游客服务中心、景区公厕等设施，将碗窑古村景区打造成了集环境绿化、古村保护、旅游休闲于一体的综合性园林绿化景区。2017年10月，提升后的碗窑古村重新对外开放。苍南县文联主席岳盛笑介绍，结合碗窑古村恢复利用，大力发展文化旅游，让游客在亲手制坯、烧制、上釉、添画的过程中，享受古法制陶之魅力，同时打响碗窑古村原生态制碗品牌，将为重现碗窑古村旧时荣光提供一条可行路径。笔者已经看到，在碗窑古村，由朱氏古居改建的碗窑博物馆和由村仓库改建的碗窑陶艺博物馆已经落成开放，古村修缮工程正如火如荼进行，数处游客体验点也已推出。碗窑古村恢复保护和业态重振的探索之路已经起步。

# 第八章

## 幸福不分彼此，公共服务均等享有

"城市基础设施向农村延伸，城市公共服务向农村覆盖，城市现代文明向农村辐射。"这是浙江省城乡基本公共服务均等化的宗旨和路径。

让村里人像城里人一样全面享受公共服务和生活便利。如今，浙江全省已形成以县城为龙头、中心镇为节点、中心村为基础的公共服务体系，实现村村通客车，运用信息化技术手段，形成了农村30分钟公共服务圈、20分钟医疗卫生服务圈，推进水电路气网等基础设施建设，构建起城乡全面覆盖、全线贯通的基础设施网络。

# "发展有思路，修路第一步！"

> 当盼望已久的客运班车驶入村庄，万分喜悦的村民们自发组成锣鼓队，敲锣打鼓迎上前去，围着班车载歌载舞。浙江的乡村交通建设步伐走在了全国前列。

"梁苑城西二十里，一渠春水柳千条。若为此路今重过，十五年前旧板桥。"（唐·白居易《板桥路》）这首节奏明快的古诗，说的是诗人在美好的季节里故地重游，道路的通畅、路边的美景令他着迷，他甚至还预感到即将再次遇上一场不无浪漫的邂逅。是的，道路，通畅的道路，不仅能让人安全快捷地到达目的地，还能给人以非凡的愉悦感和对幸福的无限憧憬。

2003年，浙江开启了"乡村康庄工程"，计划让所有乡镇都通上等级公路。在时任省委书记习近平的亲自过问下，这项工程于2006年完成，即便是最偏僻的乡镇，也有了平坦宽阔的等级公路与外界相连。随之，浙江又开始了大规模的交通基础设施建设，让公路通到每个建制村，并于2010年实现了"农村公路村村通"的目标。按照习近平总书记提出的农村公路"建好、管好、护好、运营好"这"四好"要求，从2014年3月起，全省范围内的"美丽交通"建设再次拉开序幕，2016年后的"四好农村路"建设成果卓著，并于2017年实现了"农村客车村村通"。

临近2018年的一个深冬早上，3辆9座的康庄巴士沿着山路，分别开进了淳安县金峰乡百照村、王阜乡胡家坪村、梓桐乡富石村，标志着浙江最后3个建制村的客运班线正式通车，由此，2017年初省政府确定的"今年底，村村通"目标画上了圆满的句号。

这3个建制村客运班线的通车，也意味着浙江省8市43县（市、区）960个有通达任务的建制村已100%实现客车通达，全省27901个建制村都通上了客运班车，提前3年完成了交通运输部提出的2020年底实现建制村客车村村通的目标，浙江的乡村交通建设步伐走在了全国前列。

由于海拔高，山路险峻，尽管有了简易道路，但淳安县金峰乡百照村等3个建制村的村民仍需靠步行或简单的交通工具出行，极为不便。如百照村，因原先的进山道路仅3.5米宽，且没有加装护栏，若两车交会，其中一辆必须倒车一二百米，才有合适的位置让另一辆先行通过，这样狭窄、弯急、坡陡的道路显然不符客车通行要求。又如金华市磐安县仁川镇下余村，因地处偏僻的大山深处，常年居住人口不足60人，未通客运班车。村民外出办事，往往得先步行4千米山路，方能坐上班车。据统计，截至2016年底，全省仍有温州、丽水、台州、金华、衢州、杭州、绍兴、湖州等8市43县（市、区）的960个建制村未通客车。这样的状况自然不能再延续下去。

2017年4月14日，浙江省人民政府在金华市磐安县专门召开了"全省建制村客车村村通工作现场会"，定下"今年底，村村通"的目标，原本4年的任务要求在1年内完成。省交通运输厅及相关运管部门把"村村通"客车作为2017年的头号任务，通过实行创新的运营方式、完善的审查机制以及强大的财政保障，确保客车"真正通""安全通"和"长久通"。

武义县柳城畲族镇上黄村位于武义、遂昌、松阳交界处，小小的村庄蹲踞于海拔850米的半山腰，距武义县城有60多千米。在未通客车之前，村里人哪怕要去柳城镇上，也得在崎岖的山路上步行大半天时间。2016年，武义县有关部门花大力气，对通往该村的农村公路进行了提升改造，又在2017年开通了公交客运。一条平坦、安全便捷的道路，一辆能抵达村口的班车，让长久居住在大山里的村民与当今世界更加紧密地相连。

同样，当盼望已久的客运班车缓缓驶入东阳市千祥镇光周村时，万分喜悦的村民们自发组成锣鼓队，敲锣打鼓地迎上前去，围着客运班车载歌载舞。"谢谢你们，我们终于可以在村里坐上公交车了。"他们对交通运输和运管部门的同志竖起大拇指，称赞政府帮他们解决了大难题，从此外出赶集、探亲访友、求学、就医等就方便多了。

"为了让人民群众过上小康生活，提升他们的生活质量，改善他们的交通条件，仅在2017年全年，我省就累计投入9.5亿元，改造提升农村

只有一条简易小道与外界相通的小村落

公路5300多千米，设置错车道4400余个，新购客车435辆，开通、延伸客运线路925条，新建农村港湾式停靠站3875个，直接惠及97.17万名偏远群众。通过这一年的客车'村村通'攻坚行动，全省实现了农村客运基本公共服务全覆盖，有力促进了'三农'发展，提升了公共服务均等化，有效增强广大人民群众的获得感和幸福感，支撑了农村地区'两个高水平'建设，其意义极其深远。"时任浙江省交通运输厅厅长郭剑彪兴奋地介绍。

"客车通了，信息灵了，脑瓜活了，收入多了，讲文明了。"农村公路建设和客车"村村通"，进一步促进了农村社会事业的快速发展。与此同时，从2013年起延续5年的"四好农村路"建设，也在浙江取得了重大成果，包括加快《浙江省公路条例》立法进程，出台农村公路建设管理办法，完善公路安全设施，改造危桥病隧，实施路面维修，创建美丽经济交通走廊，打造百条精品示范线和千个高品质公路服务站，全面打通"断头路、盲肠路、梗阻路"，等等。

枫常公路是杭州市淳安县枫树岭镇通往衢州市常山县的一条山区县道，原先路窄，弯多，路况差，在当地人眼里是一条"穿山公路"，通行十分不便，也极不安全。这条公路的起点枫树岭镇位于淳安县西南，距县城40多千米，北面靠近千岛湖，西面却与常山县相距不远，这条公路的重要性不言而喻。

"枫常公路沿线的诸多农村，当地居民收入来源多靠农业。其实，我们这里的农特产品十分丰富，但交通不便，很多产品运不出去，丰富的毛竹、茶叶大多烂在山里。镇辖区内虽然有着淳安县第一高峰——磨心尖，但因为交通不便，众多游客没法进来。因为收入低，几乎所有青壮年都选择外出务工。"枫树岭镇党委委员凌丽英感慨道，改建之前的枫常公路制约了当地经济社会发展，群众要求破除"瓶颈"的呼声越发强烈。

2018年，在省、市、县三级交通运输部门的大力推动下，枫常公路改建工程当年立项、当年审批、当年开工，并被列入省重点工程。该项目起于枫树岭镇，止于常山县白马村，全长17.33千米，是全省贯彻乡村振兴战略、高水平建设"四好农村路"的重点项目之一。

"2018年11月28日工程开工，我至今还记得开工仪式上的情景。四邻八乡的众多村民纷纷跑来围观，有80多岁的老人，也有三四岁的儿童。在外地务工的村民听说枫常公路改建工程开工了，也连夜从外地赶回，来见证这一重要时刻。"工程项目管理人员何勤回忆，"开工仪式一结束，甚至还有当地村民跑上仪式台，在背景板前合影留念，以表达喜悦之情，寄予期望。"这一情景让他看了很感动。

村民黄柳木的家就在征迁红线2米外，房子紧邻枫常公路，半个院子被划入了征迁范围内。这次征地，黄柳木家不但补偿少，也对以后建房带来影响。但黄柳木真诚地说："我们是枫常公路开通后的最大受益者，哪怕不给补助，我家也要全力支持。"

工程开工前，征迁工作组插下的代表征迁线路的红旗，尽管白天晚上无人看管，但没有一面被村民摘下。凌丽英动情地说："百姓们只关心路的建设进展，满腔热情地支持，这也体现了枫常公路改建工程是顺民心、应民意的民生工程。"据了解，征地拆迁过程中，枫树岭镇镇政府和淳安县交通发展投资集团有限公司从测量画线到青苗清点，从房屋评估到征迁拆除，总共才花了19天时间。由于两县群众大力配合支持，枫常公路的建设十分顺利，此项改建工程成为"群众最拥护、最支持，没有遇到任何困难"的工程。

2020年9月，枫常公路改建工程完成，全线通车。

台州临海市小芝镇包山村曾是个经济落后村。2003年以前，因为村道都是烂泥路，里面的人很难出去，外面的人不愿意进来。有人曾经形象地称包山村的道路是"出门就是泥，大坑连着小洞"，此道路成了十里八乡笑话的对象。有一次，一位村民把家里舍不得吃的鸡蛋攒起来，骑着三轮车拿出去卖。没想到因为村道路况太差，没骑到村口，鸡蛋就已全部被颠碎了。

担任了24年村党支部书记的包梦林反复思量，觉得经济要发展、村民生活质量要提高、高水平小康社会要全面建成，勒紧裤带首先要把路修好。经过讨论，村"两委"下决心带领全村村民，花4年时间，按主干道、次干道、支路的顺序打通全村路网，并与外界道路畅通相连。

修路毕竟是需要钱的，可其时的包山村不仅没有一分钱的集体资产，还倒欠十几万元的外债。这该怎么办？包梦林和村干部们几经筹划，最后的选择是集资。

"那时候村民都不富裕，你让每户人家出200元钱，也会有很多人不愿意。我们村干部就带头，一人三五百先出，再一家一家去做工作。修路的时候，我们也是带头出工出力，人工钱能省一点是一点。"村干部包分权说。那段时间，村里真可谓一分钱要掰成两半用。好在经过一番努力，村民们支持配合，整修第一条村道的钱筹齐了。

第一条村道整修完毕后，效果不错：外面的人愿意进来了，米面加工产业迅速扩大；村民把产品拿出去大大方便了，电商业也越来越发达。接下来，包梦林与村"两委"一起，梳理出全村可用资源，出租山林、水库、茶园等，所有收益均存入村集体资产账户，相当一部分投入交通设施改造。2008年，包山村集体资产终于由负变正。此后，如雪球般越滚越大，该村的集体资产达到了上千万元。如今的包山村道路四通八达，宽阔通畅，渐渐变成了富裕村。

"如果要问我们村共同富裕的秘诀，我可以概括成两条路：一条马路，一条思路。不过，有了一条条通畅的马路，我们共同富裕的思路才会化为现实，所以，'发展有思路，修路第一步'，这是我们村发展最深刻的体会!"包梦林充满期待地说。如今，因为道路畅通了，小芝镇已在包山区块建立一个细米面产业园，以"先进"带"后进"，让包山村带动其他各村组团，促进共同富裕，实现高水平发展。

## 城乡融合，城里有的我们这里也有

> 尽最大可能缩小城乡差距，让农村社区成为兼有生活劳动、统筹协调、科学发展的实体，产业布局合理化、人口居住集中化和合理集聚各类公共服务资源要素是它的基本要求。

九峰山片区距宁波市北仑中心城区约6千米，附近零星分布着9个行政村。由于资源要素分散，各个村的基础设施均较落后，公共服务不全，环境脏乱差，不少当地居民选择搬入城区居住。这样一来，这一带的村庄更显落后。

2017年，抓住太河路和九峰山景区建设这一有利契机，北仑区调整了这一带的资源要素分配，设立了九峰山农村社区，让这9个村庄"抱团"共建，形成了新型的城郊型农村社区，尤其是兴建了一批公共服务基础设施。社区建起了占地2500平方米的社区服务中心，还配建了农贸市场、村民广场、幼儿园等一应生活设施。"环境好了，服务多了。社区

晨曦中的嘉兴湘家荡月亮湾（陈景青摄）

医院可看病，服务中心可缴费，一辆公交车可进城。住在村里，也能享受城里的生活，不用再搬到城里去住。"村民贝彩萍高兴地说，"住在这个农村社区里的种种好处，是住在城里的人享受不到的，正因如此，不少村民都搬回九峰山来住了。"

九峰山片区被打造成城乡融合、基础设施和公共服务等互联互通的九峰山社区，这只是北仑区打造品质乡村、合理集聚各类公共服务资源要素的实例之一，瑞岩片区、三山片区等城郊型农村社区，也都按此模式予以科学调整、合理集聚。至2018年5月，北仑已经明确了统筹谋划建设24个中心片区和16个基层村的"2416"村庄空间布局，制订了水电、道路、信息、排污、绿化等城乡融合专项规划。"下一步，我们还将继续完善文化教育、医疗卫生、社区服务等社会事业发展相关政策，促进乡村教育、医疗卫生优质均衡，让北仑农民享受与城区同等的公共服务。"北仑区农办相关负责人表示。缩小城乡差距，促进产、城、乡融合，延伸下沉公共服务，让乡村更宜居，是打造这一社区模式的目的所在。

一大早，北仑区柴桥街道瑞岩社区的服务中心，已有不少村民在办事。因为在这里办完事情后，他们还要去田里或企业里忙碌，所以早上的服务中心特别热闹。瑞岩社区是一个成立不久的农村新社区，由河头村、岭下村联合设立。这里较为偏僻，距柴桥街道办事处所在地的中心集镇还有4.5千米。

"因为离街道办事处相对较远，以往村民缴费、看病、办证，都要坐公交车来回，花上两三个小时是常事，难免影响正常的工作。瑞岩社区成立后做的第一件大事，就是建起了这个一站式公共服务大厅，由街道统一协调，安排了11个政府部门和服务单位进驻，把社保办理、水电缴纳、公交充值等30多项民生服务引入大厅，服务清单还一一上墙，一目了然。为了节省村民们的时间，还采取了代办服务，即：能在社区办理的，一站式解决；不能办理的，由社工全程代办。"瑞岩社区负责人李碧雅介绍，"社区服务中心的服务项目十分齐全，村民们在这里办事，一般都能立等办毕。"

除了能在这里办妥数十项民生服务项目，社区服务中心还成了村民文化休闲活动的主要场所，几乎所有社区居民都喜欢到这里来。在服务中心三楼的书法活动室，60多岁的村民林岳才正兴致勃勃地挥毫泼墨，好几位村民在旁观赏。林岳才是社区书法社的骨干，有了这间书法活动室，他几乎每天都在这里以字会友。"以前我最爱打麻将，可自从有了书法社，再也不去碰麻将了，生活很充实。"林岳才说。社区服务中心不但有书法社，还办起了戏曲社、二胡社、歌舞队等10多个文化社团，村民都能在这里找到自己的兴趣所在，业余生活越发丰富。

在北仑区梅山岛，一座新建成的中心幼儿园十分引人注目。那崭新的建筑，以及课堂桌椅、运动器材十分完善，毫不逊色于中心城区的幼儿园，而它的师资配备、课程设置等软件也都是一流的。碑塔村距此不远，村民王媛媛每天都来这里接送孩子，每次都对幼儿园赞不绝口。她说以前的梅山岛，各项基础配套设施较弱，教育资源少，为此她和家人曾多次考虑搬离梅山。"没想到就在我们家门口，就有这么好的幼儿园，孩子能享受到这么优质的教育，我们搬家的念头就打消了。"王媛媛感叹。

梅山岛加快资源集聚、统筹发展的动因之一，是宁波市近年来正在大力推进梅山保税港区和滨海新城开发建设。抓住这一有利契机，北仑区随即投入巨资，提升乡村基础配套设施，在较短的时间里形成了"到市区40分钟，到北仑多通道"的交通网络，还把原本星星点点的渔家集聚起来，组成干净整洁的新社区。新社区内，中心幼儿园、梅山学校、环卫站、污水处理厂等生活配套设施一应俱全，生活的便利、服务的周全堪比城区。

"首夏犹清和，芳草亦未歇。"（南朝宋·谢灵运《游赤石进帆海》）据统计，至2018年5月，北仑全区已建起了82个农村社区服务中心，平均面积达到800余平方米，不仅配备了多功能活动场所、健身设备，还引入了居家养老、爱心送餐等公益服务项目，从而最大限度地消弭了城乡差别。

农村社区不是一个空心村，它必须是个兼有生活劳动、统筹协调、科学发展的实体，产业布局合理化、人口居住集中化和公共服务均等化是它的基本要求，也是全面建成小康社会的刚性要求。

高水平全面建成小康社会就是从"有没有"到"好不好"的全面提升，是解决公共服务不均等不充分等问题、实现共同富裕的基本要求和根本途径，也是坚持在发展中保障和改善民生的具体体现。嘉兴市嘉善县在推进农村社区建设方面，首先突出的是城乡统筹先行区建设，以此为样板，逐步推开，以率先基本实现城乡融合发展和农业农村现代化。

2013年7月，按照经国务院同意、国家发改委批复的《浙江嘉善县域科学发展示范点建设方案》提出的建设"三区一园"（产业转型升级引领区、城乡统筹先行区、开放合作先导区、民生幸福新家园）的目标要求，嘉善县突出"民生幸福新家园"建设，重点针对农民建房刚性需求和新农村社区启动难的现状，与乡镇街道共同分析农民建房问题的症结所在，提出加强农房管理、有序推进农房改造集聚的建议意见，畅通农民建房的渠道；同时依托小城市、工业平台建设，农村土地整治项目及少量农民自然集聚，有序推进农村社区建设。在此基础上，重点指导推进干窑村、枫南村创建省级重点培育示范中心村；大云村、干窑村、翠南村创建省农房改造建设示范村；干窑村、翠南村、库浜村创建市级城乡一体新社区。

在嘉善县惠民街道枫南村，以撤并自然村、建设新社区的方式，一座新崛起的枫南新区让农村居民的生活质量骤升，各类资源要素向中心村集聚配置，使"富民强村"落到了实处，群众的支持度很高。

"在全力打造'幸福枫南新家园'的过程中，在有关部门的扶持下，我们的步子跨得比较大。如紧紧抓住嘉善县开发区东区开发建设的有利契机，对3000亩预征地进行土地流转，对2000平方米老旧厂房进行回购改造，实施总投资2500万元的枫南新区商业用房及农贸市场建设；如根据枫南老集镇和拆迁安置区现状，全面实施基础设施改造、服务功能提升、宜居环境整治'三大工程'，全面完成总投资约150万元的'五化'环境建设。"枫南村党委书记盛丽霞介绍，"各个农村社区吸引了各类资源要素，村级经济发展进入了良性循环的轨道，'强村计划'的每一步进展，都让百姓尝到了甜头。"

为推动资源要素向农村特别是农村社区集聚，促进产业布局合理化、人口居住集中化和公共服务均等化，近几年，嘉善县还确定了6个重点体制机制创新课题，并在实际推进中积极探索：一是以姚庄"两分两换"为样本的宅基地空间置换试点课题；二是以"强村计划"为载体的探索村集体经济有效实现形式课题；三是以村经济合作社股份制改革为主的农村集体产权制度课题；四是以"两新工程"为载体的农房集聚改造课题；五是以农村新社区管理模式为切入点的涉农管理体制改革课题；六是以户籍制度改革为主要内容的农民市民化课题。毫无疑问，这些创新课题都是推进农村社区建设和加快资源集聚配置的关键点。

建设和整治农村社区是缩小城乡差距、推动农村向城市发展的必经之路，然而，农村社区的打造和管理并非易事。一是因为农村社区处于城镇与农村之间，被称为"乡镇中的夹缝地"，人员集聚多，涉及领域杂，牵涉面较广，却仍属农村社区范畴，不少运用于城市的建设和管理手段难以用上；二是农村社区的建设和管理资金投入大，尤其是在起步阶段，需要多方筹资才能解决问题；三是不少居住在农村社区的居民，思想观念尚需统一，文明素质尚需提高，否则农村社区建设就不可能达到应有目的。

丽水市景宁畲族自治县在打造鸬鹚乡农村社区的过程中，立足为广大农民提供完美服务，实现幸福生活，从难处入手，在实处着力，克服了资金、人手、经验等方面不足的困难，农村社区建设和管理工作顺利推进，其在乡镇领域的带头作用日益体现，畲族人民的生活质量也得以逐步提高。

"拆偏远、建鸬鹚"，是鸬鹚乡农村社区改造的总体思路。鸬鹚乡紧紧抓住小康社会农村社区培育建设契机，突出农村社区"家"的建设理念深化培育。为了吸引分散居住在山里的农民下山，住进移民小区，他们创新方法，以建套房的方法，即推广城市公寓套房的居住形式，让农民实实在在地感

有待改造的农村中心村

觉套房的舒适、卫生，移民小区的公共服务配套齐全，促进了农村社区的人口集聚。至 2012 年，鸬鹚乡投入各类资金 2000 多万元，整村搬迁 6 个自然村，完成新建 132 户，修缮加固 293 户，县城购农民公寓房 24 户。

鸬鹚村是鸬鹚乡乡政府所在地，按照农村社区"布局合理化、产业规模化、人口集聚化、设施配套化、服务社区化、环境生态化"6 个化的项目建设要求，有序实施各个项目改造，并接纳大量下山移民，成为全乡最重要的农村社区，也是省级农村社区培育点。5 年来，鸬鹚村被征用土地约 16000 平方米，建设下山移民小区的 118 平方米套房 4 幢共 56 套。由于套房的建设能使土地集约利用，节省农民建房资金，改善农户居住环境，这一好做法很快在全乡乃至全省得以推行。

农村社区建起来了，日常管理也是个大问题。鸬鹚乡未雨绸缪，制订并落实农村垃圾"户集、村收、乡运"的运行机制，配备保洁员，还推出了长效保洁制度，农民自觉爱护环境的意识不断增强。为改善鸬鹚

农村社区基础设施，鸬鹚乡集中资金，投资120多万元，路面硬化2450平方米，完成改厕农户193户，新建公厕2座、改建2座，拆除破旧栏厕90个，拆除面积400多平方米，彻底改变了以往农村厕所的破旧面貌，并完善建设了排污管道及生态处理池。与此同时，花大力气完善和改进了村务活动室，引进和提升了卫生室设备，改善了幼儿园教学设备，完善了安全饮用水工程、河沟池塘治理、无线网络工程和信息化视频监控系统等公共服务设施，并完善中心小学、幼儿园、老年活动室、卫生院、敬老院、警务室、广播室、街头健身小广场、街心花园、体育健身场所、放心店以及农民信箱和党员远程教育站等基础设施的建设。

通过几年的建设和管理，鸬鹚农村社区已经完全换了模样。"现在，村里的垃圾山没了，路边杂草铲除了，路面硬化了，下水管道也改造完成了，垃圾箱装到了路边，还有了专门的保洁员，村貌和以前大不一样了，干净卫生，我们也过上城里人的生活了。"鸬鹚村的村民自豪地说。

当然，农村社区的建设和管理不仅在卫生环境方面向城市靠拢，交通、治安、文化等方面的水平也有明显提升。鸬鹚乡已投资1000多万元，建成6个行政村28.8千米的康庄公路，实现了康庄工程全覆盖。2010年11月，启动建设全县重点项目交叶公路改建工程，组织精兵强将，全力以赴实现工程无障碍施工，建成后彻底打破了交通瓶颈。治安、文化、教育以及各项基本公共服务也已到位，在广大村民心目中，鸬鹚村俨然已是一座"美丽小城市"。

# 村村通，不仅有广电、电商，还有天然气

统筹推进水电路气网、农村广电"户户通"、农村电商"村村通"、农村电气化改造……城市基础设施向农村的快速延伸，增强了人民在农村社区生活的幸福感。

2020年9月27日，由杭州淳安杭燃燃气有限公司建设的下姜村绿色能源服务站正式启用。2020年11月4日，该工程附属微管网完工，下姜村和枫树岭村完成了"能源升级"，实现了清洁能源天然气"户户通"。自此，村民们在告别了秸秆木柴之后，又告别了笨重的瓶装液化气，用上了"安全、方便、绿色、经济"的管道天然气，这也为当地高水平全面建成小康社会和实现共同富裕再次加分。

从2020年5月下旬以来，金华中燃公司工作人员就有些应接不暇。他们兵分多路，在各个乡镇举办一场场"村村通"天然气推介会。原来，金华市婺城区和金义新区都已把"村村通"天然气列入提升农村生活品质的工作计划，加以重点推进。按照"先集中后分散、先易后难"的原则，金华中燃公司用2年左右时间，将天然气管道通入平原地区有通气需求的建制村，再用1年左右的时间，通过灵活的供气方式，满足有需求的山区建制村用上天然气。

在婺城区古方至琅琊的白门线上，一条燃气管道正在不断向南山延伸，一直伸向山脚下的几座村庄。据介绍，至2020年底，不断延伸的燃

气管道通入琅琊镇及周边的村庄，并通入沙畈乡等偏远山区。而在金华中燃燃气管网建设规划布置图上，密密麻麻的主次管网从主城区伸出一条条触角，向东西两端不断延伸。除了琅琊、雅畈等已通入燃气管道外，长山、莘畈、箬阳、沙畈、塔石、岭上等6个山区乡镇都陆续通入。在此之前，东至孝顺、傅村，西抵洋埠、罗埠、汤溪等平原地区，大多数集镇都已用上了管道天然气，接下来需要做的，无非是织密燃气管网、扩大农村用户了。

"从2015年起，浙江省已经启动农村管道天然气入户工程。《浙江省天然气发展三年行动计划（2018—2020年）》早已明确，要在天然气利用较为成熟的地区，结合高水平全面建成小康社会的要求，推进天然气向乡镇延伸，开展'村村通'示范试点。在以往的新农村建设中，水电、通信管网等早已通到家家户户，唯独没有预埋燃气管网。这几年来，我们采取'政府补贴一点、企业让利一点、农户自筹一点'的办法，打通天然气进入农户这'最后一公里'，加快普及推广进度。"金华市发改委主任金文胜说，"金华市区'西气东输'开通以来，在主干管网向平原集镇全覆盖基本完成后，眼下的工作是进一步建设支线管网和微管网，把管道燃气通入山区乡镇及每个建制村农户家中，这一条件目前已经成熟。"

高水平全面建成小康社会，这个"高水平"，意味着不能以解决温饱问题为终点，不断提高广大居民尤其是农民的生活水平，朝着共同富裕目标努力，朝着更高目标、更高水平迈进，无疑是其题中应有之义。毋庸置疑，浙江省在这方面有着领先于别的省区市的做法和成果，实现管道燃气"村村通"便是切实增强富裕农民获得感、幸福感的其中一例。

2020年7月，浙江省住房和城乡建设厅、省农业农村厅、省发展和改革委员会等7部门联合印发的《浙江省管道燃气"村村通"试点工作实施方案》提出，到2021年12月前，试点区域50%以上农村居民用上管道燃气。管道燃气"村村通"的试点区域主要是指衢州市、兰溪市、安吉县等市县，同时对条件基本成熟的县乡开展管道燃气"村村通"工作，逐步扩大覆盖面。

令人振奋的是，从2018年起，国家已统一启动农村管道燃气入户工程，每户最高补贴可达2700元。按照目前我国社会经济发展水平，以2018年物价为标准，农村管道燃气入户的收费标准约在2800元到3600元之间，以当地政府公布的通知为准。为了推行这项惠农工程，在实行农村管道燃气入户工程时，国家将给予以下几项补贴：一是当地储气设施的建设补贴；二是购买及安装设备的补贴，即按燃气设备购买安装总投资的70%给予补贴，每户最高补贴金额不超过2700元；三是管道燃气使用的补贴，主要是指北方采暖期每户每年最高补贴气量1200立方米，使用补贴暂行3年。

2019年3月11日中午，杭州市萧山区楼塔镇楼家塔村村民楼灿，拧开了燃气灶的点火旋钮，蓝色火焰顿时升起，便捷而安全。"以前家里做饭烧水，都用瓶装液化气，每月都要去灌，既不方便，又担心安全问题，现在有了管道天然气，这些烦恼再也没有了！"

自2018年萧山全区实施《浙江省天然气发展三年行动计划（2018—2020年）》、加快推进管道燃气进村入户等措施之后，像楼灿家那样用上天然气的农村家庭，在萧山区已越来越多。按照萧山区的进度，2019年底前，农村天然气管网已覆盖234个行政村，到2020年底，管道燃气网络又延伸到杭州绕城高速范围线外所有行政村，使每个行政村都具备接通天然气的条件。燃气管道已成为萧山区新农村基础设施的"标配"。

"省钱、省心，还方便。"萧山区益农镇东沙村村民陈娇禁不住感叹，"没想到，如今的农村居然也用上了管道天然气，这是几年前想都不敢想的事。"陈娇说她算过一笔账，充100元钱差不多能用两三个月天然气，

建德杭燃天然气场站工程奠基

算下来比液化气费用省了近一半。除了便宜、省心，天然气还具有环保、安全的优势。"连管道天然气都有了，我们农村与城市还有什么差距呢？"陈娇再次感叹道。

萧山区是经济强区，但区内经济发展也存在一定的不平衡。为了让燃气管道早入村，每户农户都能享受到这一项公共服务，各乡镇街道和各行政村根据各自实际，通过多种途径解决安装经费问题，减轻农户经济压力。有的由镇、村两级提供补助，村民承担部分费用，有的由村级经济全部承担，也有的由村级和村民共同承担。如：有的乡镇街道出台了管道燃气"进村入户"补助政策；有的乡镇街道利用乡风文明促进会这一平台，凝聚乡贤力量，鼓励乡贤筹集资金，推进家乡美丽乡村建设；等等。方法有异，目的相同。

而当燃气管道已经进村，怎样让它更好地入户，萧山区各地普遍采取的方法是，在燃气管道总管进村后，农户若想开通天然气，由村委会统一与管道燃气公司签约，并缴纳安装入户费用，再进行入户管线的铺设工作。为支持燃气进农家，当年列入区级欠发达村名录的行政村，农户安装管道燃气入户，可享受一定的优惠价格。在有效期内的最低生活保障、残疾人基本生活保障、最低生活保障边缘家庭持证用户，也按出台的优惠政策收费。当地企业赞助农村管道燃气入户的，允许企业赞助资金税前列支。

而在杭州市临安区，杭州燃气集团下属的杭燃临安公司，在推进管道燃气"村村通"方面，把农村搬迁安置小区列入发展重点，全力推进城乡一体化，创立了管道燃气进村入户的"杭燃模式"。2020年，在"为城为民"6件实事中，杭燃临安公司延续上一年做法，继续深化"村村通"工程，把幸福家园、研口安置小区燃气配套工程列入年度计划，结合美丽乡村建设，推进燃气管网向农村延伸，先后为青山安置小区、安村安置小区、幸福家园一期等4个农居点配套实施天然气工程，为428户村民提供了方便、安全、经济的"自来火"。

与此同时，为了让村民"一次都不用跑"就能实现安装点火，杭燃临安公司在通气仪式现场，专门安排工作人员为村民办理燃气开户手续，手把手地教村民通过手机应用网上营业厅进行预约点火，切实为村民带来了方便，增强了村民生活在幸福家园的幸福感。


三门县珠岙镇吴岙村普通村民吴东凤，先前听说网上购物既方便又实惠，但她不擅于电脑操作，一直未能单独网购。2014年，吴岙村的村邮站开通了网购服务，她在网上购物的愿望得以实现。"在网上买东西，还能在家里接到货后再付钱，这太方便了，少了我很多麻烦！"吴东凤说，"不仅是购物，村邮站还能帮村民缴电费、代售车票、办理小额取款，这实在让人想不到！"

这一系列让人想不到的村邮站服务，来自2012年开始实施的全省

浙江广电集团节目调度监控中心

"基本实现村村建邮站"建设工程。村邮站向来是重要的邮政基层服务网点。遍及各乡镇和重点建制村，是它的一大优势，但以往它的功能仅是邮政业务，网点的分布也不够密集。浙江省不仅把"基本实现村村建邮站"载入2012年省政府工作报告，其建设力度、速度等方面的要求，还超过了以往的其他工程。

"不断地充实为民服务项目，除了不断增加常规的服务功能，还将结合社会发展和村民需求，开通诸如数字电视费收缴、普惠金融服务等方面的内容，让群众无须出村，就能办理各类生活事务，让广大农村百姓享受到方便、快捷的现代化服务，打响浙江村邮品牌。"时任副省长王建满指出，"完善功能，就必须建立经费保障、队伍保障、管理保障的长效机制，充分发挥村邮站便民、利民、惠民、富民的功能，这样才能使浙江村邮站具有生命力。"

2008年10月至2009年6月，浙江实施并完成了全省"广播电视低保"工程，其目标是使所有低保户群众都能享受到丰富多彩的广播电视节目，所需费用均由省财政专项补助资金解决，受惠群众达24万户67万人。"广播电视低保"工程是浙江省继广播电视"村村通""村村响"之后的又一重要建设工程。

而后，在"十二五"期间，浙江又大规模地实施广播电视"户户通、优质通、长期通"工程，并在5000艘渔船上安装了移动卫星电视接收设备。由此，"村村通""户户通"已覆盖了包括海上渔船在内的各个区域。

2015年5月17日，杭州移动实现了所有行政村4G网络全覆盖，标志着杭州成为全国首批从"语音村村通"跨入"信息高速公路村村通"的城市。这条"信息高速公路"如今已串联起全省近3万个行政村，完成了全省农村全覆盖。

衢州市衢江区湖南镇朝书村坛宅潭自然村是一个典型的浙西山村，这里群山环绕，村民零星居住，互相联络往往得靠打电话，若要见面，从一个山脚到另一个山脚常常需步行1个多小时。为了让这里的人们凭借山水资源和互联网改变生活，衢州移动公司准备在此建造基站。然而，在这高山小村落建造基站，不仅造价高，维护也是一个大难题。"村里的

乌镇景区河道

人口不足200人，经济状况也不好，要回收投资成本很困难。"衢州移动相关负责人表示，"但我们最终决定在该村新增移动设备，不为经济效益，只为社会责任。"

"问君西游何时还？畏途巉岩不可攀。"（唐·李白《蜀道难》）但这样的相见之难在如今的浙江已被消弭。截至2016年底，浙江移动4G基站已超7万个，4G网络人口覆盖率达90%以上，实现乡镇以上地区网络深度覆盖和100%的行政村4G覆盖，5G网络覆盖工程也已在筹划中。移动信息化的推广让大山深处的人们随时可以闻他声、睹他人。

打造万里清水河道，保护农民饮用水源，建设小康体育村，完善现代商贸服务，推进农村土地综合整治，完善农村危旧房等基础设施，当然还在统筹推进水电路气网建设、农村广电"户户通"工程、农村电气化改造……城市基础设施向农村的快速延伸，使基本公共服务均等化工作落到实处、见到实效。

## 从"最多跑一次"到"一次都不用跑"

> 改变以往政府行政管理方法，提升社会公共服务能力，让群众、农企"少跑""就近跑"，既是改革的必然要求，也是小康社会建设亟待破解的难题。

宁海县西店镇岭口村村民郭春宝，来到村里新建不久的"村务厅"，办理城乡居民基本养老保险参保手续。在提交了自己的银行卡和身份证之后，工作人员马上为他进行流转审核和办理，前前后后只花了20分钟就办完了所有手续。郭春宝就这样轻轻松松地一次性办完了这项手续。

岭口村地处偏远山区，从村里到镇里有5千米，假如坐公交车前往，单趟往往也需半个小时。为进一步推动"最多跑一次"改革向农村延伸，2019年7月，西店镇在该镇最远的2个村和人口密集度高的2个村试点建立"村务厅"，一站式办公，集中办理、受理村级便民服务事项。

岭口村的"村务厅"虽然面积不大，功能却十分齐全。"村务厅"分为办理区、等候区、填表区等区域，是一个微缩版的行政审批服务大厅。更让人欣喜的是，除了村民可以前来这里办理，工作人员也能提供上门服务。"我们已推出村级事务咨询、初审、帮跑、即办、约办5项服务。像社保参保登记、兵役登记、各类证明开具等凡是能一次性办结的，现场当面办理完毕。而像康复服务申请、慈善救助、独生子女证申领等，需要上级有关部门核实或批准的，由我们'村务厅'帮跑或领办，村民们就更方便了。"岭口村"村务厅"工作人员介绍。

可想而知，"村务厅"运行背后，是审批权限的下放。这几年，在国家和省区市有关部门统一部署下，行政审批事项陆续下放，大大方便了群众，如西店镇个体劳动者（灵活就业人员）参保登记以前要到镇便民服务中心审批，现在下放到村里，年满16周岁的村民均可办理，惠及90%以上的村民。至2019年，西店镇梳理出第一批下放事项61项，涉及社保、卫健、民政、公安、市场监管、财税、综治、武装、城建、不动产和住建等11个部门，其中直接可办结的就有20项。

"在4个试点村设立'村务厅'，畅通了'分级受理、全程代理、按时办结、优质服务'的便民通道。接下来，我们争取让村民从'最多跑一次'再方便到'一次都不用跑'，解决村民有事不会办、办不了和来回跑的问题。"西店镇党委书记张伟标说。

与此相同，丽水龙泉市所推出的"代办模式"也已在全市乡村实现全覆盖。他们不但把事项办理延伸至村级层面，还率先建立并推行"三个代办"模式，即"固定代办、移动代办、网上代办"，以推动基层便民服务效率再提升、服务再升级。

黄南村便民服务中心的门口，醒目地竖立着一块公告牌，上面清晰地罗列着52项村级服务事项以及代办员姓名、联系方式等信息，十分详尽。一大早，代办员吴玉琴就已在工作岗位上了。"村民们都知道今天是固定代办日。若有需要代办的事项，他们都会在今天过来，所以我就早点过来等候。"吴玉琴说，前来委托代办的村民只要把相关证件交付给她，经验证后由她收下，办理完毕后她就会通知村民前来领取或者送证上门。

村民郭禹天已经70多岁了，急需更换老年人优待证，但因年前做了腿脚手术，无法出远门，没想到，村便民服务中心得知此事后，很快上门，帮他解决了这个难题。"年纪大了，很多机构地点变了，很多还得在网上办理，我都没法找到，也办不了，现在有专人上门服务，真的太好了。"老人拿着证书高兴地说。

作为龙泉市深化基层治理体系"四个平台"建设，打造市、乡、村便民服务一张网，助力"最多跑一次"改革的试点乡镇，至2018年4月，小梅全镇23个行政村均已建立村级便民服务代办点，每处均配备专职代办员，每周三均在代办点固定值班，"定时定点"为群众服务，让群众办事不出村、不出镇。

同时，对于老弱病残、行动不便、急事急件等群体，则提供上门服务，以电话、短信等联系方式，由代办员主动上门受理代办业务，实现变"跑一次"为"不跑腿"。代办事项共有2大类15项，由代办员受理代办业务，通过浙江政务服务网等途径进行申报办理，变"现场办"为"网上办"。

把"最多跑一次"延伸到乡村的，还有嘉兴市的海盐县等市县。他们不仅为农民办理诸多个人事项，而且在农业生产领域推进"最多跑一次"，助力乡村振兴。"以前拿证要好几天，没想到现在当天过来就可以拿到证了，不用跑来跑去影响开店，这太方便了！"海盐县沈荡镇陈雪明农资经营部负责人陈雪明从县行政审批中心拿到刚办好的农药经营许可证后，对窗口工作人员的办事效率赞不绝口。

的确，大部分农业领域行政许可事项专业性强，现场勘查多，办件材料复杂。为进一步推进农业领域"最多跑一次"改革，海盐县全面核减审批材料与环节，187个农业行政审批事项合计精简材料338份。实行统一窗口"无差别全科受理"，积极推行农业行政审批事项"即审即办"服务，统筹推进材料审查、现场勘查、许可出证等工作，第一时间受理办结率达100%。如今，该县行政审批中心以"一窗受理、集成服务、一次办结"为目标，优流程，育渠道，提数字，还创新推出企业版"最多跑一次"，率先实现所有农业行政审批事项"即审即办"，群众满意率常态化保持在100%。

"最大限度地缩减审批时限，办理时间由最早的平均法定期限17.5天提速到即办，全面实现'当天受理，当天办结'。"海盐县政务数据办相关负责人介绍，"在优化办事流程的同时，海盐县以'三位一体'农合联改革为契机，建设现代农业综合服务中心，引导省级以上农业龙头企业和示范性农民专业合作社为农户提供'最多跑一次'服务，加速小农户与现代农业发展有机衔接，促进联结服务'最多跑一次'。"

海盐县省级农业龙头浙江万好食品有限公司设立"最多跑一次"服务中心，推行"统一受理、即接即办、立办即发"的工作模式，为周边3.2万户农户提供农业订单、政策咨询、农技培训、融资保险以及送货、验收、收款等"最多跑一次"服务，同时开展培训授课，牵线劳务服务对接。该公司无疑是农业龙头企业为农户提供"最多跑一次"服务的典型代表。

此外，海盐县还更深入一步地出台《海盐县农业农村资源交易服务平台建设方案》，全面提升数字平台，引导产权交易"最多跑一次"。他们依托原有土地流转和产权服务组织架构，加快整合建立县（镇）农业农村资源交易服务（分）中心，形成"1990N"运作体系，为打通交易通道打下基础，还谋划打造集政务信息平台、产权交易平台、农村商务平台、农村金融平台、农技服务平台、招商引资平台于一体的综合性"三农"服务平台，同步开发手机应用并计划纳入"浙里办"平台，着力实现农业农村资源交易"最多跑一次"。

浙江省全面推开的"最多跑一次"改革，始于2016年12月。这项改革始于当年习近平在浙江工作时大力倡导的加强机关效能建设的要求，坚持以人民为中心的发展思想，其根本目标是"放就放到位、管要管得准、服务更贴心"。与城市不同的是，对于广大农村来说，以往政府行政管理和社会公共服务能力相对薄弱，让群众、农企"少跑""就近跑"，既是改革的必然要求，也是全面建成小康社会和实现共同富裕进程中亟待破解的难题。

众所周知，实现共同富裕首先要补短板、强弱项。解决好城乡区域差距和收入分配差距、扩大中等收入群体，是实现共同富裕的着力点之一，其中扩大中等收入群体又是重中之重。中等收入群体不仅仅是以收入水平来界定的，还包括与人民生活品质相关的其他内容，包括行政审批服务的便捷，社会治理、便民服务等方面服务的优质到位。

在"最多跑一次"改革过程中，乡镇街道"四个平台"是这项改革在基层落地的主要载体。所谓"四个平台"，包括综治、市场监管、综合执法和便民服务四个方面，基本囊括了基层治理的日常。这几年来，浙江全力推进"四个平台"建设，不断加速推动"最多跑一次"改革向乡镇延伸。对此，人们有理由充满期待：一旦改革效应在基层有了更多"催化剂"和"放大器"，群众办事就会更早、更好地实现"跑也不出乡""跑也不出村"。

村民李土泉来到衢州市常山县球川镇便民服务中心给孩子上医保，仅花了短短十来分钟，竟然连同孩子落户都给办好了，这让李土泉难以置信。"公安窗口的事项放到镇里以后，实在是太方便了！我第一个孩子上户口的时候，东西没带全来回跑，请了半天的假呢！现在我都不用跑两个地方了，这么快，二胎落户和医保都办好了。"

李土泉的便利，得益于常山公安窗口事项进驻乡镇"四个平台"措施的实行。为加快推进"最多跑一次"改革，加快公安管理服务职能转变，对照全县"一窗式、云服务"改革要求，常山县公安局以球川派出所为试点单位，开展公安窗口事项全面进驻乡镇"四个平台"试点工作，进一步简政放权、优化服务，创新机制、提高效率，切实提高群众的获得感和满意度。为了打破乡镇各个部门之间的行政审批信息壁垒、距离壁垒，他们还按照县里统一部署，实现部门相互服务。通过入驻平台，减少群众行政审批和部门信息查询的跑腿次数，做到多种事项皆可一个平台办理。

2017年，常山县率先在全省实质性标准化建成乡镇"四个平台"并全面运行，并以此为核心，逐步构建形成前端一个窗口综合受理、中端"四个平台"高效处置、末端一张网格落地服务的梭子型乡镇治理体系。

常山地处浙西山区，经济社会发展水平位处全省中下游。全县30余万人口，约7成生活在乡村。在"四个平台"建成以前，由于乡镇一级政府缺乏相应权限，社会管理上"看得见、管不着"，提供公共服务心有余而力不足的现象比较普遍。如何将直接面向基层、量大面广的经济社会

南湖区行政审批服务中心大楼

管理权限下放，确保放到位、管得准、群众享红利，常山县探索性、创造性地解决了这些问题。

尽管如今的常山，道路已经四通八达，公交车辆也通达了各个乡村，但毕竟是山区，村民们到乡镇政府办事跑一趟仍然不易。有人说，对于村民们来说，十几里山路也许还能克服，倘若需要在不同部门、不同环节一趟趟跑，谁都会受不了。因而，简政放权＋集中办公，在常山县着手研究"最多跑一次"改革之时，就已打算一并解决。

功能集成便是首先重点完成的。在短时间内，常山县的国土、规划、计生、农业、林业等19个部门75项审批权限被下放到乡镇，对未能下放的一部分实行乡镇受理、县乡网上联动审批，还有一些则实行乡村干部全程代办。在这轮改革之后，"四个平台"已基本涵盖了乡镇日常的管理和服务事项。在球川镇，十里八乡的村民已习惯几天一次到镇上赶集，当天抽空把事办好。因为乡镇一级可以办理绝大部分事项，类似"赶集时顺便办个证"的做法，成了常山县各地村民的普遍现象。

效能自然是个关键。如今，农民来到平台办事，因实现了"窗口受理、内部流转、限时办结、一体反馈"的闭环运行，办事效率大大提高。全县已统一开发推广便民服务 App，百姓有手机就能办事，再加上每个服务环节的标准化、责任追溯，服务效能在各种措施下不断提升。比如农村建房审批一直是常山各乡镇村民高度关注的，以往这一审批流程至少要45个工作日，而依托"四个平台"实现流程再造后，球川镇农房审批在7个工作日内就能完成。

这里尤其值得一提的是"全科网格员"的非凡作用。在常山县，"四个平台"都设在乡镇政府，那么，依托平台，广大农村该如何有效治理，村民办事如何能更方便？常山全县的496个专兼职网格员发挥了不可替代的巨大作用。他们活跃于村头巷尾，除了做好信息采集、隐患排查上报、政策宣传等工作，还积极帮助村民熟悉平台、代办事项。常山县在整合全科网格、实现全域覆盖的基础上，通过购买服务的方式，来倒逼他们提升工作绩效，通过定期培训来逐步提升其业务素质。毫无疑问，这也为平台高效运转打下了坚实基础。

"您好！请问您需要办理什么业务？"在常山县青石镇砚瓦山村，石材经销户徐合辉通过手机办公软件"钉钉"连上了"常山市监钉钉办照"账号，不一会儿，县市场监督管理局服务平台工作人员的视频影像就出现在手机屏幕上。接下来，徐合辉按要求出示了身份证、房产证等材料，并通过手机签名确认。只花了20多分钟时间，他家的石材店个体工商户营业执照就办好了。

"坐在家里就把证照办好了，真方便。"看着手机里即时发来的电子执照，得知纸质执照也将免费邮寄到家，徐合辉赞不绝口。事实上，这一"视频办照"是常山县继完成"四个平台"建设后，深化"最多跑一次"改革的又一新探索。2018年3月，"视频办照"这一模式在审批事项较多的县市场监督管理局开展试点后，随即在全县各个部门推广。

"'视频办照'并非仅是简单开设视频窗口，还需对服务内容和形式进行优化。"常山县市场监督管理局注册分局局长郑玮艳介绍，"配套'视频办照'，我们还着力在'减事项、减次数、减材料、减时间'上下功夫，推出了'视频拍照''视频材料截图''手机签字'等新举措，第一轮已有43项审批业务实现视频办理。同时，借助手机办公软件，我局窗口受理人员与办事群众视频连线、实时指导、全程代办，让群众在家中就能享受到'面对面'服务。"

与此同时，借助这一平台，"视频办照"还可以与监管处置结合起来，变被动接受申请为主动提供服务。新昌乡辂辂村的经营户老严准备在村里开一家烤鸭店，即将开业却尚未办理相关证照，被进村巡查的常山县市场监督管理局干部发现。在与老严交流后，巡查干部开启手机"视频办照"功能，连线注册窗口。通过视频，窗口工作人员对老严进行了人脸识别认证，并抓取其身份证明和经营场所证明截图。

"您申请的'常山县严记烤鸭店'企业登记已通过。"在完成电子签名后，老严就收到了短信提醒，他非常开心。就这样，通过企业登记和"视频办照"，老严可以安心开店了。

# 第九章

## 天地有诗意，处处皆风景

　　走科学发展之路，建美好幸福家园。青山绿水抱山村，大城小镇嵌田园。

　　在高水平全面建成小康社会、高质量发展走向共同富裕的进程中，浙江省各地推进全域美丽建设，清理违章建筑，做到农居房合法合规拆旧建新，开展小城镇环境综合整治，发动群众开展庭院美丽建设，并已初步形成"一户一处景、一村一幅画、一镇一天地、一线一风光、一县一品牌"的大美格局。推门便见风景，家园即是花园。无数个镇村迎来环境蜕变，描绘出一幅天然的画卷。

# 拆除违章建筑，住进有"身份证"的房子

> 农居房整齐洁净，道路平整宽敞，房前屋后花团锦簇，谁还敢乱搭乱建？住进了有"身份证"的房子后，众人对拆除违章建筑的目的和意义，感悟得更深了。

绍兴市柯桥区稽东镇小城镇环境综合整治的重要一招，是毫不留情地拆除违章建筑。

冢斜古村，是一个地名颇为奇特的美丽村落，深厚的历史底蕴从它的一座座老台门、旧祠堂、古寺庙、石拱桥中显现出来，村后的香榧林据老年人说已有千年历史。香榧成熟季节，四面八方的游人经常聚集于此，这里是远近闻名的郊野游好地方。传说这个村子还是大禹后裔的集聚地，地名"冢斜"正来源于安卧于此的众多先辈。

然而，多年前的冢斜村，让人们颇为败兴的，竟是村里几乎无处不在的违章建筑。

"我们这里的宅基地审批还是蛮严的，造多大、造几层都有严格规定。但后来，有的村民搞民宿，搞出租房，就在房前屋后陆陆续续造起了小房子，这种乱象很快就蔓延开来。虽说违章建筑各地曾经都有，但因为我们这里环境优、风水好，这违章建筑就特别触目惊心。"稽东镇冢斜村党支部书记余利明感叹，"说实话，违章建筑多了，村里好端端的景

致被破坏了，连不少村民都看不过去，却又舍不得拆。"

没错，用简陋的建材搭建小屋小棚，实在是太容易了，甚至一顿饭的工夫就能搭起。而只要搭起一个建筑空间，在冢斜村都有大用，尤其是还能赚钱。看到别家都在搭，凡是屋边有些空地的村民，也都忍不住眼热手痒。久而久之，大部分村民家里或多或少都有了违章建筑。"不少违章建筑好像已经'合法'，有的被翻建成了农居房的一部分，做了杂物间、储藏室，有的还成了厨房，开出了小店。"一名村民无奈地说，"因为道路两旁搭出了不少违章建筑，村道路面被占去不少，整条路被弄得歪歪扭扭，还形成了不少交通死角。"

"其实，2003年后，包括冢斜村在内的稽东镇各个村，在区、镇的统一部署下，已进行了村庄整治工作。一方面提升山水环境质量，扩大污水治理、山林绿化等成果；另一方面就在进行村容村貌整治。"稽东镇党

拆除违章建筑

委书记许立峰历数近年来的整治成果，"比如我们把稽东镇的集镇风貌定位于民国风情，因为稽东镇正是在民国时期建的，个别建筑至今还保留着民国风格。小城镇环境综合整治时，我们有意识地突出'时光小镇'主题，强化其慢生活的休闲特质，强化其怀旧元素，让来到这里的人们，获得一种时光穿越的独特感受。冢斜村是一座百年古村落，恢复它的历史古村风貌，所穿越的时光就更远了。2016年，冢斜村入选全国最美古村落，2017年又入选了省3A级景区村。"

许立峰说，在整治过程中，清除违章建筑从不手软，也最见效果。"阻力肯定有。你想，有的违章建筑已存在好多年，甚至还被扩建了好几回，里面堆满了东西，或者住进了人。现在要无条件地拆除，谁会没意见？有的村民还说，我们这里是农村，不是城市，等到这里变成城市后再来拆吧。其实不少村民知道违章建筑不应该，只是不舍得，不愿拆。所以拆违章建筑，首先是做通思想工作。思想通了，旧的违章建筑就会被顺利拆除，新的违章建筑也不会再出现。"说到这里，余利明特意提到，"前几年的'三改一拆'大大推进了村容村貌整治，当村民们看到一些旧厂房、废弃老房子拆除后，环境清爽了很多，对拆除自家的违章建筑的配合度和积极性提高了不少。"

"拆除违章建筑后，这2年，冢斜村又投入了1000多万元，以修旧如旧的方式，对永兴公祠、余氏宗祠、八老爷台门等古建筑进行修复，还建起了冢斜村陈列馆、鹅卵石道、冢斜古村牌坊等，古村的韵味更浓了。"许立峰满是欣慰地说，"当拆除违章建筑的好处渐渐显现，部分村民的不解和不满也随之烟消云散了。"

在以集镇为核心，创建"无违建乡镇"的同时，稽东镇还实施了立面改造、防盗窗改造、店招店牌改造、地面铺装、绿化提档、强弱电管线入地等项目，补齐集镇和各行政村的公建功能短板。全镇已有稽江、雄鹰、车头、高阳等村成为五星达标村，再加上龙东村的红豆云隐小镇、时光小镇、雪窦岭网红景点等，稽东镇的生态、旅游、经济已融为一体，这也成为稽东乡村振兴的最大潜力与魅力所在。而冢斜古村屋舍俨然，良田美池，道路齐整，千年香榧林还建起了月华坪3A级旅游景区，万亩红豆杉基地也成了3A级旅游景区。

"舟从广陵去，水入会稽长。竹色溪下绿，荷花镜里香。"（唐·李白《别储邕之剡中》）登上雪窦岭，从山顶往下俯瞰稽东山水，漂亮的屋舍如同一颗颗晶莹闪亮的珍珠，阳光下温润娴静，尤见风姿。

在拆违方面，稽东镇尤其是冢斜古村的做法值得借鉴；在清理违章建筑，使农居房合法合规拆旧建新方面，义乌市佛堂镇坑口村的做法无疑胜人一筹。

胜人一筹之处在于：一是能把"多规合一＋全域土地综合整治"这篇文章做细做透；二是在实现宅基地有偿配置时，做到了农民和村集体双赢。

"江流滚滚过桥边，梅柳参差映画船。眼洗三春清露净，鬟含一点绿波鲜。"这是载于清朝佛堂《南江张氏宗谱》，描述南江景色的句子。在古人眼里，清澈见底的南江宛若一幅迷人的画卷，故索性把南江称为画江、画溪江。佛堂镇为中国历史文化名镇，紧依汤汤义乌江。南江为义乌江最大的支流，两江汇合处就在佛堂镇山脚下，坑口村距此不远。

走近坑口村，首先映入眼帘的，是4排共28幢依山傍水、白墙黛瓦的浙派民居。这些漂亮的民居已于2018年9月结顶，眼下正在进行室外绿化和室内装修，脸露喜色的村民们屋内屋外跑进跑出，正忙得不亦乐乎。"没想到，我真的会在这么好的地块造起这么好的房子！"村民徐登银的新居，是这片农居房小区第三排西面的第一幢房子。他不加掩饰的喜悦里，还明显地流露出一丝意外和惊奇："起初我真觉得不可能批到合法的宅基地了，要造房，就是造违章建筑，没想到，好政策帮了我这么大的忙！"

坑口村曾是一个经济薄弱村，户籍人口227人，含4个自然村。很长一段时间里，由于村民们手头并不宽绰，建于20世纪五六十年代的农居房一直未能重建，颇显破败，尤其在遇到大风大雨等恶劣天气时，还会有倒塌的危险。近几年，村民们的收入增加了很多，拆旧建新的愿望十分强烈。但农居房扩建需要增加宅基地面积，有的村民等不及了，便悄悄搞些违章建筑，有的还想占用若干宝贵的耕地。如何盘活土地资源，满足村民们正常的建房需求？这成为佛堂镇、坑口村及相关部门深入思考和谋求突破的课题。

2015年，义乌市成为全国开展农村宅基地制度改革试点的15个地区

义乌市佛堂古街夜景

之一。次年，坑口村又被列入义乌市首批"多规合一"村庄发展一体化规划编制试点村。村里通过民主决策，将土地利用、新农村建设、林地保护、湿地保护、南江河道蓝线、交通、旅游、生态环境保护等规划"多规合一"，编制了村庄发展一体化规划。

镇、村及相关部门以此为契机，对坑口村的"田、水、路、林、村"进行全要素综合整治，优化土地空间布局。坑口老村的旧房一律予以拆除，把这部分建设用地腾出来，重新利用，并在坑口主村周边的山坡地、废弃矿地等非耕地上，迁建4个原先分散的自然村，完成整村改造。其具体方式是，以有偿配置的方式重新调整和分配宅基地，再按统一图纸，由村民依照规划，自行负责建造低层联建住宅。经过一年多的整治和建设，所有村民都住上了有"身份证"的漂亮新农居，村民们积久了的建房需求得以满足。

让人眼前一亮的是，在进行全要素土地综合整治时，坑口村充分利

拔地而起的农民安置小区

用农村宅基地制度改革试点的有利契机，探索宅基地所有权、资格权、使用权"三权分置"改革，利用宅基地资格权村内有偿调剂的政策，既走出了一条宅基地改革新路，强化了新形势下对农民建房的管控，又解除了经济困难户的燃眉之急。

"坑口村的村民中，有的建房资金比较充裕，有的家庭经济相对困难些，但建房需求是一致的。以公开拍卖的方式，进行宅基地资格权的村内有偿调剂，便是村民之间合理调配资源、各取所需的新办法、好办法。"义乌市国土资源局副局长张黎明介绍，"公开拍卖所得返还给宅基地调出户，这样一来，家庭经济比较困难的村民，可以让渡一部分宅基地指标，调剂给其他有更大需求的村民，调剂拍卖收入便可用来造新住房。"

2017年11月，坑口村以公开拍卖的方式，进行宅基地资格权村内有偿调剂，共有14户村民参与，成交额达797.29万元，每平方米均价为1.37万元。同月，坑口村又进行了宅基地使用权有偿选位，地段好的宅基地由出价高者获得。有偿选位共获得集体收入412万元，这笔收入后来都成了村基础设施建设经费。

就这样，坑口村的整村改造，没有占用一分耕地，反而对废弃矿地实施了生态环境恢复，扩大了土地面积。同时，村民们合法合规地获得了宅基地，统一建造了新农居，也就消除了违章建筑产生的可能。

"你想，新建的农居房这样整齐洁净，道路平整宽敞，谁还敢乱搭乱建？如今，大家对保护环境都很自觉，因为良好的环境、优美的景色本身就是一笔财富，有谁会和财富过不去？"已在城里开了30多年饭馆的徐登银，有了村里这幢新农居后，决定回来从事民宿和餐饮业，"这里空气特别好，像一个天然氧吧，夏天时气温要比城里低四五摄氏度，很适合旅游、避暑和养老，我相信以后会有很多人来这里玩。"

村党支部书记徐登林则认为，利用村里的良好环境增加收入，除了发挥村民们的积极性，也需要发挥集体的力量。"南江上的江心岛，村里还有50多亩农用地，开发整理后适合种植樱桃、桑葚等作物，可以搞乡村采摘游。这个项目已列入了义乌市10条美丽乡村精品线之一的'画里南江'。占地近700平方米的村集体产业用房也已建成了。"

为了壮大村集体经济，村党支部18名党员和31名村民带头，在人均33平方米的建房指标中，还动员每位村民自愿拿出3平方米，由村集体统筹建房，让它为村民们赚钱。徐登林欣喜地说："有了这份属于每个村民的集体不动产，村民们住进了有'身份证'的房子里，就根本不需要再搞什么违建。日子越来越好过了，心情舒畅了，做任何事情都很齐心，生活中的一些旧习惯、老毛病也都自觉改掉了。"

## 精品乡村建设，让美丽的家园更美

> 每个乡村都拥有各自的富裕，每个乡村都拥有各自的美丽，每个乡村都拥有各自的文化品牌和风情特色。把一个个村庄做成一个个精品，让广阔大地成为充满温馨、各具韵味、富有活力的大花园。

蔡庆丰是绍兴市新昌县镜岭镇的居民。为什么他对镇里最偏远的安山村感兴趣，又为什么特别热衷于安山村的石头？"因为安山村的一切都太美了，而最美的就是石头，所以我不仅想住在那里，还想让更多的人爱上

精巧的石头民居

那里，住在那里，游在那里。"尽管镜岭镇与安山村之间，一个来回需要花上1个多小时，但蔡庆丰仍然乐此不疲，那段时间经常奔波于两地。他利用安山村里2间村民闲置的民房，打造出安山村第一家民宿综合体。

的确，不仅蔡庆丰喜欢上了那里，越来越多的人也愿意走上一长段路程，来到安山村游览，呼吸这里的新鲜空气，购买这里的纯天然蔬菜。当然，安山村乡村全域美丽的重头戏，是这里的石头房子。这里的百余栋房子是用一块块就地取材的石头砌筑而成的，看上去普通的石头，到了安山村民的手里，其非凡魅力就体现出来了，敦实、坚固、古雅，散发着一股山民特有的淳朴和执着。这几年，在乡村全域美丽打造过程中，安山村首先是保留了这些石头老房子，同时又寻求让"藏在山中人未识"的它们放出异彩的途径。

安山村村支书丁锦伟介绍，这100多栋传统石头房由来已久，但一直

作为普通民居使用，有的因年久失修已经破损，有的则因村民已下山居住而闲置。从2017年开始，村里专门邀请建筑和风景专家前来现场指导，规划设计和修缮这些石头房，还用青石铺成村道，用砌石改造新房立面，用鹅卵石垒成花坛与池塘，使整个安山村的角角落落都渗入了"石头"元素。很快，美丽的安山村成为游客接踵而至的网红村，甚至引来资本关注。而这一切，都是由开展乡村全域美丽工程而引发的。

"乡村变美了，才有吸引力，才有竞争力。"镜岭镇镇长吕江介绍，"充分挖掘该镇自然资源、乡土文化、民族特色、地域特点，打造'一村一品'格局，及时启动乡村旅游三年行动计划，并立足发展特色产业，让每个村庄不仅干净，而且充满温度、各具韵味、富有活力。在镜岭镇，从石头村到民族村，再到'石宕文化'西坑村、'水韵文化'溪西村、'清廉文化'岩泉村等，每个村都拥有各自的美丽，每个村都有自己的文化品牌和风情特色，镜岭全镇越来越像一个百花齐放的大景区。"

金华市武义县的牛头山是当地一处较为著名的景点。每当深秋，牛头山国家森林公园内层林尽染，桂子飘香，绝对是个休闲和游玩的好地方。然而武义又是一个经济相对薄弱的县域，尤其是牛头山背后、大山深处的一些村庄，因为地处偏僻，基础设施落后，村民们的生活一直富裕不起来。实施乡村全域美丽工程之后，通过整合梯田、古村资源，打造全域景区，"村景联建"不断推进，"山乡花园梦"渐渐成为现实。

西联乡大溪口村坐落在牛头山景区入口处，对农居房进行了立面改造、铺设游步道、修复古道等建设后，村庄一下子变靓了，游客来到这里，也不再甩头就走，而是停下来拍照，大溪口村俨然成了牛头山景区的"配套景点"。缘此，村集体顺势把闲置房出租给村民，用于民宿改造，建成"候鸟式"异地养老服务总部及接待中心，可同时容纳200名游客在村中居住，有意识地打造武义南部山区养生养老旅游示范点。村里的农家乐也在2017年底增加到16家。

从西联乡进入牛头山必经的县乡公路柳四线上，一个以百亩荷塘为主要元素的入城口景观提升工程已经完成；乡政府所在地马口村内，一条200多米长的商业街和旅游集散中心已在2018年开业，正在聚集人气；而在西溪河畔，两岸的景观改造工程，以及一条沿西溪而走的新柳四线也已建成。"过去，人们到牛头山旅游，多是以景区大门口为起点。我们现在想要把它前移至马口，从这里开始发展全域旅游，当然，前提是把这一带建成美丽乡村。"西联乡党委书记杨欣说，村民们都非常配合这项工程的建设，因为它完全符合民意。

丽岙，温州市瓯海区的一个街道，总面积只有33.3平方千米。它的出名，是因为这个小小的镇子，在海内外经商、求学、定居者竟有4.2万人，还有本籍海外华侨华人32706人，海外华侨华人加上街道内归侨侨眷达全镇总人口的90%左右！全街道几乎人人姓"侨"。这样一个世所罕见的乡镇街道，其街区的打造自然应有其特色，体现其独特个性。事实上，这几年，在打造乡村全域美丽的进程中，丽岙街道正是这样做的。

走进丽岙，首先映入眼帘的是"肯恩小镇"入口形象带。整洁有序的沿街建筑、生机盎然的街头绿景，无不显现出丽岙的活力与时尚。"温州肯恩小镇就在丽岙街道辖区内，规划面积约3.17平方千米，其中建设面积约1.07平方千米，总投资54亿元。它依托温州肯恩大学引入国际教育交流、异国文化体验、欧美风情休闲等旅游业态，发挥丽岙侨乡、花卉生态等资源，打响休闲旅游品牌，推进学城联动、产城融合，以学带研、以研带游、以游兴城、以城促学。它也给我们带来了欧美特色文化，使丽岙整个街道突出了异域风情、华侨文化等个性化城镇色彩，有着一番别样的美丽。"丽岙街道党工委书记林益正介绍，如今的丽岙，街容镇貌很有品位，海外华侨华人回到家乡时一致叫好。

为了打造乡村全域美丽，创建"一镇一天地"的精品镇村，2017年，丽岙街道特别编制了《瓯海区丽岙街道小城镇环境综合整治规划》，提出紧抓特色营造，突出整治亮点，将肯恩、侨、花等元素融入其中，展现异域风情、四季花城的魅力，最终实现"满城皆绿、是水则清、四季花香、乐活悠游"的创建目标，把"生活的城市"变成真正的"宜居的城市"。在突出"全域美丽"和"一镇一天地"这两个创建主题时，重点打造"一区一街一园一村"示范点。

"一区"指核心整治区。以"四路一街"总计长约1.7千米的道路沿街范围作为重要节点，对立面、店招进行提升改造。"一街"指温州肯恩小镇入口形象带。该形象带长约2千米，主要项目是沿街立面改造、绿化、亮化、电力管线和综合管线"上改下"、花景点设置，打造具有侨乡风味的特色街区。"一园"指白门溇滨水公园。该公园位于省级示范河道白门河畔，要充分利用沿河拆后闲置土地2.8万平方米，对园内绿化、建筑立面进行改造，打造水岸同治的精品公园。"一村"指梓上村。该村已先后建成了文明休闲公园以及曾山路两侧街头绿地，新增绿化总面积2000平方米，投资150万元完成了中心路拓宽工程，建设了曾山路健身点以及公共停车场、篮球场。与此同时，精心打造宜居、宜游的风情特色农村，实施强弱电"上改下"工程、乡村客厅建设工程、风情一条街建设工程等。

"可以说，把以上'一区一街一园一村'示范点建设好了，其他各个区域都跟上来，突出街容镇貌的个性，我们丽岙的风情小镇建设肯定与众不同，对街道的经济发展也有很大的带动作用。"林益正说，"将丽岙原有的华侨文化、浙南花乡以及温州肯恩大学的美式风情相融，保留美丽的山水田园风光、依山而建的村落，把整个街道打造成集人文、乡情、宜居于一体的全域美丽之地，使丽岙这颗浙南明珠更加名副其实。"

泽雅，是瓯海区另一个风景如画的小镇，地处俗称为"西雁荡山"的景区内。泽雅是"寨下"的温州话译音，富有乡野趣味。镇内还有一座泽雅水库，环绕库区的山峦间，有峡谷，有飞瀑，其中的九龙瀑由三折瀑布连成一体，宛若一幅百余米高的水幕，势如九龙喷水；鳄鱼潭则嵌在石壁之中，水清见底；形状奇妙的珠岩直径达23米，人称"天下第一珠"。泽雅镇的景点自然不只这些，仅泽雅主景区即西雁荡山景区，就有龙溪、泽雅湖、西山、五凤、崎云、高山角、金坑峡、七瀑涧等八大景区，全镇共有230多处景点，是温州市郊型省级风景区，吸引了众多游客。

如此秀山丽水，镇区的打造必须与之相谐。从2018年起，一场以"清垃圾、除破烂"为主要内容的美丽泽雅全域行动展开，努力营造整洁、美观、有序的村容镇貌，不留下任何一个脏、乱、差角落。为有目标、有重点地精心打造，经反复研究，定下泽雅大道两侧及天长、源口、戈恬等村为示范区域，将路边、桥边、墙边、溪边、公共地段、沟渠塘坝、背街小巷的垃圾死角、河道垃圾、乱堆乱放等作为重点目标。特色产业造纸、塑料加工等企业也被列为重塑美丽的重点对象。"发挥自有优势，高标准定位泽雅为'浙江休闲旅游名镇'，从'山、水、田、路、庭、人'等入手，在全域范围内精心打造'千年纸山，诗画泽雅'，这便是我们实施乡村全域美丽工程的任务和追求。"泽雅镇镇长李晓说，"这次乡村全域美丽行动是在以往的基础上进行的，软环境整治也是必不可少的内容，包括行车秩序高标准、背街小巷乱堆乱放整治高标准、庭院整治高标准等。"

"领得溪风不放回，傍窗缘砌遍庭栽。须招野客为邻住，看引山禽入郭来。幽院独惊秋气早，小门深向绿荫开。谁怜翠色兼寒影，静落茶瓯与酒杯。"（唐·崔涯《竹》）这首描写山野村落的古诗，也把泽雅风景展示得淋漓尽致。是的，壮阔的纸山雕塑、禅意的泽雅山水园静静地伫立在镇口两侧；秩序井然的迎宾泽雅大道，延伸至远山溪田；穿过景观行道树，是延伸一千米的精品园林文化绿廊，漫步其中，移步易景，有种遁入江南园林深处的美妙之感。来到美不胜收的佳丽地，你肯定会爱上它。

## 给庭院"美颜"，让院内墙外鲜花相拥

> 对各个庭院进行净化、绿化、美化，实现庭院的深度"美颜"，让庭院由外而内地美丽起来，鸟语花香沁人心脾。村民们首先受益，岂能不积极响应？

杭州市临安区昌化镇卢岭村的邵奶奶，每天早上开门的第一件事，便是莳弄摆在墙头的时令小菜。这些小菜虽然都种植在废弃的盆、坛、罐中，但红绿相映，煞是好看，原本光秃秃的院墙由此充满生机。"这是我前段时间向别人学的，都是我亲手一盆一盆种下的。看着小菜一点点地生长，墙头变得漂亮，我的心情也格外好。"邵奶奶欣喜地说。

不仅是邵奶奶家，也不仅是在墙头，在卢岭村，几乎每户农家的房前屋后、路边渠旁，都有花花草草种植着，红绿相映，布满整座村庄。据昌化镇妇联负责人朱幸儿介绍，卢岭村的这个变化，始于2018年的八九月份。由于这个村位于昌化镇东端，紧邻太阳镇，"山高皇帝远"，管理不到位，村里垃圾沿路乱倒，废弃家什乱扔，裸墙猪圈乱搭，养殖污水横流……成了一个典型的"六乱"村落。2018年下半年，在广泛开展"美丽庭院"建设活动中，镇有关部门和卢岭村一起，把它作为一个

绿树掩映的庭院

样板村加以打造，村民们也积极响应。由此，这个村的环境卫生以及庭院美化工作，出现了全新的变化。

在整治卫生的过程中，针对卢岭村脏、乱、差的实际状况，有关部门首先发动村民，对农户房前屋后、村道两侧、养殖地块、休闲场所等分片、分块地予以整治，20天内拆除了有碍景观的建筑，并重点清除村道两侧的杂乱现象。在这过程中，有群众发现，村道两侧有不少村民废弃的盆、盘、坛、罐，那么，能不能好生利用它们，使之变废为宝，成为景色的一部分？

于是，镇村干部和村民们共同把这些盆、盘、坛、罐一一收集起来，洗净后盛上泥土，种上花草、菜苗，有序地摆放在村民的院墙上。没想到，这一小小的创意，竟让原本平常、杂乱的院子顿时"活"了起来。

"见到院子越来越漂亮了，大家都跟着做起来，而且这个活轻松、简单，哪怕上了年纪的都做得来。"村民余大爷开心地说，"这样做既实用、好看，还有乐趣。"一时间，村里闲着的老人纷纷参与，四处捡拾废弃的器皿，在自家院墙上下种开了，镇村干部们还四处联系苗木，供农户们种植。在整个村落的庭院美化整治过程中，镇村两级还进行了必要的规划设计。

如今的卢岭村完全变了。"看不见垃圾，没有了污水，院内墙外鲜花相拥，村道两旁绿荫相随。有了这样的好环境，到我们村里来游玩的人一下子多了起来。"村民余银水感慨地说。以前，在外工作的儿子一家嫌村里太乱、太脏，很少回家。现在村庄变得这样美，不单在休息天他会回来住，还经常带着同事一起来院子里坐坐。"我们卢岭村，再也不是因为脏、乱、差出名，而是因为每家每户都有一座漂亮的院子而出名！"

家在台州温岭市箬横镇前九份村的王媛萍是一名"80后"，又是一名"女花农"。她有一处"秘密花园"，就在她家的菜园子里。

还是在2012年，那时的王媛萍在一家企业从事财务工作。当时，她无意间读到了美国女作家弗朗西斯·霍奇森·伯内特的《秘密花园》一书，书中所呈现的种种美丽花卉，让她兴趣大增。"那本书上提到的一些花卉，国内是有的，但大部分只生长在国外，见都没有见过，何况是花名及花语。我虽然没见过，可这样更让我产生好奇和热情。"王媛萍回忆道。

王媛萍患有先天性足疾，受身体残疾的影响，她从小养成了追求完美的性格。对花卉产生浓厚兴趣之后，她在工作之余，购置了大量有关

看得见风景的房间

花卉的书籍，观看了不少相关视频，通过网络等途径买来不少花卉种子，并开始在家里的阳台上试种。

阳光不足怎么补？生射虫了怎么办？培土营养成分怎么均衡？……一个又一个难题，在王媛萍的尝试和努力下，不断地迎刃而解，她种植花卉的积极性愈加高涨，技能更是日益增长。当然，失败总是难免的，比如第一次种植欧洲月季"玛姬婶婶"时，因为经验不足，差点使这种来自法国的喜好全日照、微酸性土壤的浪漫之花毁于一旦。

在阳台上试种成功了，但若要进行大面积种植，必须有一块试验地。王媛萍看中了门前屋后的那块自留地。可这块自留地是家里的宝贝啊，经过与父亲王冬森的几次"拉锯战"，她终于把这块地从父亲手里"抢"来了。

有了土地，加之种植技术的提高，王媛萍又从观赏花卉转变为种植花卉。她所种植的"玛姬婶婶"花心呈橙色，花外缘呈粉色，特别养眼，尤其是其所散发的水果味花香，令人心旷神怡。受她的感染，二姐、三姐陆续加入进来，为各自的房间阳台装扮，一年四季花香不断。

为了扩大花卉种植面积，王媛萍说服家人，把菜园子变成了大花园。接着，她又发动全家，办起了一座颇具规模的"雯心园艺场"。为了把"雯心园艺场"打造成系统性的花卉科普基地，吸引更多人前来观光，王媛萍将试验区里的200多种母本花卉悉数搬到这里，按照观光、休闲、销售三区规划，有针对性地进行培土种植、廊道美化、品种陈设，形成了以欧洲月季、铁线莲、宿根花卉、绣球等为主打系列的培育区、打卡区。

"雯心园艺场"大大推进了整个前九份村的美丽庭院建设。"我们前九份村是箬横镇美丽城镇建设中的重点区域，是七彩农园美丽田园文化综合体与'四美三区一环线'乡村振兴示范带上的核心节点。有了'雯心园艺场'，每天都有不少村民来到这里观赏花卉，不仅提升了环境美化意识，还学到了不少种植花卉的技能和知识。"前九份村村委会主任蒋海军说，"'雯心园艺场'在村里的出现，为村里大规模推广美丽庭院建设提供了基础。"

而为了助力美丽庭院建设，王媛萍主动当起了志愿者，为村民出谋划策、现场设计，希望大家都能和自己一样懂花卉栽培、分享花语祝福，并用花草装扮自家庭院。"通过15岁时做的几次手术，我走路看上去已与正常人没什么两样，这个梦算是实现了。现在我想要实现的梦，就是花卉梦、庭院美化梦。相信通过大家的共同努力，能为当地美丽城镇及全面建成小康社会'添砖加瓦'。"王媛萍自信地说。

快要进入2018年春节的那天上午，湖州市安吉县上墅乡上墅村村民卞善娣就收到了一份意外的"礼物"。鉴于她家在美丽庭院创建中的"美丽"表现，乡里为她家挂上了"五星级庭院"牌子，还送上了鲜花。她家的庭院并不大，但至少有一半已改成了绿化。此时，茶梅正艳，吊兰吐翠，巨大的芭蕉叶子尤显嫩绿，让人看了欣喜不已。

2017年11月，上墅乡启动"美丽庭院"创建行动，组织乡域内集镇区块、主次干道及背街小巷沿线的村民，对自家的庭院进行净化、绿化、美化，实现庭院的深度"美颜"，得到了村民们的积极响应。"只要花点时间，每家的庭院都会变得很漂亮，村庄和集镇也会美起来。"妇女党员周云琴把全家人都动员起来，仔仔细细地清理庭院，房前屋后也打扫得干干净净。"把庭院弄得干净美观，本来就是自己家的分内事，绝对不能拖美丽乡村建设的后腿。"周云琴说。

把庭院打造成一个个景点，整个村就是一个景区。在美丽庭院建设过程中，上墅乡针对存在的问题，提出明确的处理要求，每条要求都有清晰的标准，让村民们一目了然。如要求村民们做好房前屋后院子的整洁、绿化的维护，以及禁止乱设摊点、乱堆杂物、乱贴广告、乱停车辆等。为确保这项工作落到实处，乡里还在上墅村试点启动了"一户一评、一片一比"美丽庭院竞赛机制。

为了确保整治质量，上墅乡的乡村干部还分头予以具体指导，入户帮助整治，如墙体怎样改造、绿化怎么排布、家具物品如何摆放等等，事无巨细，都主动、细致地为村民提出建议，村民们往往也乐意接受。不到一个月，以往乱堆乱放的柴火，已码得整齐划一；曾经乱涂乱画的墙面，现在已刷得雪白洁净；以前那些空地荒地，也都变身为"花园"。由于各个庭院的净化度、绿化度、美化度都已提升，村庄整体环境变得整洁亮丽。

为了实现庭院的长效"美丽"，上墅乡还推出了门前"三包"承诺，特意邀请妇女小组长，组建美丽庭院评审队，对参与创建的120户庭院予以评比打分。"我们每月评比一次，这意味着荣誉也不是一劳永逸。"上墅乡妇联主席马双双介绍，按照10％、30％、50％的比例，评出五星级、四星级及三星级庭院。既有分数，又有排名，如五星级庭院就必须达到90分及以上。当然，打分和排名只是一种手段，目的是推动大家保持美丽、制造"美丽"。

"沈沈庭院莺吟弄，日暖烟和春气重。"（宋·欧阳修《玉楼春》）在全面建成小康社会、实现共同富裕、切实提升群众生活质量的进程中，浙江全省各地坚持"洁、齐、绿、美、景、韵"这6字标准，全域推进美丽庭院建设，努力形成"一户一处景、一村一幅画、一镇一天地、一线一风光、一县一品牌"的大美格局。美丽庭院建设既有品位，又不失纯朴；既强调基本要求，又不苛求一律，保持个性特色。其整治效果日益明显，也使越来越多的农村群众主动投身其中。是啊，推门便见风景，庭院即是花园，群众还会不乐意吗？

## 每条公路都是一道迷人风景线

> 在公路边、铁路边、河边、山边沿线建成风景长廊，道路两侧有碍观瞻的杂乱无序已消失，错落有致、美轮美奂的景观令人心旷神怡。

"车子跳，乌镇到。"这是不少前往嘉兴桐乡市乌镇游览、经商的人，以往对乌镇道路状况欠佳的生动描述。为什么没有一条宽阔平坦的道路直达那座美丽的江南小镇呢？幸好，这份遗憾已在近几年彻底消失。随着全面建成小康社会和实现共同富裕的深入实施，县乡之间的交通基础设施已经有了翻天覆地的改观。前往乌镇的县道，已是一条气派的双向四车道大马路，道路两侧以往乱搭乱建的屋舍已消失，错落有致、美轮美奂的景观让人心旷神怡。

"乌镇大道全长28千米，分为南北两段，其中乌镇大道南段的起点为桐乡客运中心，终点为海宁与桐乡交界处，北段跨越京杭运河，与江苏吴江境内的苏震桃一级公路相连，2017年3月通车。这条重要道路的通车，对乌镇这座互联网小镇的进一步发展十分重要，同时，我们有意识地对这条道路两侧的景观进行了彻底整治，让它成为一条景观大道、风景长廊！"桐乡市"三改一拆"办常务副主任王文兵说，"乌镇大道还被寄予了旅游、科技等产业发展的重托，承载了城市转型升级的使命，是通向'敞开城门'的城市名片。"

为了将乌镇大道打造成省级精品化道路，桐乡市专门成立了由市主要领导挂帅的省级精品路线创建工作领导小组，交通、建设、农经等职能部门全体参与，并由桐乡市相关部门与沿线乡镇街道及相关单位协调推进创建工作。"乌镇大道南段全长10.18千米，景观绿化投资约9000万元。景观带以绿化为依托，将全线分为'花团锦簇'（春花）、'水乡浪漫'（湿地秋色）、'缤纷锦带'（四季）以及'夏荫林景'（夏荫）四大主题，打造四季有景的美丽走廊。"王文兵介绍，在道路设计之初，乌镇大道就已创造性地植入了"公路绿道"的概念，利用道路的空间景观建造绿道，贯穿全路段，并以宽1.5米的小路形式蜿蜒舒展，供居民和游客休闲散步和锻炼骑行。这样的功能定位显然符合生态休闲所需，也符合现代公路设计理念。

一条全域美丽的乌镇大道，补足了乌镇旅游发展中交通不便的短板，也让游客们体会到水乡古镇的慢游生活，激活了桐乡全域旅游的发展因

子。在嘉兴市，像这样打破村界、镇界，乃至县界、省界，把公路边、铁路边、河边、山边沿线建成风景长廊，打造美丽乡村风景线的做法，不仅出现在桐乡，也出现在别的县市。在平湖市，新07省道（平湖段）以道路两侧大面积绿植，带来层峦叠翠的绮丽效果，让途经此地的司机们赞不绝口，也让沿线的居民纷纷竖起大拇指。

新07省道是平湖的主要干线之一，南起乍浦，途经当湖、曹桥，与南湖区新丰镇相接，是平湖连接嘉兴的主要线路，其在平湖境内全长12.869千米。在实施乡村全域美丽工程的进程中，2016年至2017年，平湖市对该道路实施绿化改造提升工程，全线景观绿化提升定位为城市迎宾大道，总建设面积约110多万平方米，共计绿化面积1500亩。"为了打造这条精品道路，我们高起点、高标准地进行规划，清理一切不和谐音。"平湖市"三改一拆"办常务副主任张建平介绍。为此，平湖市专门制定了道路景观绿化的详细标准，如公路两侧建设实施至少20米的景观绿化，其中迎宾大道段绿化宽度需达30米、重点路段50米、主要节点80米的绿化覆盖范围。新07省道现已成为平湖市一条重要的窗口道路。

2017年3月，嘉善县姚庄镇启动了申嘉湖姚庄出入口提升改造工作。在出入口南北坡，灰色的排水沟、绿色的草地、淡黄色的千层石、深绿色的高大乔木相得益彰，给人留下深刻的姚庄"第一印象"。据悉，为了对总面积达95亩的申嘉湖高速出入口予以绿化提升，坚持高起点规划、高标准施工，仅在2017年，姚庄镇就投资600万元，并把该项目列入"八个一"工程，争创市级精品入城口。

在姚庄镇，完成景观提升的不只是这处高速公路出入口。在连通姚庄北部美丽乡村和姚庄现代化城区的万泰路两边，姚庄镇投资3300万元，同步实施了景观绿化改造提升，绿化总面积在8万平方米左右。

望得见山，看得见水

　　众所周知，环境整治是高水平全面建成小康社会的一项内容。在高水平全面建成小康社会、走向共同富裕之路的进程中，结合乡村全域美丽工程，浙江已全面推行了打造美丽乡村风景线活动，要求在公路边、铁路边、河边、山边沿线建成风景长廊，明确提出在全省范围内打造美丽乡村风景线500条。如今，通过广泛深入地开展"四边三化"（即在公路边、铁路边、河边、山边等区域开展洁化、绿化、美化）行动，一批美丽乡村先进村、乡镇街道和县不断涌现，示范县创建有序进行、逐县推进，全省乡村全域美丽建设正以星火燎原之势稳妥铺开。

　　"'六边三化三美'工作是丽水'绿色发展、科学跨越、生态富民'的基础性工程，是丽水美丽乡村建设的总抓手，是创新推进乡村环境连片整治的有效手段，也是我们丽水建设美丽乡村、推进乡村振兴的重要经验。"丽水市新农村建设和发展研究中心主任项根森在论及"房美、村美、业美"，实现"三美融合、主客共享"的丽水实践时，突出介绍了"六边三化三美"工作的价值和意义。这一成功做法不但已在省内多个地区得以运用，还在陕西省西安市等地做了推广介绍。丽水市"六边三化三美"的创新实践还荣获了2015年度全国十大社会治理创新奖。

何谓"六边三化三美"？它是指公路边、铁路边、河边、山边、村边、城边区域的洁化、绿化、美化，实现村美、房美、城美，围绕建设美丽丽水这一中心，打造美丽环境，发展美丽经济，创造美好生活，推进全域景区建设，实现"三美融合、主客共享"的目标。这一具体而有效的做法始终根植于丽水实际，又不惮于尝试，其意义不可小觑。

在金华市，几乎所有的乡村公路都已被打造成了美丽风景线，"四边三化"引领乡野发生喜人"蝶变"。由于"四好农村路"创建在近年来取得卓著成效，乡村公路的基础性建设极其扎实，而美丽乡村公路建设又让一条条道路成为一道道别致的风景，让省内乃至全国各地的人们慕名前来，不少休闲旅游和体育赛事就在公路上举行。如：2018年，浙江年度"首马"连续4年在兰溪市开跑；浙中生态廊道·2018金东乡村绿道马拉松鸣枪开赛；"2018美丽乡村·环浙骑行"活动又让全国近千名骑行爱好者穿梭在磐安的美丽乡村……为什么有那么多人青睐金华乡村绿道？正是因为这里的道路特别美丽，在路上就是在画中。

阡陌纵横的美丽公路不仅是金华全市地域联动发展的"血管"，还有力地助推了美丽乡村提档升级，串联起一条条发展的金线。为凸显"美丽公路＋"模式，金华市还有意识地把民俗风情、传统文化、公路精神等融合在绿地中，形成自然生态、畅通舒适、美丽致富的"江南风情走廊"，串联起"山海林田湖、城镇乡村景"，打通绿水青山变为金山银山的宽广大道。

而在宁波慈溪市，公路边、河边、山边沿线的风景长廊建设持续多年，"精心打磨精品线，推进全域景区化"成为这项工程的升级版。围绕高水平全面建成小康社会要求，慈溪市以"1115""双百""100＋X""全域旅游示范县创建"四大工程为载体，整合资金近12亿元，按照"点上出彩、连线成景、面上提升、全域景区化"的目标要求，树立精品意识，以绿化彩化串珠成链，连线成片，着力提升重点村、路段、河岸以及重要产业、历史文化遗址等景观骨干网布局，实现沿线村庄景区化、庭院精致化、产业精品化，形成富有地域特色的风景长廊4条。与此同时，按照"一村一品""一村一景""一村一韵"的建设主题，累计创建省级特色精品村12个、市级精品村11个。

把风景长廊建设由点到线予以串联，又由线到点打造精品，是慈溪市乡村全域美丽工程的一大特点。为了让乡村全域美丽再上一个新台阶，慈溪市还将对南部沿山线上的关键节点，如徐福村、方家河头村、任佳溪村、双湖村、岗墩村的全域美丽进行再提升、再建设，使之成为"景美、人美、生活美"的文化休闲旅游精品线；而对平原地区，扎实推进中横线精品线建设，着力对沿线村庄、农庄、农场等进行"四边"美化，把沿线各产业平台通过美丽风景串联起来；在打造乡村全域美丽过程中，还有意识地让各个景观与"围垦、移民、青瓷、慈孝"这慈溪四大地域文化特色结合起来，通过主题策划、特色营造等，推动沿路、沿江等镇级风景的串点连线成片打造，形成市域风景线培育联动推进的良好格局。

"雄峰健陇四奔驰，每每回顾慈溪水。慈溪慈溪孝名美，即天之经地之义。"（宋·杨简《慈溪金沙冈歌》）如今，倘若你驱车来到慈溪"南部沿山精品线",自东向西,沿途你不但能尽情欣赏达蓬山的层峦叠翠、方家河头的白墙黛瓦、潘香村的灵湖仙境,还能沿着这道绿色风景线,品味东汉孝子董黯墓所在地黄杨蚕村的"孝风"、徐福村的"和风"、方家河头的"古风"、潘香村的"清风"、任佳溪村的"家风"和洪魏村的"红风"……这条绵延33千米,跨越6个镇、20个自然村、3个旅游景点的"溪上慈风"沿山精品线,每个景点的"四边"都已镶嵌上了团团锦绣,缀成了一派当代美丽乡村大景观。

# 第十章

## 社会保障坚实可靠，阳光照得人心暖

可靠的社会保障，托起稳稳的幸福。

共享发展是共同富裕的核心要义。推进全体人民共同富裕，要从物质和精神、客观和主观多个方面发力，既要有数量上的增加，也要有质量上的提升甚至飞跃，既要有客观条件的改变，也要有良好的心理感受，这样才能增强人们的获得感、幸福感和安全感。浙江按照兜底线、织密网、建机制的要求，全面建成覆盖全民、城乡统筹的社会保障体系，特别是针对待遇水平的不平衡，通过制度优化和创新，提高城乡居民的待遇水平，补齐农村社会保障发展短板。社会保障已从"人人享有"向"人人公平享有"迈进。

# 国内首个！高标准普及15年教育

发展教育事业，促进教育公平，是共同富裕的题中应有之义。农村和欠发达地区教育发展问题、经济困难家庭学生入学问题和流动人口子女入学问题，浙江普及15年教育中遭遇的这三大难题，如今均已被完美破解。

2004年9月8日，在浙江省庆祝第20个教师节大会上，时任浙江省委书记习近平郑重宣布：浙江省从学前3年到高中段教育的普及率均已达85％以上，成为全国各省区市中第一个基本普及15年教育的省份，实现教育事业的历史性跨越！

2003年底，全省学龄人口中小学入学率已达99.99％，初中入学率达98.49％。按照国际惯例，85％的地区、85％的人口接受教育，就达到"基本普及"标准。这也是浙江坚持实施科教兴省、人才强省战略的重要成效之一。

回溯40多年的发展历程，浙江基础教育积极参与或实施了"普九""两基""教育强县""义务教育基本均衡县""教育现代化县（市、区）""基础教育重点县"等一系列评估验收，以评促建、以评促改，倒逼各地各校破局求变、攻坚克难，使得优质的基础教育资源广泛覆盖到更多地区。

早在1981年6月，浙江省政府就在全省教育工作会议上提出了要

"采取切实措施，充实和加强小学，抓紧普及初等教育"的任务。1985年，浙江省六届人大三次会议通过了《浙江省实行九年制义务教育条例》，出台了新中国成立以来的第一部九年制义务教育地方法规。1989年，浙江省所有县（市、区）都实现了基本普及初等教育的目标。

2000年1月1日，中国向全世界庄严宣布，如期实现了基本普及九年制义务教育和基本扫除青壮年文盲的战略目标。而完成这一目标，浙江提前了3年。1997年底，浙江第一批通过原国家教委"两基"总验收，成为全国第三个通过验收的省份，标志着浙江农村基础教育发展取得了历史性突破，也标志着浙江基本完成了普及九年制义务教育、扫除青壮年文盲的历史性任务。

20世纪90年代，浙江各地经济社会发展和城市化进程不断推进，大量新建小区和居民集聚，形成新城区。由于一批口碑较好的名校仍处于老城区内，两者的供求矛盾日益加剧。为解决"上好学校难"的问题，使优质教育惠及更多学龄儿童，杭州市教育局率先尝试"名校集团化办学"。2002年10月，全国首个公办基础教育集团——杭州求是教育集团成立，以连锁式办学的模式，成立了求是小学竞舟路校区和求是小学星洲校区。2004年9月，杭州市正式提出"名校集团化"战略，并拓展出"名校＋新校""名校＋民校""名校＋弱校""名校＋民企""名校＋农校"等多种集团化办学类型。随后，这一模式在全省迅速推广。

与此同时，1998年，浙江启动教育强县创建工作。2001年，浙江省委、省政府基于本省基础教育发展实际，提出了2005年基本普及15年教育的目标，推进教育事业发展。而进入21世纪以来，浙江经济的持续发展和浓厚的重教传统，也为基本普及15年教育提供了良好的社会基础和有力的财力支撑。

浙江教育的发展水平有目共睹。2014年，浙江省遴选11个基础教育最为薄弱的重点县，对其加强指导和督促，计划3年投入48亿元。2015年，浙江90个县（市、区）分批通过全国义务教育发展基本均衡县的国家评估认定，成为最早实现所辖县（市、区）全部通过国家义务教育均衡发展评估认定的5个省级单位之一。

在学前与义务教育方面，2018年浙江学龄儿童入园率达到97.8%，义务教育入学率、巩固率均为100%，义务教育中小学随迁子女在校生149.23万人，其中在公办学校就读人数为110.96万人，初中每百名学生拥有计算机台数增加到31.8台。

而在高中段教育方面，全省学前3年到高中段的15年教育普及率为99.02%，初中毕业生升入高中段的比例为99.01%，升入普高和中职的比例为1.1∶1。高中段教育毛入学率为97.3%，高中段教育巩固率为99%。

2019年5月，浙江省教育厅发布《2018年浙江教育事业发展统计公报》。该公报显示，2018年浙江各级各类教育继续保持协调均衡发展态势，学前3年到高中段的15年教育普及率为99.02%。

所有这些数字，都已在全国各省区市中名列前茅。


新学期开学，异地新建的常山县芳村镇中心小学迎来了900余名师生，焕然一新的校园让师生们欣喜不已。县里投资5000多万元，学校面积扩大了2倍，配置了250米环形跑道、足球场、体艺楼等，各栋建筑均有风雨连廊相通……这里能满足芳村镇及邻近的15个行政村适龄儿童的义务教育需求。从2017年起，常山县确立了"民生优先"的发展战略，把振兴教育作为县委、县政府的"一号工程"，把教育投入作为"第一投入"。芳村镇中心小学的巨变，便是"一号工程"具体落实的成果之一。

为3500余个教室进行灯光照明改造，为每名学生建立视力档案，为全市7万名适龄儿童免费实施牙齿窝沟封闭，这是温州市最新启动的

"明眸皓齿"工程。这一工程无疑又是浙江教育始终关注个体、关注均衡、关注民生福祉的一则实例。从"有教无类"到"学有所教",从"优先发展"到"改革创新",党的十八大以来,一项项饱含为民情怀的教育举措相继出台,一轮轮落实教育改革目标任务的具体行动在浙江大地不断实施。

"在加快教育现代化过程中,实现县域内义务教育高水平均衡发展,是各级政府首先应履行的职责和完成的任务。"2011年,浙江11个设区市政府负责人与省教育厅签署备忘录,郑重承诺共同推进义务教育基本均衡发展。

高水平全面建成小康社会,实现共同富裕,普及15年教育是其中一个十分重要的指标。进入21世纪之后,浙江进一步优先发展教育,在每年的十方面民生实事中,教育从不缺席。把教育摆在优先发展、重中之重的位置,把最好的资源留给教育,这是浙江发展教育事业始终不变的宗旨。

2010年12月,《浙江省中长期教育改革和发展规划纲要(2010—2020年)》颁布实施,多项目标已率先完成;2015年,浙江加快发展现代职业教育的实施意见出台,数以百万计的技术技能人才生动诠释了"每个人都有人生出彩的机会";2016年,《浙江省教育事业发展"十三五"规划》发布,为全面实现浙江教育现代化设计了更为科学、更加完善的蓝图;2017年,浙江考生首次参加"新高考",教育领域综合改革在浙江向纵深推进;2018年,《关于全面实施高等教育强省战略的意见》《关于全面深化新时代教师队伍建设改革的实施意见》相继印发实施,各级党委、政府对教育的重视达到了前所未有的战略高度……

近几年来,随着高水平全面建成小康社会、实现共同富裕步伐的持续加快,浙江各地教育事业又从"基本均衡"迈入"优质均衡"的发展

这几年浙江各地都在加大对教育的投入

快车道。

立足现代教育体系、教育普及水平、办学质量、教育公平、教育技术条件、教育体制机制等维度，以教育改革为抓手，浙江努力营造"党以重教为先、政以兴教为本、校以立教为基、师以从教为乐、民以助教为荣"的教育生态风景，努力丰富浙江教育现代化的内涵。因为始终坚持科学谋划，一切美好的设想、完善的规划都在稳稳地化为现实。

杭州市提出，要让更多少年儿童获得公平而高质量的义务教育，保护学生的好奇心和求知欲，鼓励学生独立思考、主动学习，并将在未来全面推行义务教育"小班化"；湖州市实施"义务教育名校集团化工程"，完善城乡一体化的义务教育发展机制，在财政拨款、教师配置、评优评先等方面向农村倾斜，率先在县（区）域内实现城乡均衡发展……的确，实现教育公平是最高境界，这正是社会公平的重要基础。

宁波市探索引入第三方评价，建立和完善学生综合素质评价机制、校长教师专业发展评价机制和学校发展性评价机制等；嘉兴市县域内教师和校长合理有序流动制度已成常态，城乡学校师资配置均衡状态年年有惊喜；丽水市实施立足该市基础教育发展实际的"绿谷名师培养工程"，全面建立完善校（园）长和教师专业发展的政策和管理制度……是的，要提升浙江教育的内涵，提高教育质量当为核心任务。

从"思政课程"到"课程思政"，坚守课堂育人主阵地；从研学基地到实践基地，拓展实践育人"大地学堂"；从家校联动到馆校联动，形成育人工作强大合力……浙江各地通过一系列举措，构建起了各学段纵向衔接、各学科横向融通、课内外深度融合的大中小幼一体化学生德育成长体系。在浙江教育的内涵中，立德树人无疑是最根本的任务，且是检验学校一切工作的根本标准，而深邃的教育智慧，渗入点滴的教学实践，便会落地生根、入脑入心。

"教育优先发展"不是一句口号，而是实际行动。2019年，全省国家财政性教育经费总投入2035.37亿元，比上年增加259.27亿元，增长14.60％。全省地方教育经费总投入2734.38亿元，比上年增加333.48亿元，增长13.89％。各地也紧跟步伐，建设优先投入，人才优先引进，困难优先解决，典型优先宣传，切实把教育放在优先发展的战略地位。

解决农村和欠发达地区教育发展问题、经济困难家庭学生入学问题和流动人口子女入学问题，是浙江普及15年教育中着力破解的三大难题。为了支持本省经济欠发达地区教育发展，从21世纪初开始，浙江省政府通过转移支付、专项资金等形式，主要补齐教育经费缺口。2001年农村税费改革后，浙江省本级财政每年安排4亿元，下拨至经济欠发达的各市县。与此同时，各地以中小学布局调整为抓手，通过新建、迁建、改建、扩建等途径，改善农村办学条件，提高农村教育质量。

中午，台州市椒江区三甲小学农场校区食堂里，来自广西壮族自治区武宣县的壮族小朋友陆海深，正津津有味地吃着热腾腾的红烧肉、番茄炒蛋和生炒卷心菜，喝着紫菜汤。与他一样，同为一年级、来自贵州省平坝区的苗族小朋友张华济也吃上了由椒江区政府补贴的营养餐。

"从2012年2月7日起，我们学校的外来民工子女吃上了由政府补贴的营养午餐。"该校区负责人李克勇介绍，这个校区的学生大多为外来民工子女，家境贫困，在老家连吃上热腾腾的饭菜都是一种奢望。但在这里，他们除了能享受到良好的学习环境，还能每天享用美味的营养午餐。

在椒江区下陈中心学校，来自湖北省襄阳市的学生王子怡，一方面受惠于椒江区实施的"学生营养工程"，吃上了由政府补贴的营养餐；另一方面受惠于椒江区实施的"助学帮困工程"，每学期还能得到椒江区慈善总会的定期资助。"这名学生刚转到我们学校时，因为家庭经济困难，还出现了严重的营养不良现象，脸色呈青灰色。经卫生部门诊断，他患上的是单纯糠疹，根源是维生素缺乏。"王子怡所在的四（3）班任教老师介绍，"针对这一情况，学校与有关部门马上采取相应措施，改善他的饮食条件，提高他的营养水平，他的身体素质很快得以提升。"

事实上，早在2005年，椒江区就专门下发通知，发起开展"学生爱心营养餐"工程，要求对在该区农村中小学的低保家庭子女、福利机构监护的未成年人、革命烈士子女、五保供养的未成年人以及残疾学生进行营养补助，每所学校约5％的相对贫困学生可享受营养午餐。其方法是，由财政部门统一印制"营养餐券"，区教育局每学期初根据学校上报的贫困生档案情况，确定免费享受营养餐对象，在网上公示确认，将"营养餐券"发至中学、中心学校，由中学、中心学校负责发放至学生，学校则确保免费提供每餐荤素搭配、营养合理的营养餐。如今，经多方共同努力，"学生爱心营养餐"工程的学生补助比例扩大至10％左右，并向民工子弟学校延伸，民工子女也都能享受到"学生爱心营养餐"。显然，实施无差别的学生教育爱心服务，也是走向全民共同富裕的一项有力措施。

资料显示，浙江义务教育阶段随迁子女在校生人数由2011年的120.91万上升到2019年的156.05万，其中在公办学校就读的人数由89.72万上升到120.92万，在初中学校就读的人数由22.03万上升到39.66万。流动人口随迁子女中有2/3以上在当地公办学校入学，民办学校则作为补充，并根据实际情况采取学籍动态管理等特殊政策。流动人口随迁子女接受义务教育收费标准早已与当地学生一样。为了确保经济困难家庭子女、流动人口子女受教育的同等权利，浙江还在全省范围内推行了扶困助学"教育券"制度，发放的扶困助学金以亿元计，受资助学生数在50万以上。

## 在不同的地点起飞，我来帮助你！

　　"提质、培优、增值、赋能"，在浙江，职业院校正逐渐成为复合型、创新型的链式人才库，特殊教育学校的布局调整和建设步伐持续加快，每个人都会有成长机会，每个人都将是宝贵的建设人才。

2020年11月8日，2020年浙江省暨宁波市职业教育活动周在宁波城市职业技术学院拉开序幕。启动仪式后，随即举行了职业教育"提质培优赋能"高峰论坛，有关职业教育"提质、培优、增值、赋能"的计划和行动，成为该年度这项活动的热门话题。

该活动周的主题十分符合当前职业教育所需，即"人人出彩，技能强国，打造职教'重要窗口'"，"技能强国"越来越被摆上议事日程。与这一活动主题相呼应的是，同一天，还举行了浙江省职业教育成果展，宁波城市职业技术学院和宁波3所中职学校的学生在技能大师的指导下展示了基于VR视界的计算机组装、插花、盆景制作、面点制作等技艺。

尽管因新冠肺炎疫情尚未在全球退却，本次活动以网络宣传展示为主、线下交流展示为辅，但线上观看启动仪式者超40万人次，可见大众对职业教育的关注程度。的确，浙江职业教育发展至今，成就十分巨大。坚持"以服务发展为宗旨、以促进就业为导向、以提升质量为核心"的发展方向，浙江职业教育以第一名的成绩被国务院列为职业教育改革成效明显的省份予以激励，整体发展水平处于全国第一方阵。当今，浙江职业教育在实现共同富裕、支撑产业转型升级、助力复工复产、技能扶贫、乡村振兴、创新创业、社会服务等方面的作用尤为明显，"重要窗口"的职教力量已经显现。


"假期里在忙于找工作吗？""没有，我早已找好了。""你觉得工作难找吗？""不难，我这个专业的毕业生还特别受欢迎。""对即将定下来的就业岗位满意吗？""满意，可以说很满意！"这是笔者与部分职业院校学生的对话。笔者走访到的几所省内重点职业院校，即将毕业的职院学生大部分已找到了工作。

"不少学生不仅已经找好了工作岗位，在主要完成实习任务的这一学期里，他们还出去顶岗了！"杭州职业技术学院友嘉机电学院一位老师介绍。所谓"顶岗"指的是"顶岗实习"，即在已有录用意向的企业里上岗实习，充当一阵子上岗员工，毕业后可正式入职。

"只要想就业，都能找到工作单位。"一名就读于杭州职业技术学院机械设计与制造专业的学生说。大三的上半学期，他曾在学校举办的各类专场招聘会上投过多份简历，结果，凡是收到简历的企业后来都向他表达了签约意向。这一方面是因为他的学业成绩出色，另一方面则是专业对口。这名学生说，在他所在的班里，所有同学都在毕业后顺利地找到了工作。

"全系本学期的毕业生有800人左右，平均每位毕业生可供选择的岗位有7个。也就是说，一个毕业生至少有7家意向企业可以选择。有的毕业生甚至提前被企业派到欧美分公司等重要岗位，年薪在20万元以上。这么好的就业形势，实在让人高兴！"浙江机电职业技术学院电气系主任金文兵掩饰不住他的自豪。

高职院校毕业生不愁找工作，待遇越来越好，这生动地说明了浙江职业教育事业正越来越接近于社会经济发展需求，教育质量正在稳步上升。浙江省教育评估院曾在2018年发布了一份《浙江省高校毕业生职业发展状况及人才培养质量调查报告》。该报告指出，从2015年至2017年，全省高职院校毕业生的就业率和起薪呈逐年上升的趋势，2017届毕业生的就业率达到97.84%，平均月收入为4382元，创历史新高。另一个颇为耐人寻味的数字是，与同届普通高校本科毕业生的起薪相比，后者仅比高职院校毕业生高出不到500元。而在就业之后，高职院校毕业生的月收入增幅超过了普通高校本科毕业生，前者的月收入往往在几年内超过后者，这再一次说明高职院校毕业生的行情"看涨"。

专家认为，企业对高职院校毕业生的需求激增，反映了近年来浙江坚定推进高质量发展、产业结构调整成效显著，企业稳步发展壮大，迫切需要引进更多技术人才。

浙江省教育厅职教处处长王志泉介绍，近年来浙江职业教育大力推行产教深度融合。据统计，至2018年底，全省47所高职院校的1229个专业点中，与支柱产业相关的专业就有944个，这说明学校专业与产业的匹配度获得了极大提升。

这一点，也可以从浙江省教育厅发布的《浙江省高等职业教育质量年度报告（2020）》中得以印证。2017—2019年，浙江省持续推进实施高等职业教育创新发展行动计划，加快推进现代职业教育体系建设。通过3年的建设，建成了12所国家级优质专科高等职业院校、170个骨干专业、87个生产性实训基地、34个"双师型"教师培养培训基地、3个虚拟仿真实训中心、26个协同创新中心、8个技能大师工作室，建设成效斐然。2018年正式启动了中职与应用型本科一体化人才培养试点，浙江15所中职学校与省内8所本科院校联手培养学生，实现中职教育与本科教育的无缝衔接，使全省人才培养的层次、规模与经济社会发展更加匹配。

"企业最大的人力成本，在于人员的流失成本。企业不能到用人的时候才想到招人，'人才培养前置'对于企业发展来说很有必要。"嘉兴技师学院产业互联网学院常务副院长、中国网库集团浙江控股公司总经理张良剑指出，"企业主动出击，积极推进校企合作，尤其是推动建立紧密型校企联合体、利益共同体，正在变得日益重要。当然，这仍然基于高职院校能培养出大批优秀毕业生的前提。"

在嘉兴技师学院产业互联网学院试点班，学生们正分别坐在"创意中心""运营中心"等几间工作室的电脑前上课。笔者发现，与课堂直接相连的是真实的产业互联网；学生既是学习者，也是管理者、设计者、运营者。"近几年，产业互联网学院正在与中国网库集团推进电子商务专业现代学徒制，在实行模块化教学的同时，企业负责人直接入驻学校开展课堂教学。"嘉兴技师学院副校长张效铭不无自豪地介绍说。

2020年6月16日凌晨0点，嘉兴技师学院产业互联网学院的实训室仍

杭州城西文教区一景

灯火通明，由11名电子商务专业学员组成的"真真老老6·18战队"坐在电脑前，手指不停在键盘上飞舞，时而切换跳动的桌面对话框，耐心沉着地解答着买家的一个个提问。本次实训经过层层面试，从2016级电商专业的学员中挑选出了11位"种子选手"，担任真真老老天猫官方旗舰店的售前和售后客服。截至6月20日，真真老老旗舰店最畅销的粽子礼盒就已卖出75万份，在淘宝粽子品类销量中名列前茅，销售额总计超过400万元，惠及全国各省区市的千家万户，每一个粽子背后都有技师电商学子的服务。在实训过程中，学员们都表现出了良好的学习素质。

浙江工贸职业技术学院内有好几座规模不小的产业园，该院院长贺星岳介绍，这些产业园正是校企合作的结果。近几年，学校通过与浙江创意园、温州知识产权服务园的合作，建起"三园区＋三基地"，把众多企业"搬进"了校园，以形成产业集聚效应。目前已有50多家企业入驻学院的园区和基地。

这些园区和基地为学生们提供了大量实习机会，从而使学生较快地掌握知识和技能。企业能在这里享受到场地、设备优惠，当然还能较快地招到满意的新员工，两者都能由此受益。"园地和基地的优点还不只这些！在这里，学校能收取低于市场价的月租金，企业员工可以使用学校的餐厅、体育馆等公共设施，学校的各类项目也优先寻求园区内企业合作，双方所获得的实惠实在多多。"浙江创意园总经理张其亮说，"一些小微企业通过参与校企合作，还得到了相关政策支持，对于提升企业实力作用不小。"

值得一提的是，一些地方还建立校企合作奖补机制，以积极鼓励相关职校与企业联姻，如嘉兴市为支持鼓励区域骨干龙头企业积极参与职业教育，制定出台了《嘉兴市教育型企业认定与管理办法（试行）》，对获得"教育型企业"资格的企业，予以经费奖补。

随着高水平全面建成小康社会、走向共同富裕之路的步伐不断加快，作为现代教育事业的一部分，浙江在发展职业教育方面动作频频。早在2015年，浙江省政府就召开全省职业教育会议，出台《关于加快发展现代职业教育的实施意见》，全力打造浙江职业教育升级版。2016年，《浙江省中等职业教育"十三五"发展规划》正式颁布，启动实施浙江省"中等职业教育质量提升行动计划"和"高等职业教育创新发展行动计划"，以创新、协调、绿色、开放、共享的发展理念，加快推进职业教育现代化发展。

为全力提升全省职业院校办学水平和综合竞争力，"十三五"期间，浙江还重点实施了职业教育"三名工程"（即名校、名师、名专业），遴选出20所优质高职院校（其中5所为省重点建设高职院校）、50所省级中职名校，着力培养培育100名中职教学名师、100名中职技能大师及100个"名师工作室"和100个"大师工作室"，扶持建设200个中职名专业（其中100个品牌专业、100个优势特色专业）。同时大力推行职业教育集团化办学，鼓励各地建立以区域或专业为纽带、地方政府（或行业）为主导、高职院校为龙头、中职学校和企业共同参与的职教集团或联盟。

为了进一步促进产教融合全面深化，浙江省还专门出台《关于实施浙江新时代工匠培育工程的意见》《浙江省深化产教融合推进职业教育高质量发展实施方案》，推进新时代工匠培育、产教融合发展，促进人才培养供给侧和产业需求侧高效协同，提升人才培养质量和产业核心竞争力。至2021年5月，浙江省各地已组建217个职教集团，与近万家企业结成紧密合作关系，全面推进现代学徒制改革试点。

临平区的双林中心小学，有一间专门为患有多动症或学习困难等特殊学生准备的"资源教室"。这间教室比一般教室大，约有100平方米，分成生活区、学习区、种植区、运动训练区、心灵交流区等8个区块，非常适合那些特殊学生的学习和交流。

杭州市艮山路学校的3幢教学楼内，每个角落都设置了无障碍设施，学生们可以在安全的环境下，在家政训练室、模拟超市等专用教室内学习各种生活小技能。

而在位于杭州市西湖区小和山高教园区内的浙江特殊教育职业学院，学生生活设施之完备令人艳羡。这里的每间学生宿舍都有阳台和独立洗手间，可以在宿舍里洗澡。宿舍里还有网线、风扇和热水器，每人还配有桌子、衣柜和储物柜。食堂设施设备齐全，不仅可提供搭配好的营养套餐，学生也可以自行选择，就餐环境舒适优雅。有学生戏称："来到这里，哪怕胃口不好，也会吃得津津有味。"显然，良好完善的学习生活设施有利于特殊学生在此成长。

以上只是浙江各类特殊教育机构或部分学校特殊教学场地的设施面貌。近年来，浙江各地按照国家有关发展特殊教育的刚性要求，根据全省特殊教育规划，加快了特殊教育学校的布局调整和建设步伐。目前，全省已建成"轻度残疾儿童少年随班就读、中重度残疾儿童少年集中教育、重度残疾儿童少年送教上门"的特殊教育关爱体系，涵盖了盲、聋哑、智障、综合残疾等几大类教育，以及根据弱智儿童智力缺损程度开展的分类教育；基本形成了以一定数量的特殊教育学校为骨干，以大量的随班就读和特教班为主体的特殊教育格局，并开始向学前和高中段延伸，走在了全国的前列。

宁波学生小包患有听力缺损，语训康复班毕业后，入读了位于宁波市海曙区的解放南路小学。刚进校时，他连一篇课文都读不下来，只能读10个字左右的儿歌。然而，在学校老师与同学们的悉心帮助下，现在小包不但能流利地朗读课文，还基本上能跟上普通学校的课程。由此，他不但对学习产生了越来越浓的热情，还对生活充满了信心。

"随班就读的方式，让轻度残障学生走进普通学校普通班级，有利于他们形成适应生活、适应社会的基本能力，更有利于他们心智的健康发展。"嵊州市甘霖镇蛟镇小学教师黄美红带领她的"助坤爱心团队"，坚持送教上门，每周都来到10岁残疾儿童赵坤家里，为不能前来学校上课的他带来"定制化"课程。每次前来，他们总要为赵坤营造出一个普通班级的氛围，让他在学习的同时，感受师生大家庭的温暖。

2014年，浙江曾出台《浙江省特殊教育提升计划（2014—2016年）》，提出到2016年，视力、听力、智力残疾儿童少年九年制义务教育入学率不低于95%，建立和完善随班就读支持保障体系和送教上门服务体系。这一目标已提前实现。

到了2019年底，浙江再次提前实现了《浙江省特殊教育"十三五"发展规划》中提出的目标任务。数据表明，2019学年，全省持证残疾儿童少年入学率情况为：义务教育段继续保持在98%的高位运行，学前教育段已达90%以上，高中教育段达到了80%以上，两头延伸学段提升明显，均超额完成年度指标。浙江特殊教育在全国的影响力和美誉度也在不断提升。

另外一组数据是：2019年全年，中央和省级财政投入特殊教育的经费达2670万元，用于特殊教育向两头延伸、资源教室、卫星班、医教结合等项目建设。迄今，全省已成立28个特殊教育专家委员会，为后续全省推进特殊教育专家委员会建设积累了经验。

而按照浙江省人民政府于2018年5月印发的《浙江省富民惠民安民行动计划》"教育篇——实施特殊教育能力提升工程"中的目标，到2022年，特殊教育学校将100%达到国家特殊教育学校建设标准，100%达到国家特殊教育学校教学和康复训练仪器设备配置标准的基本配置要求，80%的特殊教育学校达到选配配置要求。毫无疑问，这一目标任务也将不折不扣地提前实现。

当今，融合教育是特殊教育发展的大趋势，资源教室则是融合教育推进的重要载体。融合教育是一种全新的特殊教育理论，它的教育方式是以经过特别设计的环境和教学方法来适应不同特质的小孩。融合班的教室和一般小学教室的摆设不一样，不是排排坐地对着黑板、看着老师，而是分小组上课，很少写黑板却有许多辅助教具，针对孩子不同的特质为每个孩子设定不同的学习目标，以合作学习、合作小组及同辈间的学习、合作来达到完全包含的策略和目的。资源教室方案是一种教育措施，接受辅导的特殊学生大部分的时间在普通班级中学习一般课程，部分时间在资源教室内接受资源教师的指导。这种安排可使特殊学生的潜能得以充分发挥，使其缺陷在发展中得到补偿，同时发展了其社会适应能力，使他们得以在普通班级顺利地随班就读。

针对这一趋势，浙江着力加大资源教室的建设力度。在此，同样以数据加以体现：仅在2019年，全省新建资源教室176个，使全省资源教室总数达到了1381个，基本达到了乡镇街道全覆盖，为全面推进普特融合奠定了基础。另外，开设"卫星班"是浙江融合教育的创新实践，2019年新建特殊教育"卫星班"16个，全省75所特殊教育学校共建有"卫星班"98个，基本实现了"卫星班"在特殊教育学校的全覆盖。

"我宁可做人类中有梦想和有完成梦想的愿望的、最渺小的人，而不愿做一个最伟大、无梦想、无愿望的人。"（美·纪伯伦《沙与沫》）浙江首位使用盲文参加高考的盲人考生郑荣权，曾在自己的一篇文章中写道："我梦想有一天我们凭着自己的学识和能力平等地与普通人竞争，赢得社会的尊重和认可。"的确，仍在不断成长和发展的浙江特殊教育事业，将使残疾人重获自信和热情，使他们通过学习和锻炼，成为残而有为的劳动者，并在今后的日子里充分地就业，体面的工作，有尊严地生活，并且幸福地过上富裕生活。

## 良方，只为破解"看病难、看病贵"之难

> 充分利用"互联网＋医疗"优势，推广互联网诊疗服务，搭建县域医共体平台，让基本医疗服务覆盖到每个人，让更多人享受到更多元、更便捷的优质医疗服务。

"医生在网上诊疗后开具药品，当天就配送到家，看病能方便到这样，实在让人想不到！"2020年新冠肺炎疫情肆虐之时，家在杭州市下城区朝晖街道的翁女士哮喘病发作，本想去医院看看，但她觉得眼下前往医院十分不便，自己也不敢去人员混杂的地方。

　　抱着试一试的念头，她通过"杭州健康通"App申请在线诊疗，在网上，医生马上查阅了她的病历，评估了疾病状况，随即给她开具了电子处方，所需费用由杭州电子社保卡在线结算，药品则由第三方配送到家。翁女士极为惊讶，要知道从线上申请看病至拿到药品，前后只有几个小时，且足不出户，即已完成诊疗全过程。她感慨地说，这特殊时候的看病，实在是太方便了！

　　事实上，借助互联网实施便捷诊疗，不只是在新冠疫情肆虐之时。2020年初，国家卫健委多次发文，要求充分利用"互联网＋医疗"优势，推广互联网诊疗服务。浙江作为互联网、大数据、云计算等产业发达的省份，推进"互联网＋医疗健康"服务更有其基础，全国首个互联网医疗服务平台已在浙江搭建。当然，这场来势凶猛的新冠肺炎疫情，让推行互联网诊疗的步伐加快了。

　　互联网医疗是指以互联网为载体和技术手段的健康教育、医疗信息查询、电子健康档案、疾病风险评估、在线疾病咨询、电子处方、远程会诊及远程治疗和康复等多种形式的健康医疗服务。它代表了医疗行业新的发展方向，有利于解决中国医疗资源不平衡和人们日益增加的健康医疗需求之间的矛盾。毫无疑问，当今，互联网医疗的推行和普及，将是人们获得高质量生活的一项重要服务内容。

　　2020年新冠肺炎疫情暴发之后，温州市的疫情防控形势一度严峻。一些慢性病患者原来经常要跑医院复诊。在严格管控下，如何让他们减少前往医院的次数，避免聚集，又能解决复诊难题？温州市的做法之一就是采用互联网医疗之法。从2020年2月底开始，温州市25家县级以上医院借助互联网平台，开展"云复诊"，开具"云处方"，让患者看病用药"畅通无阻"。同时，在温州市医保局上线的慢性病药品第三方配送平台上，市民还可以线上续方，平台内5家医药物流服务商会在24小时内把患者所需药品送上门，费用则由医疗机构与医保部门进行实时结算。

"'互联网＋医疗'不仅为患者解决了居家诊疗与用药服务问题，还能通过远程会诊系统，为前线医疗队提供有效技术支撑。"浙江大学医学院附属第二医院党委书记王建安介绍，"互联网和现代医疗技术的进步和推广，意味着将有越来越多的人工智能、科技企业加入'互联网＋医疗健康'服务行列，未来老百姓享受到更多元、更便捷的优质医疗服务，这是必然的。"

"片子再放大一点……"2020年9月，一场远程视频交互式会诊，在上海交通大学附属第六人民医院与浙江大陈岛镇卫生院之间进行，上海超声波诊疗专家组正以远程会诊的方式，指导当地医生对一位71岁的妇女进行医疗诊断。

大陈岛，位于浙江台州湾东南洋面，距台州市主城区52千米，离大陆海岸线最近点还有23.6千米。岛上只有这家镇卫生院，医疗条件可想而知。住在这里的人们若要前往台州市主城区就诊，光是乘船来回，路上就要花去好几个小时。海岛居民看病难，一直是台州市卫健委等部门在设法解决的问题。2019年9月，浙江省首个海岛医院5G数字诊疗项目在这里启用，上海交通大学附属第六人民医院借助5G技术，开始在大陈岛开展远程分级诊疗。从此，不出海岛，大陈岛的百姓就能享受到上海的优质医疗服务。

如今，不单在台州，也不单是上海的大医院，借助互联网，大医院与基层医疗机构之间的远程医疗协作，已在浙江呈遍地开花之势。如：浙江大学医学院附属邵逸夫医院借助远程医疗协作平台，与一些社区卫生服务中心合作，实现远程诊疗、教育培训、病理诊断等功能；台州市中心医院与部分社区卫生服务中心开展协作，可实时进行远程专家会诊；台州市还专门建设了"云诊室"，实现三级医院与基层医院实时视频会诊。

嘉兴市七星街道湘城社区党群服务中心

"'互联网＋医疗'服务在一定程度上解决了医疗资源分布不均带来的问题，可以促进优质医疗资源实现合理高效配置。"台州市椒江区卫生健康局局长郑岳华认为，"互联网远程诊疗能从技术和模式上分流病人，实现'基层首诊、双向转诊'，同时还能把优质医疗资源输送到基层。这样一来，优质医疗资源下沉了，基层医疗服务水平也得以提升了。"

当然，"互联网＋医疗"的服务形式，远不止上述的网上便捷诊疗和远程诊疗。在杭州，只需通过支付宝绑定电子社保卡刷码，不带病历卡也能在医院看病，药费、检查费等费用也都可以电子结算。而通过医院提供的电子健康档案，市民就可以很方便地查看包括血型、过敏史、既往史、历次门诊就诊和住院记录、用药记录、检验检查报告和体检结果等在内的个人信息。特殊人群还能查询到自己的专项健康管理记录，如孕产妇保健检查，儿童保健检查，高血压、糖尿病随访管理，等等。

不光杭州，浙江的大部分地区已能做到"不带病历卡去医院就诊"。在台州，当地通过"健康台州"App，将分散在各医疗机构的信息连通起来，沉淀并利用海量数据，建立居民全生命周期健康档案。居民可以通过手机App，查看自己的健康档案，医护人员则据此对康复人群及慢性病人群提供术后指导、随诊随访、饮食与用药指导等精准医疗服务。可以说，有了"互联网＋医疗"服务，"看病难"这一群众生活老大难问题将得以彻底破解。

2020年8月，全国首个集监管和服务于一体化的互联网医疗服务平台在浙江启用。据称，这个相当于医疗界"天猫"的平台，接入了624家医疗机构，近6万名医护人员在平台备案开展互联网诊疗业务，提供在线咨询、在线复诊、护理咨询、线上处方、心理健康评估等服务。仅2020年1月至6月，平台共开展了234万余次在线问诊、78万余次在线复诊和42万余次在线开具处方。

"互联网＋医疗"服务正在逐步推广，传统的医疗服务水平仍需不断提升。

一大早，绍兴市越城区马山镇世纪街社区卫生服务站里，医护人员就已忙个不停。好几名患者是从距此相对较远的村庄过来的，各种医嘱自然就更细致了。对不少前来复诊的老患者，医生总要细致地问及眼下的饮食起居，以便判断生活方式的改变是否对根治疾病有效。"我们这里有3名全科医生，医疗设施相对完备，连数字X光检测设备也有。"该社区卫生服务站负责人介绍，"整个服务站总面积有800多平方米，除了门诊、药房、输液室外，还设有检验科、放射科等，俨然是一所综合性的小医院。"

马山镇位于越城区北首，常住人口约5.3万，加上外来人口后，全镇人口总数在10万左右，相当于一座小城市。然而以前，按照传统的医疗卫生机构设置方法，全镇只有一所马山镇人民医院。由于马山镇在20世纪90年代兼并了2个乡，全镇面积达42.2平方千米，只有一家医院，无疑造成了一定的"就医难"。

传统的医疗网点布局难以满足人民医疗卫生保健需求，这种局面急需改变。在高水平全面建成小康社会、走向共同富裕的进程中，对于基本公共服务均等化有着明确的要求，这促使越城区卫生健康部门积极调整基层医疗服务网点布局，打造"20分钟医疗卫生服务圈"。

"这几年，马山镇一带还有一个特殊情况，就是辖区内村庄拆迁比较多，农村人口的居住更为分散。针对这一实情，我们在调整基层医疗服务网点时，以建设为主，在辖区内设置了安城社区、世纪街社区、直乐施村等9个标准化村（居）社区卫生服务站，实现了公共卫生服务全覆盖，并下沉优质医疗资源，配足全科医生和设备，尽最大可能让每一个农村居民就地解除病患，获得各类卫生保健服务。"马山镇人民医院副院长单江平说。

建成"20分钟医疗卫生服务圈"，是高水平全面建成小康社会和实现共同富裕的要求，但马山镇不满足于此，而是结合经济发展状况和当地居民实际需求，全力打造"15分钟医疗卫生服务圈"。别看只有5分钟之差，马山镇全镇人口众多，要达到这一高标准并非易事，而且这个"15分钟医疗卫生服务圈"必须是有效的服务圈，若居民群众不愿前来就诊，这样的服务网点又有何意义？因此，马山镇在医疗服务网点合理布局的同时，着重抓好医疗资源的科学配置。

从2017年起，马山镇就形成了以马山镇人民医院为中心，依托各医疗卫生保健服务网点，并充分利用各方资源的格局。同时，该医院推行了一院多站点、统分结合的办院方法，实行药物器械资源共享、医务人员统一调配、经济收支统一结算，还引进多元化医疗和健康管理机构入驻，如引进了民营医院——袍江医院，该院建筑面积达6万平方米，硬件设施优良，个体诊所（点）等医疗机构也逐渐增多，目前已增至10家。

"眼下，马山镇每个社区卫生服务站，一天的接诊量都在百人以上，如世纪街社区卫生服务站，承担着周边6个小区的居民医疗卫生保健任务，量就更大了。整个马山镇医疗卫生保健机构一年接诊数已达45万人次，居民的就医难问题已经解决，农村居民中的常见病患者很少再去城里诊治。"单江平介绍，各医疗卫生保健机构还推行了"零距离"上门服务，包括上门随访、家庭出诊等内容，"看病难"问题一旦得以解决，"看病贵"的难题也随之缓解。

冬日，大雨中，载有5套远程教学设备、200套多参数生命采集设备等400万元医疗硬件设施的巡回医疗巴士，连夜跨越350千米，从杭州被送到全国唯一的畲族自治县——丽水市景宁畲族自治县。这支医疗队还带去了200万元精准扶贫基金。

"省里昨天晚上开了扶贫工作会议，我们第二天就研究出了精准医疗扶贫方案，当天下午就出发，把山区人民需要的专家、资金、设备送过去，偏远地区的医疗扶贫一刻也等不得。"时任浙江大学医学院附属第一医院院长王伟林说，"此举是解决山区群众'看病难、看病贵'难题的一大举措。"

早在2013年5月，景宁畲族自治县人民政府与浙大一院就建立了"紧密型、全方位"的合作办医模式，景宁县人民医院门牌上挂起了"浙江大学医学院附属第一医院民族分院"的牌子。此后的几年中，浙大一院派出200余人次的专家来到景宁，帮助当地提高医疗水平。

有了浙大一院的相助，景宁县人民医院各方面的医疗条件很快得以改善：专科门诊增加了，新技术、新项目着手实施了，县域内就诊率不断提高。先前，景宁县人民医院骨科的十几张床位常常收不满病人，到如今，五六十张床位都供不应求；肾内科以前很难开展实质性诊疗，现在的诊疗水平达到了全省平均水平；超声科以前只能做常规检查，现在已可以在超声波引导下做肝癌治疗。

"看病贵"的问题也得到迅速缓解。景宁县退休教师朱留文，2014年曾在浙大一院接受心脏支架植入手术，这一回在自己家门口的医院，竟然再次见到当时为自己动手术的医生赵莉莉。"赵主任，能在景宁见到您，真是太好了！从此，景宁的老百姓不用跑那么远路去省城找大医生了，不知能省下多少钱啊！"

"事实上，有了浙大一院的帮助，像心脏支架植入这种以前要转到外地大医院的手术，如今县人民医院也能完成，免去了老百姓去外地看病的很多麻烦，诊疗费、手术费等也降下来了，这可是一项莫大的福利！"景宁县人民医院院长尚建基介绍，"浙大一院的巡回医疗巴士来到景宁后，还经常'走村串户'上门诊疗，把优质医疗资源直接送到基层，最终实现了'小病在乡村、大病不出县'。"

"在高水平全面建成小康社会和实现共同富裕的格局中，精准医疗扶贫的落脚点，即医疗卫生工作的最终目标，就是从根本上解决群众看病难、看病贵和因病致贫、因病返贫的问题，让群众少得病、不得病，从源头上减少病人。我们所做的努力，目的正是这个。"王伟林说。

隋唐年代的药王孙思邈有言："天地之间，唯人为贵。人之为贵，莫过于生。"这里所说的"生"，即人的生命、人的健康。破解"看病难、看病贵"这一难题，让每个人都拥有公平、及时、高质量的医疗服务，关乎社会的发展稳定，关乎每一个家庭的幸福和谐，关乎每一个生命个体的生命权、健康权。不断提升基层群众的就医满意度，或许是一道世界性难题，但在当今中国，这道难题已经或正在被破解，破得精准，破得实在，破得温暖人心。

2018年9月20日下午，浙江省县域医共体建设现场推进会在湖州市德清县召开。会议强调，要深入学习贯彻习近平总书记关于以人民为中心、以健康为根本的重要论述，认真落实党中央、国务院关于实施健康中国战略和深化医药卫生体制改革的决策部署，牢固树立大卫生、大健康理念，以强烈的改革担当精神，高标准全面推进县域医共体建设，努力推动浙江卫生健康事业走在前列。

县域医共体建设的概念，是改革现有的县域三级医疗卫生网络，统一机构、资源等要素，构建县域医疗卫生服务新体系，最终让县乡机构成为"一家人"，让人员使用成为"一盘棋"，让财务管理成为"一本账"。在医共体内，所有人员实现合理轮岗、有序流动、统筹使用，从而解决基层医疗卫生机构所面临的医疗人才"招不进，留不住，用不上"问题，有利于提高县域医疗卫生服务水平，推动公共服务均等化，进一步破解农村群众"看病难、看病贵"的难题。

从2017年9月开始试点以来，至2019年底，浙江实现县域医共体建设全覆盖。2020年，全省公立医院医疗总费用增幅控制在10%以下，门急诊和住院均次费用增幅控制在5%以下；全省三甲综合医院日间手术比例提升至20%左右，检查检验结果电子化推送100%全覆盖，并推出一批解决群众看病"停车难""就餐难""接送难"等的便民惠民新举措。

与此同时，浙江省还将推出适应生育形式的配套制度。2020年，全省母婴设施配置率达到100%；新增3岁以下婴幼儿照护服务机构200家、新增托位5000个。医改的红利还将释放到基层，浙江省将新配置巡回医疗车160辆，招聘基层适宜人才3000名，培养乡村骨干医生1000名。

"建立医共体的效果当然必须由群众的满意度来衡量。可以说，构建起县域医共体之后，实现优质医疗资源不断下沉，实现了'小病不出村，常见病不出乡（镇、社区），大病不出县，疑难危重病再转诊'的就医新模式，让群众就近便捷地获得全方位服务，节省医药费用，同时还能明显增强县乡医疗服务能力，提升资源使用效率，优化老百姓就医体验。"浙江省卫生健康委员会主任张平认为，"从更大范围来说，医共体建设还能助力乡村人居环境改善，积极构建和谐医患关系，着力解决因病致贫返贫问题，助力低收入农户实现全面小康，加快实现城乡卫生健康服务均等化。"

而在接下来的日子里，浙江将继续改进医共体医保结算方式，在医共体内，逐步扩大日间手术和择期手术病种范围，进一步提高医共体医疗资源使用效率，并实施医保慢性病管理。鼓励医共体全面推开慢性病连续处方，一次处方医保用药量最长可达12周，积极推进医保药品第三方配送，减少患者配药跑腿之苦；同时，开展医共体医保移动支付，县级医院和所有县域医共体牵头医院都将开通医保移动支付。医共体建设这项惠民、利民的改革新举措，无疑将为群众带来更多实实在在的利益。

## 社会救助体系，雨天有人为你撑伞

不断推出全民医保、养老、特殊人群救助等措施，撑开一把保基本、救急难、兜底线的生活保护伞，精准解决相对贫困人群的社会救助长效机制已经形成。

缙云县前路村七旬老人王葛仙在家中慢慢练习迈步，已能蹒跚地行走令她欣慰。2017年12月27日，她不慎摔断了股骨，被送进县人民医院住院治疗。入院时，子女们帮她预缴了2万元钱，没想到，出院时，预缴的钱竟然还略有结余，已经备下的那笔钱便用不着了。拿着各种费用单，一家人坐下来算了算，手术、住院、药费等住院就诊总费用，共计6万多元，但其中3.7万多元已由医保基金支付，5568元则来自低收入农户补充医疗保险。这份账单无疑让王葛仙和子女们颇感意外。

这份意外的来源，是从2017年起，丽水市出台了全民医疗保险办法，减轻农村参保对象就医负担。作为重要补充，丽水市又建立了全市统一的低收入农户补充医疗保险，以避免农村居民因病致贫、因病返贫。缙云县人力资源和社会保障局局长朱斌为王葛仙老人细算："根据低收入农户补充医疗保险，王葛仙个人只需负担在2000元以上的费用，这些费用又由低收入农户补充保险基金，按50%的比例支付。这样一来，老人应该承担的费用已大大降低。"

王葛仙老人仅是享受这项全民医疗保险政策的其中一名普通村民。在缙云县，自从实行了低收入农户补充医疗保险政策以来，每年有近千人享有了这份福利，人均报销金额在千元上下，住院治疗者报销金额自然更高。

当然，在浙江，在构建社会救助保障体系方面，出台并实施全民医疗保险相关政策只是其中一个方面，以城乡居民基本养老保险、被征地农民基本生活保障、农村合作医疗、贫困家庭子女入学资助、孤寡老人集中供养等为主要内容的新型社会救助体系已基本建立，为困难和特定群众撑开了保基本、救急难、兜底线的生活保护伞，其工作成果在全国处于领先位置。

杭州市西湖区文新街道竞舟社区居民陶力患有椎管肿瘤，2019年病情加重后，他几乎寸步难行。低保、残疾加独居，使他成为社区的重点探访对象。"社区工作人员每周都会来看我一次，平时也经常给我打电话、发微信，问我需要什么。"陶力坦言，对他来说，生活中最难的是做饭，"我在灶台前放了一条凳子，站在凳子上勉强为自己做菜，但每次把自己从轮椅上移到凳子上，都十分费劲。"

日常生活中遇到这些"琐碎而重大"困难的，当然不只是陶力，在高龄独居老人身上，类似的困难更加多。子女不在身边，自身缺乏自理能力，不少老人、残疾人和病患甚至陷入了"叫天不应，叫地不灵"的境地。有人乃至有的家庭因为雇人照料，还因此引发了盘根错节的社会问题。

浙江省民政部门推出的以"浙里救"大救助信息系统为数字平台的浙江社会救助体系，在这方面起了极大的作用。有困难需要帮助、需要社会救助的，都能通过这个社会救助体系获得及时的、各方面的救助，这是一项富有浙江特色的社会救助长效机制。西湖区民政局已经整理汇总了详细而准确的"浙里救"探访关爱需求数据，并与餐饮协会、爱心企业等达成合作，开始试点为困难群众和高龄老人提供免费餐食。陶力吃饭难的问题很快被发现，并及时、有效地得到了解决。

"如今，送餐成了我们开展探访关爱的新抓手、敲门砖。"西湖区竞舟社区党委书记田荣萍说。

而在西湖区民政局指导下，竞舟社区建立的"辖区民警＋社区医生＋网格员＋党员＋志愿者＋社工"的组团探访关爱机制，颇具代表性。

在竞舟社区，所有困难群众被分为高风险对象、重点对象和一般对象三类，分别确定不同探访频次。每次探访后，社区会把采集到的需求录入"浙里救"，充实到困难群众的"一人一档"。对于困难群众的需求，政策能解决的，由系统转办、部门接力；解决不了的个性问题，则通过"浙里救"公布求助信息，由社会力量领办。

省民政厅社会救助处处长曹渊介绍，2015年，浙江省以高于全国绝对贫困线2倍的标准，消除家庭年人均收入4600元以下的贫困现象，率先完

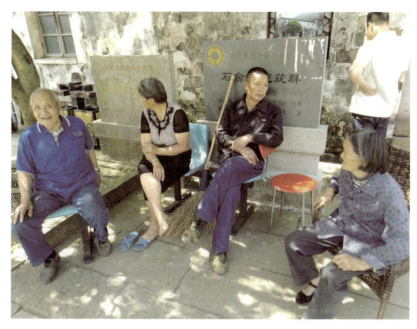

老有所养是一个社会性的重要问题

成脱贫攻坚任务。其中，社会救助有力发挥了兜底性、基础性的保障作用。

　　而在瞄准高水平全面建成小康社会目标的当今，以"浙里救"大救助信息系统为数字平台的浙江社会救助体系，正朝着分层分类的梯度救助加速演进，一个精准解决相对贫困人群的社会救助长效机制已在浙江形成。

　　"涉及困难群众的救助项目眼下有二三十项之多，分散在10多个部门。面对名目繁多的救助项目，困难群众往往一头雾水。救助数据不互通互联，还有可能造成核对不准确、识别不精准，给基层民政干部带来被问责的风险。"曹渊介绍，为了破解上述问题，2017年以来，省民政厅探索运用大数据、云计算等技术，打造"浙里救"大救助信息系统，并于2019年作为省政府数字化转型重点项目，在11个地市、90个县（市、区）全面铺开。如今，"浙里救"纵向贯通了省、市、县、乡、村五级，横向与10多个部门协同，实现了救助对象统一认定、经济状况统一核对、救助需求统一发布，救助资金公开透明、救助事项协同办理、救助绩效精准分析，成为集中展示浙江大救助体系建设成效的"金字招牌"。

除了"浙里救"大救助信息系统平台，以"两线合一"为主要方式的精准救助帮扶措施，也切实解决了不少相对贫困群众的生活困难，提升了他们的生活水平。

在浙江，所谓"两线合一"是指低收入农户认定标准线与低保边缘户认定标准线的合一。过去，低收入农户由农业农村（扶贫）部门认定，低保边缘户由民政部门认定。但收入财产认定标准、动态管理和核对方式等两者不同，致使原本密切关联的两件事自成体系。一些低收入农户无法享受低保边缘户的救助政策，一些低保边缘户又无法享受低收入农户的扶贫政策。"两线合一"力图解决的，正是这一问题。

2015年以来，浙江民政和农业农村（扶贫）部门共同下发了关于低收入农户认定、社会救助与扶贫政策衔接的多个文件，切实落实"两不愁三保障"措施。2020年3月，浙江省农业农村厅（扶贫办）、浙江省民政厅又联合下发有关做好"两线合一"工作的文件，明确低收入农户由农村低保户、低保边缘户、特困人员构成，可以同时享受救助政策和扶贫政策。救助对象由民政部门认定、核对，由扶贫办等部门协助调查、共享数据。

如今，浙江省民政厅已将省农业农村厅（扶贫办）2019年底在册的88.65万低收入农户数据，与截至2020年2月的在册低保户、低保边缘户和特困人员数据进行了比对，清退了低收入农户中不符合社会救助范围的6.96万人，另有2.67万人被系统预警"可能存在困难"。由此可知，"两线合一"获得了降低行政成本和提高精准救助帮扶水平的双重效果，对做实社会救助兜底保障、探索建立解决相对贫困的长效机制意义重大。

"其实，真正实现'两线合一'的重大突破，是从做强'浙里救'开始的。有了'浙里救'，困难群众的基础数据准确翔实，动态管理的决策分析科学客观。所以省委省政府最终决定，救助对象由民政统一认定、经济状况由民政统一核对、救助需求由民政统一发布。"省民政厅社救处处长曹渊说。

丽水市缙云县东渡镇雅宅村的李军，4岁时父亲外出务工，至今未归。5岁时母亲改嫁，从此杳无音信。李军从小和奶奶相依为命，这一老一小住在20平方米的房子里，卧室是厨房也是餐厅。

"特别想有一张属于自己的书桌。"2018年9月，李军刚升入初中，在一篇作文里，他表达了自己最大的愿望。

没想到的是，他的这一愿望竟然很快就变成了现实。2018年下半年，在浙江省民政厅和省妇联的指导下，省福彩中心、省妇女儿童基金会和阿里巴巴公益共同启动了"福彩暖万家·焕新乐园"项目，通过"浙里救"精准识别特殊群体，为1000名6岁至16岁、生活陷入困境的儿童装修改造房间，改善他们的生活环境，并由社工和志愿者对这些儿童开展长达1年的关爱陪伴，逐步建立完善孩子及其家庭的社会支持网络。

正是在"浙里救"这个庞大的数据平台的帮助下，多方支援，李军的愿望才得以实现。李军的新房间就是一个"集大成之作"：水电线路等基础设施改造，吊顶、地面、墙面等家庭环境装饰，以及床、书桌、衣柜等家具配置乃至屋顶漏水问题，都是通过政府购买服务的方式解决的；给他家做的"开荒保洁"、一批学习和生活用品，是由社会爱心人士捐赠和志愿者帮助安装摆放的；为李军提供的成长陪伴服务，是由社会组织和专业社工负责落实的……这些支援不但实现了李军的愿望，还大大超过了他的预期。

截至2020年4月，这个"福彩暖万家·焕新乐园"项目带动了省内外近300家社会组织、11万人次社工和志愿者、超过108万户淘宝爱心商

舒适的环境，有利于颐养天年

家参与其中。

"改善居住环境只是一个开始，重点是通过项目引导孩子成长，带动家庭改变，阻断贫困的代际传递。"省民政厅副厅长方仁表示，"浙江将不断探索完善社会力量参与社会救助的模式，将党的组织力、社会的动员力与困难群众的需求相对接，打造共建共治共享的社会治理格局，让困难群众得到实实在在的关怀。"

杭州城北的皋亭山，如今已建成草树茂盛的国家森林公园了。尽管爬上皋亭山顶，可以居高临下，俯瞰不远处的城区景色，但遁入山中，依旧能获得世外桃源般的宁静、恬然，炎夏时气温比山下的城区低好几摄氏度。这番与城市的神奇相隔令人惊叹，绿康皋亭山养老院就隐没在这片浓密的翠绿之中，500多位老人在此享有各类养老服务。

作为浙江最早实行"公建民营、医养结合"的养老机构，绿康皋亭山养老院通过实行"绿康养老院、绿康老年康复医院"院中院模式，正在探索一条"社会福利社会化"的新路子，其主要模式是民营养老院依托公建的老年康复医院，充分利用民营资本，医疗与休养融为一体，提高养老服务质量。如在绿康皋亭山养老院，开办时在此养老的老人不足100人，如今已超过500人；养老服务更显精细化，阿尔茨海默病、长期照护与临终关怀、老年慢病综合康复、精神心理康复等各种医养结合的服务类型一应俱全。

八旬老人徐学林在绿康皋亭山养老院里已经住了好几年，习惯了这里的生活，回家休养早已不再是他的选择。"这里的照看护理很专业，解除了我的后顾之忧。住在这里，身体有了一点小毛病也能马上就医，在

嘉兴逸和源·湘家荡颐养中心里的老人们

家怎么可能得到这样及时的医治？"徐学林老人正有滋有味地享用着护理员送来的午饭，杭三鲜、肉末粉丝和蚝油生菜等菜肴都是老人所喜爱的。而在老人床头的信息卡上，详细地写有年龄、入院时间、护理级别以及饮食和风险提示，准确而细致。在这里，对每位入院老人，康复治疗师、养老护理员均全程参与护理，为老人制定全方位综合照护计划，一点也不含糊。

高水平全面建成小康社会、实现共同富裕步伐的不断加快，大大推进了城乡养老服务体系建设，尤其是在广大农村，已普遍构建起以公办和民营养老院及居家养老为基础，社区为依托、机构为补充、医养相结合的养老服务体系，让老年人老有所养、老有所医、老有所教、老有所为、老有所乐。与此同时，对农村人口中的老年人予以必要的养老服务补贴。

数据表明，截至2020年末，全省共有各类养老机构2299家，床位45.46万张；其中民办养老机构1580家，床位30.95万张，民办养老机构床位占总床位的68.08%。新增机构养老床位1.11万张。当年建成乡镇街道居家养老服务中心385家，累计建成1105家，覆盖80.95%的乡镇街道。开展康养联合体试点111个。有4家企业、10个乡镇街道、3个区入围国家智慧健康养老试点示范名单，累计有12家企业、39个乡镇街道、12个县（市、区）入围，数量居全国前列。4家单位入围第一批国家森林康养基地名单，累计评选省级森林康养基地32个。

参保、救济、养老，一个也不能落下，它是雨天的一把伞，为最需要的你遮风挡雨。雪中送炭，情比金坚。当困难群众仅凭一张身份证，就可以办理救助申请，当你还没有开口求助，扶你前行的有力臂膀就已伸在面前，还有什么比这无须回报的关怀帮助更真诚、更暖心呢？！

# 第十一章
## 岁月静好，衣食无忧后的精神追求

文化立时代之潮头，发时代之先声。弘扬优秀传统文化，做守法律、有道德的人，这是每个人的职责和义务，也是高水平全面建成小康社会、实现共同富裕的重要衡量标准。

共同富裕不只是物质财富的富裕，精神层面的富裕更不可忽视。近年来，浙江省紧密结合新的时代特点，以各种形式，在城乡各地深入实施公民道德建设工程，农村文化礼堂、公共图书馆、文化馆等公共文化设施遍及城乡，"文化走亲"等活动深受群众欢迎。浙江始终以法治精神丰富和发展"枫桥经验"，放大"枫桥经验"效应，并积极发挥群众在法治建设中的主体作用。

# 农村文化礼堂，搭载文化丰润民心

农村文化礼堂已从单一的文化活动载体提升为集文娱休闲、全民健身、艺术表演于一体的文化中心。它是一座村庄的文化地标，是人们自信和热情的来源。

这是一座十分宽敞大气的农村文化大礼堂，其宽敞大气不仅指大礼堂的占地面积达到了900平方米，内部没有一根立柱，还指它的室内外装修用材都是最常见的、实在的，地面上也只是铺了最普通的大地砖，但它拥有的简约、质朴、淳厚气质极接地气，让人感到舒坦。悬挂在礼堂内各面墙壁上的，是村规村训和中国传统文化要略，每块展板同样简洁、生动。

"摆上乒乓球桌，这里就是乒乓球场；支好羽毛球网，这里就是羽毛球场；清空了场地，这里可以跳排舞、打腰鼓……它还是一个非常适合举办农村喜宴的好地方，无论是结婚酒、新屋上梁酒还是年酒等都适合，可大可小，哪怕放上50张大圆桌都没问题。"嘉兴市南湖区余新镇普光村党委书记施招霖介绍，"凡是在此办过喜宴的村民都很赞许，说城里的五星级大酒店都拿不出这样宽敞大气的大厅，五六百号人在这里吃饭都不会互相撞到；家中的老人能就近赴宴；乡俗民风在此也可呈现得更加淋漓尽致；加之在此办喜宴，只需邀请酒店厨师上门服务，其他费用都大大降低，这好处实在太多了，惹得周围各村的村民也纷纷要求借此场地。"

笔者打开村委会特地制作的喜宴预订册，上面记录显示每个月都有十来场，结婚的旺季如5月、10月，几个吉祥日子更是被预订一空，有村民甚至预订了次年的喜宴日子，其受欢迎程度与城里最热门的大酒店宴会厅有的一拼。

当然不只是锻炼身体、办喜宴，或者来此诵读村规村训，更重要的是，普光村所有大型的、重要的文化活动都在这里举办，乡贤文化、礼仪文化、孝亲文化、民俗文化都在这里展示和传播。"送戏下乡活动、电影进礼堂、365天天欢乐大舞台文艺会演、节庆礼俗、青少年夏令营、儿童开蒙礼，以及专门向村民传授法律知识、农技知识、传统礼仪知识的各类讲座……丰富多彩的文化活动安排得特别紧凑，都忙不过来！"施招霖介绍。为此，大礼堂还专设了理事会和文化专职管理员，理事会制度还十分详细完善。

2018年1月28日晚上，嘉兴市农村文化礼堂2018"我们的村晚"就在这座文化礼堂里举行。那可是市级的文化活动，场地却选择了这座村级的大礼堂，足见它的不凡。普光村的村民特别开心，因为普光村文化礼堂和越发红火的乡村文化活动，已成了村里的骄傲。

那晚的"村晚"活动开锣之前，书法爱好者写起了春联和福字，赠送给现场村民，旁侧还设置有全家福合影项目。晚会正式开场，舞蹈、杂技、民歌表演……14个精彩节目次第奉上，皆由嘉兴各地文化礼堂选送，每个节目都很吸引眼球。其中普光村的歌舞《普光，我的家园》说的就是自己村里的事，自然引发了阵阵喝彩。在这里看节目，虽没有皮质的剧院椅可坐，但人们围坐在一张张大红圆桌旁，随意且温馨，像是大家族坐在家里一起看戏，有一种其乐融融之感，与过大年的气氛十分相配。

普光村同样拥有悠久的历史，村名即源自村内那座始建于公元936年的普光禅寺。明洪武元年，朝廷赐匾，普光寺更加名动四方。普光村的村形地貌也颇有特点，整个村子依水而建，布局犹如一个葫芦瓶，"口朝

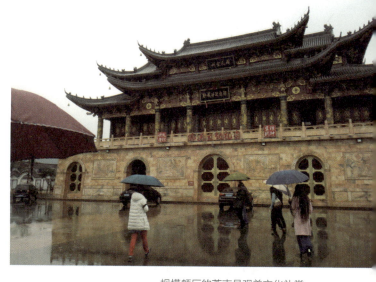

规模颇巨的苍南县观美文化礼堂

东方底坐西，普光古寺在中央"便是描述该村形貌的民谚。当然，农耕文化底蕴尤其深厚，这也是普光村文化礼堂传统文化的重点展示内容。

大礼堂旁侧，专设有一处"农耕记忆文化展示馆"，是普光村文化礼堂的一部分。外表看上去是一座白墙黛瓦的农居房，入得门来，就发现里面大有文章。这里陈列展示着200多件清朝、民国时期、中华人民共和国成立初期等不同年代的古家具、古用品、古农具，还根据这些用具的使用功能，将其分别放置在宴饮区、养蚕区、童趣区、耕作区、织布区、缝衣区、磨粉区等，展示昔时的生活场景。在缝衣区参观，不可漏看那件民国风的锦衣，整件衣服都是一针一线纯手工制作的，盘扣精美无比，这件衣服是村里一名90多岁老人捐献的。而在养蚕区参观，又不可漏下余新的非物质文化遗产泥猫。这种彩塑的泥猫从前是放在蚕室里，镇吓老鼠、祈盼丰年的，故又名"蚕猫"。从那些由村民送来的蚕匾等用具上，亦可想见当年的养蚕技艺、蚕农之艰辛……若想"回到从前"，这里无疑是个好去处。

精心打造一座乡村文化礼堂，被普光村村"两委"列为美丽乡村建设的重要任务之一。大礼堂原是一处废弃不用的厂房，里面堆满杂物。村"两委"认为该厂房虽年久失修，但建筑主体尚好，结构上也符合文化礼堂改造所需，便拍板定下，使其重生。"始终按照'文化礼堂、精神家园'这个目标定位来打造。有了它，村里赌博的人少了，参与文化娱乐的人多了；待在家里的人少了，走出来活动的人多了，村民们身心健康了，矛盾纠纷少了，左邻右舍和谐相处，村民们自觉形成了共同致富的良好氛围。文化礼堂真的功劳不小！"施招霖反复对笔者说，"应该给村文化礼堂点个大大的赞。"

2013年，南湖区启动农村文化礼堂建设工作。至2018年5月，累计建成文化礼堂44家，实现了全覆盖。2017年以来，南湖区农村文化礼堂不断加快提档升级步伐，余新镇金星村、新丰镇镇北村等7家文化礼堂全面完成提档升级，文化礼堂"一堂一品"培育步伐也随之加快，各个文化礼堂都有自己的"独门秘籍"。如凤桥镇三星村文化礼堂内的家风馆，陈列了三星村村民高万林、卢山观提供的家谱，几本珍贵的家谱记录了世代迁徙过程和家族口耳相传的家风家训，还陈列展示了三星村独具特色的陶笛文化、竹刻文化以及其他非物质文化遗产等。

而在新丰镇横港村文化礼堂，经常传出女老师温柔的解说声和悦耳的电钢琴声，这是由村委会出资购买设备、由镇文化站老师前来开设的乡村钢琴课堂。2016年下半年，镇文化站副站长陈红桔在横港发现，乡村的小学生接触乐器的机会较少，他们大多缺少音乐素养的培养。于是就与村里商量开设音乐课堂。村党委书记吴水华拍板决定购买25架电钢琴，开设一个电钢琴公益班，从此，每周一下午的乡村钢琴课堂成了横港村文化礼堂的特色，被吸引的除了孩子们，当然还有众多爱好音乐的年轻村民。

"我们这里的文化礼堂，最拿手的是舞龙！"来到泰顺县仕阳镇溪东村文化礼堂时，人们忙不迭地介绍。的确，溪东村的特色舞龙表演节目"碇步龙"，那可是国家级的"非遗"项目，其代表性传承人为年近八旬的村民林实乐。身板硬朗的他依然能削毛竹、拗龙身、画龙鳞，还教出了一批又一批"舞龙传人"。进入溪东村文化礼堂内，只见一群10岁出头的孩子正有模有样地练习舞龙，不少村民在旁驻足，异常兴奋，还不时发出喝彩声。

"去文化礼堂看看。"在浙南山区县泰顺，这句话已经成为农民们的口头禅。与溪东村一样，泰顺县的农村文化礼堂建设围绕恢复重现历史文化特色、保护古村落文化遗存、传承乡风民俗等方面实施，本土特色文化通过文化礼堂这一平台得以挖掘、展示和提升。据悉，县级经济并不宽裕的泰顺县，2013年以来，通过县、镇、村三级联动，多部门联合发力，先后统筹资金达1.5亿元投入乡村文化礼堂建设，这可是一个不小的数字！如今，左溪"畲族"、下桥"廊桥"、竹里"读经"、百福岩"农耕"、万排"茶文化"、龟湖"泰顺石"等特色文化礼堂已经建成，115家文化礼堂遍布全县，常住人口千人以上的行政村实现了全覆盖。

　　每天上午10时多，浦江县仙华街道方宅村村民方永统总会来到村文化礼堂，在这里下棋、聊天，几乎雷打不动。他说他特别喜欢这里的环境，绿草、流水，安静、明亮，略含一丝古朴，还有一缕文化的醇香。

　　但外人不会想到，这处幽雅恬静的文化礼堂，在2016年前竟是污水横流的水晶加工小作坊聚集地，很多村民都是捏着鼻子躲着走。实施"五水共治"之后，大规模的环境整治让它获得新生。结合仙华街道文化中心和历史建筑存雅堂的恢复提升，这里被改建为文化礼堂。乡村记忆

淳安县睦剧团正在排练竹马表演

馆、农家书屋、非遗展示馆、书画创作室、乒乓球室等特色场所在此应有尽有，古老的建筑重新焕发活力，村民们也拥有了这处集学习、娱乐、休闲、健身于一体的综合性场所。

而在台州市黄岩区高桥街道八份村文化礼堂，年近七旬的台州市"非遗"项目——评书传承人胡从德成了这里的红人。他不仅对当地的风土人情、历史典故、经济文化了如指掌，而且能用"三句半""顺口溜""唱道情"等形式，讲述发生在身边的故事。在黄岩区，有268位与胡从德一样的"乡村大使"，他们活跃在各个文化礼堂，如同一支新型乡土文化宣传队，传扬传统文化，推进农村精神文明建设。

"现在村里最漂亮的建筑是文化礼堂，最热闹的地方是文化礼堂。你要享受文化、寻找乡愁，去文化礼堂准没错！"这是广大群众对农村文化礼堂的一致赞誉。作为全国10个公共文化服务标准化试点之一，浙江省在公共文化服务方面一直走在全国前列。如今，农村文化礼堂已从单一的文化活动载体向综合的精神文化家园转变。

浙江省的农村文化礼堂建设始于2013年。浙江省委、省政府始终把农村文化礼堂建设摆在重要位置，省政府连续5年将文化礼堂建设纳入全省十大民生实事项目，以每年规划新增1000个的速度推进。2018年9月21日，"我们的家园——万家农村文化礼堂庆丰收"主场活动在杭州建德市三都镇镇头村文化礼堂举行，该村文化礼堂由此成为浙江省建成的第10000家文化礼堂。

的确如此，共同富裕不仅仅是物质生活的富足，也包括精神文化的丰富，是物质生活与精神生活的有机统一。没有精神生活的充实，只有物质生活的富裕，显然不是现代文明条件下的真正富裕。共同富裕是经济社会发展的根本目的，是满足人民日益增长的美好生活需要的手段。物质财富占有量只是衡量共同富裕重要的但非唯一的指标。共同富裕是物质条件改善基础上多方面社会进步和公平正义的体现，反映了中国特色社会主义现代化的理想状态和实现程度。

文化如水，滋润万物悄然无声；礼堂有形，搭载文化丰润民心。美丽乡村建设中不断矗立起的一座座乡村文化礼堂，大大增强了广大富裕起来的农民精神层面上的获得感、幸福感，实现了"身有所栖、心有所寄"。

至2020年5月，浙江全省已建成农村文化礼堂14341家，500人以上行政村覆盖率超74.5％。下一步，浙江省将继续紧抓基层文化建设。《浙江省农村文化礼堂建设实施纲要（2018—2022）》早已下发，其中规定，至2022年，全省三星级以上文化礼堂建成率要达到60％以上，四星级以上文化礼堂建成率要达到30％以上，五星级文化礼堂建成率要达到10％以上。此外，还将稳步推进"两园一部"（城市文化公园、社区文化家园、企业文化俱乐部）建设，有效延展工作领域抓手，构建覆盖广泛的基层宣传思想文化工作矩阵。

## 忘不了乡风乡情乡音，看得见乡愁

如诗如画，绝美画境。"看得见山，望得见水，记得住乡愁"在这里并非梦想，每一寸土地上的乡韵、乡土、乡愁、乡风，构成了眼前这派美景。

来到太湖畔这座美轮美奂的富庶城镇，满眼所见，是白墙黛瓦的民居，是小桥流水的街巷，是点缀其中的历史人文景点，似乎每一处都值得你流连忘返。这座素有"文化之邦"和"诗书之乡"之称的江南名镇，历史上曾出现过许多著名人物，如民国奇人张静江，西泠印社发起人之一张石铭，著名诗人、散文家徐迟，等等。近年来，作为第二批中国历史文化名镇、湖州市首个国家5A级旅游景区，它又是以旅游、文化重镇的身份名扬四方，各地游客纷至沓来；以南浔古镇为中心的南浔区，如今已是一个名副其实的经济强区，在全省社会经济发展格局中走在前列。

正是因为历史人文特色极其鲜明，进入21世纪以来，伴随着高水平全面建成小康社会和实现共同富裕进程的不断推进，南浔区在改善整体人文环境、创建美丽乡村示范县区、提升百姓生活品质等方面成果迭出，水乡美景，如诗如画，令人沉醉。

从2017年起，南浔区以"十线十景十小镇"建设为总抓手，坚持大投入、大推进、大建设，全面打造"美丽乡村升级版"，全域建设南浔"大花园"，实现美丽乡村建设全覆盖，成功打造12个美丽乡村小镇、10条美丽乡村景观线，每一条景观线、每一处景区景点、每一座以文化旅游见长的乡镇，都让人耳目一新，成为四方来宾的"打卡点"。

西部景观线以樱花为景观主题，主要是在和菱线、墙莫线等交通干道种植了几万株各式品种的樱花，成为国内规模较大、品种丰富的道路樱花景观之一；东部景观线则围绕"秋彩"这一绿化主题，建成长达20千米的"秋彩景观大道"。至2019年11月，南浔区基本建成了7条景观线，总长度超100千米，累计完成投资达7亿元，串联63个美丽乡村，实现了各镇景观线建设全覆盖。

在菱湖镇杨港村，深度挖掘杨港村文化历史底蕴，打造有杨港水乡特色的品牌景色成为美丽乡村建设主题；在善琏镇窑里村，梳理村庄水系，深入挖掘窑文化，打造出"内秀外美"的新时代美丽乡村成为百姓们的共识；在双林镇七星桥村，抓住回归自然的核心，修建鲍家洋观光岛，以怀旧的精神内涵，打造现代农业转型升级的示范区、乡村旅游体验的目的地，形成一派"田畴沃野，晚稻飘香；阡陌之间，蛙跃鸭鸣"的田园风光，已是大家的共同目标……

南浔镇息塘村的村庄变迁故事似乎更具代表性。这个村距南浔古镇不足10千米，与"世界互联网大会永久举办地"乌镇更是仅有一河之隔。如今来到这里，你看到的已是整齐划一的田园别墅、依河而建的生态休闲公园，以及被冠以"采菊东篱""时光列车""雅集庭院"等漂亮名称的乡村旅游项目，然而，在20世纪90年代，这里却是四邻八乡有名的"穷村"！

"穷村"翻身的秘诀，是息塘村从21世纪初开始找准了以产业兴村、生态立村的路子，他们以全程服务的理念引进一家又一家企业，最多时，村里共有30多家企业。而后，息塘村又不断提高企业准入门槛，将其精减为10家规模企业，年销售额都在2000万元以上。

"我们在引进企业发展产业的同时，大力发展美丽经济，争创湖州市美丽乡村建设示范村，村庄环境整治、古村落古民居保护、特色农业项目开发，这一切，都为'接轨乌镇'发展生态旅游打下了基础。"村党总支书记周美凤满怀自豪地介绍。

如今的息塘村，早已将发展生态产业作为自己进一步发展的重要门径。它拥有现代农业示范基地2个、农业专业合作社2个，当然还有多个上文提到的乡村旅游产业。2018年，息塘村实现工农业总产值7.53亿元，村级集体经济总收入达205万元，这个数字足可傲人。

类似的实例还有很多：双林镇向阳村以"向阳一家人，幸福一盘棋，十年投入十个亿，百年规划百年梦"为建设目标，全力打造江南平原水生态艺术小镇；石淙镇石淙村以"田园花海、民俗文化"为主题，全面打造美丽乡村升级版；和孚镇民当村以"田园风光、水漾生活"为核心，依托东泊漾、桑基鱼塘等元素，进行美丽乡村精品村设计规划，苗木精品园、靓帽果蔬园、石兰兜农家乐、跑道养鱼基地相继落户；旧馆镇港胡村和新兴港村共同投资约5000万元，涵盖生态观光、田园体验等多个板块的港廊湿地小镇雏形显现；千金镇商墓村以"福荫商墓、童心商墓、彩色商墓"为主题，围绕海棠公园核心区域打造彩绘古村，建设剪纸文化馆等，还引进了2个农业项目、2个旅游项目……每个镇村都有建设主题，都有亮点特色，但无一例外地走了发展传统文化、农耕文化的路子。

"绿遍山原白满川，子规声里雨如烟。乡村四月闲人少，才了蚕桑又插田。"（宋·翁卷《乡村四月》）乘着全面建成小康社会的东风，水晶晶的南浔让村庄变成一座座"盆景"、一片片"风光"。"看得见山，望得见水，记得住乡愁"在这里并非梦想，每一寸土地上的乡韵、乡土、乡愁、乡风，构成了眼前的一派美景。

一条充满畲族风情的精品文化街映入眼帘。

这条名叫"山哈风情街"的街道，从莪山畲族乡团结门牌楼一直延伸到潘山桥，全长1130米，原来是县道徐七线、桐钟公路的一部分，累计投入资金1000万元改造成风情街后，道路两侧一路排列的是一幢幢整修一新的畲派民居、一个个风情浓郁的畲族村落，让人眼前一亮。走进每幢畲族民居，你都能体验和欣赏到这儿特有的畲族民间文艺、手工技艺和乡土民俗，畲语、畲歌、畲技艺、畲传统等文化民俗已在这里得以"复活"，活生生地展现在你的面前。

桐庐县莪山畲族乡是杭州市唯一的民族乡，这几年，在实现共同富裕的进程中，全乡基础设施得以进一步完善，乡村生态环境、人文环境不断得到优化。由于十分注重民族特色文化的融合发展，当地的畲乡风情日渐浓郁。"2014年到2015年，我们更多注重的是基础设施方面的投入，2016年之后，我们把这个基础设施的作用，逐渐发挥到提升业态、

精心保护乡村景观休闲等综合功能

完善功能方面上来，体现区位优势、生态优势和文化优势，促进群众增收。"莪山畲族乡党委书记雷会鑫信心十足地认为，"将莪山打造成美丽、和谐、繁荣的'中国畲族第一乡'，这一目标并非虚妄。"

李氏花厅即畲乡民俗馆，位于莪山畲族乡山阴坞自然村。清同治八年（1869），处州青田县八都畲民李承涛为逃避官府迫害和豪强盘剥，迁徙到莪山山阴坞村，此为莪山畲族乡之先行者。后有不少浙南贫苦农民经长途跋涉，陆续来到桐庐，在因战乱显得人口稀少的地区谋生。李氏花厅由李承涛之子李金寿所建，于1926年建成。花厅坐北朝南，供放有李氏先辈木牌，并有戏台及看楼。花厅外观朴实原始，内部装饰十分讲究，其木雕图案、绘画内容和色彩运用等都反映出李氏对畲族传统民族文化的传承，如二进后墙上的龙麒图案是畲族的图腾，生动而富有特色。

当然，莪山的历史并不始于清末，早在北宋乾兴元年（1022），先祖姚述恭带领族人徙居鹅溪之滨，耕读传家，尚文习武，姚氏遂成当地望族，鹅溪亦由谐音雅化为莪溪。南宋末，进士姚仁寿在宋亡时被迫隐居莪溪，在蓝田山下创办精一书院，同时还以"十当"家训和塾规，教导子弟如何做人，一时传为佳话。据载，小小的莪溪，历史上曾培养出进士

2人、举人7人，担任知县以上职务者9人，另有县丞、主簿、典史、教谕多人，乡贤达士不知其数。畲民迁居莪山是在清末，但很快与原住的汉族人和谐相融，汉畲两族民众同庆畲族的传统节日"三月三"的景象，已经延续了150年，成为莪山一地的"非遗"文化标志。

挖掘人文历史资源，体现民族风情，全面建成小康社会和实现共同富裕，大大推动了莪山的美丽乡村建设和民族特色文化发展。莪山畲族乡提出了建设"中国畲族第一乡"的目标，历史文化村镇各项建设力度不断加大，2013年以来已投入900万元实施莪溪小流域农业生态工程项目，对莪溪潘山桥至黄家山段进行生态化改造、拓宽；修建了2.5千米长的自然石堤防，实施砌筑堰坝、修建廊桥、生态绿化，相继完成了莪溪塘联段堤岸景观建造工程、莪溪生态河道绿化工程等10余个项目；利用莪溪良好的水质条件开发的"龙门湾天然浴场"也已基本建成；李家花厅也完成了保护性维修，改建成为畲乡民俗馆，展示璀璨的畲族文化。

"狮子灵湖、龙门瀑布、天马引泉、骆驼卸宝、金龟拜北、湖塘江潮、鲤鱼上水、香山紫烟……历史上曾有'莪溪十景'或'莪溪老八景'的说法，但不少景点现在已经消失，只剩下龙门瀑布、香炉紫烟等少数旧景。不过，由于这几年大规模地治理生态环境，蓝田奇石辟、铁砧石、老虎石、香山甘泉、古桥、古树'京松'等自然和人文景观被相继发掘，我们又有了新的'莪溪八景'！"莪山畲族乡中门村老书记叶大兴说到这里特别开心，"现在不管什么时候你都可以来，你能看到纯粹的畲族风情，你能享受到味道纯正的畲家食品，欣赏到优美的畲家舞蹈。莪山的畲乡之美、民族大团结的和谐氛围、畲民的美好生活，会让你赞不绝口，来过了又想来！"

位于绍兴市越城区的迪荡湖，是绍兴二环线内最后的成片水域。作为典型的"城中湖"，迪荡湖是曹娥江流域绍兴平原防洪排涝的重要组成部分。然而，如今的迪荡湖不仅是水利工程，还是绍兴现代水城的配套公园。这里不仅有大片洁净水面，还建有大型喷泉、景观亮化、电影文化雕塑、立体停车库等设施，可同时容纳6000名游客游玩，2017年迷笛音乐节还在这里首次落户。毫无疑问，这里已是一个现代城市的文化中心。

迪荡湖只是绍兴市近几年来城市文旅品牌建设中的一个项目罢了，环城河建设改造的力度显然不逊于此，其社会影响和社会效益也十分可观。

绍兴环城河开凿于2000多年前，全长12.2千米，沿岸有多处文物古迹和文旅景点。这几年来，绍兴市在精心规划的基础上，有针对性地开展环城河综合整治。沿河新建的稽山园、鉴水苑、治水广场、西园、百花苑、迎恩门、河清园、都泗门等八大园景均已落成迎客，蓝天、碧水、绿地的水乡美景得以重现，集防洪、城建、环保、文化、旅游五大功能于一体的综合整治工程，成为近年来绍兴城市建设的成功一笔。

毫不夸张地说，如今在绍兴市区，枕河而居、择水而栖成了市民首选，沿河兴建的滨河公园、绿带、休闲广场，让"不出城郭而获山水之怡，身居闹市而有林泉之致"成为市民真切的感受。该工程已先后获得"中国人居环境范例奖""中国水利工程优质（大禹）奖"等荣誉称号，更重要的一份荣誉，当然是百姓以及国内外游客的真诚肯定。

在绍兴，知名度最高的河流就是鉴湖江了。东汉时期，担任会稽太守一职的马臻发动民众，把若干小湖合并起来，筑成了三百里镜湖（非宋以后的鉴湖），上蓄洪水，下拒咸潮，旱则泄湖溉田，使山会平原9000余顷良田得以旱涝保收。但因创湖之始，多淹冢宅，为豪强所诬，马臻被刑。越人思其功，将其遗骸由洛阳迁回山阴，安葬于镜湖，并立庙纪念。鉴湖是我国古代重要的水利工程，泽被至今。而西起柯桥区湖塘街道西跨湖桥，东至越城区亭山东跨湖桥的鉴湖江，干流全长18.8千米，水域面积2.92平方千米，向来有着行洪排涝、水量调蓄等功能，鉴湖江，在古城绍兴水系中占有重要地位。

为发挥鉴湖江生态环境、景观休闲等综合功能，彰显绍兴深厚人文底蕴和秀丽自然风光，从2009年起，绍兴市结合"清水工程"建设，启动了鉴湖江综合整治工程。鉴湖江越城区段全长6.7千米，是该项工程的重点之一。绍兴市和越城区近几年来，累计投入9.73亿元，沿河建设了钟堰问禅、快阁览胜、鉴湖诗廊、画桥秋水、渔耕晚唱等公园景点；建成飞虹近月、山阴古街、南山画界、湖山太守等十景；同时规划实施面积128000平方米，以陆游故里为主题，建造体现南宋乡村生活及士大夫隐居生活的古典诗意场所。

"山阴道上行，人在镜中游。"如今你去绍兴鉴湖江走走，会欣喜地发现，这里近处碧波映照，远处青山重叠，颇有在镜中游之感，昔日诗人笔下的绝美画境得以完美重现。这里确已成为彰显绍兴人文历史和自然风光的核心区域，更是当地居民休闲娱乐的新空间。

绍兴市做透"水文章"，自然还不限于越城区。在柯桥区，"城中有湖，湖中有城，湖河相连"的大坂湖，经改造整治，更显出古典江南的婉约风味，成为柯桥区现代城市文旅品牌项目建设的又一典范。

位于柯桥区城市新中心的大坂湖水域面积850亩，过去四周荒芜杂乱，水质不佳，附近居民避之不及。自2015年起，柯桥区陆续投资3.3亿元，清迁了一批影响水环境的排污企业和违章建筑，解决了岸上污染问题。接着，他们又打通了水系，让大坂湖与下游的小坂湖连通，精心打造堪称全省一流水平的坂湖公园。

坂湖公园以"一花一叶"为植物景观特色，以环湖绿道为主线，以玉兰映波、秋林夕照、水韵童趣等公园主题区块构成"坂湖十景"，配以文化雕塑、景观亮化、背景音乐等系统元素。为了确保大坂湖的湖水长期澄澈，柯桥区还建立健全"湖长制"管理制度，强化重点污染源头治理，加强沿湖环境整治。如今，大坂湖市控水质监测断面已持续保持在Ⅲ类。

曹娥江也是绍兴的母亲河，上游嵊州段称剡溪，上虞境内又称上虞江。曹娥江干流长156.6千米，流域面积5169.8平方千米，占绍兴全市总面积的62.6%，其重要性不言而喻。

经过近几年的整治，曹娥江水质已常年稳定在Ⅱ至Ⅲ类水标准。在这个基础上，上虞区大力推进曹娥江开发建设，重点投资10.7亿元，构建了"一江两岸"山水人文产业带，使之成为上虞的"城市特色名片、市民休闲空间、旅游文化走廊"。嵊州市则投资2.87亿元，实施"诗画剡溪"建设项目。依托剡溪山水人文资源，大力挖掘唐诗之路文化底蕴，营造了"水埠樟香""风开湖山""清风诗韵""溪行花海""嵝浦望潭"等精品节点，建设"绿道＋水道"双系统游览线路，沿线串联五大景区、25个景点，实现了"水利、旅游、景观、生态、文化"五位一体的功能融合。

长诏水库又名沃洲湖，位于曹娥江支流新昌江上，总库容1.89亿立方米，为新昌县的主要饮用水源地。它还是国家级水利风景区，为天姥山国家级风景名胜区的重要组成部分，众多魏晋名士曾荟萃于此。沿水库大坝而上，沿途有石女、鹅鼻、放鹤三峰，人文历史和自然景观极为丰富。近年来，新昌县在进一步提升真君殿、三十六渡、水帘飞瀑等景点设施的同时，还在周边打造乡村游等项目，如每到初春，沃洲湖畔黄坛村千亩山坡上，就有红梅和大青梅盛情绽放，花开漫山遍野，暗香浮动，入梅林如游"香雪海"，吸引大批游客前来，一寻早春的气息。

"灌木丛篁傍水幽，淡烟晴日漾芳洲。兰桡摇过山阴道，在昔人传镜里游。"（清·康熙《山阴》）大禹治水、魏晋风度、唐诗之路……这些绍兴特有的历史人文资源，以及无数富有诗意的乡风、乡情、乡音、乡愁，都在高水平全面建成小康社会、走向共同富裕的进程中，被风流雅韵浸染，被擦拭得亮丽耀眼，变得更加生动迷人。

# "三治融合"，有了平安还要有和谐快乐

> "让老百姓说话，把老百姓的话当话；为老百姓做事，办老百姓身边的事。"在加强基层民主法治建设、构建和谐社会方面，群众的满意度在不断上升。

2005年1月，杭州市余杭区径山镇小古城村。"以加强基层民主法治建设服务好'三农'。"时任浙江省委书记习近平对这个小山村的"村民自治"工作做出了如此殷切的嘱托。

17年过去了，余杭区牢记嘱托，扎实推进基层依法治理，民众的安全感、和谐感不断上升。2008年6月15日，全国首个"法治指数"在余杭诞生。随之，余杭区不断探索，让指数指导实践，逐步走出了一条"量化评估—查找短板—梳理分析—整改提高"的"普治并举"特色法治发展之路。

在小古城村钱三组入村口公园处有一座铁艺雕塑，刻着"众人的事情由众人商量"10个大字。民主协商制度，是小古城村的特色，也是美丽乡村建设的助推器。2020年4月，中央农村工作领导小组办公室、农业农村部等部门公布了新认定的全国乡村治理示范村名单，余杭区径山镇小古城村榜上有名。这意味着小古城村和余杭区聚焦"议什么、谁来议、怎么议、议的效力"等环节，引导村民依法有序地参与乡村事务管理的治理方法，已得到了广泛肯定。

推进法治、德治、自治"三治融合"，小古城村把议事场所从"大樟

树"下延伸到村、组的议事桌上。在村党委引领下，村民们达成了"自己的事情自己干、自己的家园自己建"的共识，养成了"有事要商量、遇事好商量、做事多商量"的习惯，提升了"主动参与、广泛参与、有效参与"的能力，尝到了民主协商的甜头。

2020 年，一条长达 4.2 千米的环村绿道施工。项目投入之初，因涉及不少茶园、林地，村民多有疑虑。"我们一边召集党员及村民代表讨论协商，一边在项目外延推进工程，仅用 16 天就解决了村民的土地问题，1 个月内全线打通4.2 千米绿道毛路。"村党委委员徐林玲说。

余杭区小古城村村口的村民议事处

共同富裕是物质条件改善基础上多方面社会进步和公平正义的体现，反映了中国特色社会主义现代化的理想状态和实现程度。余杭是个经济强区，在余杭和临平两区拆分之前的 2020 年，余杭全区地区生产总值达到 3051.61 亿元，位居全省各县市区榜首。但大量外来人口的涌入，也给社会治理带来了巨大压力，人民群众对于和谐社会的要求也越来越高。全面建成小康社会和共同富裕进程的不断推进，无疑给法治余杭建设带来了新的任务。对此，余杭区以"人民满意"为立足点，围绕"全域创新策源地、全域美丽大花园、全域治理现代化"3 个全域建设，全面统筹领导法治余杭建设工作。

"您认为当地在党务、政务、村（居）务公开方面做得如何？""如果您的权利受到侵犯，那么您在当地找到救济的可能性有多大？"……

从 2008 年起，余杭区的众多百姓每年都会收到一份关于余杭法治指数的调查问卷，上面列有当年度所在部门、乡镇街道的党风、行政、司法、权利救济、市场秩序、监督工作、民主政治、社会安全感等项目，请百姓如实打分。而在此前，余杭区在全国率先做出了建设"法治余杭"的战略决策，开展了法治量化评估实践，探索区域治理体系和治理能力现代化、法治化道路。

而在每年的法治指数公布后，部门、乡镇街道如果被扣分了，就要被"倒查"，还得在规定时间内拿出整改方案，这就倒逼着余杭的行政部门、乡镇街道实施改革创新，提升百姓的满意度。法治指数为整个余杭的法治建设起到了指引和纠偏的作用，数据表明，从 2008 年到 2020 年，余杭法治指数总体呈现逐年小幅上升趋势，较快地提升了余杭的区域法治化水平，更重要的是，老百姓的满意度在明显上升。

临平区塘栖古镇水北老街，游人如织。细心的人会发现，这里商户与商户之间的墙上有一块长方形的木板，上面书写着商户公约，规范着商户的经商行为。另外，在水北老街的绿化带、白墙、文化长廊上，还可以看到居民公约和景区公约。水北社区有关负责人介绍，这是结合本社区的景区特色而推出的"居民公约＋商户公约＋景区公约"制度，分人群制定公约，其目的是进一步提高公约的实用性，敦促大家遵守公约。

当村规民约和居民公约"两约"建设实现"遍地开花"后，塘栖镇着重在确保成效落地、结出"累累硕果"上下功夫。在镇级层面研究制定《塘栖镇村规民约（居民公约）制定实施规范》的基础上，各村社因地制宜，积极探索出台适合本村社特点的工作方法，制度化推进"两约"建设，确保成效落地。

三星村出台了以统筹发挥 8 个群团组织力量为主线的"八五二一"工作法，建立了村规督导队和"三心银行"；宏磻村通过"村民小组、党小组、党支部"分级讨论、逐级定论，根据自下而上的三级议事协商，总结出一套"八小八联"工作法；丁河村严守"深入水底、潜心工作，为民捕鱼、回报人民"的鱼鹰精神，摸索出"潜下去、摸上来、抓落实"的鱼鹰工作法……各村社还结合美丽乡村、美丽社区、美丽庭院、美丽田园、美丽人物等建设工作普遍开展"美丽X＋立家规传家训树家风"活动促德治，通过制度化手段推进"两约"建设，形成社会联治、工作联动的良好局面。

陈佩英担任诸暨市枫桥镇栋桥村妇女主任、"枫桥大妈"副理事长。"枫桥大妈"是一个协会的简称，全称为枫桥镇"枫桥大妈"互助协会，是一个借助草根力量参与社会治理的基层组织，成员均为当地妇女。她们在化解民间矛盾、做好人民调解、维护社会治安、构建和谐社会等方面发挥独特的作用，还在帮助弱势妇女、反赌禁毒、抵制邪教、保护环境、帮助大龄青年婚恋等方面也积极作为，在枫桥镇一带广受称道。

陈水英是村里有名的"和事佬"，一旦听说村里哪户人家闹起了小矛盾、邻里之间出现了小纠纷，她就会在第一时间赶到哪里，问明情况后着手调解，小小的摩擦，经她劝阻宽解，往往就会烟消云散。所谓"德治""自治"的作用，在她身上体现得生动而有效。

有一次，村里有两户人家发生矛盾，她一接到电话，就三步并作两步地赶到当事人家中，了解事情缘由，寻找解决办法。经过几个小时的劝解，邻里没伤和气，问题也很快化解。"小事不出村，矛盾要在基层解决，这可是我们'枫桥经验'的基本要求。"刚刚结束了一场矛盾调解的陈水英十分愉快。

除了"枫桥大妈"互助协会，在诸暨城乡还有形形色色的基层社会组织，有不少还是由妇女组成的，如暨阳街道江新社区有"江大姐调解室"，草塔镇有"七彩娘子军"，江藻镇有"家事心语"调解室，马剑镇有"马大嫂"……截至2019年11月，整个诸暨有6800余名妇女参与了586个基层社会组织的活动，大多数妇女所参与的活动和社会组织与基层社会治理有关。毫无疑问，这绝对是一支不可小觑的生力军。

"老杨调解室"是2010年从公安系统退休的杨光照和其他3位退休老人一起创办的，设在枫桥镇。截至2018年底，已累计受理各类民间纠纷1800余起，调解结案1763起，兑现各类协议（经济）赔偿款5600余万元，调解成功率达98％，结案率达100％，群众满意率达100％。不消说，这些都是让人折服的数字。

两名村民因为交通事故产生纠纷，找到"老杨调解室"后还争执不休。老杨劝解多时，合情合理地分摊经济责任，双方还是争执不下。老杨便找来双方的朋友、民警、调解志愿者、律师等，从事实、法律、情感各个角度分析，虽然花去了老杨不少精力，但双方终于达成了和解协议。还有一桩交通事故赔偿纠纷，也很"伤"老杨的脑筋，几番劝解下来，他又去找交警中队和律师等一起调解，费尽口舌才把问题彻底解决。

"任何一桩纠纷，不是一两句话可以调解成功的，耗费精力很正常，不过这是在为大家办实事，能促进和谐稳定，一切付出也就值了。"杨光照说，"如今，我们的'老杨调解室'变成了'老杨调解中心'，形成了社区民警、特邀调解员和志愿者一起联动的调解组织，调解志愿者团队成员有100多人。规模扩大了，工作更自觉了，说明大家都乐于从事这项工作。"

"红枫义警""詹大姐帮忙团""爱心蚂蚁志愿服务社""乡贤参事会、议事会""孝德文化研究会"等一大批社会组织成为诸暨社会治理的重要力量。在"枫桥经验"走过近60个年头之后，这些由群众自发成立的社会组织，不断适应时代需求，创新工作方法，共同编织一张以情、以理、以法为经纬的网，推动基层社会治理不断前行。

"互联网＋"是新时代创新社会治理、保障社会平安的必由之路。在枫桥，400多个监控形成一张天网，189个网格按照"三员一警"标准配备网格力量，实现网格员的"全科"转型……与此同时，枫桥镇还全面铺开"大普法"工作，实现法律法规与村规民约等有机结合，依托"调解云"等后台大数据，通过"网上法庭、网上司法所"建立健全矛盾纠纷化解机制。"枫桥经验"由此全面开启了"互联网＋基层治理"智慧新模式。

2017年7月11日，"枫桥经验"作为国家基层治理标准化试点顺利通过国家验收。把"枫桥经验"坚守好、创新好，积极探索共治、法治、德治、自治、善治"五治一体"的社会治理模式，争当全国基层社会治理排头兵，打造"枫桥经验"升级版，将是基层社会治理下一步的工作重点。


事实上，说起"三治融合"，嘉兴桐乡市无疑是其起源地。

那是2013年5月，在探索基层社会治理的过程中，"镇级百姓参政团""村级百事服务团""道德评判团"率先在该市高桥镇（今高桥街道）和越丰村成立。在以往镇村两级自治、法治、德治"单兵作战"的基础上，桐乡市首次提出"三治"结合的理念，"联合兵团"作战这面"新旗帜"由此打出。

在实践中摸索前行、不断完善，几年后，一条具有中国特色的基层社会治理新路径得以明晰，"三治融合"模式逐渐成形：在基层党组织领导下，法律服务团送法、普法，做好基层法律服务工作；百事服务团"便民利民，有求必应"；道德评议团弘扬文明乡风，传递正能量，并与村规民约（社区公约）、百姓议事会、乡贤参事会共同组成"一约两会三团"，成为"三治融合"在基层扎根的有效载体。

提高社会文明程度，加强和创新社会治理，促进人的全面发展和社会全面进步，同样是高水平全面建成小康社会、实现共同富裕的重要内容，推进法治、德治、自治"三治融合"，是这一重要内容的组成部分。"三治融合"的主要方法与途径是，在乡村不遗余力地推进法治建设，培养农民守法用法的理念，"以法治定纷止争"；充分彰显新乡贤的价值，着重发挥传统道德等乡土文化的感召作用，借此约束农民的行为，以"德治春风化雨"；丰富完善乡村自治工作，注重提升农民的主人翁意识，使其主动参与乡村建设发展，化解干群矛盾，以"自治消化矛盾"；最终形成"大事一起干、好坏有人判、事事有人帮"的"三治融合"乡村治理体系。

2016年6月，全省创新基层社会治理现场会在嘉兴市桐乡市召开，"三治融合"社会治理方法面向全省推广；2017年，"自治、法治、德治"被写入党的十九大报告；2018年1月，中央政法工作会议提出"坚持自治、法治、德治相结合，是新时代'枫桥经验'的精髓，也是新时代基层社会治理创新的发展方向"。

2018年9月，嘉兴市发布《自治、法治、德治"三治融合"建设规范》地方标准，对"三治融合"的具体内涵、治理主体、建设要求及评价指标体系等做出了具体规定。"三治融合"之法已成为新时代基层社会治理的样板。

"10多年前，我们村的周边经常有人说洪溪'刁民'多，而现在，这句话早已成了历史。"嘉善县天凝镇洪溪村村委会负责人满怀感慨地说，这些年来，该村从远近闻名的"上访村"化身为"和谐村"，而其"秘钥"正是"从为民做主，到由民做主"，充分发挥村民自治的作用。2004年初，洪溪村率先成立村民议事会，凡是村里的大事，都要通过村民求同存异达成共识后再开展，每家"户代表"都有投票权，群众办事服气又顺气。

"关键时刻，法律顾问真是帮了大忙了！"秀洲区新塍镇一名村支书叙述，"村民熊某因宅基地及房屋违法买卖问题陷入焦灼，与对方当事人几次交流，一直未能达成共识，情绪激动之下，她竟扬言准备引发恶性事件。危急情况下，我们找到了每月来村提供法律服务的张林燕律师，律师即从法律角度，为双方当事人展开多次调解，一场矛盾纠纷最终通过一纸调解协议画上圆满句号。"

"三治融合"之法全面推开后，嘉兴全市通过政府购买服务实施"一村一社区一法律顾问"制度，全市1151个村（社区）实现了法律顾问聘请全覆盖。群众有任何法律难题，很快就能在身边找到法律专家，解决疑难问题。海宁市梨园社区还聘请社区法律顾问徐虹为社区"法治副书记"，将法律建议在社区班子会议上送进民生事项决策中，此举为全国首创。

与此同时，嘉兴市还以便民服务中心为依托，建立起覆盖所有村（社区）的公共法律服务点（窗口），以打通服务群众的"最后一公里"；大力推进法律服务下基层；建立市县镇三级社会治理综合指挥平台，建立市县镇村四级矛盾联合调处中心，建立探索推行医患纠纷、交通事故、劳动争议等多元调解模式；民主决策、专家咨询、民生事项公众听证、重大决策全面开展社会稳定风险评估等制度的建立与推行，使得所有矛盾纠纷的苗头都能被有效遏制。

而已在嘉兴全市各村（社区）推广的"小网格"撬起了"大平安"。自从建立起以"网格化管理、组团式服务"为重点的网格自治机制，做深做实"平安建设信息系统"与"网格化管理、组团式服务"两网融合工作，基层社会治理完成了"一张网"建设，所在村（社区）内任何一起微小的社会管理事件，都在第一时间得以发现，第一时间得以化解。据不完全统计，嘉兴全市共有专兼职网格管理员2.2万余名。如此庞大的力量，在维护社会稳定和构建和谐社会方面，其作用无法低估。

三治会堂一景

嘉兴市南湖区凤桥镇联丰村，2017年建成了嘉兴全市首家"三治会堂"，墙上的那句话给所有人留下深刻印象："让老百姓说话，把老百姓的话当话；为老百姓做事，办老百姓身边的事。"从某种意义上说，这句话道出了"三治融合"之法的真谛。

## 一起来，打造志愿服务"金名片"

> 互帮互助，携手共进。在倡导各界群众投身于志愿服务，让需要帮助的人及时获得帮助的同时，还悉心关心爱护每位志愿者，激发其服务热情。浙江这张社会服务"金名片"正越擦越亮。

每年的3月5日，是"浙江省志愿者日"。2007年11月23日，浙江省第十届人民代表大会常务委员会第35次会议审议通过了《浙江省志愿服务条例》。该条例于2008年3月5日正式施行，并把"学雷锋日"定为"浙江省志愿者日"。

《浙江省志愿服务条例》明确指出，志愿服务是指经志愿服务组织安排，由志愿者实施的无偿服务社会和帮助他人的公益行为。全社会应当尊重志愿服务组织和志愿者。提倡和鼓励社会各界和广大公民参加各种志愿服务活动。在服务内容方面，提倡在教育、科学、文化、卫生、体育、社会保障、环境保护等领域和社区、大型社会活动中开展志愿服务活动；提倡为残疾人、未成年人、老年人、失业人员和其他确有困难需要帮助的社会群体、个人提供志愿服务。

年过六旬的何美蓉是奉化区岳林街道民主社区居民，她是一个只拥有40平方米营业面积小店的店主。从2000年起，何美蓉就主动投身于志愿服务，在她所帮助过的人中，残疾人陈龙是其中一个。

5岁那年，家在奉化蕴湖的陈龙，因一次失败的手术导致大小便失禁，下肢也近乎瘫痪，他15年来一直足不出户。2010年，同村村民替他在网上发帖求助。何美蓉无意间看到帖子后，即与另外3名义工一起赶到了陈龙家中，发现情况属实后，帮陈龙筹到了3万元医疗费，把他送到李惠利医院治好了大小便失禁的病症。陈龙康复后，何美蓉又为他联系就读学校，定期打电话鼓励。2014年8月，陈龙又因肺出血住院，何美蓉打电话给朋友和爱心企业家，替他筹到了4.5万元，把他从死神手里拉了回来。

"我得到过别人的帮助，所以应该尽我所能帮助他人；在帮助他人的同时，我也愉悦了自己。"何美蓉说。1970年，她去黑龙江支边。在那里劳动时，因车祸腿部受伤，动脉出血。3天后，当她睁开眼睛时，护士告诉她："你昏迷时，前来为你献血的人真多啊。只要抽10个人的血就够用了，竟来了很多很多人。"可以说，从那时起何美蓉就下定了决心：以后只要有机会，我就一定要回报社会。

何美蓉所居住的奉化区岳林街道民主社区是个老社区，残疾人近40人，她每年拿出2000元给社区用于慰问残疾人。奉化区招募"春泥使者"志愿者，何美蓉报名参加，自觉帮助留守儿童，除了给他们购买学习用品，还在新年到来前让留守儿童吃团圆饭。她积极地向社会上的爱心人士推荐贫困学生，让贫困孩子圆了大学梦。她还经常在网络上主动寻找需要帮助的人。一次，何美蓉发现有个叫周玉英的姑娘发帖求助，想治好自己的骨畸，就立刻把她接到奉化中医院接受治疗，并为她垫付医药费。在照顾周玉英期间，何美蓉患了眼病，她便让医生将她的病床安排在周玉英房间旁边，以便照顾周玉英。

在从事志愿服务过程中，何美蓉发现一些外来务工人员在找工作时，身上往往带钱不多。若不能及时找到工作，生活就会陷入困顿。2010年，何美蓉就与其他志愿者一起建立了"新市民公益平台"，为在奉化的外来务工人员提供无息出借的路费，至今已有百余名奉化新市民获得了这一项帮助。

2008年，何美蓉加入了奉化慈善义工协会，成为慈善义工协会里年龄最大的会员。大到地震募捐、洪水赈灾，小到敬老扶贫、帮困义卖，哪里有需要，哪里就有何美蓉的身影。一年中，何美蓉有2/3的时间花在志愿服务上，不久后，她成为义工协会的副会长。为了引导和组织更多人投身于志愿服务工作，2013年6月7日，岳林街道民主社区成立了"何美蓉工作室"，何美蓉理所当然地担任了主任一职。该工作室目前已有30多名志愿者。

何美蓉工作室还建立了2个微信群：一个是何美蓉工作室"爱心群"，负责搜集各类需要帮助的人的信息，以便及时为他们提供帮助；另一个是何美蓉工作室"师傅群"，里面有各行各业有一技之长的师傅，一旦有需要，"师傅群"的师傅就会随叫随到。那年初冬，何美蓉从爱心群里得知蕴湖西榭村有9户居民火灾后需要棉被和冬衣，当天晚上，何美蓉就赶去采购，第二天一大早就向受灾户送去了9条新棉被和100多件冬衣。

2013年10月，台风"菲特"袭击奉化。10月9日，奉化江口街道一些村庄浸泡在水中，公路部分路段有积水，公交车无法通行，很多村民想出去采购食物却无车可乘。何美蓉便与其他义工组织了5辆小车，组成"奉化义工免费接送团"，在路上来回免费接送村民，第一天就往返江口和城区30多趟。之后的几天里，何美蓉一直与义工们一起免费接送村民，运送物资，帮助打扫卫生。10月15日上午，何美蓉带领十几名慈善义工和爱心人士，带着筹集到的300多件新衣服、170多双新鞋子和200多条新裙子，来到受台风"菲特"影响严重的西坞中心小学。女生们看到漂亮的连衣裙，都高兴坏了。

已经无法统计这么多年来，何美蓉究竟花了多少精力，捐了多少钱。"她心里想得最多的是别人，对自己却很抠门！"丈夫这样评价何美蓉。的确，家里的一辆电瓶车已经骑了十几年，连刹车都不灵了，可何美蓉一直舍不得买新的，说是"怕花这笔钱"。何美蓉的付出得到了社会各界的认可：她入选了"中国好人榜"，还获得浙江省首届十大杰出义工、最美浙江人、省级党员"闪光言行之星"等数十项荣誉称号。

嘉兴市南湖区建设街道南杨社区有60岁以上老人3329位，占辖区户籍总人口的33%，其中独居和空巢老人208位。2018年，社区成立了乐居家园，老人们可以在乐居家园休闲娱乐。除此之外，老人们还可以把家门钥匙拿出来，交给这里的社区志愿者保管，有事能让他们相助。可以放放心心地把自己家的钥匙交给别人，这可是新鲜事。

南杨社区的老人们，大多子女已成家立业，很多子女并没有与老人同住。尤其是在丧偶后，老人们的精神会变得空虚，生活上也缺乏照料。在一次社区党委会上，党委委员朱水源提议，拿出社区居家养老服务照料中心二楼的活动室，每周设定固定的活动时间，让空巢和独居老人聚在一起相互关心、交流。这一提议得到一致认可，并很快得到实施。这个活动室被定名为"乐居家园"。

处处可见文化志愿者的身影

　　有了"乐居家园"，老人们就有了一个新的家。2018年2月28日正式挂牌开张，那一天恰逢元宵临近，社区志愿者组织的首场活动便是"手制廉政灯笼"。二十几位老人前来参加，志愿者们手把手教授制作，老人们学得很用心。而后，"乐居家园"还安排了学习折纸花、学习养生知识、唱老歌等活动，每场活动都能吸引来一大批老人。一年时间下来，"乐居家园"共安排了140多场活动，老人们从独居到群聊，心情变开朗了，身体也好起来了，还形成了互相关爱、互相帮助的温馨氛围。

　　朱水源是浙江省道德模范，长期坚持为居民群众办实事，捐助贫困学生。早在2016年，朱水源就与本社区老人商阿姨结成了对子，每个星期都会上门2次。有一次，朱水源上门提供服务，没想到无法进门，因为商阿姨不慎把自己锁在了阳台上，后来请了开锁公司才把门打开。从这之后，商阿姨就把家门钥匙交给了朱水源，一旦需要服务他就能直接上门。

　　"乐居家园"开张后，商阿姨也是热情参与者之一，她依然把自己的家门钥匙交给朱水源。有的老人知道此事后，出于对朱水源和社区志愿者的信任，他们也提出把家门钥匙交给"乐居家园"的志愿者。得知老人们的这一心愿后，社区党委高度重视，觉得应该满足老人们的这一需求，创新志愿服务形式，提升志愿服务层次。于是，在"乐居家园"基础上，创设了"朱水源助老工作室"，率先面向独居、空巢、高龄、失能、半失能等特殊居家老年人群体，试点开展志愿服务项目，即老年人将家门钥匙托付给志愿者，志愿者拿出私家车钥匙帮助老年人，以此应对老人突发疾病而子女无法赶到等紧急情况。

这一志愿服务项目也被大家取了个很接地气的名称——"钥匙帮"，朱水源成了这个组织的牵头人。这一服务项目推出后，已有3位老人把家门钥匙交到"乐居家园"的志愿者手中。

第一位受助者王阿姨是一位家在本社区的尿毒症患者，每周周一、周三、周五下午都得前往嘉兴二院进行血液透析。2019年6月5日中午，"钥匙帮"爱心志愿者们齐聚社区，举办了简单而又庄重的发车仪式。负责第一次接送任务的是家在天官坊的居民薛似李，12时30分，她驾车准时从社区出发，来到受助人王阿姨的家门口。已在门口等候的王阿姨激动地说："志愿者们让我感到生活其实并没有那么困难，更给了我战胜病魔的勇气！"

迄今，"钥匙帮"已拥有12名志愿者，他们投身到车队服务中，每周3个下午接送2名社区病人前往到嘉兴二院进行血液透析，服务从未间断。而居民偶尔丢了钥匙，由"钥匙帮"志愿者前往开门的事，也已有多次。

就这样，南杨社区的"钥匙帮"以一把门钥匙、一把车钥匙，串联起独居老人、道德模范和众多志愿者。因为一颗热忱的心，来自各行各业的志愿者们，聚在一起帮助老人们。如今在南杨社区，乃至南湖区所有乡镇街道、所有村社，不断有志愿者主动加入为老人、为群众服务的志愿活动中，竭诚奉献，温暖他人。他们共同拥有的社区由此也成了名副其实的"乐居家园"。

2018年5月28日，建德市直机关工委工作人员李佳拿到了浙江省"志愿者证"，这是浙江发出的第一张"志愿者证"。

新发行的浙江省"志愿者证"为IC卡式，具有注册志愿者身份识别、志愿服务活动打卡计时、志愿服务记录查询等基础功能，同时可为志愿者提供金融支付、公共交通、志愿者保险、守信激励等功能。

志愿服务是动员社会力量参与"重要窗口"建设的有效载体和平台，是高水平全面建成小康社会的重要内容之一。作为全国首批青年信用体系建设试点省，善于组织大量青年志愿者的共青团浙江省委，把志愿服务信

积极投身于志愿服务活动的红色义工

息系统的"志愿汇"升格成为全团志愿服务信息系统"志愿中国"的组成部分，并得以在全国推广；在全国率先建立省级层面多部门参与的青年信用体系建设领导机制；联合10部门出台《浙江省青年守信联合激励措施的实施意见》，浙江成为全国首个颁布青年守信联合激励措施的省份。

为更好地落实志愿者守信联合激励政策，团浙江省委、省志愿者协会在全省推出、推广使用浙江省"志愿者证"。团浙江省委副书记王慧琳表示，将以此证为载体，整合公益资源为志愿者提供志愿服务保障和守信激励。

志愿者办理该证后，持证扫描二维码即可参与志愿服务进行签到计时。同时，通过"志愿汇"志愿服务信息平台注册的志愿者，均可领取一份最高累计价值200万元的志愿者保险。该证还支持线上、线下支付，可直接使用闪付功能或与第三方支付工具绑定使用，支持在城市公交、地铁系统和便利店、商城等场合进行支付。除此，"志愿者证"持证者还可享有专属优惠服务和守信激励功能，可通过参与志愿服务获得杭州市落户积分以及旅游景点门票减免等激励。

2020年8月27日，浙江省志愿者协会第十三次理事会发布《浙江省志愿服务大数据报告》。该报告显示，浙江志愿服务总人数和时长数位列全国首位。截至2020年7月，全省共有注册志愿者1517.7万人，这意味着每4个浙江人中就有1名志愿者。

"烟头奶奶"随手做志愿，自闭症儿艺术疗愈、工匠助残技能培训……2020年9月26日，由省委宣传部、省文明办、省民政厅、省总工会、团省委、省妇联联合主办的"首届浙江志愿服务展示交流活动暨项目大赛"举行，活动设置了精品项目推介会、实地考察、公益会演、主题沙龙、志愿论坛、项目签约等多个环节。通过这类一年一度的活动，浙江将推动志愿服务落地落实，真正把志愿服务做到实处、做到基层，打造一批具有浙江特色的品牌项目，让志愿服务工作机制融入文明建设

和公众生活。由此也可知，浙江的志愿服务工作已进一步向社会化、制度化、常态化、品牌化发展，这张社会服务"金名片"将越擦越亮。

值得一提的是，浙江是互联网先行区，如今，互联网慈善成为浙江公益慈善事业中一股巨大的力量。民政部公布的首批13家慈善组织互联网募捐信息平台，浙江的"淘宝网"和"蚂蚁金服"2个公益平台入围。数据显示，2016年9月《中华人民共和国慈善法》实施以来，仅1年时间，就有3.2亿"淘宝"买家参与了超48.1亿次的公益行动，募集了2.44亿元公益善款。"蚂蚁金服"公益平台连接着近百家公益组织，至2018年8月，已经有超过2亿人次在该平台完成捐赠。近几年来，浙江各类慈善组织网络募捐纷纷登台，"善园网""亲青筹""丛善桥"以及温州"乐善365""慈爱湖州"等网络捐助平台支持多项公益计划，为公益项目发展筹款、公众参与公益慈善事业提供了更便捷的方式。令人欣喜的是，这种类型的现代慈善公益活动还在不断扩大。

在2016年9月的G20杭州峰会上，4000余朵"小青荷"（来自各高校的青年志愿者）以超高的标准服务大会，获得美誉无数，给全世界留下了深刻而美好的印象。峰会之后，浙江积极总结经验成果，出台了全国首个志愿服务地方标准规范——《大型赛会志愿服务岗位规范》，对志愿者各个岗位的培训标准、志愿服务的每一个流程操作方法都做了明确规定。在2018年举行的第14届FINA世界游泳锦标赛（25米）志愿者出征仪式上，浙江还发布了国内首部《国际志愿者服务教程》，将志愿服务课程化。

# 第十二章

## 再创发展成果，共圆中国梦

梦想如光，点亮未来。

要成为全面展示中国特色社会主义制度优越性的"重要窗口"，关键就在于做到"改革开放再出发"，在于与时俱进，勇于变革，不断创新。在高质量发展建设共同富裕示范区的进程中，浙江将不断地探索推进共同富裕的体制机制和制度体系，形成可复制、可推广的经验，充分发挥人民群众的智慧和力量，力争在城乡差距指标、区域发展指标以及富裕程度指标上，都走在全国前列，同时继续全力打造"四高地两区一家园"，即努力打造经济高质量发展高地、三大科创高地、改革开放新高地、新时代文化高地、美丽中国先行示范区、省域现代治理先行示范区、人民幸福美好家园，争创社会主义现代化先行省。

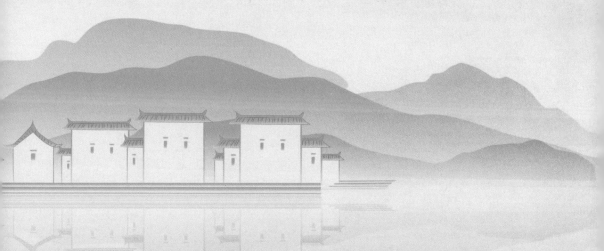

# 走向共同富裕，不可推卸的时代重任

这是一个特别诱人的前景，这是一项不可推卸的时代发展重任。高水平全面建成小康社会伟大工程取得重大成果，并不意味着我们向前的脚步可以停顿。高质量发展建设共同富裕示范区，浙江还将在小康路上快速奔跑。

全面建成小康社会，是中华民族"两个一百年"奋斗目标的第一个一百年奋斗目标，是中国共产党向人民、向历史做出的庄严承诺，是14亿中国人民的共同期盼。党的十八大以来，以习近平同志为核心的党中央团结带领全国各族人民砥砺前行、开拓创新，解决了困扰中华民族几千年的绝对贫困问题，取得历史性成就，千百年来中华民族孜孜以求的小康梦想已经实现。

2020年3月29日至4月1日，初春时节，浙江大地草长莺飞、绿柳拂堤。习近平总书记亲临浙江，到杭州、宁波等地考察，并发表了重要讲话，赋予浙江"努力成为新时代全面展示中国特色社会主义制度优越性的重要窗口"的新目标、新定位，这是浙江改革发展史上具有里程碑意义的大事。

在充分提振打赢疫情防控人民战争、总体战、阻击战必胜信心的关键时刻，在高水平全面建成小康社会即将收官的重要时期，习近平总书记

为浙江下一步的改革发展提出了新期望、新要求。这一新期望、新要求与他多年来赋予浙江的使命要求是一以贯之的，既传承了"八八战略"的基本精神，又是新时代"八八战略"的升级版，将对浙江慎终如始加强疫情防控，坚持不懈落实精密智控，全力以赴推动经济社会运行稳中向好，作用十分巨大。

"重要窗口"的含义是什么？"全面展示中国特色社会主义制度优越性"必须从哪些方面入手，才能真正做到以"浙江之窗"展示"中国之治"，以"浙江之答"回应"时代之问"，为国际社会感知中国形象、中国精神、中国气派、中国力量提供一个"重要窗口"？

改革开放40多年来，尤其是在高水平全面建成小康社会之役打响之后，浙江人民求真务实，积极探索，大胆创新，在中国特色社会主义发展道路上稳步前行，把一个"穷省"变成了"富省"，并逐步使之走向"强省"。浙江是中国革命红船的启航地，是中国改革开放的先行地，也是习近平新时代中国特色社会主义思想的重要萌发地。作为"三地一窗口"的新时代浙江，"干在实处""走在前列""勇立潮头""要谋新篇""方显担当"，已历史性地落到了6500多万浙江人肩上。

要成为全面展示中国特色社会主义制度优越性的"重要窗口"，就必须在经济、政治、文化、社会、生态文明五个方面，统筹推进"五位一体"总体布局战略目标，在各个领域、各项事业全面进步上树立标杆做出实绩；就必须尽快把那些导致发展"不平衡""不充分"的矛盾和问题找出来，补齐补强短板，比如大力提升科技创新能力，推动经济提质增效，加强山区发展，完善民生保障体系，等等；就必须让浙江的优势更优更强，特色更鲜明更出彩，比如"最多跑一次"改革、数字经济、生态经济、千万工程、基层社会治理等诸多领域的特色亮点品牌，需要进一步强化和提升。全面性的要求，"重要窗口"的期望，关键就在于做到

"改革开放再出发"，在于与时俱进，勇于变革，不断创新。

高水平全面建成小康社会伟大工程取得重大成果，并不意味着我们向前的脚步可以停顿。

"求木之长者，必固其根本；欲流之远者，必浚其泉源；思国之安者，必积其德义。"（唐·魏徵《谏太宗十思疏》）

中国共产党建党百年，历经磨难而淬火成钢，其最大原因就是始终把实现全体人民普遍富裕作为执政之"本""源""义"。无论是在什么样的历史发展阶段，这一宗旨始终未曾动摇。1955年10月11日，毛泽东就提出"要巩固工农联盟，我们就得领导农民走社会主义道路，使农民群众共同富裕起来"；党的十一届三中全会拉开了改革开放的大幕，深藏于心中的共同富裕之梦被强有力地唤醒。邓小平在1992年初的南方谈话中指出："社会主义的本质，是解放生产力，发展生产力，消灭剥削，消除两极分化，最终达到共同富裕。"他还指出，"社会主义与资本主义不同的特点就是共同富裕"，"社会主义的目的就是要全国人民共同富裕，不是两极分化"。从20世纪80年代至今，中华民族实现了从站起来到富起来的伟大飞跃，这是中华民族史、人类社会史上的里程碑。

2013年3月17日，习近平总书记在第十二次全国人大一次会议上做出郑重承诺："在经济社会不断发展的基础上，朝着共同富裕方向稳步前进。"党的十八大以来，中国共产党坚持人民主体地位，紧扣"两不愁三保障"，解决群众反映强烈的突出问题，在实际行动中践行"让老百姓过上好日子"的坚定信念，保障"六稳"工作、"六保"任务落地见效，使人民群众获得感、幸福感、安全感显著增强。"全面建成小康社会，一个也不能少；共同富裕路上，一个也不能掉队。""我将无我，不负人民。"

在总书记亲自部署下，党和政府不断把共同富裕的理想付诸实践，一场脱贫攻坚战在全国上下打响。2020年12月3日，习近平总书记在中央政治局常务委员会会议上再次强调："在脱贫攻坚实践中，党中央坚持人民至上、以人为本，把贫困群众和全国各族人民一起迈向小康社会、一起过上好日子作为脱贫攻坚的出发点和落脚点。各级党委和政府以及社会协同发力、合力攻坚，东部西部守望相助、协作攻坚，广大党员、干部吃苦耐劳、不怕牺牲，充分彰显了共产党人的使命担当和牺牲奉献。"

"些小吾曹州县吏，一枝一叶总关情。"（清·郑燮《潍县署中画竹呈年伯包大中丞括》）站立在"两个一百年"奋斗目标的历史交汇点上，"十四五"新航程拔锚启航。中共中央在制定"十四五"规划纲要的建议中，首次把"全体人民共同富裕取得更为明显的实质性进展"作为2035年基本实现社会主义现代化的远景目标提出，在"改善人民生活品质，提高社会建设水平"这一部分中，突出强调了"扎实推动共同富裕"。这样的表述在党的全会文件中还是第一次出现。

而在由十三届全国人大四次会议表决通过的"十四五"规划纲要第三十二章第四节中，明确载入了"浙江高质量发展建设共同富裕示范区"的要求。2021年3月8日，全国"两会"期间，国家发展改革委副主任胡祖才在国新办新闻发布会上表示，按照中央的部署，"十四五"规划纲要提出了要研究制定"促进共同富裕行动纲要"，这是一个顶层的设计，主要是要明确共同富裕的方向、目标、重点任务、路径方法和政策措施。同时明确提出要支持浙江高质量发展建设共同富裕示范区。

"这次纲要中提出要支持浙江高质量发展建设共同富裕示范区。可以看出，一手要抓顶层设计，一手要推进示范建设。浙江各方面的条件是比较好的，在各项指标上，城乡差距指标、区域发展指标以及富裕程度的指标，都走在全国前列，所以这次纲要明确提出来要支持浙江高质量发展建设共同富裕示范区，主要是要探索推进共同富裕的体制机制和制度体系，形成可复制可推广的经验，扎扎实实做好这项工作。"

这是一个特别诱人的前景，这是一项不可推卸的时代发展重任。

如前文所言，浙江是全国最早完成脱贫任务的省份。早在2012年，浙江省已基本实现了全面建设惠及浙江省人民小康社会的目标，全面小康指数多年来始终达到95％以上。2016年又消除了家庭人均年收入4600元以下的贫困现象，共同富裕的路子走得十分坚实。2020年，浙江城镇居民人均收入达62699元，农村居民人均收入为31930元，已分别连续第20年和第36年居全国各省区（不含直辖市）第一。更让人振奋的是，在东部沿海发达省份中，浙江城乡居民的收入差距在全国是最低的地区之一。之所以能取得如此佳绩，专家们认为，民营经济是浙江走向共同富裕的"法宝"。改革开放以来，浙江不仅是在为全国制造和推广商品，而且是在为全世界制造和推广商品。在经济发达的地区，几乎每个县（市、区）都有能辐射全国的商贸市场，带动的是整片区域的经济发展。"十四五"规划把浙江列为"高质量发展建设共同富裕示范区"，主要是要找到一条缩小城乡之间、不同区域之间、不同群体之间收入差异，走向共同富裕的道路，找到一个已有共同富裕若干成果经验的标杆，浙江恰好基本符合了这个条件。

浙江的共同富裕，当然不只指经济收入。从"基本公共服务均等化行动计划"，到城乡一体化的低保标准、社保制度，浙江农村社会保障覆盖率等均居全国之首。在习近平总书记"绿水青山就是金山银山"理念的发源地和首倡地，"绿水青山就是金山银山"早已成为共识，生态环境质量居全国前列。浙江还通过"两山银行"等，建立健全生态产品价值实现机制，探寻农村经济可持续发展的全新路径，成为新时代生态环境保护和生态经济发展的典范。

2014年，在杭州市桐庐县城南街道岩桥村，一幢幢漂亮的现代化厂房在绿水青山间拔地而起，海康威视把总投资30亿元、全球最具规模的安防监控产品高端制造基地设置在这里。很快，岩桥村热闹了起来。年轻人陆续返乡就业，村民们则开起超市、办起饭馆、出租房屋，村里很快找不到一块"荒闲地"。

当地村民陈斌，已是海康威视的一名员工。"我的收入比以前增加了不少，而且旱涝保收。在家门口上班，还方便照顾孩子、孝敬老人，每天都感觉很踏实。"陈斌欣喜地说。有了海康威视的入驻，村容村貌也不一样了，整个村庄的卫生、治安、消防等方面的设施越来越完备，社会治理日臻完善，先前的小村庄，如今俨然是一座小城镇。

"等到海康威视二期工程竣工，总共会有12000多名员工落户我们岩桥村，我们村的面貌将会有新的改观，村民们的生活质量也将进一步提高。"岩桥村党总支书记王平川不无欣喜地说，"过半年再来，你就能在岩桥村看到杭州主城区的样子了！"

智能制造布局农村，工商资本投身农业，加速了城乡产业的融合和农民现代化的进程。在浙江，城乡一体化早已不是停留在蓝图上，而是化成了活生生的现实。以人为本的新型城镇化，是城乡产业融合发展的主载体，是实现共同富裕的宽广平台。

在高水平全面建成小康社会、走向共同富裕的进程中，浙江着力推进小城市培育，于2010年先后公布了4批省级小城市培育试点地区，近50座被培育的小城市被赋予特大镇相应的县级管理权限，让其按城市标准规划建设，打造既能有效承接大中城市辐射又能有力带动周边乡村发展的区域中心，让小城市成为农民就地城镇化的主要平台。

以产业为核心的特色小镇，则是融合城乡产业发展的新平台。它们以"特而强、聚而合、小而美、活而新"的鲜明特色，聚集起进镇逐梦的

"乡下人"和创业创新的"城里客"，体现的是五大发展理念的生动实践。有了这些特色小镇，资本、智力、公共服务等要素更加迅速地流动聚合，为城乡一体化注入全新动力。毫无疑问，在"十四五"期间以及今后，小城市培育和特色小镇还将作为加速城乡一体化、实施区域协调发展的重要手段，持续推进，继续强化。

杭州未来科技城内的阿里巴巴集团

按照浙江省"十四五"发展目标和2035年远景目标，至2035年，浙江省将基本实现高水平现代化。高水平现代化无疑要超越高水平小康社会，力争全省生产总值、人均生产总值、居民人均可支配收入比2020年"翻一番"，争创社会主义现代化先行省。

近几年来，浙江不断拓宽农民增收渠道，形成"多点给力、多轮驱动"的增收局面，更加重视低收入农户增收，促进农民普遍较快可持续增收，加快实现城乡居民收入均衡化。在已延续10多年的"低收入农户奔小康工程""低收入农户收入倍增计划"等的基础上，浙江为每户低收入农户建档立卡，建立帮扶机制，通过产业帮扶、金融服务、培训就业、异地搬迁、低保兜底、医疗救助等因地制宜的办法，帮助低收入农户脱贫致富。至2015年12月23日，浙江已全面消除家庭人均年收入4600元以下的绝对贫困现象，提前5年率先在全国高标准完成脱贫攻坚任务，逐步实现共同富裕。

40岁出头的景宁畲族自治县鹤溪街道东弄村农民蓝葱和，从高山上搬迁下山后，一度很为自己的创业增收担忧。没想到，2017年他顺利拿到了10万元无息贷款，夫妻俩栽培5万多袋香菇，年收益可达24万元，不但生活有了保障，收入还是以前的好几倍。

自扶贫改革试验区获批以来，低收入农户最为集中的丽水市通过不断全面深化扶贫改革，促进低收入农户增收。2016年底，丽水市扶贫改革试验区提前完成国家评估。当年的丽水市低收入农户人均可支配收入即比上年增长19.5%。

按照习近平总书记扶贫攻坚"六个精准"的要求，浙江加快构建长效机制，扎实推进"产业发展、异地搬迁、光伏小康、培训就业、金融扶持"等"五个一批"帮扶举措，确保绝对贫困现象不反复出现，让低收入农户的钱袋子变得更鼓。景宁县首创政府贴息、银行贷款、保险担保的"政银保"金融扶贫模式，在帮助低收入农户增收方面成效显著。

通过精准扶贫，浙江全面完成巩固扶持任务，2016年至2017年，全省低收入农户人均可支配收入为10169元，增长19.2%，巩固扶持对象无一例返贫。

而今后，在高水平全面建成小康社会、迈向共同富裕、全力打造社会主义现代化先行省的进程中，浙江还将让城乡区域更协调，绝不让贫困现象重新出现。浙江还将长久坚持"保底线"与"促发展"并举，始终把全省财政支出增量的2/3以上用于民生，在全国率先突破发展不平衡不充分的瓶颈。

# 奋楫者先，共同垒筑富裕幸福家园

全面建成小康社会、走向共同富裕，浙江理应走在前列，起好示范作用。秉持历史做法，放大自身优势，破解区域差异大、发展不平衡的难题，把"发展落差"变为"发展空间"，探索扎实推进共同富裕的"浙江模式"。

G60，一个用英语字母和数字组成的词语，如今标明的不单是一条从上海到昆明的高速公路，加上"科创走廊"这一后缀，便是指上海经嘉兴、杭州、金华到衢州的由多座城市组成的科创引领区，再加上上海经苏州、无锡、常州、镇江、南京直至合肥的高铁线沿线城市，便串成了一条跨越沪苏浙皖四省市重要城市的科创经济大走廊。无疑，G60科创走廊沿线是中国科创经济基础最好的区域之一。

上海市松江区于2016年初发起并率先启动1.0版G60上海松江科创走廊建设。2017年7月，松江区与杭州、嘉兴签订《沪嘉杭G60科创走廊建设战略合作协议》，标志着2.0时代的正式开启，长三角多个城市纷纷响应，主动对接、加入G60科创走廊建设。而后，又以沪苏湖高铁建设为契机，深化拓展G60科创走廊从"高速公路时代的2.0版"迈向"高铁时代的3.0版"，G60科创走廊成员城市多次扩容。如今，G60科创走廊已从上海松江区的1.0版，到沪嘉杭联动的2.0版，又已扩充至沪苏浙皖九地区的3.0版。

　　目前，G60科创走廊总体发展规划3.0版在沪嘉杭的基础上，已形成"一廊一核多城"的空间布局规划，辐射范围扩大至金华、苏州、湖州、宣城、芜湖、合肥，覆盖面积约7.62万平方千米。它是"一带一路"建设、长江经济带发展、长三角一体化发展三大国家战略的重要交汇地带，也是中国经济最具活力、城镇化水平最高的区域之一。

　　G60科创走廊（浙江段）的战略定位是什么？概括地说，就是围绕高质量、现代化、强竞争的目标导向，以数字经济为龙头，建成长三角地区具有独特品牌优势的协同融合发展平台。其主要目标有：

浙江清华长三角研究院

一是打造全球数字科创引领区，即以数字科技创新为关键动力，超前谋划布局一批数字领域成长性、引领性强的大平台、大项目、大产业、大集群，加快推动数字城市建设，在全省率先建成全方位数字化示范区，建成具有全球影响力的数字科技创新高地；

二是区域一体化创新示范区，即率先探索建立跨区域科技创新管理制度和科技合作机制，建立开放性经济新体制，优化市场导向的创新资源配置机制，促进技术、人才、资金的自由流动，建设科技创新和制度创新双轮驱动、产业和城市集群一体化发展的先行先试走廊；

三是打造长三角产业科创中心，即围绕数字经济和生命健康等重点领域，推动产业链和创新链的深度融合，加大先进技术成果的引进吸纳和转化力度，形成以创新为主要支撑和引领的科创体系、产业体系和发展模式，建设长三角高能级创新型产业基地；

四是打造科技体制改革先行区，即加快体制机制改革创新，优化创新驱动发展机制，在新型创新载体建设、协同创新工作机制建立、创新主体培育和激活、科技金融改革、科技成果转化，以及人才、知识产权等方面全面深化改革，营造开放、包容、公平的创新创业环境，建设全国科技体制改革先行区。

显而易见，全力打造G60科创走廊（浙江段）与浙江制定和实施"十四五"规划，在明确发展战略、谋求创新发展、提升发展能级等方面是一致的。它将使浙江的数字化变革从"跟跑""并跑"向"领跑"转变，以数字经济为引领的新经济快速发展，为浙江发展注入新活力。

"总体来看，'十四五'和今后一个时期的浙江，将进入一个危中有机、危可转机，机遇空前、挑战空前，机遇大于挑战的重要战略机遇期。"浙江省发展规划研究院院长周华富指出，"十四五"及今后一个时期，浙江发展环境面临更为深刻复杂的变化。从国际来看，世界正经历百年未有之大变局。国际力量对比深刻调整，新一轮科技革命和产业变革深入发展以不可阻挡之势重塑世界，"万物互联"的数字化时代加快来临，全球新冠肺炎疫情大流行带来巨大变量，不稳定性、不确定性明显增强。从国内来看，我国已进入高质量的新发展阶段，经济长期向好的基本面没有改变，将由中等收入国家加快迈入高收入国家行列，创新驱动作用进一步增强。以国内大循环为主体、国内国际双循环相互促进的新发展格局加快形成。社会主要矛盾已转化为人民日益增长的美好生活需要与不平衡不充分的发展之间的矛盾。

"雄关漫道真如铁，而今迈步从头越。"（毛泽东《忆秦娥·娄山关》）身处重要战略机遇期，机会和挑战并存。要建成高水平现代化强省，就必须统筹中华民族伟大复兴战略全局和世界百年未有之大变局，增强机遇意识和风险意识，保持战略定力，发扬斗争精神，树立底线思维，准确识变，科学应变，主动求变，善于在危机中育先机、于变局中开新局，抓住机遇，应对挑战，趋利避害，奋勇前进。


2005年3月，时任浙江省委书记习近平在《浙江日报》"之江新语"栏目发表的《跳出浙江发展浙江》一文中指出，跳出浙江发展浙江是浙江经济发展的必然要求，也是浙江在高起点上实现更大发展的战略选择。15年来，浙江历届省委、省政府坚持"跳出浙江发展浙江"的理念，从更高的层次，以更开阔的视野，谋划浙江的整体发展，促进区域协调发展。

开放的本义是张开、敞开、释放，进而指对外开放，加强与国外经济技术交流与合作，参与和推动经济全球化。浙江毗邻东海，属南北融合之地，对外吸纳海洋文化，对内吸纳内陆文化，唐宋后渐成东亚文化的集散地，近代又参与上海开埠和宁波开埠，具有深厚的兼容并蓄的文化底蕴。这种开放基因，在改革开放的大潮中得到充分释放。2003 年 7

月，浙江省委在"八八战略"的决策部署中明确提出，进一步发挥浙江的区位优势，主动接轨上海，积极参与长江三角洲地区合作与交流，不断提高对内对外开放水平。多年来，浙江努力建立全方位、多层次、宽领域、高水平的开放新格局，实现了从"外贸大省"向"开放大省"的跨越，积极参与西部大开发、中部崛起、东北地区等老工业基地振兴等国家战略。在全面建成小康社会的进程中，还通过支持欠发达地区的发展，来进一步拓展浙江的市场和空间。

对外开放是浙江开放的重头戏和主战场，是浙江发展壮大的重要成因，无疑也是谋求今后发展的主要途径之一。如今，浙江有200多万浙商活跃在世界各地，他们在海外设厂、开展并购、承包工程、设立境外研发基地和营销网络等，对外投资项目遍布六大洲和大多数国家和地区。世界著名的义乌小商品市场，也由最初的摆摊开店，把浙江和全国的商品卖出去，到创办进口馆、举办中国义乌进口商品博览会，把国外商品买进来，实现了由"卖全球"到"卖全球""买全球"并重的转型升级。今后，浙江还将大力开拓海外市场，在"引进来"的同时，进一步加快"走出去"的步伐。以"一带一路"建设为统领，构建全方位联通世界、全省域优化布局、全领域拓展深化的全面开放新格局。

按照"以开放促改革促发展"的要求，浙江紧紧抓住"一带一路"建设带来的机遇，努力在新时代扩大对外开放中继续走在前列。目前，浙江自贸试验区的多项改革属全国首创，"一带一路"沿线国家和地区已经成为浙江最大的工程承包市场。"义新欧"班列开通了9条运输线路，不仅把中国商品运往世界各地，也扩大了进口，法国红酒、西班牙建材、德国汽车零部件等更加便利地进入中国。跨境电商、外贸综合服务、市场采购等三大对外贸易新业态皆源于浙江、兴于浙江，并走向全国。

毫无疑问，"十四五"期间以及今后，浙江将充分发挥其在新发展格局中的节点和链接功能，展现探索构建新发展格局有效路径的新担当，打造国内大循环的战略支点、国内国际双循环的战略枢纽，充分发挥自身比较优势，持续提升高端要素集聚、协同、联动能力，持续推动扩大内需，以更大力度、更高质量、更加包容、更加安全的开放战略，持续推进以"一带一路"为统领的全面开放。与此同时，海洋经济也将成为浙江经济新的增长点，这将大大拓展浙江对外开放和区域协调发展的空间。

梦想如光，点亮未来。

在今后的日子里，浙江将牢固树立以人民为中心的发展思想，继续把公共服务有效供给作为必须补齐的"六大短板"之一，坚持以标准化推进基本公共服务均等化，进一步拉近城乡在教育、医疗卫生、社会保障、就业等方面的距离，不断增强农民群体的获得感、安全感、幸福感。可以预期，在物质充分富裕的同时，浙江居民还将拥有更好的教育、更可靠的社会保障、更高水平的医疗卫生服务、更优美的环境，共享富裕文明生活。

争创社会主义现代化先行省，基本内涵是"十个先行"，主要目标是"四高地两区一家园"。"十个先行"指的是数字赋能现代化先行、产业体系现代化先行、科技创新现代化先行、农业农村现代化先行、对外开放现代化先行、省域治理现代化先行、文化建设现代化先行、生态文明现代化先行、公共服务现代化先行、人的现代化先行。"四高地两区一家园"，即经济高质量发展高地、三大科创高地、改革开放新高地、新时代文化高地、美丽中国先行示范区、省域现代治理先行示范区、人民幸福美好家园。

而在"十四五"期间，浙江将全力抓紧、抓牢、抓实的"十三项战略抓手"，无一不与提高人民群众的生活质量有关，与营造和谐平安的现代化社会有关：着力建设三大科创高地、着力打好构建新发展格局组合

杭州城北智慧网谷小镇核心区建设效果图

拳，加快建设全球先进制造业基地，以数字化改革撬动各领域各方面改革，打造一批有辨识度有影响力的法治建设成果，加快形成上下贯通、县乡一体的整体治理格局，高水平绘好新时代"富春山居图"，念好新时代"山海经"，实施新时代文化浙江工程，率先构建推进共同富裕的体制机制，完善风险闭环管控的大平安机制，深入推进清廉浙江建设，构建党建统领的整体智治体系。

所有规划、所有发展、所有先行，都只是为了给广大人民群众带来福祉，都只是为了早日实现共同富裕。

2021年7月19日，浙江省发布了《浙江高质量发展建设共同富裕示范区实施方案（2021—2025年）》。该方案的指导思想是深入学习贯彻习近平新时代中国特色社会主义思想和习近平总书记关于浙江工作的重要指示批示精神，全面落实《中共中央国务院关于支持浙江高质量发展建设共同富裕示范区的意见》，忠实践行"八八战略"、奋力打造"重要窗口"，牢牢把握坚持党的全面领导、以人民为中心、共建共享、改革创新、系统观念"五大工作原则",紧紧围绕高质量发展高品质生活先行区、城乡区域协调发展引领区、收入分配制度改革试验区、文明和谐美丽家园展示区"四大战略定位",按照到2025年、2035年"两阶段发展目标",坚持国家所需、浙江所能、群众所盼、未来所向,脚踏实地、久久为功,不吊高胃口、不搞"过头事",尽力而为、量力而行,创造性系统性落实示范区建设各项目标任务,率先探索建设共同富裕美好社会,为实现共同富裕提供浙江示范,干在实处、走在前列、勇立潮头。

按照这一方案,2021—2025年浙江高质量发展建设共同富裕示范区实施的目标,是坚持以满足人民日益增长的美好生活需要为根本目的,以改革创新为根本动力,以解决地区差距、城乡差距、收入差距问题为主攻方向,更加注重向农村、基层、相对欠发达地区倾斜,向困难群众倾斜,在高质量发展中扎实推动共同富裕,加快突破发展不平衡不充分问题,率先在推动共同富裕方面实现理论创新、实践创新、制度创新、文化创新,到2025年推动高质量发展建设共同富裕示范区取得明显实质性进展,形成阶段性标志性成果。

而在国家层面,即将出台的《促进共同富裕行动纲要》,其内容和实施过程同样值得期待,因为它所明确的具体政策将决定未来5到15年的发展方向和围绕着"共同富裕"这一主题所衍生的种种重要变化,关乎每个行业、企业,甚至每个人。

"'共同富裕'中的'共同'两字,一方面体现在区域中,无论是杭州、宁波等大城市,还是丽水、舟山等山区、海岛的人均生活水平和收入水平都较高,消费能力较强,区域共同富裕能均衡发展;另一方面,还体现在城乡能均衡发展,浙江城市和乡村之间,城乡居民的收入差距在全国是最低的地区之一。"浙江工商大学经济学院教授赵浩兴认为,"未来,一些遏制收入差距拉大的举措，如反垄断、抑制资本无序流动，有望在浙江先行先试。"

"共同富裕，根本靠发展，关键靠统筹。"嘉兴市委书记张兵认为，"破除城乡二元结构，统筹城乡发展，是推进共同富裕的必要途径。时间也证明了一句话，即发展是硬道理，是实现富裕的基础和前提。"

2020年9月，中国首个数字农合联——平湖数字农合联公共服务平台正式上线，成为推动新时期农业专业化社会化服务，实现农业农村现代化和乡村振兴的重要赋能平台，提供生产数字化、流通智慧化、信用在线化等涉农服务。与此同时，嘉兴大力发展民营经济，并聚焦聚力发展先进制造业，现在嘉兴规上企业已有6000多家，总产值超过1万亿元。伴随工业的发展，第三产业也迅速发展起来，比如，就金融服务而言，嘉兴2020年存贷款余额双双超过1万亿元，这也是全国为数不多的地级市之一。现在嘉兴农民90%的收入来自二、三产业。

嘉兴市推行共同富裕的过程，正是浙江省努力缩小城乡差别、统筹城乡发展、促进共同富裕的一个缩影。张兵回忆，早在2004年，嘉兴市就着手实施城乡空间布局、城乡基础设施建设、城乡产业发展、城乡劳动就业与社会保障、城乡社会发展和生态环境建设与保护等"六个一体化"，加快统筹城乡发展，为城乡共同富裕打下了基础。18年过去了，嘉兴城乡居民收入比为1.61：1，成为浙江乃至中国最均衡的地方之一。

"先富带动后富，是推进共同富裕的有效手段。"张兵指出，"嘉兴的探索实践中既有'输血型'模式，比如率先建立了覆盖城乡的社会'大救助'体系；也有'造血型'模式，比如探索了'飞地抱团'模式等。接下来，嘉兴将进一步提升'六个一体化'，深化'十改联动'，重点聚焦新型城镇化、农业农村现代化、农民市民化'三个化'，迭代升级城乡统筹发展，努力在扎实推进共同富裕上多探路、多实践。"

　　显然，在破解区域差异大、发展不平衡的难题，把"发展落差"变为"发展空间"上，从嘉兴的做法中，或可窥见浙江省探索实践之一二。

　　秉持历史做法，放大自身优势，这是浙江全面进行高质量发展建设所必须继续坚持的。"十四五"纲要明确提出，支持浙江高质量发展建设共同富裕示范区，主要是探索推进共同富裕的体制机制和制度体系，形成可复制、可推广的经验，扎扎实实做好这项工作。再进一步说，建立示范区的标杆，就是要形成共同富裕的"浙江模式"。

　　"浙江应该进一步缩小城乡和区域差距，同时构建可复制、可推广的操作方法，如城乡一体化如何建设、乡村如何发展、落后地区如何赶超等，应形成更和谐的发展模式。"关于共同富裕的"浙江模式"，赵浩兴这样说。

　　南京大学商学院教授、长江产经智库区域经济首席专家吴福象则认为，浙江建设共同富裕示范区，不仅将提升杭州、宁波在省内的核心城市地位，而且浙江在长三角甚至全国的影响力都会进一步提升。"杭州可以进一步放大其跨境电商和国际商务的外溢经济效应；宁波则可利用其港口和期货市场的优势，让浙江的小商品国际营销做到极致。"

　　吴福象指出，浙江共同富裕示范区的建设要继续秉持其历史做法，同时放大国际营销和跨境电子商务的优势，一方面要将浙江的先进经验和模式向其他地方推广，另一方面要抓住中欧班列和国际产能合作优势，进一步深化国际分工体系。

　　而对于如何激发广大群众的共同富裕积极性，上海市社会科学院区县研究中心主任陈建勋建议，通过深化改革来激发广大群众进一步追求富裕的动力，同时通过改革来消除阻碍共同富裕的一些障碍。政策的推广、措施的落地，目标就是要让这些经验形成一种可操作的模式，能够推广到全国，从而形成人民群众积极主动地先富带动后富、实现共同富裕的有效路径。

中流击水，奋楫者先。共同富裕这个纵横千年的社会理想、激荡百年的奋斗目标，承载着一代代共产党人的美好夙愿，凝聚着每一个中华儿女的共同期盼。面向"十四五"规划，面向2035年远景目标，唯有勠力同心、众志成城，做坚实的筑梦人、坚定的追梦人、坚毅的圆梦人，续写"两大奇迹"新篇章，共同富裕才能最终梦想成真！

全面建成小康社会、走向共同富裕，浙江理应走在前列、做好示范。改革开放以来，浙江发展一路高歌猛进，经济社会发展的许多方面走在全国前列。习近平主政浙江期间，在历届省委、省政府工作的基础上，坚持继承与创新相结合，做出了实施"八八战略"的战略部署，提出了"干在实处，走在前列"的总体要求。浙江只有在经济建设、政治建设、文化建设、社会建设、生态文明建设以及党的建设等各个领域，创造出更多的先进经验，更充分体现出中国制度的强劲优势，才能成为全面发展、亮点纷呈的优等生，更精彩地反映中国发展的制度优势，更生动地展示中国治理的本质特性，为新时代中国特色社会主义事业不断取得新胜利，做出更多的贡献。

"大鹏一日同风起，扶摇直上九万里。假令风歇时下来，犹能簸却沧溟水。"（唐·李白《上李邕》）大鹏一日从风而起，扶摇直上九万里之高。大鹏倘若在风歇时降临在海面，其力量之大足以将沧海之水簸干。

是的，在不竭的发展动能的强大推动下，顺着率先高水平全面建成小康社会伟大工程的强劲之势，浙江，这片东海之滨的美丽土地，即将创造出更新更美、更加富裕的时代传奇！

# 后　记

"江南好，风景旧曾谙。日出江花红胜火，春来江水绿如蓝。能不忆江南？"唐朝诗人白居易的这首《忆江南》，为什么会成为千古名篇，我想是因为它写出了江南的神韵。江南之美，在上千年的时光中，一直被人所称颂。杭州被人誉为天堂，作为生活于此的我们，自然也有着一份怡然和自豪。然而，江南之富、江南之强，在包括我在内的很多人眼里，仍然是在近几十年里才发生的事。曾经，即便是求得温饱，也是颇为犯难的事。20世纪70年代，幼小的我还常以谷糠充饥，一度还患上了营养不良症。其时，我父母已有稳定收入，生活却依然这般困顿，即可想见当时有更多的家庭、更多的人陷入无力抵御饥寒的贫穷之中。

缘此，我十分关注周边的人们摆脱贫困的过程，关注改革开放，关注中国尤其是中国乡村小康社会建设和实现共同富裕伟大事业的进程。这份关注由来已久，从我读大学到进入机关工作，直至投身于文学创作，特别是在连续撰写长篇报告文学作品之时。这几年来，我利用文学采风、创作采访等机会，走访了浙江的很多地方，了解其经济发展状况、产业特色、文化资源、社会治理和民众生活状态，这些毫无疑问成了我采风采访的重点内容，我也因此积累了不少素材。所以当着手撰写《小康江南——浙江省建设共同富裕示范区纪实》一书之时，我忽然觉得需要写、值得写的东西实在太丰富了，哪怕这本书写得再厚，也无法道尽一代代浙江人对小康社会和共同富裕的渴望，无法道尽浙江人在追求高水平全面建成小康社会和共同富裕之路上所付出的艰辛、坚毅和智慧。

然而这本书的撰写过程，前后一共跨越了4年。究其原因，除了上文所述的内容丰富，则是内容丰富所带来的取舍之难。翻阅手边的创作记录，粗略统计，本书在撰写时，调整写作提纲4次，章节调整在10次以上，而内容的增删修改更是多达15次以上。往往是得悉了新的提法，必须及时调整跟进；获得了新的素材，必须甄别提炼，予以补入；那些不时搜集到的数据等，则必须尽快更新。尽管我知道，正在撰写的并非这一伟大工程的工作总结，文学叙述自然有其自身规律；我也无法做到面面俱到、一网打尽，重要的是求得概貌、寻找典型，加以文学表达，但我仍不由自主地谋求全面、系统、客观地记录和展示这一伟大工程的进程始末，仍想着尽可能多地展现全面建成小康社会、实现共同富裕进程中的一线党员干部和广大群众的业绩和风采，仍想着在铺陈众多事例的同时，进行分析归纳，梳理出这一伟大工程圆满收官的内在逻辑和规律，如此一来，耗去更多的时间和精力，是必然的。好在本书的撰就和出版，恰逢浙江省高水平全面建成小康社会取得重大成就、国家"十四五"规划纲要把浙江定为"高质量发展建设共同富裕示范区"、伟大工程已在充分展开之时，实为欣慰之至。

　　本书在写作过程中，得到了众多专家学者等社会各界人士的支持和帮助，浙江工商大学出版社多次组织专家、作家、评论家对本书初稿进行论证。本书还被列入浙江省和杭州市文化精品扶持工程项目，得到了浙江省委宣传部、浙江工商大学、杭州市委宣传部、杭州市文联的扶持和帮助。写作过程中，除了实地采风采访获得素材外，我还参阅了大量已出版和发表的论著、调研报告、会议记录、新闻报道等，数量繁多，恕不一一列举，在此谨表谢意。

孙　侃

2022年3月于杭州复和居